## J. P. Donleavy

James Patrick Donleavy nasceu no Brooklyn, Nova York, em 1926. Filho de imigrantes irlandeses, tornou-se cidadão irlandês em 1967. No final da Segunda Guerra Mundial, mudou-se para Dublin para estudar ciências no Trinity College, onde iniciou seu trabalho como pintor e escritor. Nos anos 50, mudou-se para Londres, retornando para a Irlanda logo a seguir.

Seu primeiro e célebre romance, *Um safado em Dublin* (*The Ginger Man*), foi lançado em 1955 pela editora francesa Olympia Press, numa coleção pornográfica, o que provocou a ira do autor. O livro, que chegou a ser banido por obscenidade na Irlanda e nos Estados Unidos, é considerado hoje um romance cult.

É autor de diversas peças, contos e romances, entre eles *A Singular Man*, *The Beastly Beatitudes of Balthazar B*, *The Destinies of Darcy Dancer*, *Gentleman* e *Leila*.

# J.P. Donleavy

# UM SAFADO EM DUBLIN

## THE GINGER MAN

*Tradução de* MÁRIO MASCHERPE

www.lpm.com.br

**L&PM** POCKET

Coleção **L&PM** POCKET, vol. 987

Texto de acordo com a nova ortografia.

Título original: *The Ginger Man*

Primeira edição na Coleção **L&PM** POCKET: novembro de 2011

*Tradução*: Mário Mascherpe
*Capa*: Marco Cena
*Revisão*: Patrícia Yurgel, Patrícia Rocha e Lívia Schleder de Borba

CIP-Brasil. Catalogação na Fonte
Sindicato Nacional dos Editores de Livros, RJ

D738s

Donleavy, J. P. (James Patrick), 1926-
    Um safado em Dublin / J.P. Donleavy; tradução de Mário Mascherpe. –
Porto Alegre, RS: L&PM, 2011.
    336p.      (Coleção L&PM POCKET; v. 987)

    Tradução de: *The Ginger Man*
    ISBN 978-85-254-2486-0

    1. Ficção americana. I. Mascherpe, Mário. II. Título. III. Série.

11-5932.                  CDD: 813
                         CDU: 821.111(73)-3

Copyright © J.P. Donleavy 1955
First published in France by Olympia Press in 1955
Published by Abacus in 1996 in Great Britain

Todos os direitos desta edição reservados a L&PM Editores
Rua Comendador Coruja, 314, loja 9 – Floresta – 90220-180
Porto Alegre – RS – Brasil / Fone: 51.3225.5777 – Fax: 51.3221.5380

Pedidos & Depto. comercial: vendas@lpm.com.br
Fale conosco: info@lpm.com.br
www.lpm.com.br

Impresso na Gráfica e Editora Pallotti, em Santa Maria, RS, Brasil
Primavera de 2011

# I

Hoje um esplêndido sol de primavera. E carroças rangendo em direção ao cais pela rua Tara e crianças pálidas e descalças gritando.

O'Keefe entra e senta-se numa banqueta. Ajeita a mochila no ombro e olha para Sebastian Dangerfield.

– Aquelas banheiras lá em cima são enormes. Primeiro banho em dois meses. A cada dia que passa fico cada vez mais parecido com um irlandês. É o mesmo que andar de metrô nos Estados Unidos: a gente tem que passar pela catraca.

– Você veio de primeira ou terceira classe, Kenneth?

– De primeira. Eu me matei lavando minhas cuecas, mas naquelas drogas de quartos em Trinity nada seca. Por fim, mandei minha toalha para a lavanderia. Lá em Harvard eu podia me meter num banheiro de azulejos e enfiar umas cuecas limpas sem problemas.

– O que você quer beber, Kenneth?

– Quem paga?

– Acabei de pôr meu ferro elétrico no prego.

– Então me paga um vinho de maçã. Marion sabe que você pendurou o ferro?

– Ela está fora. Foi com Felicity visitar os pais. Na região dos pântanos, na Escócia. Acho que Balscaddoon a estava enervando. Coisas arrastando no teto e gemidos no porão.

– Como é que vão as coisas? São de arrepiar?

– Você verá. Passe o fim de semana comigo. Não há quase nada para comer, mas o que eu tenho é seu.

– O que é nada.

— Eu não diria que a coisa é tão feia assim.

— Mas eu diria. Desde que cheguei aqui as coisas me parecem meio lúgubres, e esses caras de Trinity pensam que estou cheio da grana. Pensam que, por causa da mesada do governo e por ser veterano de guerra, eu cago dólares ou tenho diarreia de *dimes* todo o dia. Recebeu seu cheque?

— Vou tratar disso segunda-feira.

— Se o meu não chegar, eu me suicido. E você ainda tem mulher e filha. Credo! Mas, pelo menos, sua vida é regular. A minha nunca foi assim. Tem mulher dando sopa lá no Howth?

— Vou prestar atenção.

— Bem, tenho que ir. Preciso encontrar meu orientador e ver se consigo descobrir onde vão ser minhas aulas de grego. Ninguém sabe, tudo é secreto. Não ponha mais bebida para mim. Volto aqui no fim da semana.

— Kenneth, é possível que eu arranje a primeira mulher de sua vida para você.

— Vamos ver.

## 2

Havia uma colina íngreme para se subir a Balscaddoon. Ziguezagueando por entre as casas e os vizinhos espiando. Nevoeiro sobre a água tranquila. E a silhueta rua acima. No seu topo ela se abrandava e, encravada numa parede de concreto, havia uma porta verde.

Passando a porta, sorrisos, usando sapatos brancos de golfe e calças marrons suspensas por pedaços de arame.

— Que satisfação, Kenneth, entre.

— Bonito lugar. Quem o conserva assim?

— A fé.

O'Keefe foi para dentro. Abrindo portas, gavetas, armários, dando descarga na privada, erguendo a tampa, dando a descarga de novo. Espichou o pescoço para o vestíbulo.

— A coisa funciona, não há dúvida. Se tivéssemos o que comer poderíamos usá-la. Há uma dessas grandes casas comerciais lá em baixo no centro da cidade; por que você não dá as caras lá com esse seu sotaque inglês e vê se consegue crédito? Gosto muito de sua companhia, Dangerfield, mas prefiro tê-la com o estômago cheio.

– Já estou com dívidas até as orelhas.

– E também já está na hora de você comprar roupas novas, creio eu.

O'Keefe pulou para o chão da sala de estar. Abriu a porta da estufa, arrancou as folhas de uma planta meio seca e saiu para o jardim. De pé na espessa grama, deu um assobio agudo enquanto contemplava um precipício de rochas que descia até as ondas do mar, muitos metros abaixo. Circundou a estreita passagem no fundo da casa, olhando para dentro das janelas. Num quarto viu Dangerfield, de joelhos, rasgando um grande cobertor azul com um machado. Entrou correndo na casa.

– Deus do céu, Dangerfield, o que você está fazendo? Ficou louco?

– Paciência!

– Mas esse cobertor é novo. Dê pra mim se você vai estragá-lo.

– Calma, Kenneth, preste atenção. Está vendo? Ponha isto ao redor do pescoço, enfie para dentro as pontas felpudas, e pronto. Estou usando a cor azul de Trinity. A melhor maneira de se conseguir uma sutileza impertinente é sempre usar o prestígio da classe. Agora podemos pensar na possibilidade de conseguir um pouco de crédito.

– Malandro esperto. Tenho que admitir que fica bem em você.

– Acenda o fogo. Volto logo.

– Compre um frango.

– Vou ver.

Dangerfield saiu da casa e penetrou numa rua de Balscaddoon.

O balcão estava coberto com atraentes fatias de toucinho e cestos com ovos brilhantes. Caixeiros, de aventais brancos, atrás dos compridos balcões. Bananas verdes das Ilhas Canárias rescendendo do teto. Dangerfield parando em frente a um caixeiro de cabelos brancos que se inclina atencioso.

– Bom dia, cavalheiro. Posso servi-lo?

Dangerfield hesitando, apertando os lábios,
– Sim, bom dia. Gostaria de abrir uma conta com vocês.
– Muito bem. Quer vir por aqui, por favor?

O caixeiro abrindo um grande livro-razão em cima do balcão. Perguntando o nome e endereço de Dangerfield.

– Quer que mande a conta a cada mês ou de três em três meses?
– Acho melhor de três em três meses.
– Quer levar alguma coisa hoje?

Dangerfield cerrando os dentes, os olhos percorrendo as prateleiras:

– Vocês têm gim Cork?
– Claro. Pequeno ou grande?
– Acho que grande.
– Mais alguma coisa?
– Tem Haig and Haig?

O caixeiro fazendo o pedido em altas vozes a alguém no fundo da loja. Um garotinho desaparece da cena e volta com uma garrafa. Dangerfield aponta para um presunto.

– E quantas gramas, cavalheiro?
– Levo inteiro, e meio quilo de queijo e um frango.

Caixeiro todo sorrisos e observações. Ah, é o tempo. Nevoeiro terrível. Péssimo dia para os que estão no mar. Para os outros também. E batendo palmas para o garotinho.

– Venha até aqui e carregue os pacotes para este senhor. E passe um ótimo dia.

Colina acima, O'Keefe esperando e agarrando os pacotes. Na cozinha, colocando-os sobre a mesa,

– Como você consegue, Dangerfield, eu não sei. A primeira vez que eu tentei conseguir crédito, me disseram que voltasse com uma carta de um gerente de banco.

– É o sangue azul, Kenneth. Agora vou cortar um pedacinho deste queijo e dar para o garotinho.

Dangerfield volta à cozinha sorrindo e esfregando as mãos.

– Por que você comprou toda essa bebida?
– Para nos esquentar. Tenho a impressão de que uma frente fria está a caminho vindo do Ártico.

– O que dirá Marion quando voltar?

– Nada. Essas esposas inglesas são ótimas. Conhecem o seu lugar. Você devia se casar com uma delas.

– Tudo que eu quero é me divertir. Muito tempo ainda para me chatear com esposa e filhos. Me dê um pouco desse uísque e saia de minha frente enquanto preparo a comida. Cozinhar é o único trabalho que, algumas vezes, acho que sei fazer. Numas férias, quando eu estava trabalhando em Newport, tive vontade de não voltar a Harvard. Havia um cozinheiro-chefe grego que me achava maravilhoso porque eu sabia falar grego aristocrático mas eles me despediram porque convidei alguns dos amigos de Harvard para tomar um drinque no bar do clube e o gerente me despediu em cima da bucha. Disse que os empregados não deveriam se misturar com os fregueses.

– Absolutamente certo.

– E agora tenho um diploma em letras clássicas e assim mesmo tenho que cozinhar.

– Uma nobre profissão.

O'Keefe sacudindo caçarolas e saltando da pia para a mesa.

– Kenneth, você acha que é sexualmente frustrado e desajustado?

– Acho.

– Você vai encontrar oportunidades neste belo país.

– Sim, muitas, para ligações anormais com animais da roça. Deus do céu, o único momento em que consigo esquecer isso é quando estou com fome. Quando como, fico doido. Fui até a biblioteca Widener e li todos os livros sobre sexo para ver como poderia resolver meu problema. Não adiantou nada. Meu destino é não atrair mulheres e não há cura para isso.

– Nunca uma mulher se sentiu atraída por você?

– Somente uma. Na Faculdade Black Mountain na Carolina do Norte. Me pediu que subisse até seu quarto para ouvir música. Começou a fazer pressão sobre mim e eu saí correndo do quarto.

– Por quê?

– Ela devia ser muito feia. É uma outra coisa contra

mim. Me sinto atraído por mulheres bonitas. Minha única solução é ficar velho e não ter mais desejos.

— Você terá mais desejos ainda.

— Credo, isso não é verdade, é? Se isso vai estar à minha espera é melhor eu me jogar lá do fundo do quintal. Me diga uma coisa, que tal é ter uma atividade sexual constante?

— A gente se acostuma a isso como a qualquer outra coisa.

— Eu nunca conseguiria me acostumar.

— Você se acostumará.

— Mas qual a razão dessa rápida visita de Marion à mamãe e ao papai? Atrito? Bebida?

— Ela e o nenê precisavam de um pouco de descanso.

— Acho que o pai dela é vivo demais para você. Como é que ele conseguiu fazer com que você não visse as notas de 250 libras? Não é de admirar que você nunca as recebesse.

— Ele me levou para o escritório e disse: "Sinto muito, rapaz, mas as coisas estão um pouco apertadas no momento".

— Devia ter dito: "Ou dote ou neca de casamento". Ele deve ser abonado, um almirante. Devia ter entrado com a conversa de que você ia ter que dar a Marion o mesmo nível de vida a que ela estava acostumada. Podia tê-lo convencido com algumas das tuas róseas e brilhantes ideias.

— Agora é tarde. Isso foi na noite antes do casamento. Cheguei mesmo a recusar um drinque por estratégia. No entanto, ele esperou quase uns cinco minutos, depois que o mordomo saiu, para alegar pobreza.

O'Keefe dá um giro segurando o frango pelas pernas.

— Como você vê, ele é vivo. Economizou 250 notas. Se você tivesse sido esperto podia ter dito a ele que Marion estava grávida, e com o nenê a caminho você precisava de certo pecúlio. Veja agora a sua situação. O que lhe falta agora é não passar nos exames de direito.

— Está tudo muito bem, Kenneth. Pouco dinheiro e tudo o mais não tem importância. Tenho uma casa, esposa e uma filha.

— O que você quer dizer é que tem de pagar aluguel de uma casa, não? Deixe de pagar o aluguel e adeus casa.

— Me deixe servir-lhe outro drinque, Kenneth. Acho que você precisa.

O'Keefe enchendo uma tigela com restos de pão. Lá fora, noite e o ruído do mar. Toque do Ângelus. A pausa que refresca.

– O culpado, Dangerfield, é seu sangue que matará de fome sua família e, por fim, mandará todos vocês para o asilo. Devia ter tido calma e casado unicamente por dinheiro. Chega em casa bêbado, dá uma de leve e pronto, lá vem outra boca para alimentar. Você vai acabar comendo macarrão como eu, quando era criança, a ponto de sair pelos olhos, ou então terá que levar sua esposa inglesa e filhos ingleses de volta para a América.

O frango, amarrado, foi colocado reverentemente na panela. O'Keefe com um estalar dos lábios empurrou-o para dentro do forno.

– Quando estiver pronto, Dangerfield, vamos ter frango à la Balscaddoon. Você sabe que esta casa é meio assombrada quando escurece, mas ainda não estou ouvindo nada a não ser o mar.

– Espere um pouco!

– Bem, os fantasmas não me chatearão se estiver com o estômago cheio e nunca me chateariam se eu tivesse uma vida sexual intensa. Sabe de uma coisa? Em Harvard finalmente consegui ter Constance Kelly em minhas mãos. Era uma garota que me excitou por uns dois anos até que descobri que logro é a mulher americana e a prendi nas minhas garras. Mas não consigo entender. Nunca cheguei a fazer coisa alguma. Ela faria tudo para não me deixar. Preferiria ficar esperando melhor partido em Beacon Hill. Eu teria me casado mas ela não queria se amarrar comigo no mais baixo degrau da escada social. Queria alguém de sua própria esfera. Deus do céu, como ela tinha razão! Mas sabe o que vou fazer? Quando voltar aos Estados Unidos cheio de dinheiro, usando meus ternos Saville Row, com cachimbo preto, Impala e chofer particular, usarei meu sotaque inglês com força total. Descerei do carro na frente de alguma casa suburbana onde ela more, casada com um pobre diabo, desprezada por todos os velhos amigos de Boston, e deixarei meu chofer na direção. Caminharei pelo jardim da frente da casa tirando os brinquedos das crianças do caminho com a bengala e, em seguida, darei umas batidas impacientes na porta. Ela aparecerá. Manchas de farinha de trigo pelo rosto e cheiro de repolho cozido vindo da cozinha. Olharei para ela surpreso e chocado ao mesmo tempo. Vou me recuperar vagarosamente e então, com o meu melhor sotaque, articulado com uma ressonância arrasadora, direi: "Constance... era justamente isso que eu imaginava que ia lhe acontecer". Então, girarei no calcanhar, dando-lhe tempo suficiente para que observe as linhas do meu terno, tirarei outro brinquedo do meu caminho com a bengala e me afastarei orgulhoso.

Dangerfield balançando-se para trás na cadeira de balanço verde com gestos de alegria, sacode a cabeça, aprovando pelo menos umas cem vezes. O'Keefe caminhando com largas passadas pelos azulejos vermelhos da cozinha, brandindo um garfo, seu único olho bom faiscando na testa, um irlandês doido, sem dúvida. Talvez ele escorregue em algum dos brinquedos e venha a quebrar um osso do traseiro.

— E a mãe de Constance me odiava. Achava que eu a diminuía socialmente. Abria todas as cartas que eu escrevia para a filha e eu ia para a biblioteca Widener, me sentava lá e ficava imaginando quais poderiam ser as coisas mais sujas para escrever; acho que a megera as adorava. Para mim era uma satisfação pensar que ela lia tudo aquilo e depois teria que queimar as cartas. Meu Deus, como eu afasto as mulheres. No inverno lá em Connemara, quando visitei meus parentes, nem minha prima, que é mais feia que o mapa do inferno, foi com minha cara. Esperava poder sair com ela à noite para tirar umas casquinhas. No fim do campo eu tentei empurrá-la para dentro de um fosso. Fiz com que ela ficasse palpitando e dizendo que ela faria qualquer coisa se eu a levasse para os Estados Unidos e me casasse com ela. Tentei por três noites seguidas, de pé, na chuva, com barro e esterco até os tornozelos, fazê-la entrar no fosso, derrubá-la, mas ela era muito forte. Por fim, eu disse que ela era uma arroba de gordura e que não a levaria para os Estados Unidos. A gente precisa primeiro conseguir um visto para elas para depois poder tocar-lhes no braço.

— Case com ela, Kenneth.

– Ficar entalado com aquela besta de carga para o resto de meus dias? Seria ótimo se pudesse amarrá-la ao fogão para fazer a comida, mas casar com uma irlandesa é o mesmo que procurar a pobreza. Eu casaria com Constance Kelly só por despeito.

– Sugiro que você leia a coluna matrimonial do *Evening Mail*. Tudo bem claro. Homem de posses, grandes propriedades na Europa. Prefere mulheres de compleição robusta, com capital próprio e automóvel para viagens no continente. Sem essas qualificações é inútil se candidatar.

– Vamos comer. Não quero complicar ainda mais meu problema.

– Kenneth, falo de coração.

A ave assada foi posta sobre a mesa. O'Keefe enfiando um garfo no peito gotejante e destrinchando as pernas. Uma panela treme na prateleira. Pequenas cortinas com bolinhas vermelhas tremulam. Uma rajada de vento lá fora. Quando a gente pensa no assunto, vê que O'Keefe sabe cozinhar. E este é o meu primeiro frango desde o dia que saí de Nova York e o garçom me perguntou se eu queria guardar o cardápio de lembrança e eu me sentei naquela sala de tapete azul e disse que sim. E ali perto, num bar, um homem de terno marrom me oferece um drinque. Chega e passa a mão em minha perna. Diz que ama Nova York e que tal irmos para algum lugar longe da multidão e conversar, ficarmos juntos, moço simpático, moço de alta classe. Deixei-o lá sentado, vermelho como um pimentão, a gravata branca e azul saindo para fora do paletó e fui até Yorktown e dancei com uma garota com um vestido de flores pintadas que disse não estar achando graça nenhuma e não havia mais ninguém por ali. Seu nome era Jean, com busto extraordinário e eu sonhando com o de Marion, minha loira alta e dentuchinha. Terminada a guerra, de volta para casa a fim de me casar com ela. Pronto a tomar o grande avião e atravessar o oceano. A primeira vez que a vi, estava usando um suéter azul-celeste e tive a certeza de que eles eram como pêras. O que há de melhor do que pêras maduras?! Em Londres, no Antelope, sentado nos fundos com um delicioso copo de gim, gozando a presença dessas pessoas reais. Ela sentou a apenas alguns centímetros de mim, com um cigarro comprido nos dedos brancos. Enquanto isso as bombas desciam sobre Londres. Ouvi-a pedindo cigarro e ninguém tinha. E inclinando-me para a frente em meu uniforme da marinha, simpático e forte, por favor, aceite um dos meus. Ah, não posso, verdade, muito obrigada, não. Por favor, eu insisto. É bondade sua. Absolutamente. E ela derrubou um e eu tentei achar no chão e toquei seu tornozelo com meu dedo. Meu Deus, que maravilhoso e adorável pé enorme.

– Que há, Kenneth? Você está branco como um fantasma.

O'Keefe olhando estarrecido para o teto com uma perna do frango meio comida balançando na mão.

– Você não ouviu? Seja o que for, esse arranhar lá em cima do forro é uma coisa viva.

– Meu caro Kenneth, as dependências da casa estão ao seu inteiro dispor se quiser revistá-las. O ruído anda por toda a parte. Chega a gemer e dá-se ao luxo de seguir as pessoas de um quarto para outro.

– Credo, pare com isso. Fico apavorado. Por que você não dá uma olhada lá em cima?

– É melhor não dar.

– O barulho é verdadeiro.

– Talvez você gostasse de inspecionar, Kenneth. Há um alçapão na entrada. Vou lhe dar um machado e uma lanterna.

– Espere até eu digerir minha comida. Estava começando a ter prazer nisso tudo. Pensei que você estivesse brincando.

O'Keefe carregando a escada para a entrada. Com o machado em punho, O'Keefe avançando vagarosamente em direção ao alçapão. Dangerfield encorajando-o a prosseguir. O'Keefe empurrando e abrindo a porta, com o olhar seguindo o facho de luz. Nada de barulho. Nem um pio. A coragem voltando com tudo novamente.

– Você parece que está morrendo de medo, Dangerfield. Imagine se fosse você que estivesse aqui em cima. Com certeza são alguns papéis soltos voando pelo forro.

– Você é que sabe, Kenneth. Assobie quando ele lhe pegar pelo pescoço. Entre de uma vez.

O'Keefe desapareceu. Dangerfield olhando para cima

e observando a poeira que descia. As pegadas de O'Keefe indo em direção à sala de estar. Um gemido. Um grito de O'Keefe.

– Santo Deus, segure a escada que eu vou descer!

Porta do alçapão fechando-se com estrondo.

– Deus do céu, o que é isso, Kenneth?

– Um gato. Com um olho só. O outro, um grande buraco rachado. Que coisa horrível. Como é que ele foi subir lá?

– Não tenho ideia. Deve ter estado sempre lá. Acho que era de um tal senhor Gilhooley que viveu aqui, só que caiu no precipício uma noite e, três meses depois, as ondas o levaram à Ilha de Man. Você acha, Kenneth, que talvez esta casa tenha uma história de morte?

– Onde é que você vai me pôr para dormir?

– Ânimo, Kenneth. Você está tremendo de medo. Não há necessidade de deixar uma porcaria de um gato amedrontá-lo. Você pode dormir onde quiser.

– Esta casa me faz suar frio. Vamos acender o fogo ou coisa parecida.

– Venha até a sala de estar e toque uma canção no piano para mim.

Atravessaram o vestíbulo de azulejos vermelhos em direção à sala de estar. Colocado num tripé em frente das janelas, um grande telescópio de bronze apontando para o mar. Num canto, um antigo piano com a parte de cima repleta de latas abertas e restos de queijo. Três gordas poltronas decompostas pelo forro que saía e pelas molas que saltavam. Dangerfield se jogou numa e O'Keefe, chegando-se ao piano, bateu numa tecla e começou a cantar:

*Nesta triste sala*
*Nesta escura tristeza*
*Vivemos como animais*

As janelas chocalhando nos peitoris podres. As notas torcidas de O'Keefe. Eis você aí, Kenneth, sentado nessa banqueta, longe de Cambridge, Massachusetts, sardento e alimentado com macarrão. E eu, de St. Louis, Missouri, porque aquela noite no Antelope eu convidei Marion para jantar e ela pagou. E no fim de semana seguinte juntos para um hotel e eu tirei seu pijama verde e ela disse não quero e eu disse você quer. E outros fins de semana até que a guerra terminou. *Bye bye* bombas e de volta para os Estados Unidos onde a única coisa que posso dizer é que me sentia trágico e solitário, sentindo que a Inglaterra tinha sido feita para mim. Tudo que consegui do velho Wilton foi um táxi de graça para nossa lua de mel. Chegamos e eu comprei uma bengala para caminhar pelos vales de Yorkshire. Nosso quarto era sobre um riacho neste fim de verão. E a camareira era louca e colocava flores sobre a cama e aquela noite Marion as colocou no cabelo, que ela deixou solto sobre a camisola azul. Ah, as peras. Cigarros e gim. Corpos abandonados até que Marion perdeu seu dente da frente postiço atrás do toucador e então chorou, enrolada em um lençol, mergulhada numa poltrona. Eu lhe disse que não se preocupasse pois essas coisas acontecem numa lua de mel e logo estaríamos de partida para a Irlanda onde haveria toucinho defumado e manteiga e longas noites perto da lareira enquanto eu estudaria Direito e talvez um pouco de amor fosse feito sobre o tapete de lã no chão.

Esta voz de Boston guinchando sua canção. A luz amarela sai pela janela e se reflete nas hastes dos arbustos batidos pelo vento e nas rochas negras. E desce pelos galhos mortos e espinhosos dos tojos e pelas urzes descoradas até as águas do mar e as ondas profundas. Onde as algas sobem e descem à noite na Balscaddoon Bay.

## 3

Sol de manhã de domingo erguendo-se do mar que não dorme na escura Liverpool. Sentado nas rochas sobre a água com uma caneca de café. Lá embaixo, ao longo do cais do porto, veleiros coloridos. Velas movendo-se em direção ao mar. Casais de jovens namorados subindo a estrada de Balscaddoon em direção ao topo de Kilrock para arrumar um lugar macio na grama e deitar entre as urzes. Um frio mar verde quebrando ao longo da costa branca de granito. Um dia no qual todas as coisas nascem, como estrelas luminosas.

Vento úmido e salgado. E, amanhã, Marion volta. E nós dois sentaremos aqui balançando as nossas pernas americanas. Marion, não volte já, por favor. Ainda não desejo as tenazes sobre mim. Pratos engordurados ou o fundilho sujo do nenê, quero apenas ver os barcos velejando. Precisamos de uma babá para o nenê, para levá-lo de carrinho a algum parque público onde eu possa ouvir os pombos. Ou talvez vocês dois morrerão num acidente de trem e seu pai pagará as despesas do funeral. Pessoas bem-educadas nunca brigam por causa do preço da morte. E não é nada barato nos dias que correm. Ficarei com os olhos vidrados por um mês e, zás, para Paris. Algum hotel elegante e sossegado na Rue de Seine e frutas frescas mergulhadas numa bacia de água fria. Seu longo corpo gelado estendido na na lápide e o que me viria ao pensamento se eu tocasse seu peito sem vida. Preciso arranjar meia libra com O'Keefe antes que ele se vá. Gostaria de saber o que é que o torna tão agarrado ao dinheiro.

No fim da tarde, os dois descendo a colina em direção à parada de ônibus. Pescadores chegando com seus barcos e despejando o que haviam apanhado no cais. Velhas observando com seus calcanhares rachados e peitos pesados.

– Kenneth, este país não é uma beleza?
– Veja aquela mulher.
– Estou dizendo, Kenneth, este país não é uma beleza?
– Do tamanho de melancias.
– Kenneth, seu infeliz!
– Sabe de uma coisa? Constance tinha um belo corpo. Ela deve ter me amado. Não podia deixar de me amar. Mas não quis deixar esse amor interferir no casamento com alguém de uma tradicional família ianque. Quantos dias não fiquei com os fundilhos doendo de tanto ficar sentado na escada da biblioteca só para vê-la passar e segui-la até onde ela ia se encontrar com algum vigarista sem a mínima qualificação.

– Kenneth, você é muito infeliz.
– Não se preocupe, eu me arranjo.

Domingo. Dia escolhido para o vazio e o fracasso. A cidade de Dublin fechada, uma grande ratoeira cinzenta. Somente as igrejas em funcionamento, sagradas, com música, círios vermelhos e Cristos crucificados. E, de tarde, intermináveis filas de pessoas esperando na chuva ao lado dos cinemas.

— Uma coisa, Kenneth, será que você podia dar um jeito de me emprestar meia libra que será devolvida segunda-feira à uma e meia? Recebo o cheque amanhã e posso pagar pra você no consulado.

— Não.

— Dois *shillings*.

— Não.

— Um *shilling* e seis *pence*.

— Não. Nada.

— Um *shilling* é nada.

— Santo Deus, Dangerfield, não me arraste para o abismo com você. Tenha santa paciência, estou entre a cruz e a espada. Olhe só o meu estado. Meus dedos estão como macarrão molhado. Me deixe em paz. Não acabe com nós dois de uma vez.

— Calma, Kenneth, não leve as coisas tão a sério.

— A sério? Este é um caso de vida ou morte. O que você quer que eu faça? Pule de alegria?

— Você está nervoso.

— Nada disso; sou prudente. Amanhã quero ter o que comer. Você tem certeza de que os cheques estarão lá amanhã?

— Absoluta.

— Quando você estiver no asilo pedindo que lhe paguem um drinque eu não quero estar por perto. Que um se afunde, já basta. Para que dois? Quero jantar hoje.

— Preciso de cigarros.

— Meu ônibus vem vindo, lhe empresto três *pence* e você devolve amanhã.

— Kenneth, quero lhe dizer uma coisa antes que se vá. Você é uma rosa entre os espinhos.

— Não encha; se você não quiser os três *pence*, devolva já. Paga metade de minha passagem.

— Kenneth, você precisa de amor.

— Mulher e dinheiro.

Ônibus se afastando. A cabeça de O'Keefe desaparecendo no andar superior e, sobre um cartaz de propaganda, Guinness faz bem para você. Sem dúvida.

Subindo a colina. Domingo no deserto de Edar. Como é bom conhecer os nomes célebres. Bom respirar muito profundamente. Nos últimos tempos tenho sonhado que estou sendo preso. Chegam por trás e me agarram por ter cometido alguma ofensa pública. Ainda bem que não é nada indecente. Chegar até a loja e pedir que me arrumem um cigarro.

– Um dia muito bonito.
– É.
– Me perdoe a indiscrição, mas o senhor é a pessoa que está agora morando lá em cima no rochedo?
– Sim.
– Era o que eu pensava. E está gostando?
– É muito bom.
– Que ótimo.
– Até logo, então.

Ah, eu digo. Digo nomes e números. Desejo cobrir o rosto com um trapo. Por que você não sobe até aqui e não fica me olhando comer? Abra minhas cartas e veja se eu uso suporte atlético. E eu gosto de que minha mulher ande descalça. É bom para as mulheres. Dizem que é ótimo para a frigidez. Por mim não haveria mulher frígida. Venha e me observe através de qualquer janela.

Subindo até o Summit e, lá embaixo, está Gaskin's Leap, Fox Hole e Piper's Gut. E a Casana Rock, que é a delícia para os pássaros do mar. Brisa quente no ar. Como gosto. Solitário e é domingo. O gato. Devia ter prendido O'Keefe lá em cima com ele. Retirar a escada. Dar-lhe uma lição de coragem.

Uma garota se aproxima.

– Podia me arrumar fogo?
– Claro.

Dangerfield riscando um fósforo e acendendo o cigarro dela.

– Muito obrigada.
– Não seja por isso, numa tarde tão maravilhosa como esta.
– Sim, está uma beleza.
– Um encanto.
– Sim, um encanto.

– Está dando um passeio?
– Sim, estou passeando com minha amiga.
– Sem rumo?
– Sim, é bom assim. Viemos de Dublin.
– Tem alguma ocupação?
– Bem, acho que trabalho.
– Em quê?
– Eu e minha amiga trabalhamos no Jacob's.
– Fábrica de biscoitos.
– Nós colamos os rótulos nas caixas.
– Gosta?
– Serve. No fim acaba enjoando.
– Vamos dar um passeio juntos.
– Vamos. Vou chamar minha amiga.

Os três passeando. Coisas triviais. Nomes: Alma e Thelma. E falando a respeito do navio *Queen Victoria* que naufragou aqui às três horas da manhã do dia 15 de fevereiro de 1853. Trágico. E há a pedreira. Olhe as pedras. Construíram o porto com esta rocha. Digo uma coisa a vocês, Alma e Thelma, Howth significa um grande nome para a história. E posso dizer que eu também estou contribuindo para isso. De minha maneira muito singela. E elas pensaram que ele estava se gabando e elas eram católicas e riram na sua cara protestante.

Um pouco escuro agora. Deixe-me pegar nas mãos de vocês. Howth é um lugar perigoso de noite. Mocinhas precisam de proteção. E eu segurarei sua mão, Alma, e ela é macia apesar do trabalho. Thelma caminhando à frente. Importa-se com isso, Alma? Thelma longe no escuro, pare um pouco aqui, assim. É melhor com meu braço na sua cintura. Para protegê-la. Gosta? Bem, você não perde tempo, e beijar um estranho, o que minha amiga vai pensar? Diga que eu sou um cavalheiro solitário e você não pode resistir a um inocente e pequeno abraço. Minha casa é aqui, vamos entrar? Não. Tomar alguma coisa? Sou membro das Pioneiras. Tome um copo de água, então. Eu poderia voltar no próximo domingo. Estarei na África, no meio do Congo. Você tem seios muito bonitos, Alma. Você não devia me obrigar a fazer essas coisas. Ora, Alma, entre um pouquinho que eu lhe mostro meu telescópio. Não seja insistente, além do mais não posso deixar minha amiga sozinha. A honestidade nunca leva a parte alguma. Deixe eu lhe dar um beijo de despedida, Alma. Não pense que eu não gostei mas é que minha amiga podia voltar e contar o que não viu a minha irmã. Tchau.

Alma correndo e afastando-se na noite. Com seu coração aquecido por um estranho e eu sei que você está pensando que eu gostaria de ter visto sua calcinha nova. Vai ficar na gaveta por uma semana. Para um amável protestante como ele e poderia ter havido chocolate e passeios de táxi e baile. Possibilidades que atormentam, podem nunca mais se repetir. Thelma, ele era o máximo.

Através de minha porta verde e assombrada. Para dentro desta casa de ruídos. Deve ser o mar. É possível até que entre pelo assoalho. O gato. Igual a O'Keefe, com um olho só. Ele diz que não consegue apanhar uma bola. E quando eles o levaram para o hospital e tiraram o seu olho nunca lhe disseram que ele tinha ficado só com um. Kenneth, eu lhe quero muito bem assim mesmo. E ainda mais se você tivesse enterrado o machado na cabeça do gato, bem atrás das orelhas. Acho que a sala de estar é o melhor lugar hoje. Não quero aglomerar os demônios. E vou pôr um gorro de dormir. E ler minha bela e volumosa revista americana de negócios. Ninguém saberá o que ela tem feito por mim em meus momentos de tristeza. Minha Bíblia da felicidade de todo mês. Abro-a e estou fazendo 63 mil gordos dólares por ano. Estranho, três mil fica mais autêntico. E devo ir até meu escritório em Connecticut e insistir no assunto. E passar horas de descanso no meu clube. Nova York está difícil com os irlandeses se metendo em tudo. Imitando os protestantes. E terei uma pequena e adorável família com dois filhos. Usar o máximo de anticoncepcionais. Não devo nunca deixar a lascívia me vencer. Paixão de um momento, catástrofe para sempre. Não posso errar mais do que duas vezes. Poderia ser fatal. Marion fazendo aquele barulho de quem está chupando com aqueles dentes da frente. Chupando-os para dentro e para fora, é coisa que não se faz. Não se faz. Pequeno círculo de pelos ao redor dos seus mamilos, fazem cócegas na boca do nenê. Ah, ela vai ter uma vida muito longa. Vai me enterrar. Mas não antes que eu tenha estudado um pouco de direito comercial e talvez, mais tarde, um pouco de investimento bancário. Sebastião Bullion Dangerfield, diretor de Quids S.A., o maior estabelecimento bancário do mundo. Faria mil coisas. Mudaria as taxas de juros das casas de penhor. Abaixaria? Não, aumentaria. As pessoas, afinal de contas, não devem andar penhorando coisas. E enviaria O'Keefe para o Sudão de modo que ele pudesse andar nu.

Dangerfield sentou com os pés para cima de encontro à parede. O vento sacudindo as janelas. Subitamente um longo e lúgubre gemido em cima do forro.

– Santo Deus.

Devo me aguentar. Não adianta nada perder a coragem. E um gemido debaixo do assoalho. Deus do céu!

Pegando o machado, entrando no seu quarto. O ar do mar, grande fantasma molhado, entrando pela janela aberta. Fechando-a com estrondo. Puxando as cobertas da cama. Certificar-se de que não há cascavéis. Ir dar a descarga na privada agora, diluir o medo. E pôr o quarto em ordem, arrumar a cama. E outro gole do generoso gim Cork. Bater no travesseiro para que ele fique macio. Que desastre. O quarto enchendo-se de penas. Assim seja, se é assim que o destino quer. No chão com este maldito colchão.

E Dangerfield erguendo o machado por cima da cabeça como um louco e rasgando o travesseiro. Gritos de dinheiro, dinheiro. Arrastando o colchão para fora da porta, atravessando o vestíbulo e entrando na cozinha. Para cima da mesa com ele. E aqui está o machado pronto para rachar o primeiro impostor que penetrar nesta sala. Mais um gole disto. Tenho certeza que faz bem para o intestino e pelo menos me conduz mais rapidamente para a inconsciência. Deixei minha alma sentada em um muro e me afastei observando-me e fiquei com frio porque almas são como corações, mais ou menos quentes, iguais a um coração.

# 4

Um puxão na perna. Abrindo vagarosamente os olhos para ver a face irada de Marion pairando sobre ele nesta manhã de caos de segunda-feira.

– Santo Deus, o que aconteceu com a casa? Por que você não estava na estação me esperando? Olha o seu estado. Gim. Isto é o fim. Tive que tomar um táxi, está entendendo? Um táxi, quinze *shillings*.

– Calma, calma, pelo amor de Deus, um pouco de paciência e eu explico tudo.

– Explicar? Explicar o quê? Não há nada para explicar, está tudo claro.

Marion erguendo a garrafa de gim.

– Muito bem, eu não sou cego.

– Ah, querido, isto é horrível. Você é um grosseirão. Se mamãe e papai soubessem para o que eu tive de voltar. O que você está fazendo na mesa?

– Cale a boca.

– Não calo e não me olhe assim. Qual a razão dessas penas todas espalhadas por todo canto? Pratos quebrados no chão. O que você andou fazendo?

– Dançando a dança do bode.

– Isso tudo é uma vergonha, um nojo. Penas por todo o canto. Seu beberrão. Onde você arrumou dinheiro? Não foi me esperar na estação. Por quê? Vamos, responda.

– Cale a boca. Fique quieta, pelo amor de Deus. Não ouvi o despertador.

– Mentira. Você bebeu, bebeu até não poder mais. Veja só a gordura, a sujeira, a imundície. E o que é isto?

– Uma gaivota.

– Quem pagou tudo isso? O fedido do O'Keefe andou por aqui. Sei que esteve, sinto o cheiro dele.

– Me deixe em paz.

– Você pagou o leiteiro?

– Paguei, agora cale a boca. Ai, minha cabeça.

– Pagou, não é? Aqui está, aqui. Exatamente como deixei a conta e sem o dinheiro. Um estroina é o que você é. Um sórdido estroina.

— Pode me chamar de velhaco, não aguento refinamento misturado com gritaria.

— Pare, pare com isso. Não pretendo continuar a viver assim, está me ouvindo? Suas mentiras deslavadas, uma após a outra, e eu tentando convencer meu pai a fazer alguma coisa por nós e depois encontro isso.

— Seu pai. Seu pai é um monte de merda, delicada merda, dura como quando sai. O que ele anda fazendo, jogando batalha naval na banheira?

Marion deu um bote, sua mão foi em cheio no rosto dele. A criança começou a gritar no quarto. Sebastian afastou-se da mesa. Um soco no rosto de Marion. Ela caiu para trás contra o armário. Pratos caindo no chão e quebrando. Com a cueca em farrapos, ele ficou parado na porta do quarto. Deu um pontapé e quebrou a fechadura para abri-la. Tirou o travesseiro de debaixo da criança e apertou-o contra a boca que chorava.

— Eu mato, por Deus do céu, eu mato se ela não calar a boca.

Marion atrás dele enfiando as unhas em suas costas.

— Louco, deixe a criança em paz ou eu chamo a polícia. Vou me divorciar de você, seu salafrário, covarde, covarde, covarde.

Marion apertando a criança contra o peito. Soluçando, ela se deita na cama com seu comprido corpo inglês junto à criança. O quarto ecoando as entrecortadas lamentações. Sebastian saiu do quarto lívido, batendo a porta quebrada, sufocando o som de sofrimento em seu coração culpado.

Dangerfield tomou um dos últimos ônibus para Dublin. Sentou na parte de cima, na frente, rangendo os dentes. Lá fora trechos de brejo e aquele campo de golfe soprado pelo vento. North Bull Island brilhando ao sol. Custa dinheiro abandonar Marion. Sangue plebeu nela, talvez de sua mãe. O pai da mãe tinha uma loja. Sangue ruim contagia. Sei que contagia. E eu tenho que dar o fora. Passagem só de ida num navio. Ela não tem coragem de pedir o divórcio. Conheço-a muito bem. Não me deu a mínima chance de explicar a conta. Ela que apodreça lá. Para mim tanto faz. Tenho que enfrentar os fatos da vida. Os fatos, os fatos. Posso aparar as arestas com ela. Ela é ótima para preparar pratos feitos com queijo. Alguns dias sem comida a farão amolecer. Talvez eu volte com uma lata de pêssegos e creme. Ela está sempre abrindo as janelas para deixar entrar o ar. Abrindo as janelas ao menor peido. Me disse que nunca peida. Pelo menos os meus saem com estrondo.

O parque Fairview parece-se com um cobertor úmido e embolorado. Me sinto um pouco melhor. O'Keefe quebrou um vaso sanitário daquela casa. Caiu dentro dele quando tentava espiar por trás do armarinho do banheiro. O'Keefe, grande sofredor, mergulhado nos livros da Biblioteca Nacional estudando irlandês e sonhando com sedução.

Estação Amiens Street, Dangerfield descendo do ônibus, atravessando e subindo a Talbot Street a passo de avestruz. Meu Deus, acho que estou vendo prostitutas com olhos vesgos e bocas sem dentes. Não tente fazer uma viagem rua acima com uma delas sem usar uma armadura impenetrável, senão adeus armaduras de Dublin. Eu perguntei a uma delas quanto ela cobrava e ela me respondeu que eu era malvado. Convidei-a para um drinque e ela me disse que os marinheiros americanos eram rudes e batiam nela nos assentos de trás dos táxis e lhe pediam para tomar banho. Disse que gostava de goma de mascar. E depois que ela tomou alguns drinques ficou incrivelmente grosseira. Fiquei chocado. Me perguntou de que tamanho era. Quase lhe bati na cara. Com ele. Chamo isso de provocação. E disse-lhe para ir se confessar. Dublin tem mais de cem igrejas. Comprei um mapa e contei-as. Deve ser uma coisa maravilhosa ter fé. Mas eu acho que uma garrafa de Gold Label tirada do barril na casa dos aspidistras acalma os nervos. Não é hora de ficar nervoso. Tenho a juventude do meu lado. Ainda sou moço, pouco mais de 25 anos, embora o Senhor saiba que passei por duras provações. Muitas pessoas avisam: tenha cuidado. Não se case sem dinheiro, sem um bom emprego, sem um diploma. Rá. Rá. Rá. Têm razão.

Para dentro do bar com raposas empalhadas atrás dos vasos de flores. Marrom sujo e acolhedor. Chamando a atenção para ser atendido.

O rosto duro de um jovem aproxima-se esbaforido.

— Bom dia, sr. Dangerfield.
— Bela manhã de primavera, um duplo e alguns cigarros Woodbines.
— Muito bem. Chegando cedo hoje.
— Tantas coisas para fazer.
— Sempre há coisas para se fazer, não é mesmo?
— Sem dúvida.

Belos clichês. Devem ser estimulados. Muita gente idiota tentando ser original. Criando expressões quando um bom lugar-comum resolveria e acabaria com a angústia. Se Marion quiser fazer a bárbara acusação de que eu tirei o dinheiro do leite, está bem, tirei mesmo.

Chega uma bandeja pela porta discreta.
— Ponho na sua conta, sr. Dangerfield?
— Faça o favor.
— É uma satisfação poder gozar de um tempo decente e eu acho que a sua aparência está ótima.
— Muito obrigado. Sim, ótima.

Acho que momentos como este de estar sentado aqui deveriam ser preservados. Gostaria de que meus amigos me visitassem em minha casa e tomassem um aperitivo, mas nada vulgar. E Marion poderia preparar umas pequenas coisinhas para se comer. Azeitonas. As crianças brincando no jardim. Não me importaria de ter uma sala mais ou menos no estilo desta. Raposa em cima da lareira e uns acessórios fúnebres. Do lado de fora, o mundo é conduzido na sua rota. E eu estou bem na frente. Para guardar os amigos, as fotografias e as cartas. E a mim também. E mulheres roubando o dinheiro recebido como pensão para dá-lo a jovens amantes. Traseiros amarrotados levantam-se de suas cadeiras, em choro assinando seus cheques. Me tornar amante de mulheres de mais de cinquenta. São as que procuram. Ótimo para O'Keefe. Mas pode ser que ele falhasse. Um homem de cultura mas impotente. E agora tratar de receber o cheque. Quero ver dólares. Milhares de dólares. Quero cobrir-me deles para pavimentar as ruas de minha pequena alma difícil de contentar.

— Até logo.
— Até a próxima, sr. Dangerfield. Felicidades.

Através da Butt Brigde. Coberta de jornais rasgados e velhos disformes e desdentados vendo passar os derradeiros anos. Estão enjoados. Sei que vocês já passaram por um aprendizado e houve um momento no qual foram rapidamente respeitados por uma opinião. Logo, estarão na presença de Deus. Ele ficará chocado. Mas há felicidade lá em cima, senhores. Tudo branco e dourado. Céu azul de acetileno. E quando partirem, vão de terceira classe. Seus miseráveis.

E caminhando pela Merrion Square. Ficar mais rico. Movimentar os dedos um pouco. A bandeira americana tremulando lá em cima. É a minha bandeira. Significa dinheiro, carros e cigarros. E não aguentarei nenhuma palavra dita contra ela.

Subindo rapidamente a escada. Grande porta preta. Com firmeza, aproximando-se da escrivaninha da recepcionista. Irlandesas fecundas de meia-idade e de miséria. Abusando de pobres irlandeses enviados para este país vindos do outro lado do mar. Dando-lhes a primeira sensação de serem espezinhados. E mostrando-se amável para o universitário do centro-oeste americano que irrompe na sala.

– Poderia me dizer se os cheques já chegaram?

– O senhor é o sr. Dangerfield, não é?

– Sim.

– Sim, os cheques chegaram. Acho que o seu está por aqui em algum lugar. Mas, não há alguma combinação com sua mulher? Eu acho que não posso entregá-lo a você sem o consentimento dela.

Dangerfield ficando extremamente irritado.

– Olha aqui, se a senhora não se importa eu levo o cheque agora mesmo.

– Sinto muito, sr. Dangerfield, mas eu recebi instruções para não entregar o cheque ao senhor sem a permissão de sua esposa.

– Já disse que vou levar o cheque imediatamente.

A boca de Dangerfield uma guilhotina. A mulher um tanto apreensiva. Mulherzinha atrevida.

– Sinto muito mas terei que consultar o sr. Morgue.

– A senhora não vai consultar ninguém.

– Sinto muito mesmo mas, primeiro, terei que falar com o sr. Morgue.

– O quê?

– Não se esqueça de que a entrega destes cheques está sob a minha responsabilidade.

A mão de Dangerfield sibilou no ar descendo com um estrondo sobre a escrivaninha. A recepcionista deu um salto. E derrubou o queixo em sinal de obediência.

– A senhora não vai falar com ninguém e se não me entregar o cheque neste momento vou processá-la por roubo. Está me entendendo? Falei bem claro? Escrava irlandesa nenhuma vai interferir nos meus negócios. E vou levar esta irregularidade ao conhecimento das autoridades competentes. Vou levar esse cheque e chega de tolices.

Recepcionista com a boca aberta. Gota de saliva retorcida em seu queixo. Um instante de hesitação e medo e uma mão nervosa entrega o envelope branco. Dangerfield fulminando-a com olhos vermelhos. Uma porta abrindo-se no corredor. Diversos infelizes, olhando da escada, voltam rapidamente para suas cadeiras. Um último pronunciamento por parte de Dangerfield.

– E preste bem atenção: quando eu voltar aqui de novo, quero que esse cheque me seja entregue de imediato.

Da porta, um sotaque do centro-oeste.

– Ei, amigo, o que está acontecendo por aqui?

– Patati patatá.

– O quê?

Dangerfield subitamente num acesso de riso. Girando nos calcanhares empurrou a tal porta escura e desceu a escada aos pulos. O verde luxuriante do parque do outro lado da rua. E, por cima do topo das árvores, edifícios de tijolos vermelhos do outro lado. Veja só que notáveis lajes de granito para se caminhar. Extremamente belas e sólidas. Celta grosseira. Sou inteiramente a favor do cristianismo mas qualquer insolência deve ser combatida. Com violência se necessário. Cada pessoa no seu lugar, fica melhor assim. Arre. Visitar a casa de penhor mais tarde e comprar uma corneta francesa e tocar pela Balscaddoon Street. Cerca de quatro horas da tarde. Acho que vou entrar neste encantador restaurante de janelas antiquadas.

Este restaurante é escuro e confortável com um toque de escolaridade. Com o portão de trás da Universidade de Trinity ali perto. Faz com que eu me sinta bem perto da sabedoria e dos estudantes que não bebem a cerveja amiga. Talvez eu dê muito valor ao ambiente.

Gastar o dinheiro com cuidado. Um mundo maravilhoso pela frente. De velhas ruas e casas, vagidos de recém-nascidos e faces felizes e sorridentes dos que acompanham os últimos mortos. Carros americanos correndo pela Nassau Street e oficiais do antigo exército indiano, vestidos de tweed, adentrando o Kildare Street Club, todo aristocrático, para um uísque matinal. O mundo inteiro está aqui. Mulheres de Foxrock de tornozelos finos e traseiros atraentes ligados firmemente pelo símbolo da prosperidade, apavonando-se porque são as donas do mundo a caminho do café e de uma exposição de pintura. Não ganho o que quero. Mais. Para dar a Marion a mesma condição. Ganhar dinheiro. Eu. O sol brilhando. Contando com a ajuda de Deus para o controle da natalidade. Esta grande grade de ferro ao redor de Trinity serve para alguma coisa boa. O mundo é ressurreição. Bandeiras amarelas no céu, desfraldadas para mim, Sebastian Bullion Dangerfield.

> *E Deus bondoso*
> *Dai-me a força*
> *Para encostar meu ombro*
> *No leme da vida*
> *E empurrar*
> *Como os outros.*

## 5

Da primavera para o calor do verão. Em Stephen's Green atores estavam sentados em cadeiras de três *penny* tomando banho de sol. Aqui há grinaldas de flores e patos deslizando pelo céu. E pessoas tomando os últimos bondes até Dalkey para ir nadar. Nesta manhã de junho, Dangerfield saiu pelo portão da frente de Trinity e subiu as empoeiradas e frágeis escadas da casa número 3 onde ele parou em frente de uma pia manchada de ferrugem e vazando água e bateu na porta de O'Keefe.

Um minuto se passou e depois o som de pés calçados e tranca sendo retirada e o surgimento de um rosto barbudo e triste e um olho vazio.

– Você!?

A porta foi escancarada e O'Keefe caminhou penosamente de volta ao quarto. Um cheiro de esperma azedo e manteiga rançosa. Ornamentando a mesa, uma fôrma de pão com um canto tirado a dentadas. A lareira cheia de jornais, meias velhas, manchas de saliva e produtos de autopoluição.

– Santo Deus, Kenneth, você não acha que devia limpar um pouco esta casa?

– Para quê? Causa-lhe enjoo? Vomite na lareira.

– Você não tem um criado?

– Tenho coisas mais interessantes em que gastar meu dinheiro do que em criados. Estou de partida.

– O quê?

– De partida. Dando o fora. Você quer algumas gravatas? Gravatas-borboleta.

– Quero. Para onde você vai?

– França. Arrumei um emprego.

– Fazer o quê?

– Dar aulas de inglês num ginásio. Besançon, onde nasceu a mãe de Paul Klee.

– Sujeito de sorte, você está falando sério?

– Vou partir exatamente daqui a uma hora. Se você prestar bem atenção em mim me verá encher este saco com quatro pacotes de cigarro, um par de meias, duas camisas, um sabonete e uma toalha. Depois ponho o chapéu na cabeça, cuspo nos sapatos e dou uma lustrada com o punho do paletó. Saio por aquela porta, dependuro as chaves no portão da frente e vou até o Bewley para tomar uma xícara de café, sozinho, é bom dizer, a não ser que você tenha dinheiro para pagar o seu. Depois, se você ainda estiver prestando atenção, eu vou dar uns giros pela O'Connell Street, passo pelo Gresham e na esquina dou uma guinada brusca à direita e você então verá minha forma esguia desaparecer para dentro de um ônibus verde com o letreiro Aeroporto, e fim. Está me entendendo?

– A única coisa que posso dizer é que estou encantado, Kenneth.

– Você está vendo? Questão de sistema. Vida bem-organizada.

Dangerfield apontando a sala.

– É isso que você chama de bem-organizada? Imagine se fosse desorganizada.

O'Keefe dando uns tapinhas na testa.

– Aqui, Jack, aqui.

– O que você vai fazer com aquela jarra em cima da penteadeira? Ainda tem o preço nela.

– Aquela? Fique com ela. Você sabe o que é aquilo? Vou contar a história. Um ano atrás, quando me meti neste buraco, estava cheio de grandes ideias. Coisas como tapetes e poltronas e talvez alguns quadros na parede, convidar alguns desses infelizes alunos de escola pública para vir dar uma olhada em meus objetos de arte. Pensava que as coisas iriam ser como em Harvard com a diferença de que teria a chance de penetrar em alguns dos clubes, coisa que nunca pude fazer em Harvard. Achei que seria melhor começar a decoração com alguns artigos de quarto, de modo que comprei aquela jarra por uma libra e quatro *shillings* como você pode facilmente verificar, e aí está. Não preciso dizer que nunca bati papo nem me misturei com esses alunos de escola pública. Eles conversam comigo mas acham que eu sou casca grossa.

– É uma pena.

– É mesmo. Leve a jarra como lembrança minha para quando eu não mais estiver nesta terra amiga, e sim na França, carregado de adoráveis bonecas francesas. Meu Deus, se eu tivesse o seu sotaque ficaria aqui. Aí está todo o segredo, sotaque. Eu já estou derrotado antes mesmo de enfiar o nariz na porta. Mas isso não será empecilho na França.

– Olhe aqui, Kenneth, eu não quero me intrometer...

– Já sei. Onde arrumei o dinheiro. Isso, meu amigo, é um assunto de máximo sigilo.

– É uma pena!

– Vamos embora. Pegue as gravatas se é que você quer ficar com elas, e a jarra, ou qualquer outra coisa. Esta é a última vez que contemplo este triste cenário. Nem mesmo acendi a lareira uma vez sequer. Tenho 27 anos e me sinto como se tivesse sessenta. Não sei, mas acho que morreria se tivesse que passar por isso novamente. Tempo perdido. Nada de diploma. Acho que assisti a quatro aulas de grego e a duas de latim nestes últimos seis meses. O negócio aqui é fogo, bem diferente de Harvard. O pessoal aqui estuda dia e noite.

– E estas giletes usadas?

– Leve o que quiser. Passarei meus últimos dias pobre como um rato de igreja.

Sebastian enrolou as gravatas no braço e depois enfiou-as nos bolsos. Encheu uma toalha de giletes e diversos pedaços de sabonete. Sobre a mesa, um monte de cadernos de anotações.

– O que é isto, Kenneth?

– São os frutos, podres, devo acrescentar, de meus esforços para me tornar um grande escritor.

– Você vai deixá-los aqui?

– Claro. O que você quer que eu faça?

– Sei lá.

– Mas eu sei. De uma coisa estou certo, não sou escritor. Não sou nada a não ser um infeliz sexesfomeado e nunca saciado.

Dangerfield virando as páginas dos cadernos. Lendo alto.

– Na família irlando-americana esta teria sido uma oportunidade muito feliz de alegria hipócrita e genuína, mas os O'Laceys não constituíam uma família irlando-americana comum e a atmosfera era quase sacrilegamente tensa...

– Pare com isso. Se quer ler, leve para você. Não me faça relembrar dessa xaropada. Não quero mais saber de escrever. Meu negócio é cozinhar.

Os dois saindo do quarto com jornais espalhados sobre as molas do colchão. Impressão do corpo. Janeiro aqui dentro e junho lá fora. Pobre diabo, O'Keefe, o pedaço de pão mordido. E a copa, um vestíbulo pardo de gordura. Sob o cano de gás jazem pedaços de toucinho defumado de cor verde e uma xícara quebrada quase cheia de resto de gordura; sem dúvida as primeiras providências de O'Keefe para abrir um restaurante grã-fino. Vidas entremeadas de argutos contratos comerciais, rápidos vislumbres de felicidade terminando em tristes abortos. Faz com que a gente fique acordado de noite e pobre também.

Desceram aos pulos a escada gasta. Atravessaram a rua calçada com pedras arredondadas. O'Keefe na frente, as mãos enfiadas nos bolsos, saltitando, passo de taturana. Seguido austera, nervosamente, pelo elétrico Dangerfield com seus pés de passarinho. Para dentro do número 4 para urinar.

— Mijar sempre me dá uma oportunidade para pensar. É a única vantagem que essa prática tem me oferecido. Mas estou de partida. A caminho novamente. A melhor sensação do mundo. Como é que você se sente, Dangerfield, carregado de mulher e filho? Até pôr o nariz para fora da porta para você é um problema.

— A gente dá sempre um jeito, Kenneth. Melhores dias virão, prometo a você.

— Ir para o hospício.

— Você sabia, Kenneth, que quem se forma em Trinity tem tratamento especial no sanatório Gorman?

— Ótimo, eles vão matar você. Mas sabe de uma coisa, Dangerfield, eu não desgosto de você como você pode pensar. Tenho coração mole. Vamos embora, eu pago uma xícara de café para você, embora não se deva estimular a fraqueza.

O'Keefe desaparecendo dentro das dependências do zelador com as chaves. Zelador olhando para ele com um sorriso afetado.

— Vai nos deixar?

— Vou, em busca do ensolarado continente, adeus.

— Muitas felicidades, sempre, sr. O'Keefe. Nós todos sentiremos muita falta do senhor.

— Até a vista.

— Adeus, sr. O'Keefe.

Caminhando com arrogância em direção de Dangerfield, que esperava debaixo do grande arco de granito, e dando a volta ao portão da frente seguindo pela Westmoreland Street. Penetraram no ar cheio de fumaça e de cheiro de café e sentaram num reservado acolhedor. O'Keefe esfregando as mãos.

— Não vejo a hora de chegar a Paris. Talvez conheça alguém muito rico já no avião. Garota americana cheia do carvão vindo para a Europa em busca de cultura que queira ver os pontos de interesse.

— E, quem sabe, os teus, Kenneth.

— Sim, se ela os visse, tenho a certeza de que não veria mais nada. Por que será que nunca me acontece uma coisa assim? Aquele sujeito que costumava me visitar, aquele que vinha de Paris, um excelente sujeito, me disse que, se você conseguir entrar numa panelinha, está feito. Assim como o grupo do teatro com o qual ele sempre saía, um monte de garotas bacanas à cata de sujeitos como eu, que não são bonitos mas que têm massa cinzenta e bom humor de sobra. Só há um inconveniente, ele me disse, elas adoram andar de táxi.

A garçonete se aproxima e pergunta o que eles vão tomar. Duas xícaras de café.

— Quer um bolo de creme, Dangerfield?

— Grande sugestão, Kenneth, se você acha que não traz problemas.

— Garçonete, eu quero o meu café com bastante, lembre-se, bastante leite, e esquente o pão um pouquinho.

— Pois não.

A garçonete dando risinhos, lembrando da manhã em que aquele doido baixinho, de óculos, entrou e sentou-se com um grande livro. Todas as garçonetes com medo de servi-lo porque ele era tão grosseiro e seus olhos pareciam tão engraçados. Sentado sozinho a manhã inteira virando uma página após a outra. E, então, às onze horas, ele levantou os olhos, agarrou um garfo e começou a batê-lo na mesa gritando que ninguém o servia. E nunca tirou o chapéu.

— Pois é, Dangerfield, em menos de uma hora terei partido à procura de minha sorte. Meu Deus, estou entusiasmado como se fosse perder a virgindade. Acordei hoje cedo com uma ereção que quase batia no teto.

— E olha que ele está a quatro metros de altura!

– Com aranhas arrastando-se por toda a parte. Santo Deus, semanas atrás eu estava desesperado. Jake Lowell veio me visitar, figurão de Boston estudando em Harvard mas ele é preto. Arruma mulheres aos montões mas sem muita sorte no momento. Disse que o negócio era se fazer de original. Disse que era mais intelectual e mais de acordo com o meu temperamento. De modo que ele me fez estrear certa noite. Era igualzinho a ir a um baile em Harvard. Comecei a tremer e meu estômago em pânico. E nos dirigimos para um bar onde elas se reúnem. Ele me deu todas as dicas para que elas percebessem que eu estava por dentro. Disse que todos os convites que valem alguma coisa só aparecem quando a gente está com os bolsos cheios.

– Tudo um tanto arriscado, Kenneth.

– Lance perigoso. Finalmente, conseguimos ser convidados para uma festa, e lá estou eu todo entusiasmado imaginando como uma mulher deve se sentir e então elas dizem que nada feito, porque Jake é preto e haveria muita disputa por ele entre as mulheres lá na festa. Nota: nenhuma disputa para me pegar.

– Kenneth, é duro mas é justo. Lembre sempre disso.

– Santo Deus, o que vou fazer?

– Ainda há os animais, ou então se exponha em público com algum propósito indecente e arrume um cartaz com seu nome e endereço.

– Sou encantador. Seria um marido excepcional. E não consigo nada, nada. Talvez eu quisesse me casar com Constance Kelly porque sabia que ela nunca diria sim. Se ela chegasse até mim e dissesse oh, Kenny querido, eu me entrego, sou sua, eu correria como um doido para ela e fugiria correndo mais depressa ainda. Eu acho, olhando para trás, que a única ocasião em que fui realmente feliz foi no tempo do exército. Exceto no Sul, acampado naquele inferno com aqueles infelizes jacus. Mas eu me dei muito bem. Engordei. O comandante da companhia era um sujeito de Harvard, então não preciso dizer que me colocou atrás de uma tremenda escrivaninha com alguém para fazer café para mim. Enquanto isso todos aqueles filhos da mãe viviam reclamando da péssima comida e puxa como sinto falta da comida de casa e eu disse a eles que minha mãe nunca fez comida tão gostosa. Quiseram bater em mim. A comida me amoleceu tanto que quase quis fazer carreira militar mas foi então que descobri que podia comer muito bem fora do exército se conseguisse ganhar algum dinheiro.

– Por falar em dinheiro, Kenneth.

O maxilar de O'Keefe enrijecido. Pega depressa um pedaço de bolo.

– Olha, Kenneth, eu sei que este pedido é feito em cima da hora mas será que você podia me emprestar dez libras?

O'Keefe perscrutou a sala com seu único olho à procura de nossa garçonete e fez sinal para ela se aproximar.

– A conta, por favor, dois cafés, dois pães e dois biscoitos. Estou de partida.

As mãos de O'Keefe uma adiante, outra atrás ajeitando o chapéu na cabeça. Apanhando o saco do chão ele o arruma nos ombros. Dangerfield de pé, cão fiel seguindo o osso precioso.

– Kenneth, dez libras, prometo devolver dentro de dez dias, farei chegar lá antes de você. Absolutamente certo. Meu pai vai mandar cem libras para mim na terça-feira. Kenneth, não duvide da minha pontualidade, seu dinheiro está mais seguro comigo do que no seu bolso, você pode morrer no avião.

– Grande ideia a sua.

– Oito, então.

– Você é quem está dizendo, eu não estou dizendo nada. Simplesmente não tenho. Ando como um cachorro sem dono pelas ruas, entre a cruz e a espada, economizando uns míseros tostões e, pela primeira vez em meses, arrumo o suficiente para poder tomar banho e cortar o cabelo e dar o fora, aí surge você e me encosta de novo na parede. Deus do céu, por que tenho de conhecer gente pobre?

Dirigiram-se para fora passando por entre as cadeiras e as mesas com suas tampas de vidro e as garçonetes alinhadas ao longo do balcão, braços cruzados sobre os peitos escuros, tinidos de xícaras e bolinhas de manteiga e cheiro de grão de café torrado. De pé em frente à registradora, O'Keefe remexendo o bolso. Dangerfield esperando.

– Muito bem, muito bem, fique me observando, continue. Está certo, você tem razão, eu estou com dinheiro. Você me recebeu em sua casa, me alimentou, está certo, está certo, mas agora você está me arrasando.

– Não disse nada.

– Está bem, puxa vida, tome e gaste tudo com bebidas, ou jogue fora, ou rasgue, faça o que quiser com uma única condição: quero esse dinheiro lá quando eu chegar. Você me arrasou.

– Ora, Kenneth, não há necessidade de ver a coisa assim.

– Sou uma besta. Se eu fosse rico poderia mandar você à merda. Pobres estropiando os pobres.

– A pobreza é temporária, Kenneth.

– Pode ser temporária para você, mas eu não tento me enganar, sei muito bem que posso ir para o fundo e ficar lá. Tudo o que existe foi organizado para me manter na miséria. E não aguento mais. Tive de me matar para arranjar esse dinheiro. Trabalhar. Usar a cabeça.

– Conte como foi.

– Leia isto aqui.

O'Keefe tirando vários pedaços de folha de caderno do bolso. Rabiscos feitos às pressas e sujos.

– Feito meio no tapa, Kenneth.

– Leia.

> *Esta é a minha situação. Não tenho roupas para usar e não como há dias. Preciso de dinheiro para comprar passagem para a França, onde consegui um emprego. Em minha atual situação não tenho absolutamente nenhum escrúpulo nem qualquer consideração pelo respeitável nome de O'Keefe. De modo que vou me apresentar ao consulado dos Estados Unidos para ser deportado e dar um jeito para que tudo seja bem divulgado pelo Irish Press e pelo Irish Independent, os quais achariam muito engraçado e fora do comum que um americano se encontrasse na Irlanda sem um tostão, abandonado por seus parentes. Se me mandar dinheiro até o fim da semana eu partirei para a França*

*imediatamente e o senhor nunca mais ouvirá falar de mim. Para dizer a verdade, qualquer das duas soluções resolve o meu problema, mas devo pensar em meus parentes e no que os vizinhos poderiam dizer. Acho que mataria minha mãe de vergonha.*
*Sinceramente,*
*K. O'Keefe.*

O'Keefe tirou outra carta do bolso.
– Aqui está a resposta do padre Moynihan. Foi para ele que minha mãe mandou que eu trouxesse os sapatos e eu disse para o cara da alfândega que se eu tivesse que pagar um tostão de imposto sobre eles eu os jogaria no mar. Ele me deixou passar. Credo, nunca vou esquecer aquele vigarista,
Dangerfield segurando o papel azul nas duas mãos.

*Sinto-me incapaz até mesmo de me dirigir a você, uma vez que esta carta é a mais mesquinha que jamais tive o desprazer de receber. Atinge as raias da chantagem. É difícil acreditar que você seja o produto de um bom lar católico ou, então, meu sobrinho. Você é um insulto ao povo americano. Entretanto, parece que sempre haverá coisas assim – a escória e a maldade criadas na sarjeta – que são uma ameaça às pessoas decentes que dedicaram suas vidas a criar e educar velhacos ingratos. Que ousadia a sua me ameaçar com tal insolência. E só devido ao fato de você ser filho de minha irmã que eu não levei sua imunda carta ao conhecimento da polícia. Em anexo vão as trinta moedas de prata pedidas, e quero deixar claro que não tolerarei qualquer outro pedido seu. Enquanto esteve aqui como meu hóspede, você violou minha hospitalidade e também a dignidade à qual estava acostumado nesta paróquia. Também fiquei sabendo de suas tentativas de corromper a pureza de uma das filhas da sra. Casey. Quero preveni-lo: se você se comunicar comigo novamente, levarei ao conhecimento de sua mãe os pormenores desta execrável afronta.*
*J. MOYNIHAN P.P.*

— Kenneth, isto é fantástico. O que você andou fazendo por lá?

— Eu? Não me lembro. Disse para a garota que trabalhava na biblioteca que ela devia se liberar. Ficou fascinada. Sem dúvida senti remorso quando fui embora e contei ao filho da mãe, no confessionário, que eu havia tocado o braço da moça, aquela velha história. Nada de novo. O mesmo velho esquema, desespero, frustração, miséria. E aquele covarde filho da mãe com suas garrafas de uísque e dignidade me fez ficar mais infeliz ainda. Nunca me vi em tamanha fria em toda a minha vida. A maldita casa parecia uma câmara mortuária. Não punham um pau de lenha a mais na lareira de jeito nenhum. Logo que ele descobriu que eu não tinha um tostão e estava vivendo da caridade dele, acabou-se o fogo da lareira e os cigarros que andavam espalhados por toda parte da casa desapareceram e a criada começou a vigiar a cozinha como um gavião. No entanto, não há razão para amargor, a carta cheia de desaforos chegou com dez libras dentro. Antes, quando pedi dinheiro, ele me enviou meia coroa.

— Uma coisa pode ser dita a seu favor, Kenneth, você tem recursos. Se você algum dia voltar aos Estados Unidos ficará rico.

— Quero dinheiro aqui. Ficar aqui até o meu último suspiro se tiver a grana necessária. Mas que filhos da mãe sovinas. Sair do país. Depois de minha estada com o reverendo Moynihan eu achei que era bom ver o que se podia conseguir no campo da hospitalidade com o lado do meu pai. Um bando de vigaristas. No primeiro dia em que cheguei me deram o que tinham de melhor, mas foi constrangedor. Puseram-me sentado na outra ponta da mesa com toalha de mesa e guardanapo enquanto eles devoravam a comida na mesa nua. Eu dizia, escuta, por que não posso fazer igual a vocês e comer na mesa sem toalha e eles me respondiam oh, não, você vem dos Estados Unidos e nós queremos que você se sinta em casa. Até mantinham os porcos e as galinhas fora de casa, o que pouco me importava. Mas então quiseram saber quando é que eu me ia e como um bobalhão disse que estava sem um tostão. Para quê? Galinhas e porcos dentro de casa, toalha de mesa e guardanapo desapareceram. Mas me aguentei até a véspera de Natal quando vem meu tio e diz vamos nos ajoelhar e rezar o rosário. E lá estava eu, de joelhos numa pedra fria resmungando ave-marias e pensando nos rabos que estava perdendo em Dublin. Dei o fora no dia seguinte depois da ceia de Natal. Achei que o mínimo que podia fazer era aproveitar a ceia.

– Amável condescendência.

Atravessaram a rua e O'Keefe comprou um *Irish Times* e dirigiram-se alegremente para a ponte, ambos cheios da torrente de palavras que jorravam do entusiasmo de O'Keefe e das lembranças de Dublin. Pareciam um par curioso, e um grupo de garotos começou a chamá-los de judeus, judeus, e O'Keefe apontou para trás com um dedo acusador, irlandeses, irlandeses, e eles ficaram descalços em silêncio.

– É disso que eu gosto a respeito da Irlanda, tão aberta no que diz respeito a ódios. Acho que tudo que almejo nesta vida é um fogo decente na lareira, um tapete no chão e uma cadeira confortável para me sentar e ler. E alguma grana pela qual não tenha que me matar e me misturar com pessoas de dinheiro, não, devo acrescentar, em sua exata situação, Dangerfield. Mas Deus do céu, quando a gente não tem dinheiro de espécie alguma o problema é comida. E quando você tem dinheiro o problema é sexo. Quando você tem os dois, o problema é saúde, você se preocupa com rompimentos ou coisa parecida. Se tudo é na base da simplicidade então a gente tem medo da morte. E veja só essas faces, todas impregnadas do primeiro problema e assim serão até o resto de suas vidas.

– E qual é o meu, Kenneth?

– Você navega em barcos de sonhos. Você pensa que, porque nasceu rico, vai ficar sempre assim. Enquanto há muitos sujeitos como eu por aí, esperando por uma mãozinha. Consiga um diploma, passaporte para a segurança, e use anticoncepcionais. Se você ficar entalado com crianças está perdido.

– Até aí, ok.

– Fique perto desses estudantes ricos de Trinity. Todos eles gostam de você. Eu tenho a desvantagem do meu sotaque mas logo que conseguir as gravações das aulas de fonética, tome cuidado. Voltarei da França um novo homem.

No Cathal Brugha Street viraram e O'Keefe comprou a edição parisiense do *Herald Tribune* e do *The Western People*. Enfiou os jornais no saco e encarou Dangerfield.

– Aqui eu me despeço. É contra meus princípios que as pessoas vão à estação para se despedir de mim.

– Como quiser, Kenneth. Gostaria de agradecer pelo dinheiro.

– Não torne a coisa triste. Mande para mim. Conto com ele. Nada de mancadas.

– Não vou dar mancadas.

– Até a vista.

– Muito cuidado, Kenneth, e use armadura.

– No início, não quero nada entre mim e a carne. Deus seja louvado!

Dangerfield ficou ajeitando o pedaço de arame que segurava suas calças. A mão apertando um maço de notas. O'Keefe solto, perdido e ludibriado. Compro uma camisa verde, excedente militar, para poder durar mais.

Kenneth O'Keefe se virou e investiu destemidamente pela rua nesta manhã de sol. Calças sem bainhas envolvendo as pernas que Constance Kelly disse serem tão macias. Chapéu nos olhos para enganar os mendigos e seu único olho, joia úmida procurando o letreiro que indicava a estrada para o limbo dos vivos, a entranha ricamente atapetada dos ricos ociosos.

## 6

Ah, verão e suave brisa. Alivia o coração e torna a vida mais agradável. Apague aquele fogo na lareira. Apague aquele fogo. Está melhor agora.

Há um açougue, poucas casas em toda a rua. Um trilho de bonde passa perto da janela. E do outro lado da rua está a mais fantástica lavanderia com quarenta garotas e grandes tanques fumegantes. Ah, são um pobre bando: usam apenas um pouquinho de ácido.

O sr. e a sra. Sebastian Dangerfield e sua filha, Felicity Wilton, que antes moravam em Howth, estão agora morando no número 1 da Mohammed Road, The Rock, Co. Dublin.

Decidiram sair da casa assombrada de Howth. Mas houve vacilações até aquela manhã depois do temporal quando Marion abriu a porta da cozinha para pegar o leite e gritou e Sebastian veio correndo e olharam para o mar lá embaixo sujo e lamacento dentro do qual haviam caído o jardim e o gramado. Eles se mudaram.

A casa nova não era nova. E era melhor não entrar muito depressa pela porta da frente porque senão a gente sairia imediatamente pela porta do fundo. O sr. Egbert Skully chamou Dangerfield de lado e disse que ele estava muito satisfeito em poder alugar a casa para um americano pois ele e a esposa haviam trabalhado vinte anos nas lojas Macy's e adoravam Nova York e era uma satisfação poder encontrar inquilinos como eles. E espero que o senhor, sua esposa e a garotinha sejam muito felizes nesta casa. Reconheço que é um pouco pequena mas acho que o senhor, em compensação, verá que ela é muito acolhedora, ah, o senhor parece um perfeito cavalheiro, sr. Dangerfield, e reconhece essas vantagens e o senhor joga golfe? Oh, sim. Mas meus tacos não estão em ordem. Vou mandá-los para serem examinados por alguém que entenda do assunto, especialmente que entenda de alinhamento, sabe? Ótima ideia, sr. Dangerfield, e talvez minha esposa possa dar à sua algumas receitas. Ótimo.

Paredes recentemente reencapadas de papel com flores marrons, sente-se que estão úmidas ao passar a mão. E um bonito tapete marrom, de quarta mão, na sala de estar, e um escabroso sofá azul. A cozinha era boa mas a torneira e a pia ficavam do lado de fora da porta. Depois de uma escada estreita e íngreme um quartinho com uma claraboia do tamanho de um prato, o jardim de inverno. E uma pia engastada entre duas paredes, o lavatório. *Tório* era um sufixo e tanto nesta casa. E a janela da sala de estar a um palmo da calçada era perfeita para os vizinhos que passavam, então é melhor se cuidar para não ser apanhado de cuecas. Mas o bonde troando por ali nos põe de sobreaviso.

Uma visita à casa de combustível para comprar carvão e estocar debaixo da escada. Marion arrumou uns engradados e cobriu-os com uma toalha de mesa para dar colorido e respeito. E meus caros mapas um ou dois dos quais são raros e velhos. Aquele que é de um cemitério eu guardo debaixo de um vidro grosso. E coloquei a mesinha debaixo da janela para servir de escrivaninha. As garotas da lavanderia aliviarão de minha cabeça pesada o enorme peso do estudo. Elas saem duas vezes por dia com o cabelo enrolado e os seios como agulhas nesses sutiãs pontudos de fabricação americana. Acho que o bispo deveria dizer alguma coisa sobre o assunto e com toda a razão. Depois observá-las na fila esperando pelo bonde, um grupo de rostos brancos suados. E algumas delas dando uns risinhos nesta direção para o louco atrás da cortina.

Enfrentando o verão. Morar nesta casinha era sossegado. Nada de bebidas e cuidar do nenê quando Marion saía para fazer compras. Uma xícara de chá de manhã. Ao mesmo tempo dar uma olhada numa agradável criatura lá em cima da janela. Apanhá-la no momento em que olha aqui para dentro com seus olhos grandes e castanhos, sem sorrisos ou risinhos. Com um pouco de desdém, seu cabelo escuro liso e grosso. E acho que vejo inteligência, um pouco constrangedor aquele olhar. De volta à cozinha. Que excitação.

Fiz uma pequena prateleira e enchi-a com livros de direito, uma pequena biografia do beato Oliver Plunket e outros sobre pássaros. A parte de baixo para revistas de comércio para os futuros grandes dias. E também uma parte para minha grande coleção, a qual, que Deus me perdoe, roubei de igrejas católicas. Mas se o fiz foi porque precisava de força na penúria. Meus prediletos são: *Esta coisa que se chama amor, Bebida é maldição* e *Felicidade na morte*.

O primeiro bonde da manhã quase derruba a gente da cama e Felicity chora no berço. Resmunga e volta a dormir. Puxa as pernas para cima retomando a posição fetal. Marion usando minha roupa de baixo. Algumas vezes o sol entra sorrateiramente. Depois Marion caminhando descalça pelo linóleo. Súplicas. Por favor, levante-se. Não deixe todas as coisas para eu fazer sozinha todo o dia. No meu coração onde ninguém mais pode me ouvir fico dizendo, ora, pelo amor de Deus, Marion, seja uma boa inglesa e vá até aquele ninho maravilhoso que é a cozinha e prepare o café direitinho e, também, enquanto o estiver preparando, que tal tostar uns pedaços de pão e não seria também nada mau se pusesse um pouquinho de toucinho defumado sobre eles, só um pouquinho e arranje tudo na mesa e então eu desço e procedo como um bom marido, ah, querida, bom dia, como vai, você está uma beleza hoje e mais jovem a cada dia que passa. Observação final e duradoura. Mas eu desço martirizado e confuso, débil e amolado, com o coração e a alma cobertos de cimento.

Mas, um pouco mais tarde, grandes coisas seriam vistas. Som de cavalos nas pedras da rua. Então subo até o quarto para olhar para a rua. Estes delgados e escuros animais brilhando na chuva fina. Cabeças para cima, soltando fumaça no ar da manhã. Algumas vezes vejo através da vidraça um lírio num caixão de pinho. Me leva contigo também. E não posso deixar de murmurar alguns poemas antigos que li no *Evening Mail*:

> *Durma teu último sono,*
> *Sem cuidados nem dor.*
> *Descansa onde ninguém chora,*
> *E nós também um dia partiremos.*

E eu vejo os rostos com sorriso forçado nas janelas dos táxis, radiantes com a importância da morte. Chapéus tirados das cabeças ao longo da rua e mãos movendo-se num rápido sinal da cruz. Uísque passando de mão em mão. A boca verde e ávida está morta. Uma rabeca através dos campos. Cogumelos gordos na quente chuva de setembro. Foi-se.

Hora de buscar o jornal. E de volta com ele para o banheiro. Entre as paredes verdes. Tenho sempre a sensação de que vou entalar. Certa manhã havia sol e eu me sentia maravilhoso. Sentado ali grunhindo e gemendo, dando uma olhada nas notícias e então pego a corrente e puxo. Lá embaixo, na cozinha, Marion gritou.

– Marion, o que foi?

– Pelo amor de Deus, pare com isso, pare com isso, Sebastian, seu louco. O que é que você fez?

Descendo a escada estreita com crescente irritação, entrando atabalhoadamente na cozinha. Acho que as coisas têm sido demais para Marion e ela ficou louca.

– Sebastian, seu doido, olhe só para mim, olhe o nenê.

Marion, tremendo no meio da cozinha, coberta com fios de papel higiênico e detritos. De uma fenda no forro jorravam água, reboco e excremento.

– Por Deus do céu!

– Que sujeira, que nojo. Faça alguma coisa, seu pateta!

– Pelo amor de Deus!

Sebastian afastando-se.

– Como você tem coragem de ir embora, seu patife! Isto é horrível e eu não aguento mais.

Marion em soluços, abafados pela porta da frente que se fecha com estrondo.

Passando pelo estacionamento, colina abaixo em direção à estação. Fico perto aqui deste muro e observo os trens passarem. É só dar uma defecada e veja o que acontece. Este Skully ordinário certamente colocou cano de borracha. Três libras por semana por um buraco de rato, com limo úmido e escuro nas paredes e móveis de papelão. E Marion tinha de estar de pé bem embaixo. Ela não podia ouvir o que ia acontecer? E o sol se cobre e parece que vai chover. Melhor voltar para casa ou minha autoridade correrá perigo. Comprar um presentinho para ela, uma revista de modas cheia de coisas bonitas.

Marion sentada na poltrona costurando. Parando à entrada, auscultando o silêncio.

– Sinto muito, Marion.

A cabeça de Marion se inclina. Sebastian oferecendo o presente.

– Estou mesmo muito chateado, Marion. Olha aqui, comprei um presente para você. Pimentão ardido com molho de tinta. Olhe só.

– Oh!

– Gostou?

– Sim.

– Minha querida Marion. Sou um covarde. Sabe de uma coisa, o negócio todo lá em cima é uma droga.

– Terei alguma coisa para ler na cama.

– Sou um grande covarde, Marion.

– Estes vestidos não são uma beleza?

– Está ouvindo, Marion? Sou um covarde.

– Está certo, mas eu queria que fôssemos ricos e tivéssemos dinheiro. Quero viajar. Se pudéssemos ao menos viajar.

– Me deixe, ao menos, beijá-la, Marion.

Marion levantou-se abraçando-o com braços loiros, encostando as pernas firmemente na virilha dele e enfiando a língua bem dentro de sua boca.

Marion, no íntimo você é ótima e não guarda nenhum rancor. Apenas se irrita de vez em quando. Agora vá para a cozinha e prepare o jantar. E eu vou descansar aqui na cadeira e ler meu *Evening Mail*. Vejo uma relação de dinheiro comprando consciências. Grande coisa, a consciência. E cartas a respeito de emigração e mulheres que se casam por dinheiro. E eis uma carta a respeito do beato Oliver Plunket. Fui vê-lo lá na igreja de São Pedro em Drogheda. Uma cabeça decapitada com 260 anos de idade. Fiquei estarrecido. Cinzenta, cor-de-rosa e judiada e dentes sem vida tremeluzindo à luz das velas. Mulheres das minas de carvão me diziam para tocá-la, passar a mão, é ótimo para dar sorte. Pus o dedo, temeroso, no buraco do nariz, pois é difícil ter muita sorte nos dias de hoje.

Agora vejo-as do outro lado da rua saindo da lavanderia. Precipitando-se para fora, rostos em fila esperando o bonde. Lá está a garota de olhos castanhos e cabelos escuros, rosto sem cor mas lábios bem atraentes. Suas pernas em meias de algodão e pés em botas de excedentes do exército. Sem chapéu e cabelo em coque. Vai até o menino dos jornais, barriga das pernas formando nós macios na parte de trás de suas pernas. Enfia o jornal debaixo do braço e espera na fila.

Em meu coração eu sei que ela não é virgem, mas talvez sem filhos, com botões cor-de-rosa como mamilos e mesmo que tivessem sido sugados ou fossem escuros não me importaria. Usa um cachecol verde ao redor de seu lindo pescoço. Os pescoços deveriam ser brancos e compridos com uma veia azul nervosa latejando com o nervosismo da vida em geral. Meu Deus do céu, ela está olhando para cá. Me escondo? Que sou eu? Um canalha, um covarde? Nada disso. Enfrentar a situação. Você é um encanto. Um encanto total. Colocar meu rosto no seu seio jovem. Levar ela para Paris e amarrar seu cabelo com folhas de verão.

– Sebastian, está pronto. Traz a cadeira.

Na cozinha cortando um grande pedaço de pão, raspando manteiga de uma xícara.

– Sebastian, e o banheiro?

– O que é que tem?

– Quem vai consertar?

– Marion, tenha paciência, agora é hora do jantar. Quer que eu fique com úlcera?

– Por que você não toma alguma atitude?

– Depois da janta. Não me force a lidar com encanamentos irlandeses, é coisa nova no país e os canos se confundem uns com os outros.

– E quem vai pagar?

– Skully com seu rico dinheirinho.

– E o cheiro, Sebastian, o que podemos fazer para acabar com o cheiro?

– É merda muito sadia.

– Como você ousa dizer uma palavra tão feia?

– Merda é merda, Marion, mesmo no dia do julgamento final.

– Não está certo e eu não quero que ela seja pronunciada na mesma casa em que está Felicity.

– Ela vai acabar ouvindo algum dia e no que diz respeito a certo e errado vou dar um jeito para que ela tenha sua experiência antes de completar quinze anos.

Marion tomada pelo silêncio. Pondo casca de ovo no café para fazer o pó afundar. Noto suas unhas roídas. Caminha através da confusão.

– Bem, Marion, tenha calma. É questão de adaptação. Tem que se acostumar a isto aqui.

– Por que você tem de ser tão grosseiro?

É a minha natureza cruel.

– Seja sincero. Você não era assim antes de nós virmos para a Irlanda. Este país vulgar e imundo.

– Calma.

– Crianças correndo descalças nas ruas no meio do inverno e homens, na porta das casas, balançando suas partes para a gente. Nojentos.

— Tudo mentira.

— São uns perversos. Agora compreendo porque eles só servem para criados.

— Que é isso, Marion, sendo cruel?

— Você sabe que é verdade. Veja, por exemplo, esse horroroso O'Keefe e suas ideias imundas. Ir para os Estados Unidos parece que não ajuda nada. Acentua o que eles têm de pior. Ele não serve nem para criado.

— Eu acho que Kenneth é um cavalheiro em todos os sentidos. Você o ouviu peidar alguma vez?

— Totalmente corrupto. Basta a gente observar quando ele olha de forma furtiva para o gato para perceber que ele é tremendamente vil. Quando entra na sala sinto que está me despindo em sua mente.

— Isso não é crime.

— É a revoltante licenciosidade do camponês irlandês. E ele tenta dar a impressão de ser de boa família. Olhe como ele come. É de estarrecer. Agarra tudo. A primeira vez que nós o convidamos para jantar, entrou como se fôssemos criados e começou a comer antes mesmo que eu tivesse tempo para sentar. E arrancando nacos do pão. Como é que você não vê essas coisas?

— Ora, ora, um pouco de paciência com o povo que deu ao seu país um jardim do Éden para brincar, faz o fogo para vocês e lhes serve o chá.

— Antes tivéssemos ficado na Inglaterra. Você podia ter esperado para entrar em Oxford ou Cambridge. E nós poderíamos, pelo menos, ter mantido um pouco de dignidade.

— Tenho de admitir que não há muito disso.

Marion de membros compridos, sossegada numa cadeira. O que é que faz você ser tão alta e esguia. Você ergue as pálpebras e cruza as pernas com um quê que eu gosto e usa sapatos não sensuais com sensualidade. E Marion, direi isso a seu favor, você não é espalhafatosa. E quando nós tivermos nossa casa na América com gado Kerry lá nas colinas sugando o capim e eu sendo Dangerfield Criador de Gado Kerry, o sol voltará a brilhar novamente.

Um bonde troando pela janela, triturando, agitando e

chocalhando nos trilhos a caminho de Dalkey. Som confortador. Mapas vibrando nas paredes. Irlanda, país de brinquedos. E talvez eu deva ir até Marion no sofá. Estamos fazendo experiências no matrimônio. Tenho que conseguir anticoncepcionais porque, senão, lá vem outra boca pedindo leite. A garota de olhos castanhos da lavanderia tem cerca de 25 anos, Marion chupando seus dentes falsos de novo, creio que é um sinal de que ela está querendo.

No quarto, Dangerfield esfregando os pés ainda com meias no frio linóleo. E o som de Marion usando o urinol atrás do biombo de Skully, peça genuína da dinastia Ming. E dar uma abaixadinha nestas persianas esfarrapadas pelo bem da intimidade. Mesmo neste país extremamente católico a gente tem de se cobrir, sabe, senão eles tentarão ver você se despir, mas tenha cuidado, os protestantes usam lunetas.

E Marion agarrando a barra do vestido e puxando-o pelos ombros. Ela disse que só temos mais trinta *shillings*.

– Nossas boas maneiras e nosso sotaque darão um jeito. Você não sabia, Marion, que não se pode pôr um protestante na cadeia?

– Você não tem responsabilidade e ter que criar minha filha no meio de um grupo de irlandeses selvagens e usar esse dialeto pelo resto da vida. Me passe o creme, por favor.

Sebastian passando o creme, sorrindo e balançando os pés da beirada da cama. Deixando seu corpo cair com um ruído de molas rangendo e olhando para os remendos cor-de-rosa do teto. Marion um pouco contrariada e confusa. Difícil para ela. Ela estava cedendo. Não é tão forte como eu, levou uma vida protegida. Talvez não devesse ter se casado comigo. Questão, acima de tudo, de tempo. Pulsando e latejando sem parar, ar que entra, ar que sai e então tudo termina como uma casa que rui. Começa e termina com cheiro antisséptico. Sentir o final seria o mesmo que amassar folhas de madressilva, exalando uma última fragrância da noite, mas isso só acontece com os santos. Encontrá-los de manhã com um sorriso nos lábios e enterrá-los em caixões simples. Mas eu quero um túmulo rico de mármore de Vermont no cemitério Woodlawn, com regador automático e pinheiros. Se eles lhe pegam na escola de Medicina dependuram-lhe pelas orelhas. Nunca deixe de reclamar meu corpo, peço-lhe por favor. Não me dependure todo inchado, com os joelhos comprimindo o traseiro dos outros num lugar onde as pessoas chegam para ver se a gente é gordo ou magro e todos nós apunhalados no Bowery. Mato-o na favela e cubro com flores e despejo o suco. Deus do céu, seus grosseiros idiotas, mantenham o suco longe de mim. Porque eu sou um agente funerário e não tenho tempo para morrer.

– Marion, você alguma vez já pensou na morte?

– Não.

– Marion, você alguma vez já pensou que vai morrer?

– Olhe, Sebastian, você se incomodaria muito em parar com esse tipo de conversa? Você está num dos seus momentos de chatice.

– De jeito nenhum.

– Está. Subindo ali, toda manhã, para ver passar o enterro dessas criaturas miseráveis. Horroroso e sórdido. Tenho a impressão de que você tem um prazer mórbido com isso.

– Além deste vale de lágrimas há uma outra vida que não é possível medir-se com o passar dos anos: e toda essa vida é amor.

– Você pensa que está me amedrontando com esses seus ares sinistros. Eles somente me cansam e lhe tornam repugnante.

– O quê?

– Isso mesmo.

– Pelo amor de Deus, olhe para mim, olhe nos meus olhos. Vamos, olhe.

– Não quero olhar nos seus olhos.

– Globos sinceros é o que eles são.

– Você não consegue falar sério de coisa alguma.

– Eu apenas fiz uma pergunta sobre a morte. Queria saber como você sente as coisas, conhecer você de verdade. Ou talvez você pense que a vida dura para sempre.

– Conversa. Você é que pensa que dura para sempre. Sei que pensa. Você não é tão petulante assim pela manhã, já notei.

– Levo algumas horas para me ajustar. Sair do mundo dos sonhos.

– E você grita.

– O quê?

– Você estava perguntando aos berros, uma noite dessas, como vou sair disto. E noutra ocasião você estava gritando, o que é aquela coisa branca no canto, tire isso daí.

Dangerfield segurando a barriga, rindo sobre as molas rangedoras.

– Pode rir mas acho que há alguma coisa séria no fundo disso tudo.

– O que é que há no fundo? Você não percebe que sou louco? Não percebe? Olhe. Veja. Loucura. Sou louco.

Sebastian pôs a língua para fora e balançou-a.

– Pare com isso. Sempre pronto para bancar o palhaço mas nunca para fazer qualquer coisa de útil.

Dangerfield, da cama, observava-a a flexionar seus compridos braços atrás das costas, e os seios saltaram dos sutiãs, mamilos escuros enrijecendo no ar frio. Risco vermelho no seu ombro deixado pela alça. Despindo com cuidado suas calças, se olhando no espelho e esfregando creme branco nas mãos e no rosto. Pequenos pelos castanhos nascendo ao redor dos mamilos. Você tem sempre dito, Marion, que vai fazer um tratamento mas, afinal de contas, é assim que gosto deles.

Sebastian descendo silenciosamente da cama e aproximando-se do corpo nu. Apertando as nádegas com as mãos e ela se afastando.

– Não gosto que você me toque aí.

E beijando-a atrás do pescoço. Molha a pele com a língua e o longo cabelo loiro entra na boca. Marion tirando a camisola azul do cabide. Sebastian despindo-se e sentando nu na beirada da cama, tirando resíduos do umbigo e, inclinando-se, arrancando a sujeira congelada do meio dos dedos.

– Sebastian, gostaria que você tomasse banho.

– Mata a personalidade.

– Você era tão limpo quando lhe conheci.

– Pus a limpeza de lado em favor de uma vida espiritual. Preparativos para um outro mundo melhor. Não me ofendo com um pouco de sujeira. Alma limpa é o meu lema. Tire a camisola.

– Onde está a vaselina?

– Atrás dos livros, na caixa.

Marion rasgando o papel de prata. Os americanos são o máximo na arte de empacotar. Empacotam qualquer coisa. Ela abre a camisola nos ombros, deixando escorregar até os pés, e a dobra cuidadosamente sobre os livros. Ajoelha-se na cama. Como são os outros homens, eles gemem e suspiram, são todos eles curvos e circuncisos, com ou sem. Ela sobe na cama, com voz suave.

– Vamos fazer como em Yorkshire.

– Hum.

– Você ainda gosta dos meus seios do jeito que eles são?

– Hum.

– Vamos, Sebastian, fale comigo. Quero saber.

Sebastian girou e se aproximou, apertando o longo e loiro corpo contra o seu, pensando num mundo lá fora tocando tambor debaixo da janela na chuva. Todos escorregando na rua de pedras redondas. E afastando-se quando um bonde cheio de bispos passa zunindo, os quais erguem as mãos sagradas abençoando. A mão de Marion tocando firmemente minha virilha. Ginny Cupper me levou em seu carro para um giro nos extensos campos de Indiana. Estacionando perto da beira de um mato e saindo para caminhar por entre as ensolaradas fileiras de milho, sementes ondulantes num horizonte amarelo. Ela usava uma blusa branca e uma mancha cinzenta debaixo dos braços e a sombra de seus seios era cinza. Nós éramos ricos. Tão ricos que nunca iríamos morrer. Ginny ria sem parar, saliva branca sobre os dentes realçando o vermelho escuro de sua boca, alimentada com a melhor comida do mundo. Ginny não tinha medo de nada. Ela era jovem e velha. Seus braços e pernas castanhos girando em selvagem otimismo, maravilhosos em todas as partes. Ela dançou na longa capota de seu Cadilac lilás e, observando-a, eu pensei que Deus deve ser feminino. Ela lançou-se nos meus braços e me jogou no chão e gritou dentro de minha boca. Cabeças comprimidas contra o solo de Indiana e fiquei pregado na cruz. Uma gralha crocitou ao sol branco e meu esperma espirrou no mundo. Ginny tinha conduzido seu comprido Cadilac através da ponte de St.

Louis e seu carro luzia como um coágulo de sangue no barro e na escuridão do Mississipi. Nós todos estávamos no silencioso verão de Suffolk, Virgínia, quando o caixão de metal foi suavemente colocado na fria cripta de mármore. Fumei um cigarro e esmaguei-o contra as lápides pretas e brancas do túmulo. No vazio estagnante da estação ferroviária depois que os trens partiram eu entrei num sanitário de mulheres e vi as obscenidades fálicas nas portas de madeira e paredes cor de cinza. Gostaria de saber se as pessoas pensam que eu sou um devasso. Ginny tinha gardênias em seu adorável cabelo castanho. Ouço o barulho do trem, a respiração de Marion no meu ouvido. Meu estômago está tremendo, minha última resistência. O mundo está quieto. As plantações pararam de crescer. Agora crescem de novo.

## 7

— Marion, acho que hoje vou estudar no parque.
– Leve o nenê com você.
– O carrinho está quebrado.
– Então, carregue-a.
– Ela vai fazer xixi na minha camisa.
– Leve a fralda de plástico.
– Como vou poder estudar cuidando dela? Ela vai cair no tanque.
– Puxa vida, você não enxerga? Estou atrapalhada com toda essa sujeira. Olhe só o forro. E você aí, e usando meu suéter. Não quero que você use meu suéter. Que destino o meu!
– Jesus!
– Por que você não vai procurar o sr. Skully e dar um jeito de consertar esse banheiro nojento? Eu sei por quê. Você tem medo dele, esse é que é o negócio.
– Nem por sombra.
– Tem sim. E só eu dizer Skully que você sai correndo escada acima como um coelhinho assustado e não duvido que você também se esconda debaixo da cama.
– Agora me diga onde estão meus óculos escuros. Só isso.

– Faz tempo que não os vejo.

– Preciso deles. Simplesmente me recuso a sair desta casa sem eles.

– Você fica melhor sem eles.

– Você quer que eu seja reconhecido, não é isso?

– Isso mesmo.

– Maldita casa. Do tamanho de um ovo e não consigo achar nem meu próprio pé. Acabo quebrando alguma coisa a qualquer instante.

– Era só o que faltava. E aqui um revoltante cartão-postal de seu amigo O'Keefe.

Marion jogou-o em sua direção.

– Cuidado com minha correspondência. Não quero que ela seja jogada por aí.

– Correspondência. Essa não. Leia.

Rabiscos em letras garrafais:

## NÓS TEMOS GARRAS DE ANIMAIS

– Rá, rá.

– Isso é o que ele é, um animal repulsivo.

– Mais alguma outra correspondência?

– Contas, é lógico.

– Bem, não ponha a culpa em mim.

– Ponho. Quem abriu a conta em Howth? Quem foi que comprou uísque e gim? Quem foi?

– Onde estão meus óculos escuros?

– E quem pôs o ferro elétrico no prego? E também a jarra elétrica?

– Ora, Marion, vamos ser amigos pelo menos por uma manhã? Há sol no céu. Cristãos, pelo menos.

– Está vendo? Imediatamente você fica sarcástico. Por que temos de viver assim?

– Meus malditos óculos. Os ingleses escondem tudo. Porém, agora não podem esconder o banheiro.

– Não vou aceitar sua conversa.

– Aceite isto aqui então.

– Algum dia você vai se arrepender disto tudo. Grosseiro.

— Você quer o canto dos passarinhos a vida toda? Pensa que a vida é uma novela de rádio? Vou escrever uma para você com o título de *Minha bunda era verde.*

— Seu indecente.

— Sou culto.

— Sim, cultura de plástico do teu país.

— Tenho ótima aparência. Falo o inglês do rei. Visto-me impecavelmente.

— Quanta asneira. Não sei como foi que tive coragem de apresentá-lo a meu pai e a minha mãe.

— Seu pai e sua mãe pensavam que eu tinha muito dinheiro. E eu, por minha vez, pensava que eles tinham muito dinheiro. Ninguém tinha nem moeda, nem nota, nem amor.

— Mentira. Você sabe que é mentira. Nunca se pensou em questão de dinheiro até que você começou com a coisa.

— Está bem. Arrume o nenê. Não aguento mais. Preciso dar um passeio de ônibus no ventre materno para acabar com isso.

— Acabar com isso? Eu é que digo, e talvez acabe qualquer dia desses.

— Está bem. Vamos ficar amigos.

— Fácil, não é? Tudo muito simples depois de ter sido tão horroroso.

— Vou pegar o nenê.

— E é bom você comprar alguma coisa também. Compre alguns ossos no açougue e não me venha com uma daquelas nojentas cabeças de carneiro, e não deixe Felicity cair no tanque.

— Faço questão da cabeça de carneiro.

— E tome cuidado ao fechar a porta. Ela caiu no carteiro hoje de manhã.

— Santos sofredores e pobres pecadores. E ainda vou acabar sendo processado por tudo isso.

Fora na Mohammed Road com seu tráfico desenfreado e seus bondes barulhentos. A lavanderia uma colmeia de atividades. Vejo-as ali esfregando roupa e é assim que deve ser. Sol amarelo e quente. País mais belo do mundo, cheio de ervas daninhas, e ervas daninhas são pessoas. Ficar aqui para morrer e nunca morrer. Veja só o açougue. Veja os ganchos, gemendo com o peso da carne. Ele está com as mangas da camisa enroladas até em cima com o machadinho. Um punhado deles atrás do balcão.

Entrando no parque. Grama verde, verde, macia e doce com a chuva da noite. Canteiros. Largos e cruzamentos e murinhos simpáticos. Pegar aquele banco. Pintado de novo. Se meu pai morrer no fim do ano ficarei bastante rico, úbere dourado. E sentar num banco de um parque pelo resto de minha vida. Que dia tépido, maravilhoso. Gostaria de tirar a camisa e deixar que o sol dourasse meu peito mas eles me expulsariam daqui como a um cachorro, por indecência. Deixar meus cabelos crescerem, dar-lhes uma ligeira tonalidade de louro, a cor da moda. Nenê querido, pare de me chutar as costas. Aqui, ótimo, sente neste cobertor e brinque e fique boazinha. Meu Deus, largue o cobertor, pensa que vou matá-la. Papai tem que estudar Direito e tornar-se um grande, grande advogado e ganhar muito, muito dinheiro. Um enorme úbere dourado. Peito bronzeado significa riqueza e prosperidade. Mas tenho orgulho de minha humildade. E aqui, lendo esta língua morta, meu livrinho de direito romano. Para parricídio, ser atirado da rocha num saco com uma víbora. Feia gordura formando gomos na barriga. E a filhinha, balbuciando na grama, se diverte agora. Porque papai está acabado. Por todos os lados. Até em sonhos. E ontem à noite sonhei que estava carregando um maço de jornais debaixo do braço e subi num ônibus e fui correr pelo Curragh com enormes cavalos galopando ao lado. No ônibus, um homem estudando borboletas com uma lente de aumento. E estávamos a caminho da América. Aí um boi saltou por detrás de uma cerca e o ônibus o estraçalhou e deixou-o dependurado em um enorme gancho em frente ao açougue da vila. Então, subitamente, eu estava em Cashel. Ruas cheias de cabras e sarjetas marrons de sangue coagulado. E na quietude do sol quente, uma multidão de homens e mulheres vestidos com capotes grossos e escuros descendo pelo meio de uma estrada hibernal, calor débil de verão por todo o lado. O enterro do usurário. Ele a pegou, lábios espumando, olhos virando, sentada no colo do caixeiro num engradado de Chicago e ele ouviu o engradado desmoronar e correu atrás deles com um machadinho. E eles conspiraram com lábios carmins, agarrando um na roupa do outro para pôr veneno no chá, mãos trêmulas na caixa registradora e na carne de cada um, tecer um casulo de pecado entre a maçã e os pêssegos. A loja estava fechada. Verão. A longa fila arrastando-se. Através de Cashel. Uma canção:

> *Arrastando-se por Cashel*
> *Um caixão no sol*
> *Por Cashel, por Cashel*
> *O usurário está morto.*
> *O usurário está morto*
> *Num caixão no sol.*
>
> *O caixeiro ficou com a mulher*
> *E o usurário ficou sozinho*
> *Piedade para o pobre usurário.*
> *Uma mão na registradora,*
> *Um caixão no sol,*
> *Que Deus tenha piedade do usurário.*

Uma pessoa falando com Felicity. Santo Deus. Hurra.

Ela estava ajoelhada com um só joelho na grama e curvada sobre as pernas firmes, Felicity puxando seu dedo esticado. Ela agitava a cabeça. Alô, garotinha, alô. Usando uma saia verde, combinando com a grama e a meia de algodão, tornozelos finos e pequenos. Seu traseiro redondo e reluzente tateava os seus calcanhares.

– Oi!

Ela não se virou. Cutucando a barriga do nenê. Momento mágico e fugidio. Aquele coque de cabelo preto.

– Oi!

Olhando por cima dos ombros, olhos escuros e diretos. Voz suave.

– Oi! Admirando sua filha. Como se chama?

– Felicity.

– Que bonito. Oi, Felicity, que belezinha de garota você é.

Que lábios com que dentes brancos! Os ombros de seu vestido, os braços através de pequenos círculos. Gostaria de tocá-la com minha mão.

– Você trabalha na lavanderia, não trabalha?
– Sim. E você mora na casa do outro lado da rua.
– Moro.
– Creio que você já me pegou olhando para dentro de suas janelas.
– O que você faz naquela sala?
– É o meu escritório.
– Parece que você bebe bastante chá.
– Café.
– Ótimo!
– Ela tem um cabelo maravilhoso. Não é mesmo, não é mesmo, menininha? Preciso ir agora. Tchau, Felicity, tchau, tchau.

Agitando os longos dedos num aceno. Um pequeno sorriso e ela se afasta na nesga de asfalto. Divisas dividindo-se através das barrigas de suas pernas ampliando-se nas coxas. Ela acena de novo. Sorri uma vez mais. Por favor volte e brinque comigo. Sua roupa simples é sensual.

Atirar este maldito direito no mar. Não consigo aprender nada. As crianças são boa propaganda. Mostre o produto, a coisa pela qual você fez o negócio. Acho que ela tem pelos nas pernas. É disso que eu gosto, um pequeno toque de masculinidade. Estou apaixonado por aquela moça. A maneira como ela anda, o meneio das ancas. O pescoço diz tudo, ligeiramente frouxo. É claro que não sou homossexual. Quero saber onde ela mora e o que ela faz de noite. Tenho de saber. Ah, acho que as coisas estão começando a entrar nos eixos. Se conseguir dar um jeito naquele banheiro. Qualquer coisa. Obstruí-lo, fazer escorrer na rua, enfim, qualquer coisa. Mas é tão pouco o que eu e Egbert temos em comum, principalmente dinheiro. Como é que vou chegar a ele e falar a respeito do mau funcionamento do esgoto. Tenho a impressão de que estou caminhando para um diferente nível de experiência. Tirar meu terno escuro do penhor e levar Marion ao Dolphin para um filé grelhado e Beaujolais. Ela precisa se divertir um pouco. Pobre moça. Sou um cara difícil para quem vive comigo. E volto ao parque amanhã.

Lá estava a cabeça de carneiro fervendo e chiando na

grande panela preta. Marion lavando o traseiro numa bacia no chão. Ótimo artigo por seis *pence*. O nenê quieto na cama, lá em cima, a tarde acabada, começo da noite. Estão todos chegando em suas casas por toda a cidade de Dublin e nos braços algumas salsichas, manteiga velha e alguns saquinhos de chá.

– Sebastian, me alcance o talco que está no parapeito da janela.

– Pois não.

– Como estava o parque?

– Ótimo.

– Que cheiro forte.

– Garanto que é a melhor coisa do mundo. É bom para o cérebro. Preciso disso. Cabeças de carneiro alimentam o cérebro dos homens.

Sebastian pegou uma revista sobre cinema e afundou-se numa poltrona enquanto esperava pelo carneiro. Brilho vermelho e frágil destes rostos. Uma vez fui sondado por um descobridor de talentos. Ele perguntou se eu gostaria de ir até Hollywood. Respondi que teriam que me dar bebida dia e noite. Ele disse que falava a sério e queria que eu pensasse sobre o assunto. Eu falei que só minha mesada era mais do que ele me oferecia. Mas rapaz, espere apenas por seu primeiro filme. O nome do homem era Bill Kelly. Me chame de Bender Kelly. Disse que seu pai e sua mãe tinham nascido na Irlanda e que algum dia faria uma viagem até lá em busca de talentos e talvez encontrasse um talento de verdade. O sr. Kelly disse que havia muitas moças irlandesas em Hollywood. Mas, você sabe, essas garotas não fazem muito sucesso. Têm de dar o golpe no momento certo. A gente precisa compreender que é necessário fazer algumas concessões onde quer que a gente vá neste mundo, às vezes até se estrepar ou coisa parecida. Alguns aguentam a situação mas não por muito tempo. Mas um rapaz com o seu estilo podia ser um estouro. Onde é que você aprendeu a representar? O que o senhor perguntou, sr. Kelly, sim, sou ator nato. Bem, é isso o que todos dizem. O sr. Kelly tomou mais uns drinques e disse que Hollywood matava as pessoas como os astecas costumavam fazer com as moças vestindo-as com as melhores roupas, depois colocando-as lá em cima sobre o altar, grande estrela, tirando-lhes o coração. Mas, sr. Kelly, que sórdido. É sórdido, não há dúvida, é por isso que a gente precisa ser forte. Mas eu sou muito fraco, sei muito bem que não iria aguentar. Muito bem, sr. Sebastian Beef. Sebastian Balfe Dangerfield. Por Deus do céu. Pois bem, gostaria de me casar e ter alguns filhos. Eu estraguei algumas garotas de ginásio. Talvez isso não seja muito correto mas não é assim que é a vida, quem pode mais, chora menos? Já lidei com muitas estrelas famosas. Famosas. Realmente famosas. E o sr. Kelly ficou bêbado e vomitou pelo bar inteiro. É bom lembrar que há um lugar chamado Hollywood nas montanhas Wicklow.

Marion cantarolando na cozinha. Isso não acontece sempre.

– Faça um pouco de pão torrado, amor.
– Corte o pão.
– Estou estudando.
– Eu sei, essa idiota revista de cinema.
– Marion, você gosta de homens com pelos no peito?
– Gosto.
– Braços musculosos?
– Um pouco.
– E os ombros?
– Que encham uma camisa.
– Você diria então que eu sou o seu homem?
– Não gosto de homem barrigudo.
– Será que ouvi bem? Barriga? Nem um pouquinho. Dê só uma olhada. Quer olhar aqui um momento? Está vendo? Não há nadinha. Daria para dizer que eu fui devastado.
– Venha aqui e dê um jeito nesta cabeça infeliz.
– Com todo o prazer. Ah, estou vendo que teremos uma alegre festa. Toquem os sinos e abram as sirenas. Apertem as buzinas seus velhacos.
– Corte o pão.
– Mas claro, querida!
– Não fale assim se não é verdade.
– Mas é.

– Não é nada.

– Está bem, não é. Por que não compramos um rádio? Acho que precisamos de um rádio.

– Como vamos comprá-lo?

– A prestações. Um sistema para pessoas como nós.

– Sim, e com esse dinheiro poderíamos pagar a conta do leite.

– Podemos ter o leite também. Poucos *shillings* por semana.

– Por que você não trabalha nas horas vagas?

– Preciso estudar.

– É claro, você precisa estudar.

– Ora, ora, deixe disso e me dê um beijinho. Vamos, aqui na boca.

– Me deixe em paz.

– Sem malícia.

– Traga a cadeira, por favor.

– Então, vamos ao cinema?

– Você se esqueceu? Temos uma filha, não sabe?

– Merda!

– Pare com isso, pare. Não use essa palavra horrível comigo.

– Merda!

– Se disser essa palavra mais uma vez eu vou embora desta casa. Você pode usar esse tipo de vocabulário com seus amigos operários, mas não comigo.

– Pode ir embora.

– Toda refeição é assim, toda refeição.

– Refeição? Que refeição?

– Meu Deus do céu, com quem fui me casar!

– Você não foi obrigada a se casar comigo.

– Bem, quem dera não tivesse me casado. Meu pai tinha razão. Você não presta. Não tem feito outra coisa senão se embebedar com os velhacos dos seus amigos, todos uns ordinários. Eles lhe ajudarão a vencer?

– Conversa fiada de ingleses. Vencer o quê? Para quê?

– Para ser alguma coisa. Você acha que é muito fácil, não acha? Você nem sequer acredita que vai tirar o diploma.

Cola nos exames. Não pense que tudo que faz não é notado. Não fique chocado e eu sei como é que você chega nos professores e puxa o saco deles. Por quanto tempo você pensa em continuar assim?

– Absurdo!

– Você tem ofendido todos os amigos que tenho. Pessoas que poderiam nos ajudar. Acha que eles ajudariam um patife, um completo patife como você?

– Patife? Patife? Eu, um patife?

– E um mentiroso.

– Mentiroso?

– E não ria. Meus amigos podiam nos ajudar. Lord Gawk podia apresentar você a uma firma de Londres.

– E o que o impede?

– Você. Sua maneira irritante. Você me liquidou socialmente.

– Nada disso. Por que pôr a culpa em mim se seus ilustres amigos não tomam conhecimento de você?

– Pôr a culpa em você? Meu Deus do céu, como você tem coragem de dizer que eu não posso pôr a culpa em você se você chamou Lady Gawk de prostituta, estragou a festa e me envergonhou? Pôr a culpa em você?

– Aquela mulher é uma idiota. Decaída moralmente.

– Mentira. Você fica aí sentado e já faz um mês que não toma banho, os pés fedendo e as unhas imundas.

– Perfeitamente.

– E tive que sofrer a humilhação de ter minha família envolvida. O que você pensa? Meu pai tinha toda a razão.

– Papai tinha toda a razão. Muito bem. Por Deus do céu, me deixe jantar em paz. Papai, papai. Estéril infeliz, teu papai é simplesmente um parasita na bunda do almirantado e um pomposo monte de merda.

Marion saiu correndo da sala, subiu a escada estreita. Ele ouviu quando ela fechou a porta do quarto com um estrondo e as molas da cama rangendo quando ela caiu. Silêncio e depois soluços entrecortados. Ele pegou o sal, espalhou sobre o prato. Não saiu nada. Ergueu o braço. O saleiro espatifou-se na janela e se fez em pedaços na parede cinzenta do lado de fora.

Deu um chute na cadeira, apanhou o paletó. Procurou atrás do relógio onde sabia que Marion escondia algumas economias há semanas. Pegou tudo e as fez escorregar, tinindo, para dentro do bolso.

Rosto muito vermelho. Culpa. Mordendo os dentes. Alma tentando sair pela boca, mastigando e engolindo-a novamente para dentro do corpo. Emudecer os soluços.

Pediu uma garrafa de cerveja escura e uma de Gold Label, dizendo para o menino trazer outra garrafa de cerveja escura e outra de Gold Label. O menino não entendeu. Sebastian batendo os pés, gritando.

– Faça o que estou mandando.

O menino, mangas curtas, murmurando.

– Não acho que o senhor precise falar assim comigo, senhor.

– Me desculpe, estou nervoso. Traga alguns cigarros também.

Que dia triste. Preciso de companhia. Um pântano de capotes pretos, tossindo e cuspindo. Sair daqui.

Atravessou a rua. Havia um cabarezinho ali. Tocou *That Old Black Magic* e *Jim Never Brings Me Any Pretty Flowers*. Como em Chicago. Um sujeito em Chicago me acusou de ter um sotaque de Harvard. De onde você é, de Evanston? Não falam com sujeitos como eu. Os machucados e mudos, os ordinários e desdenhosos. Os mamilos cheios de pelos. Não a culpo por ter pelos ao redor dos mamilos. Não tem importância. Só não gosto dos britânicos, uma raça estéril e sem órgãos genitais. Somente seus animais são interessantes. Graças a Deus que têm cachorros. Ela quer passar a vida sentada, de uniforme, açoitando os nativos. Quer Bond Street. Chá da tarde no Claridge. Lady Gawk abanando-se com um leque chinês. Qualquer dia quebro alguma coisa na cara daquela mulher. O modo como perco minha dignidade é medonho. Me preocupando com mal entendidos insignificantes. Ela que vá embora. Vou dizer para ela dar o fora. E nunca mais voltar.

O fim da canção. Fora, de pé, em frente do cinema esperando pelo bonde barulhento. É tão barulhento, descendo a colina na calada da noite, doido veículo oscilante. Parece que trabalha como uma máquina de moer café. Mas adoro a cor e as cadeiras, todas verdes e tépidas, cor de abóbora, cor-de-rosa e ardentes. Gosto de subir as escadas em espiral e ir até em cima para ver as crianças em uniformes escolares sentadas na plataforma do lado de fora. Gosto porque posso olhar para dentro de todos os jardins e de algumas janelas iluminadas. Fiquei impressionado pelos bondes desde a primeira vez que pus os pés neste país. Do andar de cima a gente pode olhar para dentro de algumas janelas. Mulheres só de combinação. Frequentemente vi muitos aquecedores nos quartos e fogareiros elétricos brilhando nas paredes. E as camas eram cobertas com edredons, grandes, grossos e castanho-avermelhados.

Desceu em College Street. Multidão de pessoas. Uma banda feminina de flautas fazia evoluções em frente da Trinity College, todas de verde e com borlas e batendo os tambores. Lá, de-dá dedálá de. Seguidas por pescadores. Este parque de diversões inglês. Preciso entrar em algum lugar. Onde? Devo dinheiro em toda a parte. Está aí uma coisa a meu favor, posso levantar crédito numa casa e isso já é bastante. Subir pela Grafton Street, me alegrar com sua riqueza. Mas onde estão os ricos? Apenas pobres infelizes como eu, não têm para onde ir. Sem nenhum convite. Por que ninguém me convida? Vamos, me convidem. Todos estão com medo.

Na Duke Street. Começando a atravessar. O pé descendo do meio-fio. Espere.

Do outro lado, olhando as vitrines da sapataria. Não devo perder a calma. Nada de mancada. Chegar até ela antes que se afaste. Parou. Fique parada. Repelido. Não serei repelido. Hurra! Ela me vê. Está confusa. *Optimum momentum.* Mostrar certa surpresa. Estou surpreso. Não preciso demonstrá-lo. Ser natural. Corajoso e nobre. E um cavalheiro, naturalmente. Uma saudação rápida.

– Boa noite!
– Como vai?
– Vendo vitrines?
– Sim, faz passar o tempo.

Xeque-mate com um só movimento.

– Venha tomar um drinque comigo.

— Bem.
— Venha comigo.
— Bem, não há nada que me impeça. Está bem.
— Onde você mora?
— South Circular Road.
— Você não é irlandesa.
— Por que você diz isso? Por causa de minha voz?
— Não, seus dentes. Os dentes de todos os irlandeses são uma vergonha. Você tem bons dentes.
— Rá, Rá.

Caminharam até o fim da Grafton Street.

— Vamos entrar naquele bar. Cadeiras macias e agradáveis no andar de cima.
— Ótimo.

Esperam no meio-fio. Dois carros esporte americanos passam. Uma brisa. Céu frio. Pegando a mão dela por um instante, dedos quentes e compridos. Apenas para guiá-la com todo o cuidado ao atravessar a rua. Ela subiu as escadas antes dele, maneira curiosa de subir. Combinação branca. Dedos de pomba. Vozes ao redor e atravessam a porta. Silêncio quando entram e sentam-se. Ela cruza as pernas e ajeita a saia por sobre os joelhos.

— Meu nome é Christine.
— O meu é...
— Eu sei o seu.
— Como?
— Uma das garotas da lavanderia. Ela tem um amigo que trabalha na mercearia onde sua esposa faz compras.
— Fantástico!
— Sem dúvida.
— Deve saber também o que eu como.
— Sim.
— O quê?
— Cabeça de carneiro.
— Certo.

Que garota bonita você é. Branca. Seu corpo deve ser bem branquinho. Deixe-me comer o lótus. Saí hoje me sentindo muito mal. Como nossos corações são fracos. Porque agora sou capaz de pular de alegria. O mundo obedece a uma lei. Grandes e castanho-escuros. Olhos.

– Você gosta de trabalhar na lavanderia?
– Detesto.
– Por quê?
– Ah, o calor e o vapor e o barulho.
– E onde você mora, como é?
– Não sei. Não sei como posso descrever o lugar. Mas há árvores na rua, pelo menos. Já é alguma coisa. É apenas uma dessas casas com terraço na South Circular Road. Moro no porão. É bastante agradável, comparando-se com outros lugares em que eu fosse obrigada a morar.
– Mora sozinha?
– Sozinha. Não aguento morar com outra pessoa.
– O que você quer tomar?
– Cerveja preta, por favor.
– Há quanto tempo trabalha na lavanderia?
– Há poucos meses.
– Salário?
– Baixo. Quatro libras e dez *shillings*.
– Christine, acho você uma garota muito agradável.
– O que você estuda?
– Direito. Este encontro foi para mim muito agradável. Estava desesperado. Miserável. Arrasado. Caminhar pela Grafton Street às vezes ajuda. Mas todo mundo parecia arrasado como eu.
– Hora errada. Somente as pessoas que procuram algum lugar para ir.
– E você?
– Apenas olhando. Muitas vezes só olho. Gosto de ter a sensação de que há nas lojas alguma coisa de que gosto. Desço do ônibus lá em cima da Stephen's Green e atravesso o parque. Gosto muito disso e fico observando os patos de cima da ponte e desço pela Grafton Street. De vez em quando tomo um café numa daquelas sorveterias. Então volto para casa. Minha vida se resume a isso.
– Nada para o espírito?
– Cinema e, algumas vezes, compro uma entrada de um *shilling* para o show do Gate.

Sentados ali e acendendo cigarros. Geralmente não aprovo que se fume. Descubro agora que as coisas parecem ser boas. Que subitamente da escuridão vem a luz. Isso é cristão. A luz mostrando o caminho. Quando descobri isso entrei na igreja de Clarendon Street para rezar e, algumas vezes, para ver se lá estava mais quente e depois de ficar ali sentado por algum tempo, acalmar um pouco os nervos. Tenho tremendas tensões nervosas e, naquela escuridão católica e tudo o que há de céltico nisso, fiquei ligeiramente triste e compassivo, pensando no passado e no futuro e, algumas vezes, tive a sensação de que ia achar uma bolada. Não sei por que o dinheiro manda a tristeza embora. Mas manda. Oh, Christine. Como é que você é por baixo da roupa?

Tomaram mais uma cerveja preta e ela voltou-se e sorriu e disse que precisava ir embora. Posso levar você? Está bem, mas não há necessidade. Eu insisto. Realmente não é necessário. Só pelo prazer, então. Está bem.

Saíram pela Suffolk Street, entraram na Wicklow Street e subiram a Great George's. Lá em cima nasceu Thomas Moore. Entre e veja, um restaurante realmente muito agradável. Mas preciso ir para casa e lavar a cabeça. Uma espiada rápida.

Entraram. Figuras intrigadas olhando para eles e cochichando. O homem indicou-lhes uma cabine mas o sr. Dangerfield disse que estavam só de passagem.

Pois não, senhor, e está fazendo uma noite maravilhosa. Sem dúvida.

Passando pelo Bleeding Horse ele tentou convencê-la a entrar. Mas ela disse que precisava ir para casa. Que já estava perto. Mas eu devo acompanhá-la.

A casa na qual ela morava ficava no fim de uma série de casas iguais. Passaram um portão de ferro, um cantinho de jardim com um arbusto e grades na janela. E a porta bem no fundo de três degraus com uma calha para fazer escorrer a água que, sem ela, não há dúvida, passaria por debaixo da porta. Se não fosse porque preciso lavar a cabeça convidaria você para entrar. Tudo bem. E muito obrigada por me acompanhar até em casa. Não tem de quê, e posso me encontrar com você novamente? Sim.

Ela desceu a escada. Parou, voltou, sorriu. Chave. Porta verde. Alguns segundos. Uma luz se acende. Sombra passa pela janela. Dela. Que doçura, mais doce que todas as rosas. Meu Deus, desce até a mim e acalma meu coração nesta sexta-feira triangular.

## 8

Julho. Terminará na próxima semana. Vejo toldos pela Grafton Street com enormes grupos de pessoas saudáveis passando por baixo. Tudo parece ótico com o sol brilhando no céu. Até os meus negócios.

As manhãs na cama com o lençol bem até os olhos e então ouço o barulho deles lá embaixo quando Marion não está em casa, batendo com força na porta. E a porta não aguenta. E não param com o maldito bater e alguns tentam forçá-la. Oh, o medo de que subam e me encontrem nu, minha dignidade perde a força e se torna uma arma muito fraca contra as dívidas. E gritam escada acima, desejando que ninguém esteja em casa, perturbados por terem invadido tanto a casa.

Marion não suportando muito bem a situação. Preocupação. Já não se controla mais, tremendo e chorando, cansada de tudo. Cabelo loiro desalinhado caindo na testa como fios de repolho. O silêncio a domina. Se romper alguma veia, os médicos e as contas serão terríveis.

E escorrego da cama e enfio os pés quentes nos frios sapatos de golfe. Me enrolo no cobertor e me curvo e me arrasto até a pia. Piso no tubo de pasta dental, pego mais um pouquinho de pasta e escovo os dentes com energia. A tristeza das manhãs. Ligo o gás, quieto e com fome. Não há café, somente chá com cor de urina. Não há nada a fazer senão cantar.

*Desce, Espírito Santo*
*E enche minha*
*Barriga crente.*

E andando no bonde até o fim da Dawson Street meu coração palpita de desejo de ver Chris no Jury's à noite.

Apertando os lábios para desfazer a culpa. Dar uma olhada na vitrine desta elegante casa de artigos masculinos. Penso num novo chapéu-coco com meu próximo cheque. Simplesmente preciso. Manter a dignidade. Dignidade na dívida, meu lema pessoal. De fato, um brasão. Chapéu-coco atravessado por uma bengala.

No portão frontal da Trinity. Pelo menos há uma aparência um tanto profissional com todos esses avisos colocados aqui. Devo admitir um medo arrasador quando penso nos exames. Ouço alguns estudantes dizendo que não estudaram nada, mas com os olhos injetados de sangue. E eu? Tenho somente uma visão geral de minha ignorância total. As semanas que restam antes do pequeno papel branco. Um homem como eu tem que ir em frente. Não há lugar para fracasso. Preciso ter meu escritório de advocacia onde entro às dez horas e dependuro meu chapéu. E quando as pessoas entrarem para me consultar eu sorrirei com confiança. De grande importância na advocacia.

Sebastian Dangerfield atravessando a rua. Olhando para cima onde estão as janelas de O'Keefe borrifadas pela chuva. Sua pequena prisão enferrujada. Subindo as escadas da sala de leitura. Sem dúvida um edifício estranho. Pessoas de pé nos degraus fumando cigarros. Chamam isso de descanso depois do trabalho. Lá dentro os nomes dos gloriosos mortos em dourado e coroas vermelhas no mármore branco. E depois escada abaixo pela porta rolante e os rostos se erguem dos livros, para trás seus canalhas. Porque vocês me amarguram a existência. Especialmente aqueles que vejo de minha classe, enfiados nos livros. Quanto a mim, acho que vou ler um pouco a enciclopédia. Distrair a cabeça. Lá em cima, ao redor do balcão, há jovens disponíveis de olho na porta, esperando por um marido. Nenhum sinal de alegria em parte alguma a não ser em alguns vigaristas que eu conheço pessoalmente. Uma galeria de velhacos calvinistas.

Um céu de tarde tão azul. Brisa suave, do sul pelo sudeste. Sou apenas um pequeno posto meteorológico. Verdade. A Dame Street larga e acolhedora nesta hora do dia. E grupinhos de pessoas ao redor das esquinas redondas. E o pequeno beco sem saída no fundo do banco com as encantadoras folhas verdes iluminando o granito. Não há nada mais agradável do que isso numa tarde de verão.

Na porta lateral para o Jury's. Lá está ela, cabelo todo preto, pele toda branca e lábios e boca escura, coração e som. Sentada tranquilamente. E, perto, um homem de olhos maliciosos, lambendo os beiços por ela. Conheço esses tipos. Conheço muito bem. Neste recanto de completa respeitabilidade. Mas este é um bar simpático com palmeiras e poltronas. Movendo as pernas, cruzando novamente. Unhas claras, dedos longos e delicados, olhos líquidos. Como você é por dentro, querida Chris? Diga-me.

E ficaram sentados tomando café porque ela disse que é muito melhor do que bebida alcoólica e talvez um sanduíche também. E conversas sobre os exames, e sobre o bar e sobre os celtas.

Foram para casa. Segurando, feliz, sua mão. E ele parou no último degrau se despedindo. Mas ela disse, por favor, entre. Tapete verde no chão, descorado e velho. Pia quadrada no canto e um biombo vermelho. A lareira cuidadosamente coberta com um exemplar do *Evening Mail*. Porta almofadada para o jardim dos fundos. Ela disse que com chuva forte a água entrava para dentro. E outra porta para o vestíbulo. Lá eu tomo banho tarde da noite com toda a calma. Esfregarei suas costas. Seria ótimo. Sou grande para conversas arriscadas. Um guarda-roupa gasto, meio aberto e um capote verde e três pares de sapatos. No peitoril da janela, perto da porta da frente, o cano do gás e algumas panelas dependuradas na parede.

Estou perdidamente apaixonado por este quarto. Porque é um oásis escondido onde ninguém pode bater na porta à minha procura. E o edifício parece sólido. Quero alguma coisa firme para me apoiar. Quando a gente for se encostar em alguma parede é bom verificar se ela está bem firme e não há perigo de ruir.

Sebastian deitado na cama dela enquanto ela contava. Sobretudo o que acontecera na Universidade de Londres. Não gostei de lá e depois de um ano achei a psicologia árida e vazia mas tive que desistir do curso de qualquer jeito porque o dinheiro tinha acabado. Havia dinheiro na Irlanda, deixado para meu pai, e é por isso que estou aqui. Meu pai era irlandês e minha mãe, russa. Estranha mistura, não é, ambos mortos no começo da guerra e por isso fui à Inglaterra. Mas não preciso dizer que recebi menos da metade do dinheiro deixado para meu pai. Bem, é claro que tive que procurar emprego. Muito bem. O resultado? A lavanderia. Detesto aquilo e detesto a Irlanda. Me sinto solitária e aborrecida. Trinta e cinco *shillings* por isto. Quarto pequeno e ordinário.

Minha querida Chris, não se preocupe agora. Estou aqui. Acho que este quarto é agradável, seguro, um ninho de amor. E você não se sentirá mais solitária. E posso garantir que há coisas boas e litros do melhor e abacaxis também e campos e sarjetas e sensualidade, terra e animais. Sebastian, você pensa realmente desse modo? Penso. Mas eu sou uma mulher e não posso. Detesto esses irlandeses. Seus corpos ensebados, seus sorrisos de bêbados. Odeio eles. Ter que ouvir suas observações grosseiras e suas piadas de mau gosto. Odeio este país.

Minha querida Chris, não se preocupe agora.

Ela se levantou com suas pernas atraentes e despejou o leite na jarra. Para Ovomaltine e biscoitos. À uma da madrugada, pouco antes de ir embora, ele disse que gostava muito dela. Garota gentil. Minha querida Chris, eu também tenho meus problemas. Acho que estou sendo sufocado com papel. Contas antes do café da manhã e eu desejo tanto tomar meu café primeiro. Sebastian, como é que você foi se meter numa encrenca dessas. Erro de cálculo, minha querida Chris, e mal-entendidos.

Ele beijou a mão dela quando se despediu. E caminhou pela noite através do canal, contando as comportas e as cascatas regurgitantes.

A história foi, Marion, que perdi o último trem. Descendo a Nassau Street numa corrida desenfreada. Mas simplesmente não deu para pegá-lo. Não estou em grande forma para corridas, de modo que voltei para o quarto de Whitington na Universidade. Grande sujeito, muito entendido em leis de inquilinato. Você é um mentiroso, sei que está mentindo.

Marion, o que mais posso dizer, então?

Em outras noites ele e Chris saíam e davam longos passeios e, numa sexta-feira, no dia do pagamento dela, foram ao Cinema Grafton Café onde, no último andar, jantaram, cercados de pouca luz e muitas janelas medievais. Estava tão agradável e cheio de descanso e paz e melhor do que em casa. Chris insistiu tanto em pagar! Mas eu não quis causar uma má impressão parecendo não ligar. E depois caminhamos ao longo do cais e atravessamos as comportas do canal em direção a Ringsend, o estuário de Dublin. Tudo escuro.

Ele havia tomado o bonde para casa às onze. Chris se despediu dele lá em cima. Marion na cadeira escabrosa. Levantando os olhos da Woman's Home Companion que um barbeiro havia dado a ele. Ela fez um sinal de alegria. Mas conversa velada de minha boca. E ela perguntou se ele queria um pouco de leite quente com açúcar. Ótimo. Conversaram sobre os Estados Unidos e as mansões.

Quando estavam subindo a escada ele notou flores na caixa ao lado da cama. Marion se despindo em frente ao pequeno espelho. Escovando os cabelos. Seu nome numa voz queixosa.

– Sebastian?

– O quê?

Parando, olhando para a penteadeira, franzindo a toalha com a escova.

– Sebastian, o que você acha que está acontecendo conosco?

Um calafrio percorreu seu corpo, rígido por um momento, e ele ergueu os joelhos, na cama. O lençol subindo vagarosamente.

– O que você quer dizer com isso?

– Não sei. Alguma coisa está acontecendo. Nós não conversamos mais. Quase não vejo você.

– Não me vê? Claro que me vê.

– Você sabe o que eu quero dizer.

– O quê?

– Estar comigo, mais ou menos. Me sinto esquecida.

– É somente até os exames.

– Está certo, mas você chega em casa tão tarde!

Marion fazendo pequenas colinas com a toalha. Ele com os pulmões contraídos.

– Pode ser que você tenha que estudar mas você não reage quando eu o procuro.

– O que você quer dizer com isso?

– Não reage, é como se você não me amasse.

– Absurdo!

– Não ria de mim, por favor, Sebastian, tenho sentimentos do mesmo modo que você. Não é minha culpa ser inglesa. Nem posso deixar de me sentir desesperada aqui sozinha dia e noite, também. Não quero mais brigar nem discutir. O que será de nós e de Felicity? Seu pai não pode nos ajudar?

– Não vou pedir a não ser quando estivermos realmente desesperados.

– Mas ele é rico.

– Não posso.

– Mas você deve. Não vou me importar se de vez em quando você sair e mesmo se beber um pouco. Mas preferiria que você estudasse em casa. Você pode estudar toda noite depois das seis. Como você costumava fazer. Que nós pudéssemos ser um pouquinho mais felizes quando estivermos juntos. É tudo o que peço. Só isso.

– A pressão é muito grande.

– Mas quem tem que suportá-la inteirinha? Fico nesta casa lúgubre dia após dia não vendo outra coisa a não ser estas horríveis paredes úmidas. Se pudéssemos ao menos ir para o interior por alguns dias, ver uns campos verdes e nos sentirmos livres em vez de nos escondermos por trás da porta da cozinha com um medo mortal desse horroroso sr. Skully. Ele esteve aqui ontem.

– O que você lhe disse?

– Que procurasse você.

– Hmm!

– Como posso me livrar dele? Acho que também esteve bebendo. Teve até a coragem de dizer que a aldrava da frente podia ser polida. Ele tem uma desculpa para entrar aqui a qualquer hora que deseja. É horrível. Não gosto dos olhos dele. É um tipo sem caráter. Cheguei até a escrever a meu pai. Mas você sabe como, agora, as coisas estão difíceis para eles.

— Mais ou menos.
— Estão mesmo. Sei que você não compreende. Eles nos ajudariam se pudessem.

Ele deu um giro na cama e ficou de lado enfiando a cabeça no travesseiro. Marion desligou a luz. Sua mão puxando o lençol. Um gemido de molas enferrujadas. Uma escuridão como a do mar o envolveu. Um leito de dor. Pedindo à escura maré que me leve embora. E eu me afastei com o mar e fiquei de joelhos orando na profundidade.

Subitamente acordou. Suando e com medo. Marion agarrada a ele e soluçando. Ouço o bater de seu coração e o pranto. Com o coração esmagado pelo remorso. Dublin parecendo um queijo suíço de ruas e correndo por elas entre gritos e lágrimas. Crianças fugindo porta adentro. Sangue de porco correndo pelas sarjetas. Frio e inverno.

De manhã silêncio absoluto entre eles. Sebastian esquentando a sopa, molhando o pão nela e tomando uma xícara de café. Como odeio o medo. Odeio meu próprio ódio. Sair dessa encrenca toda com uma fuga e assassinato. Pobre Marion. Nunca senti tanta tristeza nem tanta dor. Porque tudo parece tão inútil e impossível. Quero possuir alguma coisa. Quero achar uma solução para nós. Sair deste maldito país que detesto com toda a minha alma e que me arruinou. Esmagar a cabeça de Skully com o atiçador de fogo. Um crucifixo verde de zinabre ao redor do meu pescoço e este maldito forro que goteja e este horrendo linóleo e Marion com seus miseráveis sapatos e suas meias e suas calças e seus mamilos e sua infeliz bunda magricela. E o cheiro triste da gordura e toalhas cheias de esperma. Toda a sujeira atrás das paredes. Dois anos na Irlanda, teta murcha no peito do frio Atlântico. Terra da miséria. E os bêbados caindo e gritando nas sarjetas à noite, assobiando agudos assobios pelos campos e pântanos escuros e cheios de carrapatos. Lá adiante espiam através das urtigas, contando as folhas, esperando cada um pela morte do outro, com os olhos de gralhas e o cérebro de serpente. Monstros urrando em suas algemas e gemendo nas negras cavernas à noite. E eu? Penso que sou o pai deles. Percorrendo os atalhos, dando conforto, aconselhando-os a levar uma vida melhor e não deixar as crianças verem o touro possuindo a vaca. Eu consagro seus riachos prateados, canto lamentações de torres redondas. Trago sementes de Iowa e revigoro suas pastagens. Eu sou. Eu sei que sou o Guarda do Livro das Crisálidas. Toco o Grande Sino, sou o rei de Tara, "Príncipe do Ocidente e Herdeiro das Ilhas Arran". E digo uma coisa a vocês, seus idiotas, eu sou o pai que adoça o feno e umedece a terra e aduba as raízes e inspirador das histórias para todas as bocas. Saí dos navios dos *vikings*. Sou o fertilizador da realeza em toda a parte. Sou o rei Tinker que dança a dança do bode no Pão de Açúcar e foxtrotes nas ruas de Chirciveen. Sebastian, o eterno turista, Dangerfield.

Por dois dias ele se sentou no pequeno quarto. Saiu duas vezes para comprar uma lata de macarrão e pés de porco. No terceiro dia, remorso desaparecendo pela ociosidade. Lendo as cartas das pessoas com problemas nas capas de revistas femininas e alguns provérbios da Bíblia, pelo que havia de cristão neles. E, subitamente, o som do carteiro. No chão do vestíbulo, uma carta de O'Keefe.

> *Caro Vigarista,*
> *Já estou cheio. Sou um filho da puta esfomeado capaz de comer um cachorro. Comprei uma lata de ervilhas e me limito a comer doze depois de cada refeição. Esta é a cidade mais monótona que já conheci. Pus um anúncio no jornal local oferecendo aulas de inglês para moças que quisessem trabalhar na Inglaterra em casas de família. Apareceram duas. Uma feia como o diabo e sabia o que eu queria e não se importava, mas, duro como ando, não consegui seduzi-la, mesmo com objetivos acadêmicos. Meu destino é amar mulheres bonitas e inspirar nelas o desejo de ir para a cama com outros. Mas as coisas ainda são mais complicadas. A outra moça queixou-se ao diretor e fiquei com muito medo de ser despedido. Mas o diretor é gente boa, riu e entendeu tudo mas me disse que me controlasse porque o negócio não era uma boa recomendação para a escola. Isto é tudo no que diz respeito*

*a minha vida heterossexual, da qual me aposento oficialmente.*

*Minha personalidade homossexual está completa. Tenho lido André Gide em francês, Marquês de Sade e Casanova. Estar apaixonado por um rapaz é realmente como eles descrevem. Estou com medo de ser apanhado ou que ele possa me denunciar. Ele vem ao meu quarto à noite e me provoca apagando a luz e depois lutando comigo no escuro. Deus do céu, acho que vou ficar louco. Tenho certeza de que ele sabe da coisa, esses garotos franceses sabem de tudo, mas ele está me provocando da mesma maneira que Constance costumava fazer em meu quarto em Harvard. Se eu estivesse nos Estados Unidos a classe já teria me acusado ao diretor há muito tempo. Eles percebem que estou sempre fazendo perguntas a ele e nunca grito com ele quando ele vem até minha escrivaninha e que o trato como se fosse um docinho. Ficar apaixonado por um rapaz é uma experiência que todo mundo devia ter, mas, embora esteja me atormentando, devo dizer que para mim é mais interessante do que correr atrás de mulheres que nunca me deram bola. Todas foram assim. Estou doido de saudades do nosso velho torrão. A Irlanda está no meu sangue, nas minhas veias, nas minhas bochechas. Estou pensando em aderir aos judeus para combater os árabes ou aos árabes para combater os judeus. Que inferno. Estou enjoado de tudo. Estou deixando a barba crescer, entre outras coisas. Chega de mulheres, cheguei à conclusão de que sou impotente,* ejaculatio praecox.

*E o dinheiro? Você deu uma tremenda mancada. Você precisa entender que estou em dificuldades. Dependo de você. Nada mais, a não ser que espero ir logo para Paris. Estou economizando cem francos do meu pagamento toda a semana e vou perder minha virgindade de uma vez por todas com uma prostituta. Lembranças a Marion.*

*Deus te abençoe.*
*Kenneth O'Keefe, Duque de Serutan.*

Algum dia conhecerei anos de fartura? Vamos dizer, com um mordomo na casa. Com O'Keefe na porta da frente fazendo-se anunciar com um sotaque todo pernóstico. Pode ser que Kenneth tenha problemas de dinheiro mas ele dará um jeito. Emprego decente. Que vida agradável aquela. Ele não percebe que conseguiu a vida que qualquer um gostaria de ter. Mas creio firmemente que Kenneth precisa de uma menopausa.

Estamos no mês de agosto. Campeonato de futebol, tarde ensolarada da Nova Inglaterra. Uma brisa descuidada de verão sopra doce e suavemente pelo gramado. Há essa palavra – *entusiasmo*. Vejam só essas pessoas a sair correndo das salas, cheias de vibração e naturalmente, de entusiasmo. Ver uma bola descrever um círculo no campo e mergulhar nos braços musculosos de um gentil idiota que se esfalfa através deste verão tão estranho e indiferente. Seria capaz de me ajoelhar no meio do meu miserável quartinho e chorar por coisas desse tipo. Porém, não jogo futebol. Meu coração se tortura, entretanto, por causa desse ar seco e ansioso. Oh, que dor torturante. E as garotas sadias. São como pão, ótima comida. Me comam. E bebida, tapetes e carros. O que tenho no momento. A pensão do governo. E os Direitos do Homem. E quando a gente atinge a minha idade precisa de tratamento especial. Tratamento especial para um veterano de guerra. Sonhei que os veteranos estavam me procurando. Estavam chegando em Battery Park. Milhares deles saindo da estação das barcas da Staten Island. Outros mais do metrô de Brooklyn. Batendo grandes tambores com punhos envoltos em tiras de couro, erguendo bem alto tochas da liberdade. Querendo me pegar. Que sensação medonha. Querem me pegar por crime de luxúria e de fraude. Por não estar na frente de batalha. Digo uma coisa, seus patetas, estava atrás dos livros. O homem atrás do livro. Tinham uma imagem da Virgem Maria. Tenham pena de mim, sou apenas um homem comum. Olha aqui, meu chapa, você é um cancro moral e um degenerado. Nós somos os Veteranos Católicos de Guerra e vamos purificar salafrários como você, enforcando-os. Mas escuta aqui, eu sou rico. Você não é rico, nada. Marchavam pela Wall Street, subindo para a cidade a fim de me pegar. Dormindo no meu quarto sujo de bebidas com alguém que grita. Achando minha sala, escolhendo minha porta marrom à prova de fogo dentre milhões delas. Estava em Washington Heights pelo que tem de desconhecido. Eles estavam na 125th Street, soar de tambores. Proteção, por favor. Nada. Devo servir de exemplo. A uma milha de distância com cartazes. "Acabemos com os degenerados". Mas escutem aqui, não estou degenerando. Deus do céu, têm cachorros também. A irmã de alguém soluçando. Cavalheiros, vocês é que resolvem, sou protestante e estou acima dessa palhaçada. Olha aqui, meu chapa, nós sabemos o que você é. Mas, cavalheiros, eu sou um católico irlandês. Rapaz, vamos enforcar você só por ter dito isso. Piedade. Subindo a escada com estardalhaço. Devo dizer que era uma coisa desagradável. A porta foi arrombada. Um jogador de futebol penetrando no quarto. Meu chapa, sou de Fordham e damos fim rapidamente em pervertidos como você. O que há com você, meu chapa, está louco ou coisa parecida? Não é preciso dizer que eu me encolhi de terror e eles enfiaram um pau de bandeira pela janela e me arrastaram do meu canto, batendo nas minhas costelas e torcendo meus testículos e me enforcaram. Acordei com o lençol em tiras. Marion pensou que eu havia tido um pequeno ataque nervoso ou papafobia.

Neste quartinho. Só posso sorrir. Um bonde passa rangendo. E faço estalar as juntas dos dedos. E pego alguns destes jornais e amasso-os e zás, para dentro da lareira. Um fósforo. Meu quarto é cor de abóbora. Preciso ver minha Chris amanhã, talvez de noite. A única vontade que tenho é de ficar no Vale das Auroras sentindo o cheiro de alho, ou nas margens do Barrow, numa noite de verão sob um céu de cotovias, com os últimos cantos e os salmões pulando. Os dedos da noite me acariciando. Tristeza de madressilva. Sussurro. Tenho que chorar.

# 9

Oito horas. As ruas estavam molhadas, poças d'água nos blocos de granito. Nuvens do ocidente aglomerando-se em silêncio e captando o cheiro da relva dos altos canos esfumaçados das chaminés nesta fria noite de sábado. Passarinhos carregando sua alma através desta cidade dinamarquesa. A voz cansada dos jornaleiros povoando as esquinas das ruas. Aqui em cima na White Friar Street ouço as pessoas rezando o rosário. E, na janela do hospital, a luz se acende e uma enfermeira fecha a janela. Necrotério de hospital onde estavam examinando mortos desconhecidos com amor e a beleza branca daqueles jovens mortos. Velas tremeluzindo nas lanternas das entradas das casas funerárias. Sentiu uma mão tocando seu braço, fazendo-o parar, uma pobre velha pedindo uma esmola, o que encheu seu coração de alegria. E ela sorriu para o cavalheiro inglês, dentes na neblina. Pagou um trago para ela no bar. Tinha pequenos e sentia orgulho em estar na companhia desse senhor protestante, contando que seu marido havia jogado água fervendo no pé e que já fazia um ano que estava de cama. Ele encheu-a de mentiras e fez o bar todo chorar quando cantou *Danny Boy*.

Esta cidade de ruas inconstantes, velhas janelas e corações sangrando e bules pretos fumegantes de chá. O quartinho tépido dela, de coisas bem arrumadas, colcha de retalhos e pessoas andando no vestíbulo. E as suaves pancadas de chuva. Entrando nas casas com fôrmas de pão e manteiga e talvez com um pedaço de queijo e as crianças batendo os dentes de frio em toda a parte.

A luz amarela nas frestas da janela. Descendo com agilidade os degraus da escada. Bateu a letra D em código Morse na porta verde. Um sorriso acolhedor.

– Entre. Tinha uma estranha intuição de que você viria hoje.

– Está claro. Lâmpada nova?

Sim.

– Ótimo.

– Quer comer um pouco de toucinho comigo? É o que sei fazer de melhor. Posso também oferecer um delicioso pedaço de pão torrado. Gostaria?

– Para mim, pão torrado é a coisa mais deliciosa do mundo. Minha querida Chris, posso me sentar aqui?

– Sim. Fiquei em casa quinta-feira à noite pensando que talvez você viesse e me levasse para ver a Igreja de Cristo.

– Marion está um pouco contrariada. Uma pequena confusão.

– O que foi que aconteceu?

– Incompreensão geral. Falta de dignidade em nossas vidas. Acho que a nossa maldita casa ainda vai cair em cima de nós. Você sabe de uma coisa, acho que algum dia tudo aquilo vai acabar caindo no meio da rua e, eu, embaixo. A casa toda balança quando escovo os dentes. Acho que os bondes abalaram os alicerces, se é que existem.

– E o que está incomodando sua esposa?

– Dinheiro. E, de jeito nenhum, a culpo por isso. Pobre de mim. Gosto de você, Chris. Acho você muito agradável. Que espécie de homens você já conheceu?

– Inofensivos, na maior parte. E alguns ainda ligados às mães. Até pequenos homens escuros que nos seguem em Londres. Quando a gente quer passear pelo parque parece que ninguém acredita que a gente quer estar sozinha e que não quer conversar ou ser levada para alguma parte, mas somente estar em paz. E um estudante de medicina e vários estudantes. Muitos estudantes.

– Na Irlanda?

– Ninguém que quisesse conhecer.

– E eu?

– Bobagem. Eu quis conhecer você. Sabia que ia algum dia encontrar você. Bem, sou quase responsável por isso. Não sou? Devo admitir que estava morrendo de curiosidade. Então, quando vi você no banco com o nenê... Atrevimento meu.

– Você é muito atrevida.

– É bom saber.

– Ótimo.

– E seu toucinho?

Chris e seus longos dedos. Um prato branco de toucinho marrom. Gosto do seu braço e do suéter. Meu Deus, como você é por dentro? Mamilos do tipo macio e seios redondos. Quarto quieto na cidade. Adorável moça morena. Lá longe, na maior cervejaria do mundo, trabalhando as garrafas espumantes além da Watling Street e da Stephen's Lane e os bonitos caminhões azuis transportando-as pela cidade inteira de modo que, a qualquer hora, em qualquer lugar, nunca estou mais do que a vinte passos de uma garrafa. Tenho certeza de que cerveja traz alegria, revigora o sangue, alimenta o cérebro e é um bom agasalho quando a gente está com o corpo molhado. Essas pessoas usavam correntes ao redor da cabeça. Esses celtas. Mas tenho entrado sorrateiramente em suas igrejas, observei-os em seus altares, música em suas vozes, ouro em seus corações e havia o som de moedas que caíam nas bandejas para torná-los maiores, melhores e mais numerosos. Minha querida Chris, meu tesouro inestimável, como posso tirar meu coração e colocá-lo em suas mãos.

Enfiando o garfo no pão torrado, partindo-o. Pondo na boca e olhando para ele. Sua filha tinha seu cabelo e seus olhos. Sua filha é um amor de criança. É ótimo não estar sozinha. E o sábado e o domingo para ficar na cama.

Dangerfield tirou a casca do pão e passou manteiga. Enfiou-o na boca.

— Ótimo. Digo uma coisa para você, Chris, este país tem um ótimo toucinho.

— Sim.

— E agora posso sugerir algo?

— Pode.

— Vamos tomar alguma coisa?

— Vamos.

— Conheço um lugar muito bom.

— Vou usar alguma peça de *nylon*. Uma beleza. Largar um pouco essas roupas tristes.

— Faz bem.

— Tristes. Mas se é preciso ser triste, que o seja o menos possível.

Ela desdobra as peças diáfanas. Olhando para mim. Oh, são uma beleza de moda.

— Minha querida Chris, não há dúvida de que você tem umas pernas maravilhosas. Fortes. Você as esconde.

— Meu querido Sebastian, muito obrigada. Não estou escondendo. Elas fazem os homens seguirem as mulheres?

— É o cabelo que faz.
— Não são as pernas?
— São os cabelos e os olhos.
— Então você é o homem que mora naquela casa caindo aos pedaços.
— Ele mesmo.
— Você se importa se eu disser uma coisa?
— Absolutamente.
— Você parece ser um funcionário de banco ou talvez alguém que trabalha num escritório de carvão. Exceto por essa sua gravata extravagante.
— Roubei de um amigo americano.
— Sem dúvida você é o americano mais curioso que já conheci. Em geral, não gosto deles.
— É um povo amável e corpulento.
— E você mora naquela casa com persianas marrons e quebradas. Você já viu que as paredes e o teto estão num estado deplorável?
— Não é este o ponto de vista do dono da casa.
— Eles são todos iguais. Estou pronta. Estou contente por você ter me convidado para sair e tomar um drinque.

Chris sugeriu uma garrafa de gim. O sr. Dangerfield de pé, importante, para fazer o pedido.

— Vamos sair daqui. Isto é muito triste. Veja só como eles estão bêbados e fico sempre tendo a impressão de que algum deles vai acabar dando uma guinada até nossa mesa e começar a conversar conosco. Vamos dar uma volta. Para mim, é muito mais agradável.
— Gosto de você, Chris.
— Fala de verdade?
— Falo.
— Sabe, não sei bem em que pé estou com você.

E na rua na noite de sábado com velhas mulheres entrando para ver aqueles que estão gastando dinheiro sem razão e tomar um rápido malte escondido em suas mãos e a alegria de moças de saias curtas andando pelas sarjetas em sua fantástica pobreza. Os dois caminharam ao longo do canal. A lua surgiu e as sombras movendo-se na água. Ela segurou a mão dele firme. Pensando, feliz. As janelas diminuem debaixo das grades. Pessoas reunidas nos porões ao redor de vermelhas labaredas de fogo, cabeças brancas descansando em peitos brancos. A maior parte de Dublin está morta. Um ar fresco e úmido do ocidente. Virando a Clanbrassil Street. O canal atravessa a Irlanda em direção ao Atlântico. As lojas dos judeus. Ela puxou o braço dele de encontro ao seu peito. Algumas sardas no seu lábio superior.

– Gostaria de saber se é possível, Sebastian.
– O quê?
– Se nós somos possíveis.
– Somos.
– Você sabe do que estou falando?
– Acho que sim.

O vento do ocidente varreu a chuva do céu. Caminharam devagar. Os pés dele arrastando-se, nervosos. A doce voz dela falando, prosseguindo na noite.

– E sua mulher?
– Marion?
– Sim.
– Que é que tem?
– Bem, ela é sua mulher. E vocês têm uma filha.
– Certo.
– Você não está me ajudando, você sabe.
– Não posso, não conheço nem a mim mesmo.
– Você gosta delas, de Marion?
– Quero bem a Marion, às vezes a quero muitíssimo, tanto a ela como à criança, mas fiz as duas infelizes.
– E nós?
– Nós?
– Sim.
– Acho que agradamos um ao outro.
– Acha?
– Sim.

Por quanto tempo vamos agradar um ao outro?
– É difícil de dizer. Por mim, vai durar muito.

Ela parou e voltou-se para ele.

– Gosto de você. É muito pior para uma mulher se o seu amor significar alguma coisa e ele geralmente quer dizer muito para todas as mulheres e quero que ele signifique alguma coisa para mim.

– Eu também gosto muito de você.

– Vamos voltar ao quarto.

Repuxão gentil de sua mão.

Voltaram por três ruas estreitas. Pés hesitantes nos degraus. Chave dando a volta. Dentro do pequeno quarto e sua nova luz brilhante. Chris puxou as cortinas cerrando a janela. Sebastian enchendo o copo de gim, de costas para a lareira. Ela, de pé, no meio do tapete verde, desabotoando o casaco. Observando-a, a alta garota de cabelos pretos. Bebendo o gim com mãos trêmulas. Ela continuou em pé, silenciosa no meio do quarto, olhando para ele. Ele sentou. Cruzando os braços e segurando a barra do suéter ela puxou-o pela cabeça e depois tirou as mangas. Dobrando-o cuidadosamente sobre a cama. Mãos cruzadas atrás das costas, dos cabelos, da insinuação. Sei como você é por dentro. Caminhando até onde ele estava sentado inclinou-se sobre ele. Você empurrou seu seio contra meu rosto. E a ponta do seio na minha boca e entre meus dentes. Nos seus olhos você está chorando e as lágrimas se reúnem no seu queixo. Ela empurra a cabeça dele para trás na cadeira e acaricia seus olhos com os dedos. Dizendo com ternura.

– Vou acender duas velas. São italianas e perfumadas. Sabia que isso ia acontecer. Até hoje eu ia ao zoológico. Pensando nisso a semana toda e em você. Posso ficar olhando para você?

– Pode.

Aquecidos pela luz da vela. Seus olhos escuros grandes.

– Agora dê uma volta. Pensei que você fosse mais magro. Com barriga. Você não faz exercícios.

– Minhas mãos se recusam a trabalhar.

– Me ajude a pôr o colchão no chão. Sobre os jornais. Você está com uma cara engraçada. Você e eu. Como um homem é estranho. Me sinto ausente e nua.

– Virgem Santíssima!

– Que foi?

– Dei uma topada. Não é nada.

– Faço um curativo. Vamos lavar seu pé.

Água corrente na bacia, borbulhando nas beiradas e ela enfia o pé dele dentro.

– Está melhor?

– Muito.

– Vamos enxugar e passar um pouco de talco. Gostoso? É tão engraçado e curioso, homens e mulheres e tudo o mais, deve haver alguma coisa relacionada com o significado de positivo e negativo. As veias não são mesmo azuis? Li em algum lugar que é a parte mais delicada do corpo, que nenhuma outra parte da mulher é tão delicada.

Ela passando os dedos nos pelos da perna dele. Despejando a água da bacia. Esperando silenciosa e acanhada, desapertando a saia.

– Minhas meias agora. Sinto vergonha. Ligas horrorosas.

Ela segurou um seio em cada mão, apertando o sangue, veias cheias, e a carne do lábio escuro um comprido cilindro e os olhos um caldo branco e frio e cinza e quente. Dirigindo-se para ele. Dizendo a ele que era sua expressão e lágrimas silenciosas de felicidade e eu quero dançar para você. Ela ficou em pé apertando os dois seios juntos e depois com as mãos acima da cabeça e balançou o peito e o corpo. E ele encostou novamente sua pele na dela. Puxou seu corpo contra o dele e ela disse que estava pronta e ela de algum modo sabia, posso garantir, que todo dia ela ficava esperando pelo bonde tão frio, intolerável, solitária, faminta de amor, corpo úmido e Sebastian e hoje todo o vapor saiu do meu coração, estou pronta e minha vagina está úmida. Querida Chris, você está cheia de terno amor jorrando de seus lábios escuros. Lá fora ao redor da catedral de São Patrício eu ouço o canto gregoriano. Não é muito longe. Ela enrolou a língua e soprou um ar quente e úmido em sua orelha. Tenho a sensação de que o ar quente que você sopra em meu ouvido é como o ar parado e sufocante daquela tarde de verão em Westchester, nos Estados Unidos, em Pondfield Road e eu me deitei de costas ouvindo a música que saía de uma janela num jardim. Eu era jovem e solitário. Você está com frio, Sebastian, gosto mais devagar, nós encaixamos tão bem, não se deixe sair como um sol que desaparece, meu corpo de mulher extraindo ouro. As oliveiras e os rios, mil oh, Sebastian, mil, eu sinto e me alimento e empurro e coração e tiro. Porque, querida Chris, seu pescoço descansa no meu braço. Ouça os sinos de Cristo. Oh, Sebastian, agora, pelo amor de Deus, agora, oh, agora, me aperta, me suga oh, Deus do céu, que delícia. A cabeça dela pendendo para trás, palavras movendo seu queixo apoiado no ombro, você acabou, não me importa mas você é tão engraçado, pode me dar um cigarro. O suor secando em suas peles e soprando a fumaça para vê-la subir em espirais até o teto.

– Homem engraçado.
– Eu?
– Sim. E o que você sente agora?
– Coisas boas.
– Por exemplo?
– Alegria. Alívio.
– Alguns homens sentem nojo.
– É pena.
– É. Eu me sinto melhor. Preciso disso. Como ela é?
– Marion?
– Sim.
– Um mistério, não está tendo o que esperava.
– E o que ela esperava?
– Ela quer as duas coisas. Eu e dignidade. Conseguiu me ter. De certo modo, você entende. Mas ela não tem culpa.
– Como ela é quando você...
– Faz o ato?
– Sim.
– Gosta. Não tem tantos recursos como você. Ela tem uma grande sensualidade latente.
– E você não explora isso?
– Surgirá com o tempo. Não adianta se preocupar.
– Gostaria de saber se existe uma vida sexual perfeita entre casais, marido e mulher.
– Melhora e depois declina.
– É uma coisa tão complicada. Sempre me amedrontou. A gente sente uma sensação estranha ali. Espécie de cócegas. Me faz pensar e é tão macio. Deve ser um instinto beijar coisas macias. Quando tinha quinze anos pensei que os mamilos

fossem como a pele dos lábios e os beijei e quando minha mãe bateu à porta do banheiro fiquei morta de medo de que ela perguntasse o que havia acontecido. O sexo nos pais é tão diferente. Aos dezessete anos fiquei tremendamente chocada quando vi meu pai e minha mãe no ato sexual.

– Por Deus do céu, como foi que aconteceu?

– Eu estava com gripe e me dirigia ao banheiro e os vi de cima da escada. Estava começando a aprender naquela época e não podia imaginar que uma mulher pudesse se sentar num homem. Disse isso a uma amiga ela ficou um mês sem falar comigo.

– Digo uma coisa, Chris, é uma coisa que não tem fim. Você é uma garota inteligente.

– E você deve ser inteligente por me dizer.

– Isso mesmo. Gosto daqui. Pequenas coisas agradáveis, pequenos brinquedos.

– Você não é muito exigente.

– Não, e você?

– Quero me casar. A maioria das mulheres quer.

– E o que mais?

– Filhos. Não estou querendo uma cerca em volta da casa e um marido encantador dando duro no banco da cidade. Só quero um certo contentamento. Do que você está rindo?

– Pensando em mim mesmo.

Apoiando-se no ombro, olhando para ele.

– Me diga uma coisa, você sabia que ia dormir comigo?

– Nunca pensei nisso.

– Queria?

– Imediatamente, desde a primeira vez que vi você.

– Sabia que queríamos. Como você se sente, agora que aconteceu?

– Não sei. Sinto que a conheço.

– Segure minha mão.

– Você vai poder amamentar seus filhos. Deixa dar uma olhada debaixo dos seus braços.

– Não os raspo para ninguém.

– Cheiro da Rússia.

– Atrevido.

— Bom. E seu umbigo.
— Inglaterra?
— Não, mas interessante. Se eu tiver que trabalhar para viver, vou ler a sorte das pessoas nos seus umbigos.
— Uma mulher não quer que o homem veja ninguém além dela. Engraçado que hoje eu estava preparada para aceitar o fato de ter de voltar para este triste quarto. Ligar o rádio e ouvir uns pobres infelizes. Cozinhar alguma coisa. É outra coisa ter que cozinhar para outra pessoa. Como tudo é tão curioso e repentino. A gente espera que isso aconteça. Acontece. Agora sei como você é sem roupas. Não serei mais capaz de olhar para você da lavanderia. Vou despi-lo mentalmente. É ridículo quando a gente pensa nos órgãos genitais do homem e em como ele se veste. Eles deviam usar saias.
— Vou mandar fazer algumas em Savile Row.
— Os padres teriam que usar pretas. Me deixe dar uma mordida. Quero morder você. Oh, tem alguma coisa aqui no seu umbigo. Penugem.
— *Eureka.*
— Meu umbigo não é sensual, é chato e não junta penugem. E é uma coisa engraçada de se beijar. Você gosta?
— Mais. Mais e mais.
— E no seu umbigo também?
— Pelo amor de Deus, sim.
— E ali também? Tem um cheiro engraçado. E é pequeninho.

Uma longa noite de prazer. Espero poder me lembrar dela quando estiver sofrendo. Seus dedos delicados. Doce substância de mulher, solitária e úmida e me amando e se movendo sobre mim, sem cessar, protegida por seu coração e nossas coxas, minha cabeça perdida no esquecimento, toques provocantes, cabelos ondeados e nicho de cheiros e carne e gosto salgado como a água do mar. Eu moro numa casa de paredes rachadas. Vou a Trinity num ônibus maluco com o resto da turba e agora escondo minha cabeça nas pinças brancas e estranhas das pernas de uma desconhecida. Suas mãos descem pelas minhas pernas. Arranque as ilhas de cartilagem dos meus joelhos e eu me arrastarei para todo o sempre pelas ruas.

Sua cabeça escura dança no ar amarelo da vela. Uma lamentação em meu crânio escarlate. As garotas da lavanderia estão ao lado de tinas cheias de roupas fumegantes, batendo-as com grossos tornozelos celtas e fazendo striptease. Vejo-as, todas elas, e rimos, rá rá rá, a pulsação do momento e as moças do interior nuas pela primeira vez na vida, caindo nas tinas e nas bolhas, escorregando, agitando-se e batendo nos seus corpos obesos. É feriado. Uma confusão bestial. E ele, eu, ergueu sua mão sagrada e pediu a elas que calassem a boca por um momento para poder colocá-las em fileiras e dar a cada uma uma liga feita de trevos\* para ser usada na coxa esquerda a fim de não serem condenadas pelos bispos por nudez. Pra fora agora, todas vocês. Para as ruas. Dublin é uma bela cidade onde o nu fica tão bem. Vocês se parecem com a oblata e os seus traseiros também. Bateu as mãos. Conduzindo-as através das ruas. Na Butt Bridge pararam e o polido cavalheiro começou a cantar com elas *Deixei meu coração num jardim inglês*. As palavras espalharam-se rapidamente pela cidade e houve um toque de nudez nas ruas. Os bares ficaram vazios. E os milhões de filhos de fazendeiros e os outros também, de bicicleta para ver essas encantadoras formas femininas que eram bem reforçadas.

Os dedos esguios de Chris nas pernas dele e apertando as orelhas dele com as suas pernas e ele já não mais ouviu o som dela sugando e sentiu uma rápida dor quando seus dentes picaram o prepúcio arregaçado e a pulsação de seu órgão descarregando o fluido abundante em sua garganta, sufocando sua voz meiga e arrancando de suas cordas as vibrações musicais de seu solitário coração. O cabelo dela jazia desalinhado, espalhando-se pelo corpo dele e no próximo minuto de silêncio ele se tornou o homem mais sadio do mundo, despojado de sua seiva, liberto de sua mente.

---

\* O trevo e a cor verde estão ligados a São Patrício, catequizador da Irlanda. (N.T.)

## 10

Com dois volumes debaixo do braço saindo pelo portão de trás de Trinity College. Noite quente e brilhante para apanhar o bonde. Esses homens de negócio pensando em cuidar de seus jardins ou talvez ir nadar em Booterstown. Nessas noites Dublin é uma cidade tão vazia! Mas não pelos parques ou nos bares. Seria uma boa ideia dar um pulo até Peace Street e comprar um pouco de carne. Estou louco por um bom jantar e uma garrafa de cerveja e depois sair por aí, caminhar pelas ruas e ver umas belas formas. Para um país puritano como este, há muita coisa para se ver nas formas femininas se a gente procurar e ficar atento principalmente quando estiverem trocando de roupa na praia.

– Boa noite!

– Boa noite!

– Em que posso servi-lo, cavalheiro?

– Para ser bem sincero, acho que gostaria de um bom pedaço de fígado.

– Muito bem, acho que posso arranjar-lhe um excelente fígado, fresquinho e fumegante. Não leva mais que um minuto.

– Dia de sorte. Ótimo.

– Prontinho, cavalheiro. Uma beleza de carne. De folga, cavalheiro? Ótimo conseguir um pedaço de carne fresca.

– Sim, de folga.

– Ah, a Inglaterra é um belo país, não é mesmo?

– Um país e tanto, este de vocês.

– Tem suas coisas. Boas e más. E muita coisa está faltando agora. Tudo em ordem, cavalheiro, e aproveite bem seus dias de folga. Está uma noite maravilhosa.

– Sem dúvida.

– Vejo que o senhor é um homem de cultura, e que livros grossos, esses.

– São mesmo. Até logo.

– Muito boa noite. Felicidades.

Nossa, que conversa. Doutor em lugares-comuns. De folga uma ova. Mas um belo pedaço de fígado.

Dentro da escuridão da Westland Row Station. Comprou os jornais, enrolou-os e subiu as escadas. Sentado no banco de ferro podia ver as pessoas precipitando-se pelo portão. Onde estão seus tornozelos delgados, mulheres. Em nenhuma delas. Todas rudes. Bem, o que há nos jornais. Tristezas. As aventuras do gato Félix. Chega. Preciso ir ao banheiro. Tão grande isso aqui. Água jorrando. Deus do céu, o trem.

Zunindo, chacoalhando, brinquedo escuro e sujo. Passa apitando com essa turba toda de rostos cansados olhando para fora das janelas. Preciso achar um vagão de primeira classe. Deus do céu, o trem está todo abarrotado. Pobre de mim, tentar a terceira classe. Arremetendo-se para a frente. Enfiando o pedaço de carne no porta-malas, esgueirando-se e sentando.

Em sua frente as pessoas que moram nas casas geminadas de Glenageary e Sandycove, todas enterradas nos jornais lendo como loucas. Por que alguns de vocês não olham para fora da janela para contemplar as belas paisagens? Ver o canal e os jardins e as flores. E de graça, você sabe. Não adianta ficar chateado com eles. E você aí, você, seu idiota amolante, que é que você está vendo? Aquele homenzinho me encarando. Desinfeta, por favor.

*Chag, chag, chag.*
*Chu, chu, chu.*
*Uu, uu, uu.*

Estamos longe. Não devo me importar com essas pessoas. Ficando inquieto. Não devo ficar inquieto. Ainda me encarando. Se ele continuar assim juro por Deus que lhe quebro a cabeça naquela janela. É de se esperar grosserias desse tipo numa terceira classe.

A garota sentada de frente para ele sufocou um grito de espanto. Que é isso? Devo ter entrado no trem que vai para o hospício Grangegorman. O que há com ela? Aquele idiota atrevido deve estar tramando alguma coisa, passando a mão na coxa dela. Libertino. Talvez seja minha obrigação tomar alguma atitude neste caso. Mas não é da minha conta. As coisas já estão feias o sufuciente. Mas olhe só para todos eles. O banco inteiro está se contorcendo, contendo risinhos. O que é que eles estão encarando? Isso é o fim. Penso no saboroso jantar com o fígado que comprei e um passeio e por que aquela garota está cobrindo a face com o livro? Ela deve ser cega. Compre um par de óculos, sua vagabunda. Talvez aquele salafrário a esteja importunando, ela está ficando vermelha. A maldita penúria sexual desta cidade. É isso. A causa de tudo. Desviar a atenção. Preciso desviar a atenção. Ler o necrológio.

*Donoghue* – (Segundo aniversário) – Em triste e querida lembrança de nosso pai, Alex (Rexy) Donoghue, falecido em 25 de julho de 1946, filho de Fitzwilliam Square (carregador no matadouro de Dublin) de cuja alma, bom Jesus, tenha piedade.

Haverá celebração de missa.

> *Partiu para sempre, o rosto sorridente,*
> *O coração amável e alegre*
> *Amado por todos em toda sua vida*
> *Sua lembrança nunca desaparecerá.*

Chegando aos seus ouvidos como gotas de chumbo fervendo.

– Você aí. Há mulheres aqui.

Silêncio absoluto no carro à medida que o pequeno trem tinia ao passar pelo Grand Canal e os desleixados jardins de Ringsend. Sebastian grudou o rosto no jornal. Outra vez, como palavra feia pronunciada numa igreja.

– Você aí, cavalheiro. Há senhoras neste carro.

Quem seria o primeiro a pular sobre ele? Devo deixar que alguém tome a iniciativa. Agarro as pernas dele quando começar a confusão. Como tudo isso me chateia. Detesto coisas desse tipo. Por que, Deus do céu, tive que entrar neste maldito vagão? Conseguirei sair desta? Não há dúvida de que esse cara é um tarado. Vai começar a usar expressões obscenas a qualquer momento. Isso é coisa que não aguento. É o que está fazendo aquela velha que reza o rosário e depois de cada mistério profere uma torrente de indecências. Não suporto indecências. Veja só, todos se comportando como se nada tivesse acontecido. Melhor erguer os olhos, ele pode querer me surpreender com um golpe de cima. Aquele homem no canto com o nariz vermelho. Está rindo, segurando o estômago. Preciso dar o fora. Nunca mais ando de terceira classe.

– Você aí. Preciso repetir? Há senhoras presentes.

Sebastian encarou de frente, os lábios arrancando as palavras da boca.

– Que foi que o senhor disse?
– Bem, isto é, o senhor não se esqueceu de nada?
– Não estou entendendo.
– Repito que há senhoras presentes. O senhor devia dar uma olhada em si mesmo.
– Tem certeza de que está falando comigo?
– Tenho.

Esta conversa já foi longe demais. Não devia ter dado importância àquele idiota. Que coisa embaraçosa. Devia ter esmurrado aquele salafrário lá do canto que parece estar se divertindo tanto com a cena. Vai se divertir mais ainda se eu quebrar a sua cara. Por que na Irlanda não prendem pessoas desse tipo? A cidade está cheia deles. Se me atacarem, por Deus do céu, processo a companhia por vender passagens para loucos como esses. Aquelas duas garotas estão muito chateadas. Este maldito trem é expresso até Rock. Santo Deus. Ficar sentado e aguentar. Me controlar. Preciso de controle absoluto e completo a qualquer preço.

– Cavalheiro, seu procedimento é indecente. Devo preveni-lo. É uma questão muito séria. Indecência num transporte público. Parte de seu corpo está aparecendo.

– Por favor, não se meta com o que não é de sua conta ou lhe quebro a cara.

– É da minha conta opor-me a coisas deste tipo quando há senhoras presentes. É uma vergonha. Há outras pessoas no carro, sabe?

Caso perdido. Não deixá-lo arrastar esse tipo de conversa. Preciso pensar com a cabeça. Estamos chegando a Booterstown. Sair num instante. Aparecendo? Sim. Meus dedos estão para fora. Irlanda Sagrada e Católica, tenho que usar luvas. Não quero ser independente com os dedos descobertos.

E meu rosto também. Esta é a última vez, positivamente, que apareço sem usar máscara. Há um momento em que devemos ceder. Mas não vou ceder a nenhum deles e muito menos a esta turba doida.

Evitando o rosto vermelho, inconveniente, insistente, doido. Olhar para fora da janela. Lá está o parque onde encontrei minha querida Chris pela primeira vez e ela falou comigo. Oh, salvação. Aquele monstro sorridente no canto, vou arrastá-lo para fora do vagão e amarrá-lo de um lado da estação ao outro. O que está ele fazendo? Apontando para meu ventre. Eu? Ventre? Santo Deus. Está de fora. Inteirinho.

Correndo para a porta. Sair. Depressa. Atrás dele, uma voz.

– Não se esqueceu de nada mais?

Puxando, arrancando o pacote manchado de sangue do porta-malas.

Atrás dele.

– Você não cuidou bem de seu pedaço de carne hoje.

## ❙❙

Girando o copo sem parar, beber, tragar, mais e mais. Junto do cotovelo o pacote com o fígado, fiel, marrom e sangrento. Acima dos telhados das casas, através da rua, o sol se pondo. É tarde e Marion com certeza estará aborrecida. Tenho tentado entender. Não é questão de coragem ou mágoa ou coisa parecida, mas não consigo me conformar a respeito daquela situação horrível e embaraçosa. Se eu tivesse abotoado a calça. Se tivesse abotoado.

– Meu camarada, poderia por favor encher meu copo novamente?

– Pois não, sr. Dangerfield.

Não poderia ter passado sem essa infelicidade? Pensei que estava acima de coisas desse tipo. Bem, graças a Deus, não andei pela Rock inteira com as partes para fora. Preciso conversar com alguém. Não há ninguém. Voltar para casa é só o que me resta. Comprar uma cabeça de carneiro no caminho.

Enfiou-se pela porta verde, quebrada. Cansado, atirou-se na cadeira esfarrapada. Marion na cozinha, encarando-a sem dizer uma palavra. No alto da parede, atrás dela, o medidor de gás. Gostaria de esclarecer que o medidor é verde, a abertura para a moeda é feita de metal e este medidor mede meu gás para eu cozinhar minha desprezível boia. Simplesmente não aguento mais.

Marion na porta, trêmula.

– Não suporto mais viver assim, Sebastian.

Sebastian erguendo os olhos para ela, com interesse.

– Estou falando sério. É demais. Você andou bebendo,

– Minha querida Marion. Estou falando sério. É demais. Você andou bebendo.

– Vou deixá-lo.

– Você vai me deixar.

– Isso mesmo.

– Ah, vai mesmo.

– Vou.

– Marion. Estou abalado. Você sabe o que quer dizer estar abalado? Quer dizer que sou capaz de fazer qualquer coisa. Sou capaz de matá-la agora mesmo a não ser que você me deixe em paz. Muito bem, Marion, você já sabe o que quero. Paz, pelo amor de Deus.

– Não grite comigo. Não tenho medo de você.

– Você tem medo de mim, Marion. É melhor assim. Você estará a salvo de minhas mãos.

– Você não me amedronta nem um pouquinho. Oh, como você é vil!

– Minha querida Marion, você está transtornada. Está realmente transtornada. Está piscando os olhos. Deite um pouco e eu lhe trago um pouco de ácido cianídrico para acalmar seus nervos.

– Você vai se arrepender de tudo isso. Como tem coragem de dizer uma coisa dessas? Fora de casa a noite inteira, bebendo pelas sarjetas. A última vez que veio para casa, estava bêbado. Onde você vai parar? Qual será o seu fim? Vamos, diga, qual será o seu fim?

– Havia um homem em Calcutá que levava a vida na sarjeta.

– O nome de minha filha está desonrado. É assim que você a quer. Você estava estudando, não estava? Teve até a vileza de levar o dinheiro que eu economizava e agora fica aí sentado com esse detestável sorriso dizendo que vai me matar. Pois bem, tente. É só isso que digo, tente. E há mais uma coisa que quero que saiba. Escrevi a seu pai e contei tudo. Todas as coisas bonitas que você tem feito.

Na cadeira ensebada, Sebastian, quieto, parado, as mãos apertando os braços. Olhando para ela, olhando para ela, rosto branco de raiva.

Sebastian falando devagar, baixinho.

– Você cometeu um grande erro, Marion. Um erro muito grande.

– Não se atreva.

– Um grande erro, Marion. Você está me obrigando a tomar atitudes.

– Pare com isso, pelo amor de Deus. Não aguento.

– Você não tinha nenhum direito. Está me ouvindo? Nenhum direito.

– Chega

– O que foi que você contou?

Marion, cobrindo o rosto com as mãos, chorando.

– Repito: o que foi que você contou? Responda.

– Você é perverso. Perverso e nojento.

– O que você contou? Diga, pelo amor de Deus.

– Tudo.

– O quê?

– Contei tudo.

– Pelo amor de Deus, o que você contou?

– A verdade. Que estamos morrendo de fome. Que o nenê está raquítico. E isso porque você consome na bebida todo tostão que ganhamos. E a respeito desta casa também e que você me bateu quando eu estava grávida, me jogou fora da cama e me empurrou escada abaixo. Que estamos endividados, centenas de libras, toda a nojenta verdade.

– Você não devia ter feito isso, Marion. Está me ouvindo?

Marion, a voz entrecortada.

– E você ainda diz isso. O que quer que eu faça? Continuar

assim a vida inteira? Até que não haja mais esperança. Viver dos seus sonhos de se tornar um grande advogado quando você não estuda e cola nos exames. E você nunca quer estudar. Sei que não quer e passa o tempo todo nos antros da cidade. Fora a noite inteira. Odeio esta casa. Odeio tudo, a Irlanda e tudo o que há nela. Você me abandona sozinha neste buraco horroroso.

– Cale essa maldita boca.
– Não calo.
– Cale essa boca.
– Não calo.

Ele levantou-se vagarosamente e tirou o globo do abajur. Colocou-o sobre a mesinha.

– Vai calar a boca?
– Não.

Ele pegou a lâmpada e esmigalhou-a na parede.

– Agora cale a boca.

Marion parada, os olhos cheios de espanto e lágrimas, olhando para o homem na cadeira raquítica que segurava o resto da lâmpada quebrada nos dedos róseos e trêmulos. Homem sinistro. Olhando fixamente para ela e ela incapaz de fazer com que seus pés a levassem para longe da sala, ouvindo a voz dele que a dilacerava.

– Você não presta. Maldito sangue britânico. Maldita estupidez. Está me ouvindo? Chore. Chore. Você fez a única coisa pela qual eu mataria um homem. Você é uma cadela intrigante. Ouviu o que eu disse? Disse que você é uma cadela intrigante.

– Não fale assim, por favor.

– Aquela carta lhe custou muito dinheiro. Está me ouvindo? Dinheiro. Se você escrever mais uma vez a meu pai eu a estrangulo.

– Pelo amor de Deus, pare com isso.

– Estou ficando louco. Meu Deus, vir para casa para isso. Depois de tudo, isso. Tenho vontade de arrasar esta casa. Com tudo o que tem dentro. Acabo com tudo o que há aqui. Aí você não terá mais casa. Ficará na sarjeta. É à sarjeta que você pertence. Seu pai, vulgar, salafrário, e sua indecente mãe e aquele seu tio nobre, o tipo do hipócrita. Quer saber o que eles são? Lixo, lixo humano, indignos de viver.

– Por favor, lhe peço, pare com isso.

– Saia.

– Por favor, Sebastian.

– Pelo amor de Deus, suma daqui. Faça o que estou dizendo. Suma daqui ou a estrangulo agora mesmo.

– O que deu em você?

– Você é que é a culpada. Você é que me transformou no que sou. Você.

– Não, você não pode me culpar. Desculpe por ter escrito a seu pai. Estou arrependida.

– Suma daqui.

– Não vê que estou arrependida. Não vê nada?

– Não vejo coisa nenhuma. Estou doido e cego. Estou louco.

– Por favor, chega. Peço por favor, Sebastian, pare com isso.

Marion caminhou em direção do homem que tremia na cadeira mostrando os dentes, erguendo os punhos ameaçadores acima da cabeça.

– Não se aproxime. Fique longe de mim. Meu Deus, por que vim parar neste maldito país? Estou liquidado. Estou liquidado. Liquidado. Não há a mínima esperança. Nem uma cobra consegue viver aqui. Nada consegue viver aqui. Tudo o que há de ruim caiu sobre mim. De todo lado. A todo instante. O que você está tentando fazer comigo? Me liquidar para sempre? Tenho mesmo que passar por tudo isso? Tenho? Quer parar de falar a respeito de trabalho, estudo, trabalho? Não vou trabalhar. Nunca. Essa carta lhe custou milhares de libras. Maldita.

– Você não consegue ver, ao menos por um segundo, que estou arrependida do que fiz? Não queria ter feito. Não consegue ver que fui impelida pelas circunstâncias?

– Vinte mil libras. Deus do céu!

– Você me abandonou aqui dias a fio nesta sordidez. Sem gás, sem água quente e o banheiro e o forro pingando. Eu, sim, podia estar com raiva e transtornada. Mas estou?

– Minha Nossa Senhora, chega. Não quero mais ouvir. Pare com isso imediatamente. Não quero ouvir mais nada. Você me deserdou.

-- Isso não vai acontecer por muitos anos.

– Cale a boca, sei quando vai acontecer.

– Você vai ter que esperar anos e mais anos.

– E daí? Você está viva. Você não está morta. Você não está doente. Não pode esperar um ano?

– Não me sinto nada bem. Até lá poderemos estar mortos. E Felicity. Ela também é sua filha. Pense nela.

– Estou enjoado disso tudo. Longe de mim. Para muito longe. Estou tão cheio que juro por Deus que ainda acabo demolindo esta casa. Jogo as janelas para fora. Acabo com tudo. E fico livre. Onde está minha cabeça? Onde?

– Ali no chão.

– Para mim, chega. Não quero saber de mais nada. Nada. Oh, meu Deus. Sinceramente, preciso me distrair. Não posso continuar a viver assim. Esqueça tudo e me deixe em paz esta noite porque se eu não tiver um pouco de paz... vai ser o fim.

– A panela está debaixo da mesa.

– Obrigado.

– Há duas cebolas e uma cenoura se você quiser misturar.

– Obrigado.

– Coloquei cinco *pence* no medidor de gás.

– Ótimo.

– Posso ajudá-lo, se você quiser.

– Está bem... Ainda temos um pouco de alho?

– Vi um dente na gaveta da mesa.

Marion de pé com as mãos cruzadas. Intensa, desesperada. Dá uns passos e se dirige para a cadeira, põe as mãos nos braços da cadeira e olha para fora da janela com o céu cobrindo se de nuvens negras e pingos de chuva batendo na vidraça. Barulho que ele faz na cozinha lidando com as panelas. Faca enfiada na tampa da mesa e a cabeça mergulhando na água. Vejo tantos legumes velhos, murchos e secos no fundo de tantas gavetas. Um pouco de paz. Só um pouco. Gostaria tanto de passar uns dias numa fazenda, vendo as vacas comendo capim no pasto.

– Vou sair um pouco, Marion. Quer alguma coisa? Não chore. Pelo amor de Deus, não chore. Por que você está chorando? Por favor. Voltarei num instante, não chore. Não precisa de nada?

– Não.

Descansem em paz, meus caros senhores. E só uma questão de tempo. Chovendo de novo. E fazendo frio. Mais uma garrafa. Gostaria de beber alguma coisa para acalmar meus nervos. Eu deveria ser químico – bálsamo para os nervos, novo produto de Dangerfield, o maior distribuidor de produtos químicos do mundo. Grandes anúncios pela Irlanda toda. Calmol, para seus nervos. Falta de dignidade. Manter a dignidade e ao inferno com o dinheiro.

Ele desceu vagarosamente a rua. Fica num bar bebendo uma espumante garrafa de cerveja. Pede outra e vai com ela sentar perto do fogo. Cruzando as pernas, examinando um buraco na sola do sapato. Sola dos pés esquentando deliciosamente e o gargarejo escuro que, como dizem, faz a mente ficar leve. Pobre Marion. Não é má pessoa. Mas que ideia foi aquela que lhe deu na cabeça? Será que ainda há amor? Acho que a melhor coisa que posso fazer nas atuais circunstâncias é me agachar e esperar que a explosão passe. Ah, os recursos pelos quais nós, os de coração mole, vivemos. O pai dela vai cair em cima de mim.

Mas agora vou voltar para a cabeça de carneiro. Olhos. Adoro os olhos. Darei uma sopa deliciosa para Marion. Devia consertar minhas meias e lavar minhas camisas. As coisas podiam ser diferentes. Preciso me controlar daqui para a frente. Posso romper um vaso sanguíneo do cérebro e morrer às convulsões. Todo mundo quer as duas coisas ao mesmo tempo. Dinheiro e amor. Se consigo uma só coisa, me sinto completamente frustrado. Duas onças de manteiga. Empurrando a porta de uma minúscula loja.

– Boa noite, cavalheiro!

– Boa noite!

– Noite agradável. Parece que vai ficar assim por uns tempos.

– É verdade.

– Pode pesar para mim duas onças de manteiga?
– Duas onças?
– Sim.
– Bem, não sei. Geralmente vendemos manteiga ou por meia libra ou uma libra.
– Pode pesar um quarto de libra?
– Bem, acho que sim.
– Então me dê um quarto de libra.
– Pois não.

Sebastian observando-o. Seu avarento safado. Os fundos destas lojas são os lugares mais sórdidos do mundo. Lá dentro com sua faca grande e afiada, dois barris chocando-se. Seu imbecil estúpido e idiota.

Homem entregando-lhe o pequeno pacote, bem amarrado, com uma argolinha para segurar com o dedo.

Na rua novamente. Ar fresco. Contraste. Cheirando ligeiramente a capim. As coisas não são tão feias. Bonitas e feias. Depois da tempestade vem a bonança. Muita coisa certa nesses velhos ditados. Como a gente pode mentir em momentos de tensão. Meu Deus, é uma coisa horrível. Fui feito para o mundo. Mas o mundo foi feito para mim. Já existia há muito tempo antes de eu chegar e, depois, passaram anos arrumando-o. Alguma coisa deve ter complicado minhas qualidades.

Deu um chute na porta verde, abrindo-a, e fechou-a com o calcanhar. Marion sentada na cadeira. Não vou pedir que ela saia da cadeira desta vez. Sofrer um pouco de desconforto pelo bem do sossego. Já atemorizei-a bastante, agora o jeito é conservá-la assim. Faz com que ela fique bem quieta. Oh, sinto o cheiro. Sou mesmo um cozinheiro. Hurra! Faria O'Keefe espumar de inveja. Devo escrever a ele. Tenho uma queda para cozinhar. Tenho, tenho. Agora uma tigela deliciosa de sopa para Marion. Pôr um pouco de manteiga nadando em cima majestosamente, toque de fartura. Tenha calma, use Calmol.

– Marion.

Ela levanta os olhos, hesitante. Estende as duas mãos e segura a tigela branca. Os cacos de vidro foram varridos, pedaços de minha raiva.

– Obrigada.

– Temos pão e um pouco de manteiga.
– Obrigada.
– Prove.
– Ótimo. Obrigada.
– Está bom de sal? Pare de chorar agora. Está tudo bem. É que hoje, quando vinha para casa no trem, vim com o pênis para fora.
– O que foi que aconteceu?
– Me esqueci de abotoar a calça.
– E as pessoas viram?
– Sim.
– Essa não.
– Essa sim. A coisa mais desagradável que já aconteceu em minha vida. Ficou para fora desde Dublin até Rock.
– Coitadinho. Estou arrependida de tudo.

A vida é muito melhor assim. Acerta as coisas. Sentido renovado de segurança. Se pudéssemos dar o fora desta casa. Skully nos segura pelas pernas. O contrato é um nó. O'Keefe é que tinha razão, nunca pagou aluguel. Prensado entre estas paredes úmidas. Preciso encontrar uma casa maior. Sair o quanto antes daqui. Explicar tudo a meu pai. Mas é impossível desfazer o mal com um novo rosário de mentiras.

Enchendo a tigela. Tirando os olhos com a colher, escorregando-os para dentro da boca. Passando-os de cá para lá. Sentar e descansar. Que coisa boa.

– Onde você vai, Sebastian?
– Acabei de pensar numa coisa. Preciso de um pouco de fogo para nos animar.

No vestíbulo por um momento. De volta e trouxe para o meio da sala uma das pernas rachada, cortada aos pedaços. Uma autêntica peça de ambiguidade, estilo Luiz, o cara torto.

– Sebastian, não faça isso.
– Ora se faço, isto dá bom fogo. Meu caro Egbert, foi assim, nós tínhamos ido ao cinema e deixamos nossa filhinha com uma tia e um ladrão ou ladrões. A porta da frente está quebrada. Obrigação dele. Pequeno caso de roubo neste grande país católico.

– Ele não vai acreditar.

– Não tem outra alternativa. Se ele me acusar de qualquer coisa processo-o por calúnia. Sou estudante de direito, não se esqueça. Ele precisa ficar sabendo que conheço as leis.

Sebastian levantou-se do sofá, ergue novamente um pé e o assenta na cadeira, rompendo-a pelo meio.

– Isto é uma questão de engenharia. Estabelece uma fraqueza geral na estrutura.

Virou a cadeira de pernas para o ar e quebrou as pernas uma a uma.

– Ponha um pedaço de papel na lareira, Marion. Volto num segundo.

Saiu da casa, carregando uma pequena sacola. Marion pôs os pedaços da cadeira no fogo. Sebastian de volta, abrindo a sacola com muito orgulho, tira sete pedaços de carvão.

– Sebastian, pelo amor de Deus, que é que você fez? Onde arrumou esse carvão?

– Ora, ora, não faça perguntas tolas.

– Mas isso é roubo.

– O roubo só está no coração.

– Oh, meu bem!

– Marion, terra da esperança e da glória, mãe dos livros.

– Você é um amor.

Sentados na saleta, portas e janelas fechadas. Fulgor, carvão e vantagens do casamento. Cheio dos olhos do carneiro. Suco do crânio. Pego minha caneta.

*Meu caro Kenneth,*
*Há uma palavra para tudo: FUNT. Pois bem, se você disser essa palavra ao se levantar e antes de cada refeição, verá que as coisas mudarão de figura. Para que dê certo mesmo, você deve tocar os lábios com os dentes incisivos e soltar a respiração até que haja um som sibilante e depois a palavra. É bom também para a fertilidade. E devo acrescentar que acredito piamente na fertilidade. As coisas aqui estão muito mal. Há coisas como aluguel. Um homem lhe dá a chave e você entra na casa e começa a desenvolver sua vida e no fim da semana você dá a esse homem*

*três pedaços de papel com descontável em Londres escrito neles e o homem deixa que você fique onde está. Se você não der ao homem estes pedacinhos de papel você descobre que ele está do lado de fora da janela observando você coçar o saco e, como você pode bem compreender, surpreender alguém olhando quando você está ocupado em resolver coceiras testiculares é uma situação muitíssimo desagradável. De modo que peço a você, Sagrado Duque, que me permita deixar de pagar dez desesperados papéis descontáveis em Londres. Por falar nisso, Londres é uma ótima cidade, a maior do mundo. Há qualquer coisa escondida na minha cabeça que me diz que irei para lá algum dia.*

*A respeito do rapaz. Situação deveras chocante. Não é que eu seja puritano, meu caro Kenneth. Longe disso. Mas você pensa realmente em abandonar as alegrias do mundo heterossexual sem primeiro levar em consideração todas as suas possibilidades? Não há dúvida, concordo com você, que é penoso e mesmo arrasador suportar o celibato mas na hora que você ceder uma vez, pronto, eis aí pequenos O'Keefes iguaizinhos a você. Mas se você se desesperou, se está sexesfomeado, então não há outra solução a não ser se entregar por completo. Quanto ao rapaz, faça com que ele lhe conheça melhor. Mostre interesse em outros. Infelizmente é muito difícil para mim dar-lhe conselhos nesse assunto pois só posso contar com a erudição que, na melhor das hipóteses, é sempre de ordem geral. Mas leva tempo, Kenneth, tempo, para conseguirmos todas essas coisas que almejamos tanto. Precisamos estar preparados para esperar por elas. Virão, finalmente, numa brilhante e ensolarada manhã. Quanto à ejaculatio praecox, isso se resolverá com o tempo e com a prática. Suponho que seu atual método de realização é pela mão. Sugiro, pois, que tenha calma. É uma questão de graduação, graduação de infelicidade, talvez, mas na minha opinião quanto mais difíceis se tornam as coisas mais imunizado eu fico, deve ser o desenvolvimento de uma defesa natural, você conhece a máxima, para cada ação uma reação igual e oposta. Suponho que essas coisas sejam assim.*

*Não vi ninguém desde que você se foi, já faz alguns meses, isso porque tenho de me afastar do centro da cidade, mas minha coragem está aumentando e sinto que qualquer dia vou me encontrar com eles para reviver os bons tempos de outrora. Dublin é uma cidade curiosa. É uma cidade que está cheia de coisas boas mas, sem explicação, a gente está sempre preocupado pensando em coisas como pão e chá, paz e um lugar para dormir onde as goteiras da chuva não o façam sonhar com o naufrágio do Titanic. Passo a maior parte do meu tempo passeando pelo canal e tomando café, quando tenho dinheiro, no Jury's. Quando você voltar à velha terra terei muito prazer em levá-lo até lá. Senta-se debaixo de palmeiras, com as pernas cruzadas e conversa-se e chega-se a toda espécie de conclusões, algumas das quais são de valor, outras somente interessantes. Mas todas essas coisas são de se esperar. Eles ainda são levados ao Grange todas as manhãs. Acho isso muito estimulante, principalmente agora que comprei uma bicicleta de segunda mão e pintei-a de preto e coloquei uma bandeirinha preta no guidão e sigo atrás de todo enterro que se dirige para o Grange. Descobri que algumas pessoas riem de mim por causa disso e pensam que talvez esse homem esteja um pouco louco, mas eu digo sem dúvida, e prossigo em minha ocupação um tanto angustiosa. Descobri um dos grandes males da Irlanda, 67% da população nunca ficou completamente nua em sua vida. Ora, você não acha, você que é um homem de larga cultura clássica, não acha isso um pouco estranho e talvez até mesmo um pouco anti-higiênico? Eu acho as duas coisas. Sou inclinado a dizer que isso deve ser a causa de grande parte dessa agonia resignada que a gente sente nas ruas. Há outras coisas erradas com este país mas terão que esperar porque ainda estão começando a se desenvolver em meu cérebro. Mas você deve tentar não levar seu problema muito a sério. Como sabe, o sexo é uma coisa que temos para fazer novos e melhores nenês. Se você fizer um nenê, então estará realizado. Acho que é um mundo muito egoísta este que almeja esta sensação barata que se desfruta ao fazer um nenê. Mas não se preocupe com isso.*

*Hoje estou aninhado em minha pequena sala de estar. Passei um dia muito duro. Muitos dizem que meus dias serão sempre assim mas quem diz isso são, na maioria, uns filhos da puta. Pratiquei um ato de indecência no trem a caminho de Rock sobre o qual falarei quando você voltar. Há ainda outras coisas que também ficarão para a sua volta. Tenho a impressão de que você está um tanto desesperado e gostaria de voltar para a pátria amada. Por que não volta? Você não teria dificuldades em encontrar alguma coisa para fazer aqui, principalmente falando francês. Terei muito prazer em hospedá-lo e oferecer-lhe tudo o que temos e, para encerrar, meu caro Kenneth, espero que você possa usar o que vai abaixo em uma de suas óperas. Talvez um pequeno coro depois de cada ato.*

*Lá em Dingle*
*Onde só há solteiros*
*Fantasmas no guarda-roupa*
*Bruxas debaixo da cama*
*Um anticristo está sofrendo*
*Enquanto o avarento está morto.*
*Lá em Dingle.*

*Seu amigo,*
*S. D.*

## 12

Chove lá fora. Manhã fria. Felicity no carrinho na cozinha, enfiando uma escova de dente em um vidro de geleia. Marion de pé em frente à lareira escura e vazia. De chinelos, enrolada em um cobertor, suas pernas aparecendo Acaba de ler a carta, dobrando-a com cuidado e enfiando novamente no envelope.

Era fácil de ver que havia problemas. Desço a escada com minha costumeira inocência e vejo sinais de sofrimento em seu silêncio, o que é boa indicação de que ela tem uma arma. Ficou ali em pé como a observar o cavalariço selar o cavalo. Havia manchas de batom nos cantos da boca, davam-lhe um sorriso retorcido. Pensei por um momento que ela era uma inca. Foi muito cortês quando lhe perguntei de quem era a carta. Respondeu simplesmente, de seu pai.

– Vou pegar meus óculos.

– Tenho a impressão de que a carta foi endereçada para mim.

– O que você quer dizer com tenho a impressão?

– Isso mesmo. Você não vai ler a carta.

– Alto lá, essa carta é de meu pai e quero saber o que ela diz.

– Mas você não vai ler.

– Não seja impertinente.

– Sou impertinente o quanto quiser. Não tenho mais que tolerar suas baixezas.

– Por que essa onda toda? Até parece que você tem uma arma secreta contra mim.

– Posso lhe garantir que não é onda nenhuma. Vou deixar esta casa.

– Ora, Marion, chega de histórias, eu não me sinto bem. Não estou com disposição de me descabelar neste maldito começo de dia. Vamos lá, o que você quer dizer com esse negócio de deixar esta casa?

– Deixar a casa.

– Há um contrato.

– Sei que há um contrato.

– Por três anos.

– Sei que é por três anos.

As sobrancelhas de Marion erguidas. Puxando a todo instante o cobertor para cima do ombro. Sebastian de pé na soleira da porta usando um pijama vermelho, chinelos vermelhos vivos e um suéter cinza, soltando fios que se erguiam por detrás dele e desapareciam escada acima.

– Pelo amor de Deus, não vamos recomeçar. Quero só saber que história é essa. Quero só esclarecer as coisas. Não conseguirei prestar esses malditos exames se tiver que enfrentar mais discussão. O que é que há? Meu pai lhe ofereceu dinheiro ou coisa parecida?

– Você não vai ler a carta.

– Está bem, não vou ler a carta. Agora me diga o que é que há.

– Seu pai está do meu lado.

– Está bem, Marion. Vemos que você ajeitou tudo direitinho a seu modo. Essa carta não me engana. Com certeza mandou um cheque para você.

– Para dizer a verdade, mandou.

– E disse que eu sempre fui um salafrário.

– Mais ou menos.

– Expulso das escolas.

– Sim.

– Muito bem. O que você vai fazer?

– Mudar daqui imediatamente.

– Para onde?

– Vou procurar um corretor hoje mesmo.

– E o contrato?

– Você que se vire.

– Sua cadela malcriada.

– Esteja à vontade. Diga tudo que quiser. Não me atinge. E antes que me esqueça, você deixou metade do meu suéter na escada.

– Marion, vamos tentar nos entender. Não acho que brigando desse jeito vamos chegar a qualquer solução satisfatória.

– Pelo menos a nenhuma solução que lhe satisfaça.

– Muito bem, de quanto é o cheque?

– Não é da sua conta.

– Tenho que tirar minha máquina de escrever do penhor. Preciso dela para meus trabalhos.

– Rá. Rá. Rá.

Marion com a cabeça para trás zombando, fechando os olhos com desdém. A veia azul, bonita e grande no pescoço loiro. Roupão cor-de-rosa e suas pernas mudando de chinelo, amassando as partículas de carvão do chão.

– Suponhamos que eu concorde em ter cometido algumas falhas.

– Falhas? Isso agora até que tem muita graça, sabe?

– Agora que temos uma possibilidade de recomeçar tudo de novo.

– Temos, não é verdade? Nós. Agora é nós.

– Estou pensando no contrato.

– Você é que assinou.

Sebastian girou e subiu as escadas silenciosamente. Na ponta dos pés. Arrastando atrás de si o fio de lã. Dentro do quarto. Tirando o pijama vermelho, pondo as calças. Deu um nó no suéter. Calçou os sapatos sem meias. O paletó, só para impor respeito. E meus queridos sapatos de golfe. É pena mas têm de ir parar no penhor. Dez libras e seis *pence*, pelo menos. E agora, minha querida Marion, vou presenteá-la com uma coisa que vai lhe dar muito o que pensar.

No banheiro Sebastian arrancou uma tábua do chão. Atravessou o cano com um prego usando o salto do seu sapato de golfe. Desceu em silêncio a escada. Marion viu quando ele atravessou a entrada. A porta rangeu e se fechou.

Digo uma coisa, ela não vai forçar a situação desse jeito por muito tempo. Agora é o fim. Se ela quer assim, assim será.

Mergulhado em amargura e ódio. Não há estrada acolhedora para os úberes cheios. Esta é a meia-noite de todas as coisas. Porque, quando eu estava morando nos Estados Unidos, tinha mil e uma coisas boas. Nunca tive que pensar em água quente. Ia para o meu clube onde ela jorrava aos borbotões. Ficava debaixo de um chuveiro e deixava-a cair na cabeça. Me acalmava. Sossego, conforto e paz é tudo o que eu quero. E neste maldito bonde estou a caminho de uma entrevista com a dívida e outras coisas assim. Sou estudante universitário, de pé nos degraus da capela com o papel branco que diz que eu conheço as leis do inquilinato e que se pode pagar salário de fome por um ano. Meu certificado de que não roubarei a caixa registradora aberta pois sou um cavalheiro e a fecharei depois de pilhá-la.

Quatro horas nesta terça-feira retangular. Sebastian enfiando-se pela porta de um bar secreto, dirigiu-se cautelosamente para um lugar vazio no balcão. Garçom aproximando-se com desconfiança.

– Quero um *Irish* triplo, Gold Label. Rápido, por favor.
– Desculpe, mas acho que não posso atendê-lo.
– Você o quê?
– Não posso atendê-lo, cavalheiro, regras da casa, o senhor já bebeu demais.
– Já bebi demais? Você está louco?
– Acho, cavalheiro, que o senhor já bebeu o tanto de que precisava. Acho que já bebeu o suficiente.
– Isso é uma vileza.
– Calma, cavalheiro. Tenha calma. Quando o senhor estiver sóbrio, cavalheiro, terei muito prazer em servi-lo. Vá dormir um pouco. Ficará logo bom.
– Insulto sem nome. Tem certeza de que não é você quem está bêbado?
– Calma, cavalheiro, há lugar e hora para tudo.
– Pelo amor de Deus!

Sebastian afastou-se do balcão, enfiou-se pela porta e saiu à rua. Aparvalhado. Ao longo da calçada passando pelas vitrines com canetas e lápis e degraus de pedra de casas georgianas e ferros escuros de grades e por uma casa de chá com mulheres encanecidas ao redor das mesas. Então estou bêbado. Cristo crucificado. Bêbado. Não há nada a fazer a não ser sofrer este insulto como já tenho sofrido tantos outros. Estarei morto em pouco tempo, não devia ficar preocupado. Vou dar uma volta de bonde. Aquela cidadezinha lá nos rochedos com lindos castelos e tudo o mais. Um lugar por onde andarei quando estiver coberto da grana. Odeio este país. Acho que odeio este país mais do que qualquer outra coisa que conheço. Bêbado. Aquele filho da puta, pegá-lo pelas orelhas, arrancá-lo de trás daquele bar e bater sua cabeça contra o teto. Mas preciso esquecer tudo isso. Estou por baixo. Admito que estou em tal estado de espírito que quase não consigo pensar. Mas não tolero insultos. Injúria incrível.

Passou em frente do Kildare Street Club, atravessou a

rua e esperou pelo bonde, escondendo-se nas grades da Trinity College.

Que lugar bonito este. Apesar de todas as negativas e recusas. Lembro de uma ocasião dolorosa acontecida ali. Durante a primeira semana no refeitório. Mês de outubro e eu estava com muito frio porque o outono daquele ano tinha sido muito rigoroso. É muito agradável entrar ali porque há um cano grosso, que circunda toda a parede e está cheio de água quente. E o salão é enorme com gigantescas fotografias dependuradas lá em cima nas paredes, o que me fazia ficar no centro do salão com medo de que algum quadro caísse na minha cabeça. Mas é uma experiência tão agradável entrar num refeitório como este num dia frio de Dublin e dizer como vai à simpática senhora na porta que guarda os capotes e entrar na fila de estudantes com uma bandeja de metal na mão. Em dias excepcionais de meia coroa é tão delicioso pegar um biscoito Chelsea e um pequeno prato branco. Mais adiante, sobre as mesas, há pequenas bolotas de manteiga. Todas as bolotas são sinos. E depois há a senhora de cabelos brancos que serve as batatas. Como vai? E nesses dias com a meia coroa prontinha no bolso eu pegava uma torta de coelho com aquela deliciosa criatura de cabelos vermelhos, que ficava mais jovem a cada dia que passava, e então dizia, sempre bem baixinho, porque eram palavras mágicas – e um pouco de molho também, por favor. Mas não parava aí. Não. Um pouco mais além. Bandejas cobertas com guloseimas. Tinha que chegar lá cedo para ainda pegar um pouco porque eram tão gostosas que logo acabavam. Na mesa seguinte um jarro com açúcar porque queria misturar com o creme que ia pôr em cima da banana, picada aos pedacinhos e colocada na tigela e então, enfim, na caixa registradora. Minhas trágicas duas libras e seis *pence*. E nesse dia eu estava com tanta fome. Andei na fila pegando a comida toda e ajeitando-a com cuidado. E minha cabeça estava pesada de tanto pensar e meus olhos cansados. Minha bandeja escapou da mão e caiu no chão. Minha geleia de laranja misturada com vidro quebrado nesse dia quando comprei um copo de leite para tomar com biscoito Chelsea. Me chamaram de desastrado e como fui fazer aquilo. E, em certas ocasiões, em meu coração há música tocada para mim. Canto sem melodia. Me chamaram de palavrões. Estava com tanto medo deles. E eles nunca puderam olhar para dentro de mim e ver um mundo inteiro de ternura ou me deixar em paz porque eu estava tão triste e sofrendo. Como fui fazer isso? E os corações. E por que o amor era tão redondo?

Bonde deslizando rua abaixo. Rangendo e parando. Sentado o percurso todo e sonhando. Passando até em frente do número 1 da Mohammed Street. Talvez tenha sido um perverso em romper novamente o cano. Fazer com que ela reconheça que precisa de mim. E preciso daquele dinheiro. Lá em Dalkey estarei inteiramente só. Não preciso temer encontrar quem quer que seja.

Chegou à rua principal. Apinhada de gente. Para dentro de um bar. Duas adoráveis e sorridentes garotas atrás do balcão.

– Bom dia, cavalheiro.

– Gold Label duplo, por favor.

Ela procurou a garrafa debaixo do balcão. Sempre escondendo o artigo. Maldita garota com suas pulseiras de ouro barato, brincos, maldito par de mamilos de ouro, extorquindo dinheiro.

– E vinte Woodbines.

Procurando debaixo do balcão novamente. Com eles para cima sorrindo e remexendo os olhos. Fileiras de garrafas de vinho e água mineral e porto e *sherry* em seus lugares há anos. Como decoração para estimular a sede. Muitas pessoas ricas moram aqui em Dalkey. Grandes mansões à beira-mar. Gosto delas. Dou um passeio ao longo de Vico Road e contemplo a Killiney Bay até Bray. Uma mudança de cenário faz bem à mente. E a mortificação de ter sido tratado como um bêbado é horrível para mim, sóbrio como uma rocha.

– Será que poderia me dar também uma garrafa de porto, por favor?

– Pois não.

Requer muito empenho beber todo esse líquido. Gosto desta belezinha de garota. Estou apaixonado por ela. Sei que estou. Através daquela janela o sol amarelo está entrando.

Aqueles homens lá no fundo estão falando de mim. Não afino com homens.

– Mais um pequeno.
– Gold Label?
– Por favor.

Eu era um menino curioso. Enviado para os lugares apropriados. E fui para os mais impróprios. Secretos e pecaminosos e cheguei até a trabalhar. Acho que é uma coisa bem comum, começar de baixo. Ele, ha, hó, ic. Mas quando a gente tem tantos problemas não é fácil se distrair com o passado. Fui uma criança mimada, tenho a impressão. Mentia com muita facilidade. Tapeando os professores, mais por medo, acho. Mas o que poderia ter feito sem a mentira amiga nestes últimos dias. Lembro que um professor me disse que eu era emburrado e feio. O que não era verdade. Eu era um menino extremamente simpático e curioso. Professores são insensíveis à verdadeira beleza.

– Qual é seu nome?
– Gertrudes.
– Posso chamá-la de Gertrudes?
– Pode.
– Gertrudes, quer me dar outro Gold Label e uma garrafa de porto?
– Pois não.

Frequentei uma escola preparatória adequada para entrar na faculdade. Nunca achei que essas escolas fossem suficientemente boas para mim. Era orgulhoso. Nunca procurava amigos. Mas meu silêncio foi notado pelos professores e eles pensaram que eu era um deslocado e uma vez ouvi-os dizer a uns meninos muito ricos que se afastassem de mim porque minha influência não era boa. Então fiquei mais velho e mais ousado. Uma garota frívola que tinha sinais de varíola no rosto e pelos raspados pela perna inteira, quando eu pensava que as pernas das garotas fossem sempre bonitas e lisas, me levou à cidade e nós bebemos nos bares. Quando ela se sentiu enfastiada e dominadora e percebeu minha reserva e temor disse que eu não devia usar gravata com listras juntamente com camisa listrada e eu ficava dizendo para mim mesmo, escondendo a mágoa, que tinha posto a camisa às pressas assim como a gravata. E quando voltamos para casa de metrô ela dormiu com a cabeça no meu ombro. Me senti embaraçado porque ela parecia ser velha e rude. Uma garota que tinha fugido de casa, fora expulsa das escolas e começara a fumar com doze anos de idade. E eu? De um modo ou de outro eu estava sempre travando relações com esse tipo de garotas, não por sexo ou pecado mas porque suas almas eram sufocadas por bebidas insípidas e danças e, quando me viam com meus olhos enormes e sem malícia, aproximavam-se e me convidavam para dar uma fumada ou tomar um drinque.

– Gertrudes, você é uma ótima garçonete. Quero um trago daqueles de Gold Label.

Gertrudes sorriu para Kathleen.

Tinha então dezenove anos, era mais velho, vestido de marinheiro e de volta a Virgínia e Norfolk. Quando em licença, frequentava as bibliotecas porque atrás das prateleiras me sentia seguro. Dias de sol não diziam nada para mim. E fiz uma viagem para Baltimore. Fiquei numa estranha pensão numa véspera de ano-novo, fria e seca. O vento soprava forte. Meu quarto não tinha janelas. Só uma travessa aberta. Toda vez que andava por aquela parte dos Estados Unidos sentia a amargura do Grande Pântano Lúgubre e tábuas partidas e restos de casas e casas isoladas na beira de estradas povoadas de cobiça e silêncio, álcool e serpentes. Andei pela cidade inteira, perdido e tentando encontrá-la. Localizava-a num determinado lugar e olhava e ficava ali, com toda Baltimore ao meu redor, onde eu pudesse apanhá-la com minha mão e levá-la comigo. Mas precisava ir adiante, para baixo e para cima das ruas e achava tudo vazio e sem importância. Entrei em um bar, repleto e escuro, tropeçando nas pernas das pessoas. Vozes, suspiros e risadas e mentiras e lábios e dentes e o branco dos olhos. Segredos de axilas raspadas e os finos e pequenos pelos nos lábios superiores das mulheres aparecendo através do pó de arroz. Todos esses seios suspensos em berços de raiom. Fui-me esgueirando até o bar e sentei numa banqueta vermelha de metal. Sentada do meu lado, uma garota com um vestido preto e desajeitado. Em suas pernas, notei meias de seda. Curiosa garota de olhos grandes e castanhos no rosto redondo de pele áspera e lábios finos. Aqui em Baltimore. Sentada, procurando em um bar. Aconteceu uma briga medonha. E os abusos. Baixos, rudes e espertos. E vis. Há garotas presentes, amigos. Gostaria de que você que está empurrando fosse para fora, você, vamos, olhe o que está dizendo, filho da puta miserável, bata nele pelo amor de Deus, bata nele. No meio dessa balbúrdia cansativa ela se virou para mim e disse como vai, com um ligeiro sorriso, e com voz débil disse: você parece muito mais tranquilo. Ofereci um drinque e ela aceitou, mas ela não precisava beber muito para se divertir ou então beber a noite inteira, porque estava ali para fazer algo diferente e, com certeza, não se ofenderia se eu a convidasse para sair comigo. Seu cabelo preto penteado todo liso para trás e eu ouvi as palavras na sua voz quente, agradável e afetuosa. Entrei aqui sozinha e estou aqui conversando com um marinheiro – sim, gostaria de tomar uma garrafa de champanhe com você, gostaria muito – nunca tomei, é gostoso? E por que você entrou aqui? Espero que você perdoe minha indiscrição, mas sou curioso. Ela era uma garota meiga e decente. E ela perguntou: estou sendo presumida e ousada? Não quero ser – estou apenas um pouco tonta, já tomei três uísques. Vivo prometendo a mim mesma qualquer dia entrar em um bar sozinha e me sentar ao balcão e beber juntamente com outras pessoas mas precisou chegar a véspera do ano-novo para levar-me a fazê-lo – não somos nós mesmos no dia de ano-novo, não é? Ou você não liga para isso? Disse que ela era muito agradável. E vi seus olhos se iluminarem. É por isso que você pediu uma garrafa de champanhe, porque sou agradável? Espero que sim. Me sinto ótima, zonza e tola e você é quieto e reservado, não é? E aqui estou eu sentada falando com você, um completo estranho, e falando sem parar, pois bem, vou falar de mim para você. Estou frequentando uma faculdade mas não gosto porque não tenho tempo de aproveitar tudo lá porque tenho que trabalhar e não arranjo com quem sair, nunca estive numa boate – sou curiosa, é claro, mas é contrário a tudo o que acredito, isto é, a vida frívola e sofisticada das pessoas da sociedade. Não considero tudo isso importante, e vou lhe dizer a verdade, que realmente entrei aqui porque não tinha com quem sair nesta noite das noites e eu disse para mim mesma que fosse como fosse, tomaria um drinque e se alguém falasse comigo eu responderia mas eu falei com você primeiro porque você pareceu ser alguém com quem eu podia falar e seria amável e você também está sozinho, não está? E não sou uma garota corajosa, e sim frustrada. Entrei no bar e morri de medo de que o garçom me dissesse que mulheres sem acompanhantes não poderiam entrar. Agora que estou aqui tudo me pareceu tão simples e fácil e estou satisfeita por ter vindo. E estou começando a ver que esta é a maneira de se fazer uma porção de coisas na vida – é só ir em frente e fazer. Vi quando você entrou e disse para mim mesma que você parecia ser bem agradável e quando você se sentou perto de mim me deu vontade de falar com você – e por isso falei – e agora onde estamos? Ela me disse que só tinha um pedido a fazer – ela não queria que eu soubesse seu nome porque ela poderia se arrepender de tudo e que não gastasse muito dinheiro com ela, uma desconhecida, que, afinal de contas, era bem possível que nunca mais nos víssemos. Ela era tépida. Apertei meu nariz no seu cabelo preto liso e meus lábios atrás de sua orelha, sussurrando que gostava dela e por favor fique comigo. Ela colocou o rosto em frente do meu e disse bem distintamente, se isso quer dizer que você quer dormir comigo ou se eu quero dormir com você, com toda franqueza, sim. De todo coração. Sincera. E não estou tentando proceder como uma prostituta. Mas acho que estou. Estou? E daí? O que se pode esperar de uma garota como eu? E não suponho que depois dessa observação você pudesse acreditar que eu não saiba como dormir com um homem. Mas onde, como e quando? É bastante complicado, não é?

Sebastian levantou-se, levando seu copo até o balcão em Dalkey, esperando.

– Gold Label duplo.

Voltando à cadeira. Sentando devagar e esticando as pernas, cruzando-as, balançando um pé e colocando o copo dentro do círculo formado por seu braço. O bar estava se enchendo de pessoas com ar de quem saía do trabalho ou acabava de jantar.

Levei-a para um quarto num grande e importante hotel de Baltimore e passamos por ruas congestionadas e uma garota dançando na capota de um carro, marinheiros e soldados beliscando seus pés. Puxando suas roupas até que começaram a tirá-las do corpo. Mãos levando-a para longe. No quarto ela disse que estava com um pouco de medo. Tomamos mais champanhe. Numa cama de casal eu sentei, agitado. Falei com ela. É que eu estava tonto. Tateando o caminho até alcançar suas mãos. Carregando-a e colocando-a junto de mim. Ouvi-a em meu ouvido. Estou com medo. Estou apavorada. Não me force a fazer nada, está bem? Mas tenho certeza de que você é bonzinho. Estou apenas um pouco entediada e como se não me importasse, mas me preocupo muito com o que possa me acontecer, sério. Mas, com o tempo, você começa a odiar todo o mundo e fica amarga no íntimo porque não tem dinheiro e roupas e namorados ricos que a convidem a conhecer lugares grã-finos e embora a gente saiba que, na verdade, tudo isso é falso, pouco a pouco vai-se minando e a gente começa a se ressentir do fato de que tudo o que a gente tem é uma boa cabeça e é mais esperta do que o resto mas que gostaria de usar seios postiços porque os seus são chatos mas a gente sente que é uma tapeação tão horrível e no entanto todas usam e conseguem bons resultados e então, por fim, a gente enfrenta a triste verdade de que elas se casarão e a gente não e que elas vão odiar seus maridos mas então terão suas festas e coquetéis e reuniões de bridge enquanto seus maridos estão dormindo com outros homens. Era uma garota inconsciente. E eu pus meu dedo em seu triste, apertado buraquinho, me sentindo perdido e andando pela chuva e entre árvores, um mundo grande demais, e perdido e sua cabeça escura era tão escura e seus olhos estavam fechados.

Levou seu copo de volta ao balcão e saiu. Pegar o bonde. A caminho do bonde porque todos nós vamos para East Geenga. Sou o homem que desce no fim da linha. Tomei mais do que posso aguentar. Ponham-me em um navio, levem-me daqui. Para a Flórida. Dirigi meu enorme carro através de Everglades. Um pouco úmido e encharcado. Costumava passear por Fort Lauderdale bêbado e mergulhando nos canais à noite matando jacarés. E guiar meu automóvel ao longo de Miami Beach com os pés. O que você quer que eu faça. Continuar neste sombrio palco de sacrossanta desesperança? Me sinto estrangeiro neste país. Quero voltar a Baltimore. Nunca pude ver tudo, ou andar de trem, ou ver todas as cidadezinhas. Pegar garotas em parques de diversões. Ou sentir neles o cheiro de amendoim em Suffolk, Virgínia. Quero voltar.

Passos rápidos rua acima. Não vendo nada dos dois lados. Nem casas nem escadas nem barras de ferro das grades. Quase correndo, tropeçando, ofegante, empurrando o ar para o lado.

Calma. Indiferente e com todo o cuidado também quando entrar, muita circunspeção e outras coisas também e vamos ver no que vai dar.

O bar estava cheio de velhos. Cuspindo segredos um no ouvido do outro. Fumaça passando por cima de todas as saliências. Rostos voltando-se quando Dangerfield entra. Som de rolhas estourando. Fundos de garrafas batendo no balcão. Espuma erguendo-se nos copos molhados. Malcriação deve ser combatida. Serenamente. Arrasá-la até o chão, isso mesmo, não para cima, para o chão e não faça economia de bastões.

Sebastian caminhou até o bar, parou altivo e silencioso. Garçom removendo as garrafas. Chega até ele. Seus olhos encontrando os olhos vermelhos e abana a cabeça para este freguês alto.

– Pois não?
– Gold Label duplo.

Garçom volta alguns passos e traz uma garrafa, rígido enquanto despeja.

– Água?
– Soda.

Garçom vai, pega a garrafa de soda. Esguicha, esguicha. Onda de vapor saindo. O uísque transborda pelo lado do copo, espalhando-se no balcão.

– Desculpe, cavalheiro.
– Tudo bem.
– A garrafa está cheia.
– Sem dúvida.

Garçom afasta a garrafa e espera pelo dinheiro. Em pé, constrangido, em frente a Dangerfield. Mordendo os lábios, vai começar a falar mas espera, não diz nada. Dangerfield olhando para ele. Os velhos pressentindo encrenca, girando nas banquetas para observar.

— Dois *shillings*.

— Estive neste bar esta tarde cerca de quatro horas. Lembra?

— Sim.

— E você se recusou a me servir.

— Sim.

— Argumentando que eu estava bêbado. Correto?

— Sim.

— Você acha que estou bêbado agora?

— Não compete a mim resolver.

— Você não teve dúvidas sobre isso hoje à tarde. Repito a pergunta. Você acha que estou bêbado agora?

— Não quero encrencas.

— Metade do meu uísque está sobre o balcão.

— Sem encrencas.

— Você não se importaria de trazer a garrafa para substituir a quantidade derramada?

O garçom de camisa branca e mangas arregaçadas traz a garrafa. Sebastian tirando a tampa e enchendo o copo até a boca.

— O senhor não pode fazer isso. Não temos muito.

— Repito a pergunta. Acha que eu estou bêbado agora?

— Calma, nada de encrencas, nada de encrencas, não queremos encrenca aqui. Não, não acho que o senhor esteja bêbado. Não está bêbado. Um pouco animado. Não.

— Sou uma pessoa sensível. Detesto abusos.

— Calma, sossegue.

Todos os presentes girando nas banquetas, os pés apoiados no chao.

— Sem encrenca, sem encrenca.

Cale a boca. Estou bêbado? Estou bêbado?

— Não.

— Ora, seu celta palhaço. Eu estou. Estou bêbado. Ouça aqui, vou acertar as contas, acertar as contas direitinho e quem não quiser se machucar que dê o fora.

A garrafa de uísque passou assobiando por cima da cabeça do garçom chocando-se com as garrafas de gim e com os copos. Dangerfield bebeu seu uísque de um gole e um homem ergueu-se atrás dele com uma garrafa de cerveja que lhe quebrou na cabeça, a cerveja escorrendo pelas orelhas e pelo rosto, ele lambendo cuidadosamente ao redor da boca. O homem aterrorizado sai correndo do bar. O garçom escapa pelo alçapão do assoalho. Sebastian de pé sobre o balcão. Escolhendo uma garrafa de brandy para qualquer emergência. Três corajosas figuras à porta espiando a confusão e dizendo agarrem-no quando nosso Danger correu para a porta e a mão de um homem tentou agarrá-lo e ela foi torcida rapidamente até que os dedos se partiram com um grito de agonia e os outros dois esgueiraram-se para trás para atacar pela retaguarda e um pulou como um gato nos ombros de Dangerfield e foi arremessado à rua caindo cinco passos adiante. Os outros haviam transposto as soleiras das portas ou faziam de conta que estavam simplesmente dando um passeio com seus cachorros.

Dangerfield estava correndo como um doido pelo meio da rua com o grito de chamem os guardas fazendo-o correr ainda mais. Numa viela com a garrafa enfiada embaixo do braço. Mais gritos quando o viram dobrar a esquina e descer por uma outra rua. Preciso, pelo amor de Deus, me esconder. Subir esses degraus e tenho que atravessar aquela porta de qualquer jeito e me esconder rapidamente.

Com o coração batendo, apoiando-se na parede para recuperar o fôlego. Uma bicicleta encostada na parede. Escura e de corrida, sem dúvida. Esperança. Aguardar até que cheguem perto da casa. Pés. Ouço as fortes passadas de um policial. Rezem por mim. Se me pegarem estou perdido. Que vergonha. Preciso evitar ser preso a todo custo por causa da indesejável publicidade que isso produzirá. Podem também bater em mim. Merda.

A porta se abre cautelosamente. Facho de luz brilhando na escuridão. Dangerfield empurra a porta com todo o cuidado e entra. Uma pequena cabeça aparece, hesita. Preciso lutar com ele pela minha salvação. Sebastian empurrou os ombros contra a porta segurando a figura pelo pescoço.

– Se você der um pio o estrangulo.

– Não. Jesus, Maria e José. Não darei um pio.

– Cale a boca. Me passe aquele chapéu. E o sobretudo.

– Isso não, sou um homem decente. Vocês não sabem onde parar.

– Farei com que você pare de viver se não calar a boca e me passar aquele sobretudo.

– Pois bem. O que quiser, senhor, o que quiser, mas não faça mal a um velho. Sou aleijado de nascimento e vou ajudá-lo a escapar. Farei o que puder.

– Suba as escadas.

– O que o senhor vai fazer comigo afinal? Ainda me resta uma sexta-feira das nove primeiras sextas-feiras.

– Não vai restar nada se não subir essa escada. Suba até o fim e fique lá. Se der um pio eu volto e como seu fígado.

O homenzinho de olhos azuis subiu a escada de costas, parando no primeiro intervalo entre os degraus e correu aos tropeções o resto. Sebastian vestindo o sobretudo. Os ombros servem, as mangas pelos cotovelos. Abaixa-se para apanhar a garrafa de brandy. O sobretudo rasga nas costas. Espia pela porta. Ninguém à vista. Todo cuidado é pouco, proceda com cautela. Como fui entrar nesta tremenda fria. Que coisa mais desagradável.

Vencendo os três degraus de granito. Para que lado? Na esquina um uniforme azul e um capacete. Santa glória de Deus. O guarda para, olha, começa a subir a rua. Dangerfield colocando seu veículo firmemente na sarjeta, pedalando, sai na disparada seguido pela voz cheia de medo do homenzinho lá da última janela do edifício.

– É ele. Não há dúvida. Pegou meu sobretudo e meu chapéu. É ele.

A bicicleta sobe numa corrida vertiginosa a rua estreita e entra numa esquina, buzinas tocando, e a garrafa escorrega, bate no seu joelho e quebra transformando-se numa poça no meio da rua. Policial no meio da rua dirigindo o tráfego. Erguendo a mão em sinal de pare. Não podia saber que sou eu. Não posso arriscar, para frente seu doido soldado cristão, pedalando para a condenação.

– Você aí, pare. Pare. Está me ouvindo? Pare. Ei.

Confuso, precipita-se em direção de St. Stephen's Green. Bicicleta saltando nas pedras do calçamento, escorregando nos trilhos do bonde. Dangerfield deitado sobre o guidão. Mordendo os lábios. Olhos molhados por causa do vento, piscando e sem poder enxergar. Vão chamar a radiopatrulha, se é que existe, para me perseguir, ou então motocicletas ou toda a força policial de patins. Sinal de trânsito pela frente. Vermelho. Pare.

A bicicleta fazendo um amplo círculo em frente do tráfego que vinha de frente. Mais buzinas e ranger de freios. E rua abaixo fervilhando com crianças até que um garotinho ziguezagueando de lá para cá em frente da máquina acabou por parar debaixo do ofegante Dangerfield.

– Se machucou?

– Não, eu não.

– Tem certeza?

– Não me machuquei.

– Sinto muito, garoto. Preciso correr. Olha aqui, pode ficar com esta maldita bicicleta como presente, antes que me mate com ela.

O menininho ficou lá atrás no meio da rua seguindo com os olhos o homem que tirou o chapéu da cabeça e jogou-o para trás das grades e fez uma trouxa do sobretudo e a arremessou longe, onde se abriu e caiu no chão em desordem.

Pela Cuffe Street. Subindo pela Aungier. A salvo. Mas ainda depressa. Descer por este beco e atravessar todos estes fundos de quintal. Caminhar entre as paredes brancas cheirando a mijo. Também não quero cair numa emboscada.

Dangerfield caminhou rápido por um labirinto de vielas e chegou a uma pracinha com um poste e mais crianças. Parou na entrada de uma casa e esperou. Ninguém atrás. Uma garotinha arrastando um menino pelos cabelos na sarjeta. Gritando e dando pontapés. Pés nus inchados e feridos. Outro menino sai da casa com um pacote de jornais e grita que o deixe em paz e lhe dá um soco no braço e ela dá um pontapé no joelho e ele a agarra jogando-a no chão. Ela arranha os olhos dele e ele dobra o braço dela para trás e ela lhe cospe na cara.

Sebastian abandona o esconderijo e sai devagar da viela. Percorre uma grande área daqui para lá, vai e volta e, finalmente, sai perto daquelas casas de tijolos vermelhos, cada uma com um terraço e todas com uma aldrava polida e cortinas e pequenas coisinhas delicadas nas janelas do primeiro andar. Além da rua, dá para se ver as montanhas de Dublin com o sol da tarde batendo nelas e quem me dera estar lá longe com um grosso muro de pedra construído ao meu redor. Na rua com árvores ao lado. Atravessando rapidamente. Batendo o portãozinho. Descendo a escada. Tá, tá. Espera. Silêncio, tá, tá. Meu Deus, querida Chris, não me deixe aqui fora para que eles me peguem.

– Olá?

Voz atrás de si.

– Meu Deus!

– O que lhe aconteceu?

Chris carregando pacotes, seu rosto contraído, preocupada, descendo a escada atrás dele.

– Me deixe entrar.

– Segure isso aqui. Há sangue escorrendo por todo seu pescoço.

– Um pequeno mal-entendido.

– Santo Deus. Você esteve brigando?

– Pequeno transtorno.

– Conte para mim. O que foi mesmo que aconteceu?

– Muito bem. Então vou embora.

– Ora, não seja tolo. Entre, sente. É claro que você não vai sair. Mas você não vai querer que eu seja toda complacência quando você me aparece de uma hora para a outra todo coberto de sangue. Como aconteceu isso?

– Aconteceu.

– Chega de asneiras. Fique quieto. Vou esquentar um pouco de água e lavar isso. Você andou bebendo demais. Dói?

– Não.

Chris na gaveta. Olhando todas as garrafas. Iodo. Água na chaleira.

– Chris, quero que você me diga como posso me afastar do mal neste mundo. Como rebaixar os pecadores e erguer os que fazem o bem. Passei por uma noite medonha. De fato, meu sofrimento tem sido agudo e contínuo. Mais do que pecado ou mal ou qualquer outra coisa. Cheguei à conclusão de que as pessoas desta ilha são hipócritas.

– Você andou brigando, não andou?
– O incidente mais vil que jamais experimentei.
– Num bar?
– Num bar. A grosseria desta ilha é de estarrecer.
– Bem. Como? Por quê?
– Entrei num bar para tomar um trago sossegado. Sóbrio como uma rocha. Um cara me segura o braço e torce – diz dê o fora – você está bêbado. Eu disse, não estou entendendo, estou sóbrio. É claro que saí por causa do mau trato. Ora, não sou mau nem gosto de causar encrenca. Porém, mais tarde voltei a esse bar, pedi outra bebida e eles me atacaram brutalmente. Procedimento vergonhoso. Todos em cima de mim como um bando de lobos. Tentando me derrubar e me pisotear. Somente empregando uma tática muito ardilosa é que consegui escapar com vida. Não tenho dúvidas de que estão vasculhando a cidade para me contemplar com mais maus tratos.

– Ora, que é isso.
– Sente junto de mim, Chris.
– Não.
– Sente ao meu lado. Estou muito aborrecido.
– Vou enfaixar sua cabeça.
– Posso passar a noite aqui?
– Pode. Acho que você deveria tomar um banho.
– Tenho que sair deste maldito país. De qualquer jeito.
– Dinheiro?
– Nenhum.
– Você precisa tomar um banho bem demorado.

Ajudando-o a tirar a roupa. Dentro deste banheiro úmido com a banheira suspensa por patas de leão e o chão frio e pegajoso. Com o rosto coberto de espuma branca, ninguém será capaz de me reconhecer. Vou andar de costas o resto da vida. A luz amarela e o teto verde rachado. Todo o ano que passou você estava nesta banheira enquanto eu era perseguido por fantasmas e vivia triste em Howth.

– Venha comigo, Chris.

– Você bebeu demais. Diga isso quando estiver menos confuso.

– O quê? Digo, confuso?

– Vire-se que eu enxugo suas costas.

– Quero que você venha comigo.

– Não posso resolver uma coisa dessas assim de repente.

– Você quer vir?

– Para onde? E sua mulher e filha?

– Damos um jeito.

– E o seu diploma?

– Tem que esperar até que eu recupere a paz de espírito. Estou numa posição insustentável.

– Está.

– Você não está cooperando. Não mereço isso de você.

– Apague a luz. Vou fazer chocolate.

Não há saída a não ser a grande saída. Me coloquei numa posição muito infeliz. Espero que, com a ajuda de Deus, eles não me peguem e não me metam numa prisão. Todo mundo me viu correndo como um louco por todas as ruas de Dublin. Por favor não me ponham na prisão de Mountjoy, a não ser que eu fique encarregado da biblioteca. Casar com você, minha querida Chris. Mas o que me perdeu é o sangue. Sempre acreditei tanto em sangue, estabelecendo a dinastia dos Dangerfield, honrados reis de todos os reinos, e tudo que consegui foi a casa número1 da Mohammed Street onde a merda cai do teto do modo mais nojento e o pão é de uma semana atrás e o chá como limalha de ferro. Desejo me afastar para um país mais civilizado. O que vai acontecer comigo quando ficar velho? Arcado e estragado.

Chris trazendo duas xícaras brancas para a mesa. Está completamente sem roupa, apenas com um roupão. Minha cabeça está melhor. Ela enche a garrafa de água quente. Só posso dizer enrole o tapete da terra e ponha-o de lado até o próximo verão, as coisas estarão melhor então. Nós dois juntos na cama. Acho que esta é a única paz que tenho há anos.

Minha querida Chris, pôr minha mão sobre seu corpo nu me dá tal prazer. E tocá-la e sentir que você está perto, pois somos a proteção um do outro. Inteiramente juntos aqui. Estamos, não estamos? Vamos rezar. Para São Judas, padroeiro das causas impossíveis, ou é permitido rezar por um orgasmo?

## 13

Para mim é insuportável sair para o ar frio com minhas pernas enrijecidas e a cabeça pesada das coisas que fiquei pensando a noite inteira.

Ruídos de Chris se vestindo. Ela pôs uma bandeja ao lado da cama dele, antes de sair. Com torrada e um pedaço de pão molhado em molho de carne, um pedaço de toucinho e uma xícara de café. Beijou-o na cabeça, ajeitou o cobertor, falou baixinho que o café estava ali e se foi.

Passando a tarde lendo e preocupado. Uma olhadela de vez em quando para fora da janela para ver o que havia para ser visto. Mas somente pessoas ao acaso. A maioria arcada e carregando. Mas ficaria morto de medo se visse os carros da polícia. Minha única esperança é viver abaixado ou talvez deixar crescer o bigode.

A cama é agradável. Descansando a cabeça. Se eu tivesse as coisas que existem neste quarto. Luxúria nos aproximou. Palavra horrível. Acho que foi amor. Mas o que é que nos separa na cama à noite? Viro de costas para ela, fico distante, sozinho, perdido nos meus pensamentos. Não consigo nem me lembrar o que vou fazer com Marion. Sendo o tipo de pessoa que sou, faço a vida agradável para todo mundo. Não é difícil de se viver comigo. Sem mau hálito ou vulgaridades secretas. Minha querida Chris, ouço seus passos.

– Como vai, Chris?
– Você é um grande mentiroso.
– O quê?
– Olhe aqui no jornal.

Chris entrega-lhe o jornal. No centro, em tinta bem escura e letras garrafais lia-se:

## HOMEM FURIOSO EM UM BAR

*Perseguição pelas ruas*

O que foi informado por uma testemunha à polícia como um ataque de grande selvageria teve lugar no Kelly's Garden Paradise, ontem à noite,

Um homem descrito como "de aparência estrangeira" com sotaque britânico penetrou no bar acima mencionado com ares ameaçadores e investiu contra os que ali se encontravam de uma maneira selvagem.

A testemunha do ataque disse à polícia que estava lá tomando um drinque sossegado com amigos quando começou a gritaria e o rebuliço. Quando se voltou viu um homem atirar uma garrafa de uísque na cabeça do garçom, que se abaixou e sumiu por um alçapão no assoalho. O homem então pulou para cima do balcão e quebrou tudo ao seu alcance. Voltou-se depois contra os frequentadores, que não tiveram outra alternativa senão escapar para a rua.

O arruaceiro então fugiu e foi seguido pela testemunha que alertou os guardas. Ele encontrou o homem escondido em um corredor mas foi ameaçado de morte e obrigado a entregar seu chapéu e sobretudo. Em seguida, o criminoso fugiu numa bicicleta. Diversos policiais e elementos da população perseguiram-no até o fim de Stephen's Green mas perderam totalmente a pista na Cuffe Street, onde se acredita ele ainda possa estar escondido.

O guarda Ball que voltou à cena do ataque para colher evidências declarou que o estado geral do bar tinha todas as características de um campo de batalha.

A testemunha cujos quatro dedos foram quebrados no ataque foi socorrida no St. Patrick Dunn's Hospital e depois levada para casa. A procura pelo criminoso, descrito pela polícia como sendo um jovem alto, magro, usando calças marrons e paletó esporte, prossegue, uma vez que se acredita que ele possa ser louco. Informaram que seus olhos estavam desvairados.

– Calúnia.

– Até parece que você é que foi atacado,

– Fui, e tratado sem dó nem piedade.

Chris em silêncio, abaixando-se sobre o cano de gás. Dangerfield senta teso e triste na beira da cama. O *Evening Mail* continua aberto em cima de seus joelhos, olhos cheios de lágrimas fixando as letras enormes. Oh, havia um homem furioso.

Sebastian levanta-se e caminha para o lado de Chris. Põe a mão em sua cintura, alisando a carne com os dedos. Sua cabeça volta-se evitando a boca dele e ela abaixa a mão que pousava no seu seio.

– Se é assim que você quer, Chris.

– É.

– Muito bem.

Dirige-se para a porta, abre-a rapidamente, fecha sem barulho, sai para a garoa e a rua, triste e escura.

Meu querido beato Oliver, martirizado, esquartejado e geralmente retalhado, prometo-vos uma coisa, fazei-me chegar até Rock são e salvo, sem ninguém a me perseguir e eu publicarei uma nota de ação de graças no *Evening Mail.*

Na noite vazia, ônibus descendo pela encosta da colina em direção a Rock. Sinais luminosos. Pequena fila esperando na porta do cinema. Lugar pequeno e agradável.

Descendo do ônibus, caminhando rapidamente para a porta verde do número 1 da Mohammed Street. Batendo. Nada. Alguns toques na janela. Nenhum ruído, nenhuma luz lá dentro. Voltou à porta. Empurrou e puxou. Fechada e trancada. Afastou-se um pouco e mergulhou com todo o corpo. A porta caiu. Às apalpadelas dentro do vestíbulo, pegou a porta e colocou-a no lugar. Gritou. Nada. Escada acima, o quarto vazio. Ninguém em casa.

E o tempo estava tão lúgubre e escuro. Toda a noite, agora. A única coisa que a chuva faz é acabar com a poeira e comigo. Muito bem, Marion, sangue azul, esposa e lavadeira, escrava de todas as minhas infames exigências, para onde você foi, o que é que você fez.

Desceu as escadas e entrou na pequena sala de estar e

na cozinha. Tudo nu. Pedaço de papel branco sobre o fogão seguro por uma lata de feijão.

> *Como você vê, mudei.*
> *Golden Vale Park, nº 11*
> *The Geary*
> *Co. Dublin.*

Não sei o que fazer exceto que isso me soa como casa com água corrente e eu bem que gostaria de tomar um banho. Talvez seja agradável. Dar logo o fora daqui antes que Skully enfie sua cara nojenta na porta para cobrar o aluguel e fazer outras exigências repugnantes. The Geary. Bairro grã-fino, tenho a impressão. Golden Vale Park. Que beleza. De novo. Golden Vale Park.

A última casa da rua de casas escondidas, semisseparadas, com blocos de concreto dividindo os jardins da frente com pequenos gramados e canteiros de flor. Passando pelos números sete e nove, casas de cuidado e economia e portões de ferro para impedir sujeiras de cachorro. As pessoas que moram aqui têm carro. Meu Deus, talvez ela só tenha alugado um quarto e não haja lugar para mim.

Parou em frente ao portãozinho verde para examinar o trinco, que era cheio de truques. No jardim havia lindos pés de azaleia e loureiro exótico. Ao lado, uma garagem junto à casa. Pelo amor de Deus, por que você fez isso e não me disse nada? Não posso me conformar. A chuva escorrendo pelas folhas e caindo em pequenas poças. Vou penetrar por esta entradinha de cimento e fazer de conta que bati na porta errada. Parece que há um jardim nos fundos e uma passagem pelos lados. Isso me deixa indignado. Não posso me conformar, isso mesmo, não posso me conformar de jeito nenhum.

Dava para ouvir o som da campainha lá dentro. E uns passos se aproximando. Não consigo ver nada por este vidro embaçado.

Porta entreabre-se.

– Me deixe entrar, pelo amor de Deus, Marion.

Porta fecha-se com estrondo.

– Marion, você está sozinha? Por favor, deixe de ser ridícula. Isso não é coisa que se faça.

Dando a volta na casa com grande cuidado procurando por onde entrar. Janela do banheiro aberta. Sebastian tenta subir pela parede, os joelhos batendo nas pedras engastadas e cai, de cabeça para baixo, dentro da pia. Marion à porta.

– Por que você não me deixa em paz? Seu ordinário infeliz.

– Não me chame de ordinário quando quase quebro meu maldito pescoço tentando entrar nesta casa. Pelo amor de Deus, me ajude a descer ao chão. Por que você não me deixou entrar pela porta?

– Porque não quero você nesta casa. Esta casa é minha e posso chamar a polícia e fazer com que lhe ponham para fora.

– Pelo amor de Deus, Marion, você não tem piedade? Olhe o meu estado, estou molhado como um pinto.

– Mas você não veio para casa ontem à noite.

– Atrasado.

– O que aconteceu com sua cabeça?

– Um sujeito tremendamente legal me convidou para jogar squash e arrebentei a cabeça na parede. Ótimo jogador, o cara, mas consegui ganhar dele.

– Por que você não dá o fora?

– Só porque joguei squash? Eu respondi, então vamos jogar. Um sujeito de muita influência. O pai dele é dono...

– Rua! Passei o dia inteiro fazendo pacotes e mudança e não vou ficar ouvindo as suas mentiras.

– Me perdoe. É uma casa tão simpática. Deixe eu dar uma olhada. Você está sozinha aqui? Em tudo isso?

– Sim.

– Quanto de aluguel?

– Não é de sua conta.

– Mas o Skully...

– Você pode continuar a morar lá.

– Deus do céu! Deixe disso. Vamos ficar em paz pelo menos por cinco minutos. Tem vestíbulo. É uma beleza, Marion. Posso olhar lá dentro?

Sebastian andando pela casa seguido de Marion, dentes

cerrados e sem palavras. Sala de estar com esses sofás-camas, um deles encostado na parede, e um rádio, sem dúvida de antes da guerra. Três cadeiras e um tapete e alguns quadros com cavalos e cachorros de caça correndo, na parede.

– Que beleza!

– Não vou deixar que você estrague isso.

– Nem pense nisso. Vou embora. Apenas me deixe tomar um banho rápido. Senão, morro de pneumonia.

– Mas esta casa é minha.

Sebastian, abaixado, examinava todos os quartos. Um escritório com uma escrivaninha, uma mesa e lareira. Uma simpática imagem de madeira com uma cruz sobre a barriga enfeitando a lareira. Uma janela dando para o jardim dos fundos com fileiras de coisas boas. Tenho que ficar aqui de qualquer jeito.

– Onde você dorme?

– Lá.

Marion apontou a porta.

– Me deixe ficar, Marion, por favor. Prometo concordar com tudo que você disser mas preciso ter um pouco de segurança...

– Rá. Rá.

– É verdade. Só porque sou grande e forte. Olhe para estes músculos. Isso não quer dizer que eu não possa ser batido pela insegurança que existe. Por favor.

– Se eu suspeitar de um leve cheiro de bebida ponho você no olho da rua.

– Você é maravilhosa, Marion. É muita bondade sua...

– Chega.

– Como você quiser, Marion.

– E não faça barulho, Felicity está dormindo no quarto perto do banheiro.

– Sou mudo.

Grande mergulho na água com bolhas de sabão. E, em seguida, um bule de chá. Marion com os braços cruzados, escondendo os seios de seus olhos de animal e vendo uma fôrma de pão e um pacote de margarina desaparecer diante de seus olhos. Ele passou o braço ao redor de seus ombros, uma mão sobre seu braço. Nu, enrolado num cobertor, ele apontou para o jardim, onda fantástica de folhas cinzentas.

Marion, há comida lá, sem dúvida.

> *Na terra*
> *Uma planta.*
> *Na planta*
> *Uma folha.*
> *O homem*
> *Comeu*
> *A folha.*

## 14

Por meio de argumentos enganosos Sebastian permaneceu no número 11 da rua Golden Vale Park. Diversas noites depois das dez e meia ele se dirigia por caminhos indiretos ao número 1 da Mohammed Street para, sorrateiramente, surrupiar artigos diversos. Estes eram carregados em sacos cinzentos. Um grande espelho foi trocado por um chapéu-coco na sua casa de penhor, disfarce para não ser reconhecido. E providências junto ao *Evening Mail* para a publicação da ação de graças ao beato Oliver.

As donas da casa convidaram para um chá. Duas velhas protestantes, irmãs, de uma classe que vive de investimentos. Esperavam que Sebastian e Marion tratassem do jardim porque tinham diversas plantas raras do Himalaia dadas por um primo, membro da Royal Horticultural Society. Deixariam também suas louças Wedgwood, por achá-los um casal tão simpático, o sr. Dangerfield estudante de Trinity, bem, sem dúvida se sentiriam seguras desde o princípio. E estávamos tão preocupadas em alugá-la no começo, certos tipos de pessoas que a gente pode encontrar nos dias de hoje, Dublin já não é mais como era, naturalmente, gente fazendo dinheiro com lojas e essas pessoas é que governam o país.

Sebastian com olhos piedosos, suas palavras conservadoras, gotas ternas de bálsamo. Estou profundamente satisfeito em lidar com essas pessoas do ramo protestante. Seus olhos de solteironas cintilando de honestidade. Sim, o portão da frente, pessoas ignorantes que não sabiam usá-lo o haviam quebrado, gente sem cuidado, na verdade, vou mandar uma pessoa de confiança consertá-lo, foi um grande prazer receber vocês dois. Venham sempre. E vou mandar descarregar uma remessa de esterco no jardim. Até logo.

A casa ficava num beco sem saída. Encerrava segredos e armadilhas. Não se pode ter tudo. E prefiro que as latas de carvão fiquem para fora da porta. Não adianta estender roupa em cima de carvão. Posso respirar novamente, plantar flores e comer de graça. Quase.

Marion disse que era bom alugar a sala de estar, que pagaria metade do aluguel. Ela não se afundaria novamente na pobreza nem seria caçada dia sim dia não por avarentos devassos. Sebastian prontificou-se a pôr um anúncio no jornal, com a condição de alugar para alguém católico.

– Não quero católico nenhum vivendo em minha casa. Não são de confiança. E não tomam banho.

– Marion, isso é um completo absurdo. Vamos viver numa democracia aqui.

– Detesto católicos.

– Deve perdoar um pouco de rudeza espiritual.

Marion cedeu. Sebastian sentou-se à escrivaninha no escritório e num pedaço de papel branco compôs:

*Quarto com cama. The Geary. Quieto e distinto. Permitido o uso de outras dependências. Prefere-se garota do comércio, N.D., R.C., T.T.\**

Simplicidade. Que não dance já elimina o imaginoso e o volúvel. T.T. é sempre bom para se manter o respeito. No entanto ficou bem claro que esta é uma casa de liberdade.

Na noite de sábado as duas notícias apareceram. Debaixo do título Ação de Graças:

*Agradecimento e gratidão ao beato Oliver por liberdade. Promessa.*

---

\* N.D., *no date ou non-dancer* (sem encontros ou que não dança); R.C., *Roman Catholic* (católica romana); T. T., *teetotaller* (que pratica abstinência total, inclusive alcoólica). (N.T.)

Segunda-feira à tarde Sebastian recolheu as respostas. Todas muito atraentes. Três incluíam fotografias, uma um tanto ousada. Mas não tolerarei indecência. Que Deus perdoe aos católicos.

Era questão de escolher um nome simpático. Havia uma srta. Frost. Lilly Frost. Um exame mais detalhado. Enviar uma carta e pedir que viessem ver o quarto.

A srta. Frost chegou usando um capote de tweed e um chapéu. Botanista em uma companhia de sementes. De compleição mediana e sinais de andar beirando os trinta anos. Sebastian disse que se ela estivesse interessada o jardim dos fundos estava a sua disposição para nele trabalhar. As cortinas do escritório foram separadas e a srta. Frost disse que o solo parecia ser fértil.

Posso vê-la lá fora depois do trabalho com a enxada. Não me importaria de ver um pouco de comida saindo de graça. Dizem que jardinagem faz bem para as pessoas.

A srta. Frost concordou em ficar com o quarto e disse que gostaria de se mudar imediatamente, uma vez que desejava muito sair do lugar onde estava. A srta. Frost parecia ser uma pessoa interessante. Mostrando os primeiros sinais da idade, pequena papada debaixo do queixo, sorriso nervoso, boca fina e um pouco dura, vivendo os últimos anos de fertilidade. E respeito.

Depois que ela foi embora Sebastian sentou em uma cadeira que ele chamava de "sua cadeira", com espaldar ajustável. Podia reclinar totalmente e ficar olhando para o teto. Depois de certo tempo ela mexeu. Hora de dar um balanço nas coisas. Fazer um retrospecto. Longa caminhada. De Rock a Geary, do baixo para o médio, do carvão no armário ao carvão na lata, da torneira lá fora para a torneira dentro de casa, do frio para o quente. Longe das portas quebradas e paredes rachadas e perto dos tapetes e louças Wedgwood. Meu corretor de penhores vai ficar surpreso. Só sinto saudades dos bondes, carros confortáveis que me levavam por trilhos seguros a Dublin e me traziam de volta. Sem dúvida, o sr. Skully vai ficar um pouco aborrecido quando descobrir que desaparecemos talvez devido ao contrato e à dívida pendente. Oh, Deus, que mundo egoísta. Mas digo uma coisa, Skully vai ter muito o que fazer para me encontrar agora. É tão agradável aqui. E tenho a impressão de que vou apreciar muitíssimo uns pequenos papos com a srta. Frost a respeito do jardim.

Na noite de quarta-feira a srta. Frost chegou em um táxi com suas coisas. Sebastian foi à porta todo sorridente. O quarto estava pronto. Uma lâmpada colocada na cabeceira da cama para leitura. Ótima coisa. Móveis limpos e lustrados com cera perfumada. Um puxador colocado na cortina. Era um ótimo quarto. Várias plantas do lado de fora da janela quebrando a luminosidade. Meu quarto predileto. A escuridão dá um ar de segurança mas nada é bom demais para o pensionista.

Eu e Marion dormimos em camas separadas. Melhor assim. Luxúria e fecundidade não devem se reunir. Procurei farmácias para comprar aquelas coisas logo que cheguei na Irlanda. Pedi: podem me arranjar uma dúzia. O homem respondeu como ousa pedir uma coisa dessas e se escondeu atrás do balcão até que fui embora. É claro que pensei que ele estava louco. Subi um pouco mais a rua. Homem com um grande sorriso forçado, como vai o senhor e não sei mais o que, mostrei também meus dentes por um momento. Notei que os deles estavam um pouco pretos. Apresentei-lhe o problema com toda naturalidade e pedi uma marca americana, se possível. Vi seu rosto se desmanchar, o queixo cair, as mãos crisparem e uma garrafa se quebrar no chão. A mulher que esperava a vez atrás de mim abandonou a farmácia cheia de indignação. O homem, num fio de voz, disse que não trabalhava com esse tipo de artigo. E também por favor vá embora porque os padres poderiam fazer fechar meu negócio. Pensei que o cavalheiro devia ter alguma coisa contra os produtos americanos que são de minha preferência. Entrei em outra farmácia e comprei um creme de barbear Imperial por causa de sua distinção. Calmamente pedi a ele uma dúzia do que queria, mas de marca inglesa. Ouvi o homem rezar uma oração baixinho, Santa Mãe de Deus, livrai-nos dos licenciosos. Fez, em seguida, o sinal da cruz e abriu a porta para eu ir embora. Saí, achando que a Irlanda é um país muito estranho.

Comecei a estudar novamente e achei uma delícia tomar aquela esplêndida bebida feita com cacau em companhia da srta. Frost. Marion disse que precisava dormir, de modo que eu e a srta. Frost ficamos sentados por uma hora conversando.

– Srta. Frost, desculpe minha pergunta, mas estou profundamente interessado nas pensões irlandesas. A senhorita morou em uma, não?

– Sim, sr. Dangerfield. Quem mora uma vez não mora duas, mas no fim a gente se acostuma.

– E como elas são, srta. Frost?

– Bem, sr. Dangerfield, algumas são boas, pessoas agradáveis moram nelas, mas é muito difícil a gente ter um sono tranquilo com o vaivém durante a noite.

– Que tipo de vaivém, srta. Frost?

– Seria embaraçoso contar, sr. Dangerfield.

A srta. Frost com seu leve, acanhado sorriso e suas pálpebras pálidas caindo sobre os olhos. Acho que seus cílios eram cinzentos. Ela tinha trabalhado na Inglaterra como moça do campo. Economizara dinheiro. Queria ter um negócio próprio. Disse que sempre desejou progredir.

A srta. Frost sentava-se de frente para ele do outro lado da mesa. No começo tomavam seus drinques no escritório mas, depois que se conheceram um pouco mais, a tensão diminuiu e sentavam ao redor da mesa da cozinha. Uma noite ela disse que esperava que a sra. Dangerfield não fizesse objeção a que ela conversasse com seu marido sozinha, como faziam.

Passaram-se algumas semanas assim. Semanas de brilhante segurança. Até uma manhã. Sozinhos em casa. Frio e as nuvens cobriam o céu, espantando a chuva. E então aconteceu uma batida diferente na porta da frente. A ação estaciona. Sebastian, às pressas, para o quarto da srta. Frost dar uma rápida olhadela na escada. Meu Deus, estou mesmo frito. Examinando com ar aborrecido, as mãos angelicamente cruzadas, a chuva escorrendo de seu chapéu preto, ali estava o insatisfeito, ingrato, Egbert Skully. Prendo a respiração para não fazer o mínimo ruído. Pé ante pé. Espero desesperadamente que a maldita porta da frente esteja trancada. Arriscar e ir para os fundos depressa.

Sebastian girou a chave na fechadura da porta da cozinha. Puxou as cortinas do escritório. Outra batida na porta da frente, depois descendo os degraus e passos vindos ao redor da casa. Sebastian foi para a porta da frente. Trancada. Voltando para o quarto da srta. Frost, puxando as cortinas com todo o cuidado deixando uma nesguinha para poder espiar para fora, e espera. Batidas rápidas na porta dos fundos. Miserável intrometido. Fui descoberto. Achou minha pista. Só andar de noite, sob total disfarce com berloques e quinquilharias me fazendo de aleijado ou incapacitado de alguma maneira. Que pena.

Sebastian deu um grito agudo.

– Iiiiiiiii.

Skully batendo na janela bem do outro lado das cortinas que estavam vibrando com o tremendo abalo. Sou uma besta. Puxei as cortinas. Skully percebeu. Seu salafrário nojento. Graças a Deus as portas estão trancadas. Preciso manter a calma. O medo é um estado e condição da mente, talvez. Na teoria estou aqui mas na prática estou ausente. Usar a telepatia mental, de ótimo efeito em situações como esta. Sr. Skully. Sr. Egbert Everad Skully. Escuta aqui. O sr. Dangerfield, sr. Sebastian Balfe Dangerfield, partiu para a Grécia. Está em Atenas tocando um tambor. Partiu há um mês no navio Holyhead porque não queria enfrentar aquela cansativa viagem até Liverpool. Ele não está atrás desta cortina verde com flores vermelhas como você pensa, amedrontado e querendo tossir, doido para se ver livre de você. Suma desta casa e deixe-o em paz. O que são cinquenta libras, afinal. Não são nada. Você está bem a salvo deste miserável, Dangerfield. Sr. Skully, o senhor está me ouvindo? Já lhe disse, estou na Grécia.

Mais batidas na janela. A telepatia falhando. Essa besta irlandesa não tem um cérebro em condições de receber qualquer mensagem. Até quando esse porco vai aguentar? Salafrário. Filisteu horroroso. Gostaria de me transformar, neste momento, num Percival Buttermere, com todos os seus títulos, chegar à porta de bengala e pijama, dar uma olhadela, ver Skully, voltar e com toda a nasalização britânica dizer o que é que há, cavalheiro, o senhor está louco? Por favor, o que o senhor está tentando fazer? Não seria muito incômodo o senhor parar de bater na minha janela e sair da minha área? Ou por acaso o senhor é o carvoeiro? Neste caso vá até a porta da cozinha que minha cozinheira o atenderá, mas, se não for, queira então fazer a enorme gentileza de ir dando o fora pois sua aparência não me inspira nenhuma confiança.

De repente Skully deu uma volta. Parou um pouco para abrir o trinco do portão. Fechando-o com todo o cuidado. Dando-lhe aquele ar de que está fechado.

Todo trêmulo, Sebastian foi descansar na cadeira ajustável. Por favor, meu Deus, não permita que Skully se encontre com Marion porque as consequências serão imprevisíveis. Eu, sentado aqui, sou um homem descoberto. A única coisa a fazer é dar um jeito de mandar-lhe algum dinheiro. Pôr no correio como se tivesse sido posto em *East Jake*. Aquele miserável estará aqui de manhã, de tarde, de noite, nos intervalos e para todo o sempre. Ah, este mundo está cheio de desgraças e de incompreensão. Receber o aluguel da srta. Frost e mandar pelo correio alguns cobres. Preciso agora de toda cautela possível e organizar tudo para enfrentar o cerco.

E o medo. Vem subindo desde os dedos do pé e faz com que eu me sinta vazio e enjoado. Sinto-me em frente de uma grande escuridão. Preciso ultrapassá-la. Beato Oliver, recorro a vós, novamente, fazei com que eu passe nos exames. Talvez pensais que eu seja somente um menino prodígio, convencido, mas não é bem assim. E eles vão me julgar. Com apenas uma folha de papel e aquelas perguntinhas. E já estou até me vendo chegar perto do quadro de afixação de notas. Ah, dia medonho. Olhando para o papel com os nomes bem claros nele. Naturalmente começo a procurar primeiro pelos nomes que conseguiram as melhores notas, depois, pelos de notas regulares e, por fim, pelos que conseguiram as piores notas. Nada de Sebastian Dangerfield. E a pequena relação de reprovados no fim do papel branco. Somente um candidato foi reprovado. O que é que sei de leis? É proibido estacionar no meio da rua ou fazer muito barulho ou andar nu pelas ruas. E sei que homem nenhum iria violentar uma menor, nem com seu próprio consentimento, nem sem seu consentimento, nem violentar uma mulher casada ou moça maior de idade, nem qualquer outra mulher, contra sua vontade, sob pena de multa e prisão, quer seja por ação de uma das partes, quer seja por ação oficial.

Há algumas coisas que eu sei, não há dúvida. E o que não sei, finjo saber. Nunca faço consultas. Anão *versus* gigante. Por que você me persegue tanto assim, Skully?

Marion chegou pela garagem com os braços cheios de pacotes.

– Sebastian?
– O quê?
– Pensei que você ia lavar os pratos.
– Não deu.
– Por que não?
– Skully.
– Como assim?
– Esteve sondando a casa a manhã inteira.
– Essa não!
– Essa sim. Infelizmente.
– Sabia que não ia durar.
– Nada, minha cara Marion, dura.
– Oh, Deus do céu!
– Completamente.
– Será que nunca teremos sossego na vida?
– Ânimo, o pior já passou.
– Ah, cale a boca, voltamos ao ponto de partida.
– Absolutamente, ao ponto de chegada, Marion.
– Pois, então, diga como é que vamos explicar à srta. Frost o fato de nos escondermos, de não atendermos a porta ou coisas parecidas?

– Você se esquece de que a srta. Frost é católica. De que modo você pensa que eles sobrevivem na Irlanda?

– E quando ele estiver enfiando o nariz por aqui?

– Vou mandar-lhe uma ordem de pagamento do norte de Dublin. Junto, ponho uma nota dizendo que estou morando lá com uns amigos.

– Ele não vai se deixar enganar.

– Mas preciso tentar. Todo e qualquer recurso. Precisamos prevenir a srta. Frost.

– Não faça isso, pelo amor de Deus.
– Não há outra saída.
– Por quê?
– Imagine que uma dessas noites Skully apareça por aqui empurrando as portas e batendo nas janelas. Não vamos poder ficar sentados e não fazer nada. Vou apenas dizer à srta. Frost que encontrei, por acaso, uma dessas pessoas que têm permissão de sair vez ou outra do hospício, completamente doido, dei dinheiro para ele tomar um trago e, desde então, ele vive atrás de mim. Ela vai entender. A cidade está cheia desses loucos.

– Que coisa mais desagradável isso tudo.

– Ora, Marion, ânimo. Coragem. Tudo vai acabar bem. Deixe comigo.

– Já cometi esse erro antes. Por que fomos assinar aquele contrato? Vamos ter que pagar o aluguel até que vença.

– Costumes do país. Mas calma. Mudar nosso ritmo de vida. Contar à srta. Frost a respeito desse doido – os católicos têm muito respeito pelos loucos. E dizer que precisamos conservar a porta da frente sempre trancada.

– Oh, meu Deus, não podemos pedir isso.

– Não há outra saída. Se fizermos isso vou construir uma barricada móvel no corredor ao lado da casa de modo que Skully não vai poder chegar aos fundos e então poderemos deixar a luz acesa. Agora posso conversar com a srta. Frost. Ela me compreende muito bem.

– Já notei isso.

Marion foi para a cozinha. Oprimida e triste. Ouço-a tirando as coisas dos pacotes, som agradável. Não serei derrotado nem espezinhado. Aguentar mais algumas semanas e dar o fora de tudo. Estarei em situação de dar a Skully seu maldito dinheiro. Farei uma campanha de tal porte que causarei a rendição total e incondicional de Egbert, o perseguidor. E os outros todos de Rock podem esperar pelo seu também. Acabou-se a paz. Morte das horas ensolaradas com o meu *Irish Times* pela manhã, contemplando as plantas do jardim crescerem como loucas. Mas, oh, vós, levai o sol embora enquanto puderdes e quando puxardes as frias cortinas e cobrirdes a alma do dia, podeis ficar certos de que todos nós veremos a luz do dia outra vez

Por cima do pão, chá, pote de geleia de laranja rica em vitamina A, salsichas e um pouco de margarina, Sebastian enfrentou o rosto cinzento da srta. Frost. Com um pouco de pintura nos lábios e riscos de lápis ao redor dos olhos. Alcançava o pão com parcimônia. Empurrei a margarina para perto dela porque não tolero falta de educação à mesa, se bem que seja um grande defensor da tolerância, de maneira geral.

– Srta. Frost, tenho uma coisa um pouco estranha para lhe contar. Chega a ser ridícula, até. Espero que não se preocupe. Mas há um homem que anda rondando a casa. Inofensivo, mas completamente doido. Um dia cometi a tolice de dar a esse homem um cigarro num bar sem perceber quais seriam as consequências do ato. Achei-o uma criatura muito interessante. No entanto, seus olhos me atemorizaram. O fato é que haviam permitido que ele passasse uma tarde fora do hospício. Desde aquela ocasião as coisas foram se transformando de uma maneira fantástica. Esse sujeito ficou com a ideia fixa de que um dia fora dono de uma casa e que eu fora seu inquilino e lhe devo dinheiro.

– Mas isso não é um absurdo, sr. Dangerfield?

– Sem dúvida. E, ultimamente, ele tem andado por aqui. Bem, não tive outra alternativa se não fazer de conta que não o conheço. Trancar as portas e janelas e cerrar as cortinas. Mas achei conveniente avisar a senhorita. Não é nada sério. Mas não gostaria de que alguém começasse a bater em sua janela. É um tipo completamente inofensivo. Se assim não fosse não lhe permitiriam sair de vez em quando.

– Não era bom avisar a polícia, sr. Dangerfield?

– Acho que não, srta. Frost. Não é justo sujeitar esse pobre infeliz a maus tratos e, além do mais, não lhe permitiriam mais sair depois disso. Achei melhor nao tomar conhecimento dele e tenho certeza de que ele desistirá. Se por acaso a senhorita estiver lá fora e ele começar a falar a respeito de aluguel e dinheiro, apenas diga que não estou em casa e que vá embora.

– Pois não, conte comigo. E obrigada por me avisar. Acho que ficaria um pouco amedrontada com o estranho procedimento desse homem, sr. Dangerfield.

— Não tenho dúvida.
— Eu lavo os pratos, sr. Dangerfield. O senhor fique à vontade e termine o seu chá.
— Por favor, srta. Frost,
— Levo só um minuto, sr. Dangerfield.
— Muita bondade sua, srta. Frost.

Sebastian lambeu os lábios. Srta. Frost abrindo a torneira. Sebastian ergue a toalha da mesa. Limpa rapidamente a boca. Marion lendo no quarto. Noite agradável. Acho que vou dar um pulo até lá em cima e dar a Marion as boas novas.

— Marion.
— O quê?
— Está tudo resolvido. Eu disse a você que a srta. Frost iria compreender a situação.
— Ótimo!
— Chegue pra lá.
— Vá dormir em sua cama.
— Está fria. Não quer minha companhia?
— Vá fazer companhia à srta. Frost.
— Gosto de pegar em você, aqui.
— Não toque em mim.
— Uiiiiiii.
— Você me dá nojo.
— Isto é que é vida. Apague a luz. Pronto. Que haja eletricidade. Que haja gás para água quente sem parar e para cozinhar. E que haja confusão para aqueles que dela necessitam. Percorremos um longo caminho, Marion. Um longo caminho,
— E você não tinha nada a ver com o negócio.
— Vire pra lá.
— Me deixe em paz.

Do quarto da srta. Frost chegava um som de música. E as folhas do loureiro farfalhando lá fora. O ar com um cheiro de verde, direto das folhas e dos galhos. Quando eu era garotinho, uma ama preta pinicou meu pênis. Seu nome era Matilda e eu a espreitei um dia pela fechadura da porta enquanto ela passava talco em suas partes secretas. Fazia muitas coisas para mim. Preocupada com minha fisiologia. Pretinhos têm maiores. Oh, elas cuidam de nossa alimentação, dos dentes e do peso e limpam nossas orelhas e coisas assim e cortam nossas unhas e penteiam nosso cabelo mas não há orgia sexual. Penso que Marion acha o meu muito pequeno.

> *Mas eu sei*
> *Que é maior*
> *Do que muitos.*

## 15

Nos dias que correm posso ir ao banheiro e fazer minhas atividades com dignidade.

A srta. Frost tem que passar pela minha porta. Marion a deixa aberta na confusão de alimentar a criança. Deitado fico olhando a srta. Frost passar em vários estágios de excitante seminudez. Em seu quimono vermelho, pernas cinzentas, contornadas com o tipo de tornozelo fino que eu prefiro. Na verdade a srta. Frost é bem certinha. E esta manhã ela me viu. Sorri como qualquer um faria. Seu pescoço ficou vermelho. Está certo corar no rosto mas cuidado com aquelas que têm predisposição para corar no pescoço.

Desci para tomar o café da manhã. Filhinha do coração, cale essa boca de uma vez por todas. Feche-a. Ou eu a fecharei com a geleia. Pensando melhor, não com a geleia de laranja.

– Daaaa, da.

– O quê?

– Ahhh, da puuh-puuh.

– Queira deixar seu da-da tomar o café sossegado. Da-da está com fome. E agora cale a boca.

– Pare com isso. Ela tem todo o direito de fazer barulho.

– É melhor então tranca-la na garagem. Não entendo por que não há algemas para crianças. Vou até Trinity.

– Vá, não o estou segurando.

– Pensei que você gostaria de saber.

– Bem, para mim não faz diferença.

– Ora, ora. Volto logo. Acho que talvez fosse bom pagar a conta da luz. Marion, ouviu o que eu disse?

— Ouvi.

— Seria boa ideia resolver isso de uma vez.

Marion despejando leite na panela.

— Marion, você está doente? Ora, pelo amor de Deus...

— Pare de gritar em frente da criança. E da srta. Frost. Estou enjoada já. Vá, se tem que ir.

— Ora, Marion, sejamos razoáveis. A conta tem que ser paga mais cedo ou mais tarde ou eles cortam. O que as srtas. Smiths não vão pensar? Acho que...

— Pelo amor de Deus, pare de grunhir. Desde quando você se preocupa com o que as pessoas vão pensar?

— Sempre me preocupei.

— Quanta asneira.

Sebastian levantou-se da mesa e entrou na cozinha e pôs seu braço em cima dos ombros de Marion.

— Não me toque, por favor.

— Marion.

— Pensei que você fosse para Trinity. Pois, até logo.

— Não quero perder a viagem.

— Mentiroso.

— Você está sendo um pouco severa, Marion.

— E volta bêbado para casa.

— Pare com isso ou dou um tiro na sua boca.

— Por que você não briga com um homem? Não vou lhe dar nem um tostão.

— Tenho uma sugestão a fazer.

— Pretendo não mudar de ideia.

— Muito bem, Marion. Se é assim que você quer. Seja protestante e infeliz. Se me permite, vou andando.

Fora da cozinha com a cara amarrada. Pegou um saco do escritório e entrou no quarto da srta. Frost. Duas jarras. Para dentro do saco. E o chapéu-coco ajeitado cuidadosamente na cabeça. Rapidamente na rua pela porta da frente, descendo os degraus aos tropeções. Foi de cabeça contra o pé de loureiro, rosto enfiado nas malditas folhas. Segurando firme as jarras para não quebrar. Alguns nomes feios pela raiva. Dando uns puxões no portãozinho verde. Nada. Uns cutucões com a ponta do sapato. O portão range e se abre. A dobradiça inferior balançando com os parafusos soltos.

Chegou a Dublin na parte superior do bonde. E esgueirou-se pela grã-fina multidão da Grafton Street. Passou por baixo das três bolas douradas e dirigiu-se ao balcão. Depositando ali as duas jarras. Um homem de aparência fúnebre inclinou-se sobre elas sussurrando.

– Muito bem, sr. Dangerfield.

– Herança. Waterford legítimo.

– Sei, mas, sr. Dangerfield, não há muita procura nos dias de hoje. Parece que as pessoas não lhes dão o valor que elas merecem.

– Vinho está se tornando moda cada vez mais.

– Sem dúvida, sr. Dangerfield. Rá.

– Os americanos são tarados por coisas como estas jarras.

– Dez *shillings*.

– Valem uma libra.

– Quinze e não se fala mais no assunto.

Sebastian sai com o dinheiro. Na porta dá de encontro com um homem que ia entrando. Um homem com a cabeça bem redonda e os ombros caídos a fim de se resguardar do mau tempo.

– Quem é vivo sempre aparece, Sebastian.

– Como vai você, Percy.

– Limpo a merda dos assentos das privadas em Iveagh House. Bebo o que me oferecem e trepo quando posso.

– Isso é o fim da picada.

– E estou aqui para penhorar cinco libras de carne de vaca.

– Rá, rá, rá, essa não.

– Olha aqui.

– Percy, isso é o máximo.

– Vamos beber alguma coisa. Espere um pouco enquanto eu dependuro a carne e depois lhe conto o negócio todo.

Sebastian esperou sob as três bolas. Percy, sorrindo forçado, saiu, e os dois começaram a descer a rua. Percy Clocklan, baixinho, forte como um touro. Tão forte que seria capaz de derrubar as paredes de uma sala com um simples sopro. Mas só fazia isso nas casas das pessoas de quem ele não gostava.

Sentaram-se no canto de um barzinho. Algumas megeras contando umas fofocas umas para as outras. As coisas mais sujas que se possa imaginar. Absolutamente inacreditável. Percy Clocklan não parava de rir.

– Sebastian, já passei por tudo. Meu pai foi gerente de banco. Minha irmã é membro da Sociedade do Purgatório, meu irmão é diretor de uma companhia e eu moro na Iveagh House além da Bride Street, um albergue para os pobres e moribundos.

– Melhores dias virão.

– Mas vou contar uma coisa. Aqui estou eu, educado entre os melhores em Clongowes. Nove anos no ramo têxtil tirando a grana desses miseráveis e nunca consegui um aumento. Disse para o gerente enfiar o dinheiro no respectivo. Credo, não devia ter feito isso. Veja só o meu estado. Toda manhã tenho que pegar uma mangueira e ir fazer a limpeza depois que esses infelizes que chegaram à noite com dores de barriga fizeram o serviço ali mesmo, no chão de todos os quartos. A noite passada peguei um miserável mijando no bebedouro de água. Mas uma boa refeição custa apenas um *shilling* e por dois *shillings* e seis *pence* a gente tem um quartinho para a noite. Sou porteiro lá. Aí é que está a chave. Receber um certo ordenado e ter outras vantagens por uma verdadeira pechincha.

– O que você espera da vida, Percy?

– Sabe o que eu desejo? Pois bem, eu digo. A gente pode ouvir a baboseira que esses vigaristas dizem o dia inteiro e a gente nunca chega a um acordo, pois eu digo o que quero e só o que quero. Quero uma mulher que tenha seios enormes e um grande traseiro. Os maiores seios e o maior traseiro de toda a zona do meretrício. Subir nela – oh, os seios, os seios. É a melhor coisa do mundo. Deus sabe o que faz. Só quero os seios e um enorme traseiro de modo que eu chego à noite em casa, sapeco um pedaço de carne no forno, encho o pandulho e depois para cima dela. Quero filhos também. Alguém para quem trabalhar. Preciso de incentivo na vida. Vivo sentado nessas espeluncas desses bares perdendo tempo. Estou chegando aos quarenta e talvez pudesse ter sido um figurão com carros e criados mas eu não dou a mínima para tudo isso. Não há mais remédio e não adianta chorar. Mas se eu tivesse uma mulher com um enorme par de seios, você nunca mais me veria sentado em um bar. Seria tão feliz como o pecado. Já me casei uma vez mas não cometerei o mesmo erro novamente. Vivia querendo me embriagar toda noite e aterrorizado com a possibilidade de ter filhos.

– A gravidez em primeiro lugar, Percy. Depois a bebida para nos recuperar da insegurança que nos acode.

– Está certo, está certo. Eu era um vigarista de marca maior. Mas ela não queria saber de história. Dizia que era muito jovem para ser escrava de filhos. Mas agora eu sei a verdade. Ela não queria deixar o emprego. Eu não tinha nenhum domínio sobre ela. Agora já não me importo mais, qualquer meretriz está ótimo e muita bebida para esquecer a comida e o aluguel.

– E onde você conseguiu aquela carne?

– Sebastian, não conte nada a ninguém. O que lhe digo é segredo absoluto. Conheci um broto que trabalhava num açougue. Ela chegava a me arrumar até oito libras do melhor filé, de uma vez. Eu penhorava três ou quatro libras e conseguia o suficiente para sair da miséria e poder molhar a garganta seca. Vida feliz por alguns dias. Costumava dar ao meu amigo Tony Malarkey algumas libras, de vez em quando, para suas crianças. Estive morando com ele por uns tempos, mas ele, às vezes, parecia uma megera, resmungando e reclamando quando eu chegava em casa à noite um tanto alegre. Não podia ver ninguém feliz. Não vi a hora de dar o fora. Mas pegaram meu broto.

– E onde você conseguiu essa carne de hoje?

– Espera um pouco que já conto. Pegaram-na roubando a droga da carne e ela foi despedida na hora. E ela quis que eu dormisse com ela uma noite a troco de nada e eu lhe perguntei se ela pensava que eu era um trouxa para gastar minha energia de graça. Veja só, querendo que eu cometesse o crime por nada, nem um pedacinho de carne para amparar o esqueleto raquítico. Não há nem vestígio de decência em algumas dessas pessoas. Você é a única pessoa decente que eu conheço,

Sebastian. Você paga uma bebida para a gente quando tem dinheiro e não faz nenhum carnaval por causa disso. Eu devia ter me tornado padre para contratar o caminhão de Morgan e aparecer toda semana e entregar toneladas de bebidas e também arranjar uma criada com peitos do tamanho de uma pirâmide. Você ia ver que sermões. Enfiava decência nessas pessoas nem que fosse na marra. Mas quando não consegui mais nenhum pedaço de carne desse broto comecei a procurar outra mina nos açougues. Comprava ossos todo o santo dia até encontrar alguém que estivesse interessada em trocar um pedaço de carne pelo meu.

– Você é terrível.

– E tem uma servente na Iveagh House que é doidinha por mim. Ela diz que dois ovos decentes na mão valem tanto quanto um pinto no terreiro.

– Você seria um ótimo marido, Percy.

– Não me venha com ideias.

– Seria.

– Olha só meu estado. Ficando careca. À noite durmo junto com um bando de jornaleiros e quando eles se encontram comigo na Grafton Street me cumprimentam como se fôssemos velhos conhecidos. A mim, que estudei no Clongowes Wood College.

– E veja você o meu estado.

– O seu estado. Mais rico do que o presidente com essa sua pensão governamental.

– Os gastos, Percy, são tremendos. Tenho que manter a dignidade.

– Dignidade uma merda. Quer ir a uma festa?

– Hoje não.

– Perdeu o juízo, Sebastian? É na casa do Tony, nas Catacumbas. Tony quer que você vá. Ouvi dizer que O'Keefe se mandou para Paris e está com um azar danado.

– Verdade. Está numa cidadezinha correndo atrás de qualquer coisa que tenha pernas.

– Então, vamos à festa?

– Não posso.

– Tome um trago, então.

– Percy, tenho passado por maus bocados desde a última vez que vi você. Um certo sr. Skully, dono da antiga casa onde eu morava, anda atrás de mim por causa de dinheiro. Sem falar numas tantas casas comerciais onde também devo dinheiro.

– Você devia tentar a sorte no jogo, Sebastian. Fazer algumas apostas. Você ia ver uma coisa. Uma apostazinha muda completamente o meu dia. Vamos tomar um trago.

Um trago, doce e denso, com o sangue seco dos mortos. Correndo aos borbotões pelas ruas. Só sei que gostaria de estar metido no meio de umas coxas. Conheci uma garota que usava um suéter cor de abóbora. Passei a mão por sua barriga nua e delgada. Ela trabalhava numa casa de laticínios. Eu era um cavalheiro. Ficamos em pé num abraço erótico.

Eles desceram a rua passando por crianças e por sarjetas de granito conversando a respeito de como ganhar dinheiro criando ovelhas.

– Sebastian, você alguma vez já trepou com alguma?
– Ora, Percy, que ideia.

*Na*
*Argélia*
*Há uma cidade*
*Chamada*
*Teta.*

## 16

Sebastian sentado, arcado sobre a barriga, transbordando de alegria. Uma noite de festa. Estavam sentados na Scotch House entre dois grandes barris. Lá fora, os barcos Guinness deslizando chag-chag-chag. Clocklan rindo como um boi.

Tenho a impressão de que esta noite vai ser ótima. Homens de toda espécie convidados. Doentes e inseguros, salafrários e ordinários. Sujos e infelizes. Comungantes diários e representantes fiéis da Congregação Mariana. Os fracassados e os destinados ao fracasso. Dublin regurgita de pequenos funcionários. Das nove até as seis horas no escritório. Ir para casa.

Corpos estropiados e abatidos. A esposa não o tocará com a mão para não provocar uma reação dolorosa. Festa dos angustiados e dos inferiores. O sr. Dangerfield, também conhecido por Danger, Bullion, Balfe, Boom e Besta, vos ensinará como se livrar disso. Convém lembrar que é penoso, mas justo.

E acho que deveria haver uma mesa no meio da sala para uma demonstração do animal. Cadernos nas mãos para tomar notas, por favor. Vou contar tudo o que quiserem saber. No momento não parece que sou capaz, mas daqui a cinco anos! Hurra! E não se esqueçam de que também sou aluno de Trinity. Minhas possibilidades são ilimitadas. Para encerrar a noitada farei um número de dança espanhola e pegarei azeitonas com a boca e umas outras tantas coisas também. E haverá canções, é claro, dirigidas pelo sr. Dangerfield e o chá com torradas servido por autênticas meretrizes do norte de Dublin aos presentes que se sintam encabulados.

– Clocklan, estou passando por uma crise aguda de melancolia.

– Beba cerveja e deixe de lado a melancolia. Esta festa vai ser o máximo.

– Tenho que voltar para casa, Percy.

– Esqueça. Não pode perder essa festa.

Subiam a Grafton Street carregando embrulhos cinzentos, cheios de cerveja. Dangerfield cantando:

> *Meu coração é como*
> *Um bago de uva apertado*
> *Só sobrou o*
> *Caroço.*
> *Só o caroço.*

– Vou ser expulso de casa.

– Santo Deus, que espécie de casa é a sua? Dê um solene pontapé na bunda de sua mulher. Expulso de casa? Conversa mole. Estamos na Irlanda.

Empurraram um portão de ferro e desceram uma escada escura e íngreme. Tony Malarkey, anfitrião, sorriso grupado no rosto, touro satisfeito sentindo a aproximação de uma vaca fogosa, contando os pacotes de cerveja. De olho nas tampas. Depois de uma copa havia uma enorme cozinha. Bebida colocada na mesa. Clocklan trouxe a sua para um canto da sala e escondeu as garrafas debaixo de alguns trapos. Malarkey de olho nele.

– Onde você vai com essa bebida, Clocklan, seu salafrário trapaceiro?

– Estou escondendo de sua goela insaciável.

O ar cheio do barulho de garrafas se abrindo. Cheiro de paredes e cavidades úmidas. Certa sensação de corredores sem fim e quartos secretos, túneis na terra, buracos escuros e adegas de vinho cheias de colchões embolorados. Um globo aceso no centro da cozinha. O chão manchado, azulejos vermelhos. Paredes caiadas e vigas carcomidas atravessando o teto. E mais pessoas irrompendo pela porta, carregadas de sacos de cerveja.

Sebastian enchendo os bolsos de garrafas. Armando-se. Atravessou a sala. Uma garota baixinha e rechonchuda, sozinha. Olhos verdes ardentes e longos cabelos pretos. Talvez seu pai seja um agente funerário. Ou então ela seja uma criada.

Sebastian ao seu lado. Ela ergueu uma sobrancelha. Hurra, não tem nada de criada nem de escrava. Que olhos verdes de animal. Ele pegou a garrafa, segurou-a entre os joelhos, uma rápida torção do abridor. Depois, endireitou o corpo. Pronto. A espuma marrom escorreu pelos cantos da boca. Sorriu para a garota.

– Como você se chama?

– Interessante pergunta para começar uma conversa.

– O que você gostaria que eu perguntasse?

– Não sei. Achei engraçado você ir logo perguntando o meu nome.

– Eu me chamo Sebastian.

– Eu, Mary.

– Você parece ser italiana, Mary.

– Está querendo ser engraçado?

– Buuuubibo. Dangaigaigiigi. Em língua africana quer dizer garota nem um pouco bonita.

– Você está me gozando. Não gosto disso. Você é esquisito.

– Tome um copo de cerveja, Mary. Quero lhe dizer uma coisa. Um pouco sobre pecado, para começar.
– O que sabe você sobre pecado?
– Desculpo o pecado.
– O que você está dizendo é pecado. Paro de falar com você se você continuar com esse tipo de conversa.

Tomando ares de cavalheiro, Sebastian deu a Mary um copo de cerveja. Levou-a para um lugar onde puderam sentar num banco e conversar. Ela disse que estava preocupada com sua casa. Seu pai não conseguia evacuar há três semanas e tiveram que chamar o médico que não pôde fazer nada e pensaram que ele ia morrer intoxicado. Contou que ele ficava deitado na cama e se recusava a sair para procurar trabalho. Ficava assim meses a fio e o cheiro era forte demais e ela tinha que cuidar da casa e de seus dois irmãos menores.

Clocklan passando pela sala, cortejando uma loira magra e dengosa. A festa destilando ressaibos de aborrecimento e descontentamento. Repentinamente uma garrafa de cerveja passou assobiando pela sala, espatifando-se contra a cabeça de um sujeito com ares afeminados. Ouviram-se palavras trêmulas de repreensão e um coro de estimulação. Uma cadeira se quebrou, uma garota esbravejando e gritando que não fariam isso com ela. Sebastian para baixo do banco com Mary fazendo-lhe um relato do que estava acontecendo. Qualquer coisa fermentando pela sala. Clocklan tinha deixado sua loira e estava conversando com um homem minúsculo que informaram ser um joalheiro de profissão e disposição. De repente Clocklan ergueu o braço e desceu-o na cara do homenzinho. Este caiu no chão, rastejando pelo tapete em busca de proteção debaixo de um banco e procurando safar-se de Clocklan para então receber um chute no rosto dado por uma garota que pensou que ele estava tentando olhar suas pernas.

Um celeiro de condenados, sem dúvida. Não suporto paralisias econômicas e não gosto daqueles que uma vez já foram ricos. Em tudo livrar-se de tudo. Talvez não consiga sequer terminar de esperar. Uns poucos ainda no centro da sala. Os outros derrotados na batalha tinham se retirado para os cantos da sala e não expressavam opiniões, de pé, olhos vidrados e bêbados.

Mary contemplando tudo com seus olhos verdes.
– Oh, quantas coisas estão acontecendo aqui.
– Um grupo horroroso, Mary.
– De onde você é, da Inglaterra?
– Não sou inglês.
– O que você é, então?
– Sou americano.
– Não diga! Verdade?
– E você é irlandesa.
– Acertou.
– E gosta da Irlanda?
– Gosto. Não conseguiria morar em nenhum outro lugar.
– Já morou em algum outro lugar?
– Não.
– Você gosta de seu pai?
– Boa pergunta. Por que me faz perguntas desse tipo?
– Porque gosto de você. Quero saber se você gosta de seu pai.
– Não, não gosto.
– Por quê?
– Porque ele não gosta de mim.
– Por que ele não gosta de você?
– Não sei, mas nunca gostou.
– Como você sabe que ele não gosta de você?
– Porque ele me bate e me maltrata.
– Deus do céu, Mary, ele bate em você?
– Sim, bate.
– Por que motivo?
– Por nada.
– Deve ser por alguma coisa.
– Nada. Se chego tarde ele me pergunta por que cheguei tarde e, não importa o que diga, ele acha algum pretexto para me maltratar e me enfia no corredor de modo que eu não possa escapar e me bate. Ele me odeia.
– Mesmo?
– Sim. E sem nenhum motivo. Logo que entro em casa ele está sentado ouvindo o rádio e vou pendurar meu casaco, ele me chama para a sala de estar e então me pergunta onde

estive, me acusa de me encontrar com homens nos parques e de sair com eles. E não tenho saído com homem nenhum. Então me chama de mentirosa e outros nomes horríveis e então se digo que estou falando a verdade ele corre atrás de mim.

– E sua mãe?
– Já morreu.
– E você toma conta de seu pai e dos irmãos?
– Tomo.
– Por que você não abandona tudo? Por que não vai para a Inglaterra e arranja um emprego?
– Não quero abandonar meus irmãozinhos. São tão pequenos!
– Agora ele já não bate mais em você?
– Algumas vezes ele tenta mas agora sou mais forte do que ele.

Olho para Mary. O que é esta coisa? Tenho vontade de olhar para ela. Tenho vontade de apalpá-la também? As mangas do seu suéter puxadas até os cotovelos, punhos frágeis e macios e ombros muito bem modelados. Não gostaria de cair em suas garras a não ser em caso de paixão mútua.

Subitamente ouviu-se o som de uma porta rachando, as tábuas do centro cedendo e uma enorme cabeça surgir cantando.

*O bonito rabo de Mary Maloney*
*É uma maçã doce de pecado.*
*Me deem o bonito rabo de Mary*
*E uma garrafa cheia de gim.*

Um homem com o cabelo endurecido por cerveja e gordura humana, o peito vermelho resplandecendo em seu paletó preto, grossos punhos girando ao redor de sua cabeça de touro, mergulhou na sala de almas torturadas enchendo-a com uma canção.

*Sua mãe nasceu de Jesus*
*Com cabelos brancos como a neve*
*E o maior par de peitos*
*Que o mundo até hoje viu.*

Mary cutucou Sebastian.

– Quem é? Essa canção é de muito mau gosto.

– É o filho do prefeito de Dublin. E seu tio é o autor do hino nacional.

Mary prestando atenção, compreensiva, sorrindo.

O sujeito girou sobre os azulejos vermelhos como um rojão cumprimentando as pessoas de todos os lados, contando a todos.

– Adorei as prisões britânicas. E vocês, adoráveis mulheres. Seus belos corpos. Gostaria muito de satisfazer vocês todas e também os seus jovens irmãos.

Viu Sebastian.

– Pelo amor de nosso Santo Padre, o Papa, que ele consiga uma outra máquina de escrever de ouro. Dê-me sua mão, Sebastian, antes que eu o mate a golpes do Catholic Herald, encadernado. Como vai você, meu velho?

– Barney, quero lhe apresentar Mary. Mary, este é Barney Berry.

– Prazer em conhecê-lo, Barney.

– Você é um encanto de mulher, Mary. Como vai? Gostaria de ficar com você. Não deixe este patife tocar ou arrancar sua flor. Como vai, novamente, Mary?

– Bem, obrigada.

Barney afastou-se aos pulos e subiu em uma mesa e apresentou um número da dança do bode.

Mary voltou-se para Sebastian.

– Ele é um bom sujeito.

– Um sujeito e tanto, Mary. Pode acreditar.

– Foi o tio dele que escreveu a canção?

– Mary, quando digo alguma coisa é porque é verdade. Não digo nada que não seja verdade. E me diga uma coisa, Mary, o que é que você vai fazer de você mesma?

– O que você quer dizer com isso?

– Na vida.

– Você quer dizer, o que vou ser? Não sei. Não sei o que quero ser. Quando eu era pequena queria ser bailarina. Gostaria também de poder frequentar a escola de Belas Artes. Gosto de desenhar.

– Que você desenha?
– Tudo. Gosto de desenhar mulheres.
– Por que não homens?
– Gosto mais de mulheres. Gosto de homens também.
– Mas mais de mulheres?
– É. Ninguém me fez perguntas deste tipo até hoje. Nunca conheci um homem amável.
– Nenhum?
– Não quero dizer você. Não o conheço. Talvez você seja legal. As mulheres são bondosas.
– Você gosta do corpo das mulheres?
– Pergunta engraçada. Por que você quer saber, afinal de contas?
– Porque você tem um corpo muito bacana.
– Como é que você sabe?
– Pelos seus dentes.
– Como?
– Bons dentes, bonito corpo. Os dentes que Deus deu não têm preço. Mary, venha comigo tomar um drinque.
– Já está tudo fechado.
– Ora, há muitos lugares.

A sala cheia de fumaça. Cabeças oscilantes. Os vencidos, em silêncio, grudados às paredes, e os vencedores, numa grande turma. Barney cantando, deslizando pelos azulejos. Suando. Clocklan tinha deixado a loira para arrastar o pequeno joalheiro até o fim das catacumbas a fim de ministrar o resto da disciplina. Batendo-lhe na cabeça com a parte inferior do punho. Para mim o lugar está se desfigurando, simplesmente desfigurando. Malarkey gritando que ele era uma alteza real e se a turma toda não se animasse ele quebrava a cara de todo mundo. A garota de Clocklan subiu em uma mesa para dançar. A tortura das ancas, como ela chamou a dança. E Percy voltou com um grande sorriso nos lábios, o qual logo se desfez quando viu sua garota em cima da mesa e disse que ela era uma vagabunda ordinária, que não tinha nenhuma vergonha de dançar daquele jeito em frente de todo mundo.

Acho que o pai de Mary é um caipira grosseiro e de intestino preso. Não há nada que recomende as coisas lá do lado do norte de Dublin. Mas acho que Mary tem muito encanto e sensibilidade. Vou levá-la comigo para meu jardim particular cheio de sol, o qual não chamo de paraíso terrestre por motivos óbvios. Minha senhora, posso tocar seus seios com meus olhos. Tenho a impressão de que todo mundo aqui se quer mal. Não se importam de viver num chiqueiro e misturar-se indiscriminadamente. Sem a mínima preocupação com as consequências.

Malarkey agarrou Dangerfield pelo braço.

– Sebastian, quer ver a coisa mais fantástica do mundo?

– Quero.

– Venham comigo até a adega.

Sebastian e Mary seguindo Tony.

– Agora, pelo amor de Deus, não deem um pio ou nosso amigo Clocklan vai ter um ataque. Deem só uma olhada lá dentro.

No fim do comprido e escuro corredor pararam diante de uma janela semiaberta. Inclinando-se sobre o peitoril, espiando pelo buraco escuro. No meio da sala duas figuras numa estreita cama de campanha, rolando em quatro pernas retorcidas. Contorcendo-se. Ouviu-se um grande rangido. E depois um grito. A cama de campanha cedendo, traseiros nus de encontro à laje. Um Cocklan nu agarrando-se desesperadamente à mulher nua e lisa. Ela disse oh, Santo Deus, que foi que aconteceu, e gemeu. Clocklan bufando, não tomando conhecimento das risadas no corredor, colado à loira que choramingava.

– Você já viu alguma coisa assim em sua vida, Sebastian?

– Tony, tenho que confessar que Clocklan tem muito bom humor.

– Um ordinário é o que ele é. Seria capaz de trepar em sua mãe no caixão.

Mary tinha corrido de volta à cozinha. O lugar estava congestionado. O chão coberto de garrafas quebradas. Uma garota de pé, no canto, bêbada, mijando pelas meias abaixo. Um grupo e tanto. Uma voz peremptória.

– Digam o que quiserem a meu respeito, mas por Deus do céu, não insultem meu rei.

– À merda o seu rei.

– Quem foi que falou?
– À merda o seu rei.
– Olhe lá, tenha cuidado, pare com isso. Quem foi que falou?
– O rei é uma bosta.
– Pare com isso, estou dizendo.
– Viva a Irlanda.
– Deus salve o rei.
– Deus salve todos os que estão aqui. E os outros também.

Ah, ter que palmilhar novamente por essas confusões católicas. E há perigo de vida também. Punhos na fumaça e no odor. Que cena cansativa. Uma décima parte já é suficiente. Decadência moral. E falta de fibra também. Mas decência, nem um pouquinho em parte alguma. Tenho que pôr um fim nisso.

Dangerfield, pegando uma cadeira e subindo numa mesa, passou os dedos em volta da lâmpada e arrancou-a do teto. Um fio de chama azul. Pedaços de reboco espatifando-se no chão. Gritos por todos os cantos da sala escura.

– Maria e José, estamos sendo assassinados!
– Tire essa mão imunda de cima de mim.
– Quem foi?
– Me roubaram!
– Me passaram a mão. Oba!

Pelo escuro Sebastian guiou Mary e, juntos, pularam os degraus de ferro e saíram à rua. Uma liteira estava passando.

– Ei, amigo.

O carro parou.

– Por favor. Me diga onde eu e a senhora podemos tomar um drinque.
– Pois não, cavalheiro, pois não.

Entraram no interior cheirando a mofo. Sentando numa massa de almofadas rasgadas e tapetes úmidos.

– Isso aqui não é uma beleza, Mary?
– Por que você arrancou a lâmpada do teto? Podia ter matado alguém.
– Estava estarrecido pela depravação e pela corrupção moral generalizada. Seu pai alguma vez já lhe bateu no peito, Mary?

– Ele bate em qualquer lugar. Mas sei me defender.

– Vou levá-la ao The Head, Mary. Onde poderemos beber com uma melhor classe de gente.

– Acho que o melhor é ir para casa.

– Por quê?

– Porque sim. Você estuda em Trinity.

– Como é que você sabe?

– Uma das garotas me contou. Todos os estudantes de Trinity são iguais. Os únicos decentes são os pretos. São uns cavalheiros. Não se tornam nem íntimos nem atrevidos.

– Mary, eu não sou preto mas também não sou mau.

– Mas você riu daquelas pessoas que estavam no quarto do fundo sem roupas.

– Estavam se conhecendo.

– Bela explicação.

A liteira passou debaixo do pontilhão do trem. E pelos construtores de monumentos. E por uma loja onde eu costumava guardar minhas rações. Um odor leitoso, frio. Muitas vezes comprava dois ovos e um pedaço de toucinho defumado. De uma garota de seios redondos. Ela olhava para mim. Uma vez comprei farinha de aveia e saí e me embebedei do outro lado da rua. Convidava os pensionistas a entrar e tomar um trago. Todos eles chegaram arrumando os cachecóis e tossindo amavelmente. Todos me contaram casos. Sobre pais e suas filhas. Já os tinha ouvido antes, mas uma vez só nunca é suficiente – precisamos ouvi-los mais vezes. Mais tarde derramei o saco de aveia por todo canto.

Sebastian beijou Mary. Ela põe os cotovelos sobre os seios. Mas ela está abrindo a boca. E seu traseiro é pequeno e duro, e as coxas, grossas mas não consigo levar minha mão até seus seios. Não dá para apertá-los. Nem um pouquinho. Olha, Mary, o que você diz de nós irmos, você e eu, para onde crescem as oliveiras? Ou, pelo menos, para onde não seja tão terrivelmente úmido? Nossa, como seus lábios são finos!

Agora que estamos caminhando ao longo do cais me lembro do quanto eu gostaria de conhecer uns dias de fartura. Esta Mary agarrante é um tanto embaraçosa porque é dura como uma rocha e está quase lutando contra mim. Pelo menos dá essa impressão. Então ela pegou minha mão e sem mais nada deu uma torcida. Dei outra torcida e tirei a mão.

– Mary, quero lhe mostrar uma coisa.

Sebastian tirou uma caixa de fósforos do bolso. Abriu e mostrou a Mary uma réplica do beato Oliver Plunket.

– Você é católico? Tem certeza de que não é?

– Mary, sou tudo. Principalmente católico.

– Você não pode ser católico e alguma outra coisa ao mesmo tempo.

– Mary, sou uma grande brisa que sopra de East Jesus e um duende da Gália.

– Você está brincando comigo. E eu tenho que ir para casa. Moro além da Capel Street Bridge.

– Ora, Mary, quero que você conheça um velho e agradável restaurante. O melhor do seu tipo em toda a Europa. E canto uma canção para você.

> *Oh, a rua Winetavern é a mais triste*
> *De todas as ruas alegres,*
> *Oh, os melhores, os melhores*
> *Votos para você de Missouri.*

– Gostou?

– Você é formidável.

– Quando o mundo inteiro está doido, Mary, então está tudo bem.

– Você não regula.

Sebastian pôs a cabeça para fora da janela e conversou educadamente com o condutor.

– Mary, vamos para um quarto acolhedor, quente e com lareira. Pago alguns drinques para você e lá nós poderemos sentar e conversar. Gostaria de conversar com você sobre coisas do Vaticano. Não poderíamos nunca nos dar bem sem o Papa. Ele mantém um pouco de dignidade neste mundo. Se houvesse mais algumas pessoas como ele não haveria tanta licenciosidade e orgulho. Mary, há muitas pessoas más neste mundo.

Mary pousou sua cabeça no ombro dele e sussurrou:

– Quero que você me beije de novo.

Sebastian assustado, sobrancelhas erguidas.

– Mary, quer mesmo?

– Não me deixe constrangida.

Vejo o Palácio da Justiça através do rio. Os processos de violação da paz do rei no reino da Inglaterra, feitos pela força e pelas armas, não devem, de acordo com a lei e o costume da Inglaterra, ser formulados sem o consentimento do rei. Ah, essas minúcias legais. Conheço todas. E um rio é uma corrente natural de água de maior volume do que um riacho ou um regato. E o Liffey é um rio. E a cúpula do palácio parece o fundilho de um garoto deitado. Mas não importa. Esta Mary, seu traseiro duro, retorcendo-se no seu firme e enxuto corpo. Sente-se nos meus joelhos agora enquanto aprendo as leis dos canais. Muitas coisas estranhas acontecem com a gente, de natureza mais estranha ainda. Talvez se eu tivesse um peixe, morto e viscoso, e se eu deixasse a janela da srta. Frost aberta e as cortinas fechadas e esperasse que o abelhudo Skully enfiasse a cabeça, então lhe daria uma violenta chicotada na cara. Zás. Certinho no meio dos olhos. Vupt. Tome esta, seu grosso.

Uma valeta na rua e um solavanco quando a liteira passou sobre a calçada para entrar na Winetavern Street. O estranho veículo parou em frente a um portão de ferro. Cavalo rinchando nervosamente. Pulgas. Sebastian desceu com todo cuidado e o homem disse que era uma libra.

Os dois esperando no silêncio. Não há dúvida de que é um caso de um pequeno mal-entendido. Hora de se tomar bastante cuidado com as palavras. Sebastian começou serenamente.

– Olha aqui, meu velho, que tal passar o Natal no Joy onde lhe fariam tomar mais cuidado com essa imunda boca católica?

– A esta hora da noite é uma libra.

O homem olhando através de olhos letárgicos cheios de *shillings*. Descendo a vista para os olhos selvagens, injetados de sangue, cinza ao redor dos globos vermelhos.

– Talvez você prefira que eu arrebente esta ratoeira rolante e lhe proporcione um batizado celta nas águas do Liffey, seu patife.

– Eu chamo a polícia.
– O quê?
– Eu chamo a polícia.
– O quê? Veja só a petulância.

As mãos de Sebastian se projetaram e pegaram o homem pelo paletó, sua face mergulhando em direção à calçada e seus pés batendo no seu assento.

– Miserável, mais um sinal de insolência e faço você engolir seu cavalo e respectiva carroça. Está me entendendo?

– Eu chamo a polícia.

– Você não estará em condições nem de chamar sua infeliz mãe quando eu terminar de acertar com você. Palhaço. Ouviu bem? Palhaço. Uma libra, seu ordinário. Ladrão sujo. Não há nem um pingo de decência em você. Não há amor. Você sabe o que é amor? Onde está o seu amor, seu ordinário. Acabo estrangulando você se não mostrar algum sinal de amor. Me mostre algum sinal de amor ou o estrangulo.

Um pálido sorriso aflorou à boca do infeliz. Seus olhos, dois buracos de terror. Pequena cena na Winetavern Street. Mary saiu da liteira puxando os dedos de Dangerfield que apertavam a garganta do sujeito.

– Deixe o homem em paz. Que ele lhe fez? Por que não paga o que lhe deve e o deixa em paz.

– Cale a boca.

– Você é horroroso.

– Cale a boca. Nós três vamos tomar um drinque.

Um raio de esperança brilhou nos olhos do sujeito, e culpa. Sebastian ainda segurando-o pela garganta.

– Quer entrar e tomar um trago?

– Está bem, tomo um trago.

– Quero ir para casa.

– Agora está tudo em ordem, Mary. Este cavalheiro vem conosco e vai tomar um trago. Você também vem e toma um trago.

– Quero ir para casa. Você é uma pessoa detestável.

– Não sou, não. Este cavalheiro sabe que estava me explorando. Eu sei quanto é até a Winetavern Street.

Homem desviando os olhos.

Sebastian dirigiu-se para o portão de ferro, enfiou a mão e apertou uma campainha atrás da parede. Esperando. Sebastian batendo no portão. Um murmúrio desconfiado vindo do fundo da alameda escura.

– Quem está aí? Pare de fazer barulho. Vão para casa dormir, não há nada para fazer aqui.

Sebastian enfiou a cara entre as grades.

– Viajantes do oeste. Apenas dez minutos. Somos amigos do homem de barba.

– Chega de conversa. Vão dando o fora. O que você pensa que é isto aqui?

– Temos recomendação do homem de barba. Amigos do cadáver.

A voz se aproximou.

– Chegue embaixo da luz para eu vê-lo e pare com esse barulho. Ninguém pode estar sossegado aqui com tipos como vocês pela rua. Quero ver vocês. Quem é a mulher? Mulher não pode entrar aqui. O que vocês pensam que é isto aqui?

– Ora, ora, ela é a deusa da madrugada.

– Deusa da madrugada, uma pinoia. Não quero saber de rolo, você já esteve aqui uma vez, que bagunça toda é essa? Você devia saber como proceder. Nada de barulho ao entrar e saiam logo.

– Você é uma mulher maravilhosa com o corpo de uma mulher de trinta anos.

– Chega de conversa. Onde está o homem de barba?

– Está em Maynooth. Disse que o preço da bebida era uma vergonha e que com algumas orações ele podia consegui-la de graça.

– Não seja irreverente e tome cuidado com os barris. Você é criador de encrencas, conheço vocês todos.

– Ora, ora, minha senhora.

– Não me chame de senhora, eu sei o que vocês querem.

O grupo caminhando vagarosamente. Descendo a alameda. Passando por uma porta. Ao longo de um escuro corredor. E para dentro da luz amarela de uma sala medieval. Este é o excelso olho do mundo.

– Onde está Catherine, a garota? Mande-a trazer dois maltes fervendo e uma dose de gim para a senhora e qualquer coisa para você. E não me incomodaria de experimentar uma cama com você.

– Chega de conversa fiada e nada de barulho, olhe lá.

No semicírculo da espera. Sofás gordos e retorcidos. Pouco acolhimento britânico aqui a despeito do ar esportivo da sala, com caçadas correndo por toda parte. Catherine é uma beleza e Mary também é ao redor do nariz e dos olhos. Mas este sofá é de crina de cavalo. Repita o que eu digo, Mary.

> *Sebastian*
> *Você é abençoado,*
> *E Sebastian,*
> *Também a canção verdadeira.*
> *Uma nesga de noite juntos*
> *Sendo*
> *Um subsolo de saldos*
> *De beijos.*
> *Monte em mim.*
> *Toque, vamos, o terno*
> *Eu,*
> *O senhor árvore grande do amor.*

Catherine, a criada, empurrou uma porta e entrou com uma bandeja de bebidas. Olhando para Sebastian com um olhar furtivo e acanhado. De olhos azuis e com um toque da bovinidade celta ao redor dos tornozelos. O homem da liteira limpando a boca com a manga do paletó e a borda do copo com a mão para o purificar. Mary sentada quieta, ajeitando a saia e observando Sebastian.

– Isto aqui não é acolhedor, Mary?
– É agradável.
– Malte de boa qualidade, cavalheiro.
– Acredito.
– Está fazendo um tempo chuvoso.
– Sem dúvida.

Não acho que eu esteja fazendo muito progresso com este tipo de conversa ou com Mary. Tentar tocar seus sentimentos por estar fora da igreja e da graça divina. Pode ser a chave do sucesso. Tenho usado a vida miseravelmente. Já me disseram isso muitas vezes. Mas não vou deixar escapar. Se houver ilusão faça o que estiver ao seu alcance. Você será minha, Mary. Igual a Marion. Nos bons dias de outrora tinha Marion aos meus pés. Meu dedo. Para cima para pegar o chá. E torrada. Aquilo era amor. Mas eu o matei. As coisas não duram. Mudam. E algumas vezes multiplicam-se como nenês.

A dona da casa entrou na sala.

– Muito bem, esta foi a última rodada. Preciso dormir.

– Um brinde à estrada e outro a você. Viajantes cansados é o que somos.

– Quer que eu seja presa?

– É o medo que nos mata nas grandes estradas.

– Conversa. Você é um ótimo sujeito. Se o deixo entrar não consigo mais mandá-lo embora. Mais um só. Catherine, dois uísques e um gim, e vê se anda depressa. É impossível fazer essas meninas trabalharem direito hoje em dia com todas essas roupas enfeitadas e convites para ir a bailes. Não servem para nada, nem elas nem seus namorados. Não querem mais trabalhar.

– Não reconhecem seus lugares.

– Pensa que não sei. Vêm do interior, do sítio, e dão a impressão de que são da alta sociedade. É preciso acabar com isso.

– Apanhá-las na primeira classe.

– Pessoas como essas deviam sempre andar a pé, nada de andar de primeira classe.

– Disciplina. Mais disciplina.

– Saem toda noite a semana inteira com negros. Acabo com isso.

– Chegará o dia em que terão que pagar por sua preguiça. Disso não há dúvida.

– Mas não será logo.

Acredito muito na justiça das coisas.

– Sem dúvida.

– Se me desculpam um momento, preciso fazer xixi.

– São treze *shillings* e seis *pence*.

– Isso é com o meu chofer.

Tateando, Sebastian atravessou o corredor e passou por uma porta saindo para a noite aberta. Mijou indiscriminadamente. Encontrou Catherine que voltava na escuridão. Agarraram-se. E ela colocou a mão entre as pernas dele. E derrubou a bandeja com estrondo. O corredor subitamente iluminado.

– O que está havendo por aqui? Não quero saber desses negócios com minhas empregadas. Parem com isso. Catherine, tire as mãos de cima do cavalheiro, sua ordinária.

– Ora, ora, está tudo em ordem. Eu e Catherine nos perdemos no corredor.

– Conheço você muito bem, seu Romeu. E volte para a cozinha, você, sua sirigaita. Ordinária.

Sebastian deu um beliscão no traseiro da madame quando executou uns passos de valsa ao seu redor e ela deu um tapa em sua mão. Oba, oba. Vamos todos nos sentar debaixo do carvalho. Há uma coisa que ninguém sabe. Penhorei um espelho de um banheiro público. Um desses espelhos modernos, apenas parafusados. Só tive de tirar os parafusos com um garfo e ir para a casa de penhor. Então fui para o Grafton Cinema jantar naquele interior *pseudi tudi.* Sentado perto da janela de onde podia ler Dawson Lounge escrito no alto de uma parede. Felicidade pode ser desconfortável. E esperar pela comida foi ótimo mas convoquei alguns temores para equilibrar o brilho daquela suavidade conservadora. A garçonete, uma garota morena de corpo divino, boca sensual e dentes brancos e seios firmes cheios de opulenta ondulação à medida que chegava com os pratos de comida. Ai que fome.

A madame de pé na porta, os seios enormes penetrando no corredor.

– E agora chega, vocês todos fora daqui antes que os guardas apareçam e derrubem a porta.

– Quero agradecer de coração por esta grande noitada.

– Deem o fora.

– Está me chamando de cachorro?

A dona da casa riu. Conduziu-os pelo comprido e escuro corredor e depois entre a alameda de barris. Bêbados encalhados nas soleiras das portas, oscilando e mijando.

Sebastian disse ao chofer que os deixasse na Metal Bridge e próximo estava o dia em que ele o recompensaria por sua grande bondade.

Subiram os degraus duros. Pararam, contemplando as gaivotas e os cisnes. Mary pegou no braço de Sebastian.

– Que vista bonita.
– Sem dúvida.
– E todas essas gaivotas.
– É.
– Gosto de ficar assim, olhando.
– Mesmo?
– Gosto. Dá uma sensação tão gostosa! É verdade.
– Como se estivesse flutuando ou coisa parecida.
– Isso mesmo, flutuando.
– O quê? Não gosta?
– Adoro, Mary.
– Você vai indo, vai indo e, de repente, fica com um ar estranho e não diz mais nada.

Foi a refeição no Grafton Cinema que levou meu pensamento embora. Porque a garçonete foi tão bondosa. Um prato cheio de salsichas redondas e deliciosas, fatias de toucinho defumado e montanhas de batata frita. Ouvi a garçonete dizer lá embaixo, na cozinha, que fizessem tudo depressa porque aquele cavalheiro distinto estava morrendo de fome. E o chá estava tão bom que comecei a rir baixinho de satisfação quase inacreditável de tudo. E a brisa suave da Grafton Street, tentando-me a viver para sempre. Mas eu sei quando arrancar os cogumelos, saborosos e frequentes. E no momento que estava enfiando a faca numa salsicha ouviu-se um grito. A cortina da copa abriu-se. A garçonete em disparada, um prato branco partindo em sua cabeça e perseguida por uma garota de rosto suado, seu cabelo, tranças congeladas espalhadas ao redor da cabeça. Berrando que acabaria matando alguém, que já não aguentava mais viver naquele buraco quente. Chorando e pedindo que a deixassem em paz. E continuou quebrando pratos. E de forma muito egoísta fiquei com medo de que ela destruísse minha sobremesa. E realmente senti que meu jantar tinha sido arruinado por toda essa indignidade. Mas ela se acalmou e lhe deram cinco minutos para pôr de lado toda aquela revolta maluca. Exceto por meu jantar, fiquei todo magoado por sua pele cansada de trabalhar e pelas manchas vermelhas em suas pernas. Mas é preciso haver disciplina. Entretanto, sou inteiramente devotado àquele momento de sonho numa hora de confusão.

Sebastian encostou a cabeça no ombro duro de Mary, beijando o canto de sua boca enquanto ela se desviava.

– Não faça isso onde todo mundo pode nos ver. Vamos dar uma olhada na vitrine da loja de artigos de lã.

Atravessaram a ponte, de mãos dadas. Olharam as diversas peças. Mary disse que estava fazendo economia para comprar um vestido para a primavera. Disse que seu pai nunca a deixava comprar roupa nova e a acusava de querer comprá-las para ir a bailes.

Contou a Sebastian que tinha amigos que coloriam fotografias e que algumas das fotografias não eram muito bonitas. Talvez, logo, ela fosse fazer isso também porque era possível que seu tio levasse seus irmãos com ele e, então, ela estaria livre. A única coisa de que ela não gostava por morar em Phibsboro era aquela prisão Mountjoy. Passando por ali um dia ela viu um homem dependurado nas grades e ele tinha uma barba muito engraçada e ele me pediu que lhe trouxesse um pouco de champanhe e salmão defumado. Saí correndo, e o mesmo acontece com aquele hospício Grangegorman, com todos eles correndo em círculos sem cérebro na cabeça.

Caminharam ao longo das velhas casas derrubadas da Dominick Street. Mary mostrou uma casa onde tinha vivido antes de se mudar para Cabra Road. Dizendo que era uma rua terrível com muita bebida e eles matando uns aos outros com correntes de bicicletas. Morria de medo quando tinha de sair à noite. Mas em Cabra ela passeava no Jardim Botânico e gostava de ler todos aqueles nomes engraçados em latim colados às plantas, e de passear ao longo do Tolka, um rio muito simpático.

– Moro aqui.

Pararam em frente de uma casa de tijolos vermelhos.

– Quando vou ver você de novo, Mary?

– Não sei. Fale baixinho e podemos entrar no vestíbulo. Moramos em cima.

– Você é uma grande garota, Mary.

– Conte isso para eles.

– Me deixe beijar sua mão.

– Se você quer.

– Lindos olhos verdes e cabelos pretos.

– Você acha que eu sou muito gorda?

– De jeito nenhum. Está louca, Mary?

– Bem, estou fazendo regime.

– Me deixe ver como você está. Ora, de jeito nenhum, está no ponto certo. Assim como deve ser.

– Você é mesmo ousado.

Ela com as costas na parede, ele em frente dela, mãos alertas, segurando-a pelos cotovelos em seu capote cor de ameixa. Ele a beijou e ela inclinou a cabeça para trás.

– Gosta, Mary?

– Não devia lhe dizer.

– Pode me dizer.

– Você não beija como os outros.

– Os outros?

– Sim.

– Mas Mary, sou homem de bom gosto.

– Mas eles não beijam assim.

– É que eles não têm bom gosto.

– Não é isso.

– Vou lhe dar outro.

Ela passou os braços pelas costas dele, bem apertados e unidos.

– Não é assim que eles beijam.

– Você gosta assim?

– Por que você quer saber?

– Quero levar você comigo.

Um barulho atravessou o forro. Mary enrijeceu, conservando a cabeça para trás, prestando atenção. Sussurrou.

– Me dê sua mão.

Ela o levou até o fim do corredor e desceram dois degraus atrás da escada. Esperaram um pouco e então ela ergueu a mão, enfiou no cabelo dele e esfregou. Faz bem para as caspas. A atmosfera deste corredor. Sua segurança. Mary, sua boca e molho de tomate.

– Sebastian é um nome engraçado.
– Venerável.
– O quê?
– É isso o seu significado. Merecedor de honra e respeito.
– Você é engraçado.
– Iiiiii e iiii e ic.
– Você é um número.
– E você tem um corpo fantástico.
– Diz por dizer.
– Tem mesmo. Em toda parte. Uma delícia. Uma delícia tudo.
– Aqui é perigoso.
– Onde então?
– Podemos ir lá para os fundos. Não devemos fazer barulho.

Um pouco de luz no fim do corredor. Passando por uma fileira de carrinhos quebrados, ótimos para levar coisas à casa de penhor. Dava para passar por qualquer senhorio. É preciso ser vivo nos dias que correm. Preciso de amor. Não o amor comum mas o amor verdadeiro. O amor que é como música ou coisa parecida. Mary é uma ótima garota, bem forte, especial para trabalho pesado. Limpar o chão e outras coisas. Levá-la comigo para uma casa que seja um estojo para a alma. Já estou enjoado do tipo cartolina. Se eu pudesse ter Mary como criada, Chris como pensionista, a srta. Frost como secretária e Marion para tomar conta de todas, seríamos um grupo e tanto. Então eu assumiria meu devido lugar na sociedade, ternos na última moda e tudo o mais. Oh, haverá mudanças. Não tolerarei bobagens nem perdoarei falta de cuidado. Estabelecerei regras. E sei que a sociedade respeita um homem disciplinado.

Ela estava segurando a mão dele, guiando-o. Nestas primeiras horas da madrugada. Preciso ir para casa. E sair deste cheiro de esterco. Mary empurrou uma porta meio quebrada e entraram num quartinho.

– Cuidado com as bicicletas. Aqui.
– Que é isso?
– Carvão.
– Pelo amor de Deus.
– O que houve?
– O que é isto, Mary?
– Um colchão.

O ruído de uma vassoura caindo. Mary falando baixinho, com medo.

– Jesus, Maria, José.

E Sebastian, para completar.

– Rogai por nós, beato Oliver.
– Está tudo em ordem. Gostaria de tomar uma cerveja?
– Mary, eu amarei você até os seus últimos dias. Onde está?

Mary procurou por detrás de caixas e capim.

– É do senhorio. Ele esconde a cerveja aqui para quando os bares estiverem fechados. Sua mulher faz um carnaval dos diabos se ele leva cerveja para dentro de casa.

– Quanta gentileza a sua, Mary.
– Você costuma dizer coisas que não sente?
– O quê?
– Isso que você disse.
– O que foi que eu disse?
– Quando eu lhe ofereci cerveja.
– Venha para cá e sente do meu lado enquanto abro esta garrafa.

Ela chegou e sentou no colchão ao lado dele, encostando-se na parede, observando-o tirar a tampinha com um volteio do punho. Deitados nos restos de carvão. E num monte de capim. Já ouvi dizer que gatos e cachorros preferem carvão e capim. E não me agrada nada a ideia de estar sentado nisso.

– Que paz, Mary
– Aqui é muito sossegado.
– Preciso disso, Mary.
– Por quê?
– Por muitas razões. Pequenas dificuldades aqui e ali. Incompreensão na maioria dos casos. Uma garota como você faz muito bem à alma da gente.

– Aqui não é muito limpo nem muito agradável.
– Chegue mais perto.
– Não sei o que lhe dizer.
– Sou casado.
– Já sei.
– Por Deus do céu, por Judas, José e a variedade geral dos santos e beatos.
– Mas não me importo. Acho que nunca vou me casar.
– Não se case.
– Por quê?
– Você pode acabar se casando com um irlandês.
– E qual o problema com os irlandeses?
– Eles chegam em casa bêbados e enchem as mulheres de sopapos. Sobem em cima delas toda noite de sábado e matam-nas de tanto cutucão. Nas outras noites também. Uns porcos. Você não deseja isso, não é?
– Por que não?
– Então não está aqui quem falou. Me dê outra garrafa de cerveja.
– Você bebe depressa.
– É preciso, pela falta de decência que nos rodeia, Mary.
– O que você faz?
– Estudo Direito.
– Além disso.
– Jardim. Plantas. Coleciono selos, ferraduras de cavalo. Gosto muito de observar os passarinhos. Detesto jogar. Me recuso terminantemente a apostar num cavalo.

Mary com olhar pensativo. Sebastian curvou-se e colou os lábios em sua orelha. Mary veio para cima dele. E eu pus minhas mãos por baixo do seu suéter. Estas duas montanhas para cima da superfície do mar.

– Mary, você gostaria de vir comigo para a Inglaterra?
– Sim. Iria com você para qualquer lugar.
– Vamos precisar de um pouco de dinheiro.
– Tenho trinta libras no banco.
– Já ajuda bastante.
– Mas não sei se posso tirá-lo.
– Está no seu nome?

– Está.

– Então não há problema.

Dangerfield fungando, pois ela não era nenhum peso pluma. Mas aí estava uma garota sincera e forte, sem medo do trabalho, creio. Disposta a enfrentar as dificuldades da vida. Aí está um dos problemas do mundo, nem todos estão dispostos a enfrentar as dificuldades da vida, deixando para que outros resolvam os problemas. É preciso pôr a preguiça de lado, deixar de sair aos domingos, fazendo passeios sem sentido. É doloroso ver as pessoas procurando o que fazer num dia de folga. Preciso virar Mary de costas porque pontas de carvão estão atravessando o colchão e entrando nas minhas costas. Opa. É como virar uma tartaruga. E lá vai você. Não creio que eu esteja em condições de fazer tanto esforço. Circo, palhaçadas, o suéter dela puxado para cima. Nossa, que garota e como respira fundo. Me concentrar, usar meus pensamentos mais penetrantes e penetrar até a raiz. Que outras coisas muito mais interessantes podemos fazer com trinta libras do que guardá-las em um banco? Os seios cobrem todo seu peito. Nunca vi seios assim em minha vida. Grandes recursos para amamentação. Há um restaurante na Grafton Street chamado O Úbere, atendido por robustas garotas do campo. Almoço com tetas, a especialidade da casa. Chega desta depravação dos seios. Porque, no meu caso particular, nunca tenho tanto quanto desejo e embora esteja um tanto cansado hoje estou gostando muito de brincar com este estranho par.

– Nunca me senti assim antes, Sebastian. Rubra por dentro. Faça qualquer coisa comigo, todas as coisas. Quero que você faça tudo.

– Calma, Mary. Você não quer ficar grávida, quer?

– Não me importa. Quero tudo, tudo possível.

– Estraga sua vida.

Quero assim mesmo.

– Numa outra ocasião, quando eu estiver prevenido.

– Não quero que você use aquelas coisas. Quero tudo natural. Vamos.

– Pelo amor de Deus, calma, Mary. Não precipite as coisas. Você não quer se complicar.

– Não me importa, sei o que quero.

– Estraga a vida de nós dois. Os bebês precisam de comida, vê se entende, Mary. Hoje não.

– Por favor, vamos. Quero tudo. Nunca me senti assim.

– Você se sentirá assim novamente.

Mary triturou-o com os lábios. Fechando os joelhos dele com as coxas, forçando-o a ficar de costas e derrubando uma garrafa de cerveja. Meu Deus, não posso me comprometer. Não me faça isso. Já há suficientes complicações em minha vida sem um caso de filho bastardo. Ela está tentando me submeter à força. Simplesmente me recuso a ser levado à força. Ela está completamente doida. E sem nenhuma restrição. Nada a detém.

– Alguém vai acabar nos ouvindo, Mary.

– Está todo mundo na cama.

– Mary!

– Que bom.

– Mary, que é isso?

– Você é um amor.

– Mary, vão nos pegar.

– Você é um encanto.

– Mary, pare com isso.

– Gosto de sentir como é. Nunca senti antes. É venenoso?

– É ótimo para dor de garganta.

– Bacalhau.

– É

– Passei em mim.

– Minhas costas estão me matando, Mary. Chega para lá.

– Assim ficou melhor?

– Mary, minha garrafa de cerveja molhou todo o chão.

– Dei um beijo nele.

– Minha cerveja.

– Tem certeza que não é veneno?

– Calma, Mary. Você pode se machucar.

– Você é um amor. Gosto de você. Vou com você se quiser me levar.

– Uma pequena viagem seria ótimo. Você consegue economizar? Dinheiro é importante, Mary.

– Tenho só essas trinta libras. Não consigo economizar nada.

– Com boa vontade. Com boa vontade se resolve tudo, Mary.

– Me beije, por favor.

Com a mão agarrando desesperadamente uma garrafa de cerveja ele beijou a boca fremente de Mary e ela abriu a camisa dele e beijou seu peito. Rolando para lá e para cá. Meus problemas me seguem para onde quer que eu vá, mesmo quando eu pego um desvio. Pelo menos eu e Mary teríamos dinheiro suficiente para viver em Londres. Férias para mim. Um emprego para ela. Romper algumas dessas correntes célticas. Contanto que eu fique longe de Gales e da cadeia. Porque lá eu teria cobertores. Outros oito milhões. Longe deste miserável quartinho com o traseiro nu de Mary para frente e para trás em cima de mim. Hora de tomar uma atitude. Enviar um telegrama para Skully com um saco cheio daquilo que você sabe, pronto para ser derramado em cima da cabeça dele. E muita cautela, o máximo de silêncio e à noite. Com a Mary experimental. Só a visão da coisa já é demais. Um ventre de alegrias. Por isso você, Mary, tire de mim o que quiser para que depois não fique pedindo mais. Um banquete sexual se for necessário, tudo que puder lhe dar, porque estou fugindo. Com minha nova língua. Vou ser uma realidade.

– Eu te amo, Sebastian.

– Que olhos pequenos e lindos, Mary.

– Quero fugir com você.

– Vamos precisar de dinheiro.

– Tenho mais quatro libras que economizei para o vestido também.

– É melhor levar.

– Quando vou me encontrar com você novamente?

– Vai demorar um pouco.

– Por quê?

– Tenho que planejar as coisas.

– Mas por que não podemos nos encontrar?

– Minha mulher.

– Ela não precisa saber.

– Tenho que tomar cuidado, Mary.

– Mas eu quero ficar com você.

– Está bem, mas precisamos tomar cuidado e não precipitar as coisas. Vou a Londres primeiro e, depois, você vai. Vou precisar de um pouco de dinheiro.

– Eu lhe dou um pouco.

– Posso precisar de bastante.

– Dou metade.

– Não vou precisar de tanto mas veremos.

– Quero ir com você.

– Eu escrevo para você. Aos cuidados do correio.

– Está bem, mas escreve mesmo?

– Confie em mim, Mary. Não quero que seu pai fique sabendo. Precisamos evitar qualquer surpresa desagradável.

– Ele é um salafrário.

– Não deve falar assim, Mary. Ele é um homem confuso. Há muitos confusos como ele. Não seja dura. Lembre-se sempre, é duro mas é justo. Como as coisas devem ser. E não quero que você cometa um engano, Mary. Dou uma ou duas semanas para você pensar bem no assunto e se, no fim desse tempo, você ainda quiser me acompanhar, mande dez libras. Pode ser difícil no início.

– Não me importa, contanto que você me deixe ficar com você.

– Mary, veja se há ainda outra garrafa de cerveja antes de eu ir embora. Um pouco de estímulo para me ajudar na grande viagem. Veja se não há umas duas ou três que eu possa levar. Me ajudam a pensar.

– Você gosta de cerveja.

– Gostar, Mary, não é bem a palavra. Está no meu sangue assim como umas outras tantas coisas. Você me escreve aos cuidados do correio de The Geary. Mas não use meu nome. Quero que use Percivil Buttermere. A maneira de escrever é importante P-e-r-c-i-v-i-l B-u-t-t-e-r-m-e-r-e.

– Engraçado.

– É assim, Mary, que se brinca para ver quem vive mais.

– Você é um amor. E vamos ter um quarto só para nós e você fará tudo completo? Vamos ter?

– Vamos.

– Não me importa se morrermos.

– Não diga isso. Deus pode ficar inspirado. Devemos desencorajá-lo desse tipo de atitude. Passe um papel em volta dessas garrafas.

– Me beije mais uma vez.

– E não se esqueça de Percivil Buttermere. É muito importante. E eu direi quando deve mandar o dinheiro. Só não diga nada a ninguém.

– Não vou dizer nada a ninguém. Não tenho mesmo ninguém para contar.

– Tenho de ir.

– Mais uma vez, com a língua.

Muita gritaria na casa de Mary e nenhum grito por parte dela. Saí da rua depressa. Passei pelo mercado de gado. Homens rugindo com os bois. Quem é quem. Estavam cutucando o gado que gemia através das grades e depois davam-lhes um tiro na cabeça ou os colocavam dentro de um navio. A noite acabou. Quer dizer que devemos esperar por outra.

Uma fresca e nova manhã. Poucas almas pelas ruas. Entrou num bar onde velhos estavam sentados, mãos ao redor de garrafas de aguardente de maçã, cuspindo na serragem. A conversa parou quando Dangerfield entrou. Cada um deles se voltou para dar uma olhada.

*Era uma vez um homem*
*Que fabricou um barco*
*Para navegar*
*Mas afundou.*

## 17

Os olhos grudados. Os pés cheios de bolhas. Que foi que eu fiz?

Pelo menos não estou na cadeia. Ficar deitado um pouco para descobrir a latitude e a longitude. Nunca mais farei isso. Parece que tive qualquer coisa com gado. E com bebida. E com diversas festas. E garrafas de aguardente de maçã. De arrebentar os miolos. Não gosto nada quando não sei o mês em que estamos. Quem andou mexendo na penteadeira e abrindo as gavetas? E estou me cobrindo só com um lençol e um capote. Marion? Só um colchão sobre as molas.

Sentou. Esfregou os olhos, tirou a sujeira. A campainha tocando. Fechar os minúsculos compartimentos. Pôr as trancas. Tudo fechado, estamos imergindo, seus miseráveis. A porta dos fundos.

Sebastian correndo nu pelo escritório e entrando na cozinha. Girou a chave e voltou engatinhado ao escritório, esperando debaixo da mesa. Pelo espelho na parede oposta viu o boné do carteiro passar. Tenho de falar com o carteiro. Tirar um cobertor da cama da srta. Frost.

O carteiro passando pelo lado. Dangerfield abrindo a porta.

— Ei, você.

— Ia dar a volta. Achei que o senhor podia não ouvir a campainha. Tenho uma carta registrada para o senhor. Não havia ninguém em casa ontem.

— Estive fora. Estava tomando banho.

— Quer assinar aqui, por favor? Desculpe tê-lo incomodado. Vai ficar um pouco mais quente hoje.

— Espero mesmo que fique. Muito obrigado. Quando acontecer de o senhor não me encontrar, enfie por debaixo da porta.

— E tem outra também.

— Muito bem.

— Muito obrigado, cavalheiro.

— Até logo.

Ótimo carteiro, esse. Vou escrever ao diretor dos Correios e Telégrafos e mandar promover o homem. Pegar uma faca e abrir estes envelopes.

> *Prezado sr. Dangerfield,*
> *Tenho tentado, sem sucesso, comunicar-me com o senhor no seu presente endereço. Estou enviando esta carta registrada na esperança de que assim o senhor possa*

*recebê-la. Tenho uma porção de coisas para fazer e tem sido muito difícil achar tempo para procurá-lo.*

*Como o senhor sabe, está me devendo 54 libras de aluguel e também rompeu um contrato que não expira senão em novembro do próximo ano, restando, portanto, quatorze meses, uma semana e quatro dias. Com muita satisfação descontarei uma semana e quatro dias se o senhor tiver a consideração de mandar-me toda ou parte da quantia esta semana. Minha mulher não se sente muito bem desde que passamos a ter tanto trabalho por causa dessa propriedade. E quando fomos ver a casa fiquei muito pesaroso por encontrá-la em tal estado, o que fez minha mulher ficar mal do estômago.*

*Quero que o senhor saiba, sr. Dangerfield, que não toquei em nada nem examinei coisas que pareciam ser de sua propriedade. Mas acho minha obrigação informá-lo de que uma grande frigideira e uma chaleira estão faltando na cozinha. Só resta uma xícara das quatro entregues e dois pratos, um muito estragado e precisando de conserto, dos quatro fornecidos. O sofá está precisando ser consertado e a antiga cadeira de braços arredondados desapareceu completamente da sala de estar. O tapete Axminster está coberto de manchas de sopa e outras manchas que minha mulher, em consideração a sua, não quer que eu revele. Chamei o encanador, com muita despesa de minha parte, para consertar o banheiro e ele afirma que o cano foi cortado com um objeto que bem pode ser um machado e encontrou outros buracos de natureza suspeita.*

*Não me compete aconselhá-lo no que diz respeito ao seu modo de vida, sr. Dangerfield, mas minha mulher sente grande pesar ao ver que um americano distinto como o senhor não mantenha talvez o nível que ambos conhecemos como americano, mas tanto eu quanto ela ainda nos orgulhamos dos direitos e deveres de cidadão que adquirimos naquele país de além-mar.*

*Antes de encerrar, devo acrescentar que o forro do*

*quarto de dormir está consideravelmente caído, o que causaria um grande golpe em minha mulher se eu não a tivesse impedido de subir. Os dois espelhos desapareceram, um que era uma peça antiga, que não se encontra mais, e uma cortina de renda da sala da frente e nove peças diferentes dos talheres. Terei muita satisfação em não levar em consideração coisas de somenos importância como as manchas no tapete e a gordura no fogão se tiver a satisfação de receber alguma importância do aluguel esta semana. Minha mulher tem consultado o médico com certa frequência uma vez que ficou extremamente abatida com o rompimento do contrato e eu tive de arcar com muitas despesas. Sei, sr. Dangerfield, que o senhor compreenderá a situação e ficaria muito satisfeito se o senhor me informasse quando é que está em casa, uma vez que a distância até sua casa é muito grande e, muitas vezes, a percorro para nada. Não vou recorrer, ainda, ao meu advogado porque acredito ser bem possível que o senhor simplesmente tenha estado muito ocupado com sua filhinha e não tenha tido tempo de pensar na pequena dívida pendente a meu favor. Recomendações a sua senhora, a qual tanto eu quanto minha mulher esperamos esteja gozando boa saúde.*

*Atenciosamente,*
*EGBERT SKULLY*

*Prezado sr. Skully,*
*Prendi meu pescoço num guindaste e estarei desconjuntado por toda a eternidade.*

*Agonizantemente,*
*S. D.*

Por que não podemos todos ser bons amigos. Amigos em Cristo. Nem um ruído na casa, deve ser feita de borracha.

Ligou o gás, enchendo a chaleira. A srta. Frost sempre tinha a bondade de pagar o gás. E o que é isto de O'Keefe? Kenneth, o que há de novo? Que notícias medonhas tem você?

Não me conte nada desagradável. Só coisas boas. Tenho a impressão de que fugiram. Absolutamente só nesta casa. E com medo de sentir aquele frio na espinha, final e absoluto, que deve ser evitado a todo custo. Este mundo que me tem causado tanta tristeza e indignidade. Estou de coração partido e amedrontado. Mas antes de afundar, fazer as malas, limpar e varrer, há pessoas que vão ficar sabendo de tudo. Kenneth, não seja mau.

> *Caro Mascarado,*
> *Nada do dinheiro. Como já esperava. Certo. Sei que sua vida está um rolo. Não aguento mais ficar aqui. Como você diz,* FUNT. *Pois bem, gostaria de combinar um negócio com você. Não mande nenhum dinheiro para mim aqui porque estou partindo de volta para o velho torrão, devendo chegar na próxima segunda-feira. Três semanas atrás escrevi ao* Irish Times *solicitando um exemplar. E consegui um emprego. Já ouviu falar de* Lady *Eclair, Roundwood, Co. Wicklow? Bem, evidentemente* Lady *Eclair quer tudo de primeira e por isso quer um chefe de cozinha francês. Você pode imaginar o resto. Para todos os efeitos, de agora em diante, sou francês.*
> *Tenho a impressão de que vai haver oportunidade na cozinha de* Lady *Eclair para namoros com as ajudantes que estarão sob minha lasciva direção. Não sei ainda com certeza se obterei o emprego mas* Lady *Eclair promete pagar minha passagem para a Irlanda e é aí que você entra. Quero que você tome providências para que haja sete (7) libras à minha espera para que eu não morra de fome nesse país agrícola.*
> *Cheguei à conclusão de que a fome coloca a gente em posição desvantajosa quando temos de tratar com pessoas que comem três vezes por dia. Por isso conto com você.*
> *Abandonei a homossexualidade porque o único resultado que trouxe foi o de complicar ainda mais minha vida. Tenho usado a prática para me satisfazer. Como*

*sempre. Mas acho muito chato. No entanto escrevi o que chamei de* Um guia para principiantes em masturbação, *em grego, para ser mais sofisticado, mas pus de lado. Foi aí que decidi voltar ao antigo torrão. Se tiver que viver celibatário então quero viver num país onde o celibato é uma virtude. Falo francês suficientemente bem para me sentir mascarado. Disse a* Lady Eclair *que fui educado na Inglaterra e viajei extensivamente pelos Estados Unidos.*

*Não se esqueça de providenciar as sete libras, do contrário estarei perdido e entregue nas mãos de* Lady Éclair, *a quem desejo impressionar tanto pelo meu domínio da língua inglesa como também por qualquer objeto de interesse que por acaso encontrar na casa. Quero também parecer temperamental pois isso me dará certas vantagens e quem sabe ficarei conhecendo alguns de seus ricos convidados depois que se tiverem fartado da comida preparada na minha muito bem dirigida cozinha. Se alguma coisa acontecer de errado sempre haverá a possibilidade de sugerir a* Lady Eclair *que vá navegar num barco de pimentão por entre um mar de molho de tomate. Não vá me deixar na mão.*

*Deus o abençoe,*
*KENNETH O'KEEFE*
*Duque de Serutan em exercício.*

Kenneth, todos nós queremos dinheiro. Como você deve saber, se eu tivesse um pouco que fosse teria todo o prazer de repartir com você. Mas a única coisa que tenho aqui é uma pilha de revistas que vou logo queimar para poder me esquentar.

O dia está coberto de nuvens, mar alto e cinzento e cavalos alvos. Tudo selvagem e ameaçador ao longo de toda a costa. Em dias como este costumava ficar olhando os homens valentes saírem para o mar sombrio. E focas saltando fora d'água. Se uma luz amarela se agita lá longe na terra significa perigo. Morte e calamidade.

Sebastian foi procurar uns comprimidos. A casa parece estar estranhamente vazia. O guarda-roupa. As roupas de Marion desapareceram. Somente minhas galochas rasgadas no chão. O quarto. Limpo. Nu. Tire essa mão branca e fria do meu coração.

Febrilmente andando de novo pela casa. Puxando todas as gavetas, vasculhando os armários. A máquina de costura sumiu, e os novelos de linha. Nenhum recado, nenhum sinal. A escrivaninha. Trancada. Pegou o atiçador de fogo e atravessou a tampa fina e mole. Enfiou os dedos pelo lado da tampa e arrancou-a. Dentro, limpa, clara e vazia. Somente alguns dos meus cartões de apresentação. Passando pela cozinha. Olhando para dentro da garagem. Poça d'água cinzenta passando por debaixo da porta. Nada do carrinho do nenê. Uma casca vazia de blocos de cimento.

De volta à chaleira que fervia no fogão. Chá e comprimidos. O chá é vermelho. E chá é tudo o que existe. É hoje que os torrões de terra são colocados em cima do caixão de pinho. Meu Deus, onde estão os ventos úmidos do Atlântico e as plantas tropicais em profusão. Vou morrer de frio. Fazer alguma coisa. A barba. É verdade que as mulheres são frígidas porque os homens não usam barba? Marion, você levou embora seus mamilos cabeludos. Cristo crucificado, estou liquidado. Acabaram as giletes. Fazer a barba com a beirada da banheira. Srta. Frost, preciso pegar emprestada sua toalha, não está certo, mas estes momentos são momentos de desespero. Vou borrifar ácido nítrico no tapete Axminster do sr. Skully.

Em cima da lareira está um dos meus objetos mais amados, a estóica imagem que tem uma cruz sobre a barriga. Preciso agora me deitar sem fazer o mínimo movimento, os olhos congelados em minha cabeça. Zero absoluto. Então Marion me deixou com uma bomba na mão dentro da qual existem dois contratos. Há um jogo chamado críquete. E este é um jogo de críquete em campo molhado.

Sebastian pegou no sono na cadeira reclinável. Às cinco e quarenta e cinco a srta. Frost entrou. No meu sonho tinha dado ordens para abaixarem os salva-vidas, para começarem a cantar e umas outras tantas coisas e me dirigi à proa para descer dentro de uma jangada de borracha insubmergível. Era o dia 14 de abril de 1912. E o mar estava gelado. A luz acesa. A srta. Frost de pé no meio da porta. Olhando. Confusa.

– Oh, sr. Dangerfield.

– Me desculpe, srta. Frost, acho que peguei no sono.

– Ah.

Dangerfield puxa o tapete sobre si, cobrindo as partes descobertas.

– Desculpe toda essa bagunça, srta. Frost.

– Não se incomode, sr. Dangerfield.

– Detesto pedir coisas, srta. Frost, mas será que a senhorita teria um cigarro para me dar?

– Pois não, sr. Dangerfield, com muito prazer. Aqui está.

– Fico muito agradecido, muito mesmo.

– Não sei como dizer, sr. Dangerfield, mas a sra. Dangerfield pediu para avisar que ela não voltará mais.

– Sabe para onde ela foi?

– Estava muito transtornada e saiu sem dizer exatamente para onde, embora tenha a impressão de que ela foi tomar o barco para Liverpool e tinha uma passagem para o trem de Edinburgh.

– Azar.

– Ela estava perturbada.

– Certamente não recebeu meu telegrama.

– Não acredito que ela tenha recebido telegrama algum.

– Não. Tanto pior. Evitaria todo esse mal-entendido. Inferno.

– Vou fazer uma limpeza nisto aqui, sr. Dangerfield.

– Por favor, srta. Frost, não se incomode. Deixe que eu limpo. Pode deixar por minha conta. A escrivaninha estava um pouco emperrada.

– Oh, não, sr. Dangerfield, o senhor parece estar tão cansado. Eu faço tudo. Não levarei mais do que um minuto. Comprei um pouco de pão e de salsichas. Deve haver alguns tomates no armário. O senhor gostaria de repartir isso comigo? Deve estar com muita fome.

– Acho que não, srta. Frost, não seria justo.

– Ora, por favor, sr. Dangerfield.

– Bem, é muita bondade de sua parte, srta. Frost.

– Ora, não é nada, absolutamente.

– Maldita, vigarista, ordinária.

– Que foi que o senhor disse?

– Não, nada, srta. Frost, minha perna é que está coçando um pouco. Se a senhorita me der licença vou me trocar para o jantar.

– À vontade, sr. Dangerfield.

Enrolado no cobertor, Sebastian esgueirou-se da sala. Sou um índio iroquês, sem dúvida nenhuma.

Vestiu sua calça de veludo, escondida toda úmida em uma gaveta. Abotoando a braguilha com dificuldade. Não desejo nenhum pênis cor-de-rosa à vista pois a srta. Frost poderia pensar que estou insinuando alguma coisa. E eu não suportaria outro pesadelo por causa de parte ou partes expostas. Preciso me aproximar da srta. Frost com muito cuidado. Ela é bem agradável. Fina. E não há muitas assim nos dias que correm. Todas atrás do vil metal. Oh, onde está a dignidade? Antigas famílias e tradições? Carruagens e lacaios? A vulgaridade que sobreveio e há de passar. Derrubá-la. Para baixo. E Marion com ela. Suma sem deixar sinal, vamos. Vá embora, não volte mais. Não quis me dar uma oportunidade. Algum dia você vai aparecer quando eu estiver no lugar que me pertence neste mundo. Quando eu tiver o que devo ter. Minha vez. E quando você voltar. Meus vigias a escorraçarão para sempre. Fora. Rua. Fora.

Estava berrando.

– Está acontecendo alguma coisa, sr. Dangerfield?

– Não, está tudo em ordem. Tudo absolutamente em ordem.

– Quando o senhor estiver pronto pode vir, sr. Dangerfield.

– Obrigado, srta. Frost,

Acabar de enrolar este pedaço de arame ao redor de minha cintura. E um pedaço desta cortina para fazer a vez de um cachecol. É só cortar um pedaço. Cortar. Cortar. Cortar. Dobrar. Assim. Esconder um pouco as pontas em fiapos. Dar uma alisada no cabelo. Ver como estão os dentes. Abrir a boca. Estão um pouco amarelos. Mas tenho belas narinas chamejantes num nariz reto e elegante. Um aristocrata onde quer que ande. E meus olhos são curiosos, grandes. Todo mundo diz que tenho olhos muito bonitos.

Sebastian entrando no escritório. Sensação de culpa ao olhar para a escrivaninha danificada. A srta. Frost colocando uma grande travessa de salsichas na mesa com uma lista de mogno em volta. Havia também uma toalha de mesa, toucinho dourado. Jarra de leite e uma pilha de pão bem cortadinho. Açúcar. Pratos limpos e brilhantes, uma faca de um lado, um garfo de outro.

A srta. Frost sentou, sua mão pegando e puxando a barra da saia com muita modéstia e sensualidade disfarçada. Dangerfield vacilante. Devo deixar a pensionista sempre tomar a iniciativa com relação à comida.

– É muita bondade de sua parte, srta. Frost, embora não ache que seja realmente justo aceitar.

– Não é nada, absolutamente, sr. Dangerfield. Gosto de ter alguma coisa para fazer, como cozinhar.

– Mas depois de um dia de trabalho. Acho que é pedir muito.

– Não, absolutamente.

A srta. Frost sorriu com dentes um tanto largos, bem modelados. Parecidos com os meus. E sem batom. Satisfação olhar para sua boca. Sentada dignamente do outro lado, passando-me tudo o que há. Aquela travessa, por favor.

Sebastian tirou quatro salsichas, deixando cinco. Tinha intenção de tirar só três mas um instinto incontrolável me fez tirar quatro. E alcançar o pão para a srta. Frost. Preciso mostrar que não estou completamente absorvido pelas salsichas. Marion, com toda a certeza, contou a ela um monte de mentiras a meu respeito. A srta. Frost vai descobrir por si mesma que sou um sujeito decente. Se houvesse mais pessoas como a srta. Frost, pessoas com bondade e consideração. Seu cabelo cinza lhe cai muito bem.

– Estas salsichas estão uma delícia. Nunca comi assim tão boas, srta. Frost.

– Compro-as em Pembroke Road. Uma casa logo depois da ponte. Feitas em casa.

– Isso prova, não é mesmo, srta. Frost, que não há nada que supere as coisas feitas em casa.

– Concordo plenamente, sr. Dangerfield.

– Bem, como foi de trabalho, srta. Frost?

– Sempre a mesma coisa, infelizmente. Quando me escalam para trabalhar na loja, fico muito contente porque vejo muitas pessoas diferentes.

– E como vai o negócio?

– Diminui um pouco nesta época do ano. Agora começam os pedidos pelas primeiras batatas e, na minha opinião, estamos no tempo de plantar árvores frutíferas.

– É mesmo? Que interessante.

– Eu acho, sr. Dangerfield, que se o senhor tivesse que trabalhar nisso um determinado tempo o senhor acabaria por ficar muito enjoado.

– Mas é tão interessante.

– Me aborrece.

– Aborrece?

– Um pouco. Estou cansada de trabalhar para outras pessoas. Gostaria de trabalhar para mim mesma, sr. Dangerfield. Mas é tão difícil começar.

– Sem dúvida, srta. Frost, as coisas estão um pouco difíceis nos dias de hoje. Antigamente era tudo mais fácil.

– É verdade, sr. Dangerfield. Todo mundo cuida de jardins nos dias de hoje. Ontem um homenzinho entrou na loja procurando por sementes de petúnia. Tipo estranho. Imaginei que fosse jardineiro de alguma residência. Então vim a saber que era uma pessoa muito rica e tem uma conta muito grande conosco. É difícil de se saber hoje em dia.

– Fantástico. Simplesmente fantástico.

Sebastian encheu de chá a xícara da srta. Frost, pegou um pedaço de pão. Ela tirou três salsichas. Preciso lhe mostrar que não estou interessado nas duas restantes. Esperar minha vez. Deixar que ela tome a iniciativa. O negócio era ter paciência. Sufocar os desejos animalescos.

– Coma essas duas salsichas, sr. Dangerfield, antes que esfriem.

– De jeito nenhum, srta. Frost, já comi muito mais do que devia. Sério. A senhora não vai comer?

— Já comi mais do que o suficiente.

— Bom, mas insisto em que a senhorita coma pelo menos uma.

— Não, de modo algum. Vamos, deixe que eu o sirva.

— Bem, devo confessar que estou com um pouco de fome. Geralmente tomo muito cuidado em não comer demais. Me diga uma coisa, srta. Frost, gosta da Irlanda?

A srta. Frost abafou uma risada com muito jeito. Um som amável, doce. Ela é muito simpática.

— Bem, sr. Dangerfield, é minha pátria, mas não posso dizer com toda honestidade que não tenha pensado em viver em algum outro país. Mas gosto bastante daqui. As pessoas são boas.

— Concordo que os celtas são uma raça muito boa. Wexford é o seu condado. A senhorita diria que Wexford apresenta uma classe melhor de pessoas?

Risinhos gorgulhantes da srta Frost.

— Ah, não sei, sr. Dangerfield, mas são pessoas muito trabalhadoras.

— É uma ótima característica.

— Trabalhar?

— É uma coisa necessária para a maioria das pessoas, srta. Frost. Me diga uma coisa, srta. Frost: não quero parecer indiscreto, mas se a senhorita tivesse que escolher, o que a senhorita faria neste mundo?

— Acho que quereria ser dona do meu próprio negócio. O que o senhor gostaria, sr. Dangerfield?

— Bem, srta. Frost, para ser bem franco, não gostaria de ser outra coisa senão acionista do Lloyd's ou então herdeiro de uma grande fortuna.

— Rá, rá, todos nós gostaríamos da mesma coisa, sr. Dangerfield.

— Rá, rá, sem dúvida.

— Mas não é nada fácil, rá, rá, rá.

— Rá, rá, infelizmente não é, srta. Frost. Sem dúvida. Rá, rá.

— Rá, rá.

— Srta. Frost, que tal sairmos e tomarmos um drinque?

— Bem.

— Vamos, passamos um dia muito duro. E acho que a senhorita merece alguma coisa depois desta refeição tão deliciosa. Fará bem andar um pouco. Conheço um lugar muito interessante, The Three Eyes.

— Mas não quero que me levem a mal, sr. Dangerfield, o senhor sabe como as pessoas falam. Sei que não há mal nenhum. Oh, fico tão preocupada.

— Não se preocupe. Está escuro e chovendo, ninguém nos verá.

— Está bem, então.

— Apenas uma coisinha. Será que a senhorita poderia me fazer um pequeno favor? Será que poderia me adiantar o aluguel desta semana? Estou meio sem dinheiro.

— Já paguei à sra. Dangerfield.

— Sei, sei. Pois bem. Srta. Frost, não quero de jeito nenhum importuná-la mais, é uma coisa que deixo ao seu inteiro critério e não quero que a senhorita se sinta obrigada, de modo algum. Será que a senhorita podia me adiantar uma libra do aluguel da semana que vem? Mas não se sinta obrigada de modo algum. Jamais ousaria pensar em pedir uma coisa assim se não fosse pelas circunstâncias. A senhorita compreende.

— Não, eu compreendo perfeitamente, mas é que a sra. Dangerfield levou o aluguel do mês inteiro. Adiantado.

— Veja só, aquela ordinária. Me desculpe, srta. Frost. Peço muitas desculpas. Fico tão confuso às vezes.

— Não se incomode, sr. Dangerfield.

A srta. Frost foi até à bolsa, no peitoril da janela. Tirou uma libra da bolsa, Sebastian desviando a atenção, agachando, fungando e amarrando o cordão do sapato.

— Srta. Frost, é muita, muita bondade de sua parte.

— Não é nada, absolutamente.

— Detesto viver pedindo coisas, srta. Frost, mas será que a senhorita teria um cachecol para me emprestar? Tenho a impressão de que o meu não está em condições nada satisfatórias.

— Ora, sem dúvida, pode escolher um. Estão na gaveta esquerda, de cima, da penteadeira.

Sebastian dentro do quarto dela. Achou um amarelo. Brilhante e macio.

— Posso usar este, srta. Frost?

— Ora, sem dúvida.

— Simpático. Gosto de cores fortes. Acho que a senhorita vai gostar de The Three Eyes, srta. Frost. Ah, me sinto novo. Reconfortado, de fato. Me apresente os fatos, srta. Frost, e ao diabo com a ficção. Quero os fatos.

— Rá, rá.

Desceram a pequena área da frente, Sebastian oferecendo-lhe o braço. Os milhões de pingos macios caindo. Ela segurou o braço dele com suavidade. E através das ruas de classe média e dentro dessas janelas havia conforto. Cadeiras secas. Sebastian assobiou uma canção.

Em uma rua interna, por terrenos baldios, ladeiras dos pobres e paredes caiadas, telhados inclinados, telhas brilhando em toda parte dessas ruas escuras e retorcidas. Galinhas cacarejando.

The Three Eyes era pequeno e agradável. Entraram no reservado, sentaram-se no banco estreito e duro. Um toque na sineta. Uma cabeça. Boa noite, cavalheiro. E as bebidas. A srta. Frost quis um copo de vinho do Porto.

— O que fez a senhorita vir parar em Dublin?

— Queria ser enfermeira.

— Para maltratar pobres infelizes.

— Desisti da ideia.

— Por quê?

— Já não gostava muito e não me dei bem com as outras moças. E o salário era ruim.

— O que fez então?

— Fui trabalhar na Companhia de Seguros de Dublin, mas também não gostei de lá. Então fui à Inglaterra. Havia um homem no escritório com quem não simpatizava. Não combinávamos.

— Por quê?

— Só pensava em si mesmo. Era meu chefe.

— Ah, sei.

— E eu não queria me rebaixar.

— Fez muito bem, srta. Frost. Agora, me diga uma coisa, srta. Frost, quantos anos a senhorita tem?

– Oh, sr. Dangerfield, não vou lhe revelar isso.

– Vai sim, srta. Frost.

– Não posso, simplesmente não posso.

– Srta. Frost, sou seu amigo. Lembre disso. Amigo. Pode me contar qualquer coisa, seja o que for. A idade então, nem se fala. Vamos, quantos anos tem?

Sebastian estendeu o braço e cobriu-lhe a mão sobre o colo. Consolo num momento de dor.

– Oh, sr. Dangerfield, tenho 34.

– Ótima idade. A melhor.

– Como é que o senhor sabe?

– Srta. Frost, às vezes me sinto como se tivesse 53. É raro, mas às vezes me sinto como se tivesse vinte. É como os dias. Nunca sentiu que uma terça-feira era um sábado? Ou passou uma semana com duas sextas-feiras? Ultimamente me sinto com setenta anos. Mas considero 34 uma ótima idade. A senhorita se importa se eu tomar outro, depressa?

– Não, por favor.

– Agora, srta. Frost, vamos falar de negócios. O que a senhorita quer? O que a senhorita espera da vida, afinal de contas?

– Santo Deus, que pergunta.

– Vamos, responda. Sinceramente, srta. Frost.

– Bem, sua pergunta envolve tanta coisa. Há uma porção de coisas que eu desejo da vida. E claro, como já disse, minha própria loja.

– Ah, a senhorita quer dinheiro, srta. Frost. É dinheiro que a senhorita está procurando.

– Não é bem assim.

– Mas é isso que a senhorita gostaria de ter, não é?

– Mas a gente não trabalha também para salvar a alma, sr. Dangerfield?

– As pessoas procuram agradar a Deus. Acham que ele pode fazer alguma coisa por elas. Muito bem, srta. Frost, me diga qual é o seu primeiro pensamento quando levanta de manhã.

A srta. Frost estava girando o copo e olhando.

– Ah, apenas em me aprontar para ir trabalhar.

A srta. Frost riu baixinho, risinhos que vinham da garganta. E disse que era melhor ir para casa porque tinha que se levantar bem cedo. Sebastian comprou um Baby Powers. Enfiou no bolso. Bateu na porta para o garçom trazer rapidamente mais um para a caminhada. Pôs a mão nas costas da srta. Frost, guiando-a, meu querido barco, para fora da porta. Não erre a direção, querida.

De volta em casa.

– Sr. Dangerfield, o senhor gostaria de que eu lhe fizesse um cafezinho? Comprei café fresco hoje.

– Srta. Frost, a senhorita sabia que seria uma ótima esposa?

– Ora, sr. Dangerfield.

– Seria.

– Ora, rá, rá. Ora.

A srta. Frost na cozinha. Sebastian na cadeira reclinável, levantando-a alguns centímetros. Preparou um drinque. Crueldade não é bem a palavra, Marion. Fiz todo esforço possível para manter nossa pequena família. As coisas não eram ideais mas eu estava disposto a fazer o que estivesse ao meu alcance. Eu também quero sair e gozar a vida. Sou humano. Mas a srta. Frost tem sido muito bondosa para mim. O modo como se movimenta ao redor daquele fogão. A flexibilidade de seu traseiro não é má e umas pernas boas e bem desenvolvidas saem de suas botas marrons. Mão pesada mas isso não é problema. Mãos pesadas são tristes. A srta. Frost tem um corpo até que mais ou menos. Bondosa e jovial. Ver todas as curvas, xícaras e abismos, dedos. Yam yam yammy. Oh, sim, agarrar, apertar e sentir. Ir em frente. Sorte sua. Preciso de ajuda e de um cortês período de descanso, de sono, de paz, para consumir mais algumas semanas até que me torne podre de rico.

– Srta. Frost, vou preparar um drinque para a senhorita.

– Um pouco só.

– Sabe, srta. Frost, é um grande consolo tê-la aqui.

O sangue começou a lhe subir à cabeça. Ela virou e se afastou.

– Falo com toda a sinceridade, srta. Frost.

– Gosto de estar aqui.

– Devo pedir desculpas por submetê-la a toda esta confusão.

– Não tem importância.

– Detesto a possibilidade da senhorita se sentir infeliz aqui.

– Me sinto muito feliz. De verdade, sr. Dangerfield. Para mim esta é a casa mais agradável em que já morei. Me sinto tão à vontade.

– Ótimo. Folgo em saber.

– Gosto de me sentir à vontade num lugar.

– Concordo plenamente. É assim que devemos viver. Com liberdade e à vontade. Liberdade e à vontade, é assim que tudo devia ser. É assim que eu gosto, srta. Frost. Nada de constrangimentos.

– Sou da mesma opinião.

A srta. Frost trouxe o bule de café com um prato de biscoitos. Sorriram através da mesa.

– As coisas estão sempre se acumulando, não é verdade, srta. Frost? Coisas desagradáveis. Mas veremos dias melhores. Toda nuvem, a senhorita sabe, é carregada de chumbo. Gosto da senhorita.

– Gosto do senhor também.

Os biscoitos passados para Sebastian. Tirou quatro. Srta. Frost mexendo no açúcar. Preocupados com os olhos. Oh, os olhos.

> *Sim, os olhos.*
> *Não, os olhos.*
> *Que coisas*
> *Veem.*
> *Alguns mostram felicidades*
> *Outros*
> *Infelicidade.*
> *Oh, os olhos*
> *Oh, sim,*
> *Os olhos.*

– Srta. Frost?

– Sim?

– Vou ser muito franco, como sei que posso ser com a senhorita, sem ser mal interpretado.

– Pois não, sr. Dangerfield.

– Srta. Frost, posso dormir no seu quarto?

Uma pausa. O rosto da srta. Frost iluminado por um leve toque vermelho. Seus olhos baixados para a xícara de café. Sebastian continuando com uma voz de boa camaradagem, em tom comercial.

– Não quero ser mal interpretado, srta. Frost. Ponho meu colchão no chão. É uma coisa muito estranha que me acontece. Com toda essa contrariedade por que passei acho que não suportarei ter de dormir sozinho. A senhorita não se incomodaria muito? Sei que deve parecer um tanto estranho, mas por Deus do céu, sou um sujeito honesto.

– Oh, não, sr. Dangerfield, não é estranho de maneira nenhuma. Sei como o senhor se sente. Não me importo. Eu compreendo.

– É muita bondade de sua parte, srta. Frost. Encarar as coisas assim.

– Mas o senhor tem certeza de que não vai achar pouco confortável? Eu não me importo de dormir no chão, já estou acostumada. Dormi muito no chão quando estava no exército.

– He, he, de jeito nenhum. Com o colchão está ótimo. Só espero não estar forçando nada.

– O senhor não está forçando nada, sr. Dangerfield.

– O seu café está ótimo. Muito bom mesmo.

– Fico feliz que o senhor goste. Faço na chaleira.

– É o modo certo.

– Também acho.

– Passei uma noite muitíssimo agradável, srta. Frost.

– Eu também.

– Folgo em saber.

– Há tanta gente que critica uma mulher que entra num bar.

– Gente antiquada, srta. Frost.

– Sem dúvida.

A srta. Frost se afastou. Abriu a torneira. Ouço o som de limpeza que se faz lá. Nada como não ter que enfrentar gordura grudada nos pratos logo de manhã. Aqui estou eu pegando meu colchão. É cinzento, listrado, úmido. Agora, suavemente sobre o chão. Tenho que arranjar um cobertor. Não posso deixar que a srta. Frost veja estes lençóis sujos. Não ficaria bem. Em frente, pela porta, tirar essa cadeira do caminho antes que eu dê um jeito nela. O jeito de costume. Igual ao que dei nas peças de antiguidade de Skully. Devolver o cachecol da srta. Frost. Dobrar minhas calças. Deixar tudo em ordem. Minhas cuecas estão sem dúvida um tanto rotas, ou dormir nu ou com o recato destas furadas roupas de baixo. Recato a todo preço. São essas coisas que fazem a felicidade do casamento. Refeições na hora, açúcar, manteiga e sal sobre a mesa. Meias remendadas e é só ir à gaveta e pegar uma camisa limpa. A srta. Frost fez muito bem em lavar aqueles pratos. Sem reclamações. Sem desculpas. Ótima pessoa. Estou com cheiro de corpo? Dar uma cheirada nas axilas. Cheiro meio azedo. Não se pode ter tudo ao mesmo tempo.

Me enrolar neste cobertor e cobrir qualquer sinal de má educação. O quarto da srta. Frost tem alma. Personalidade. Vivência. Talvez seja melhor fingir que estou dormindo? Não. Nada desses fingimentos escusos. Ficar aqui deitado, franco, honesto e acordado.

A srta. Frost entrou no quarto.

– Tem certeza de que o senhor está bem aí, sr. Dangerfield?

– Absoluta. Muito bem instalado.

– Vou só pegar algumas coisas.

A srta. Frost pegou sua camisola que estava atrás da porta e um saquinho de celofane verde de cima da penteadeira. Foi ao banheiro. Abrindo a torneira. Fechando a porta. Eu a caminho de uma semana funesta. Semana só de segundas-feiras. Acho que vou partir numa sexta-feira. É preciso continuar a desempenhar o papel de invisível com perfeição.

A srta. Frost volta.

– Vou desligar a luz, sr. Dangerfield. Espero que o senhor esteja bem aí.

– Felicidade absoluta. Sei que a estou incomodando muitíssimo, srta. Frost. Quero que a senhorita saiba o quanto lhe sou grato. Até agora tenho contado meus amigos em uma mão de dedos cortados.

– Ora, sr. Dangerfield.
Luz desligada. Ela ficou em pé ao pé da cama, tirando o roupão. Eu não deveria estar me esforçando para ver o máximo possível. Não quero que ela note. Vestiu um pijama verde. Tanto quanto eu posso ver, cai muito bem. Subindo do pé da cama. Esta coisa, a lascívia. Vá embora. Apetite carnal ou prenúncio para o orifício. Me insinuar em sua mente. Ela está instalada em sua cama. As pernas se movimentando por entre as cobertas. Não perco nenhum desses sons. Não há quase nada que eu não note. E srta. Frost, deitada aí como a senhorita está em sua cama e eu aqui prostrado no chão só porque este mundo é tão estreito. Na beirada da cama, através da escuridão e não sei mais o que, vislumbro dois dedos seus escapando por debaixo da coberta. E se ergo a cabeça um pouquinho vejo o resto todo. Estou tão sozinho e a senhorita está tão sozinha também. Corações batendo. Lembre disso. Apenas mais algumas batidas e zás lá vamos nós deste mundo sem teto.
– Srta. Frost?
– Sim?
– Posso segurar sua mão?
A srta. Frost mexeu seu braço em direção da voz e curvou o punho na beirada da cama. E os dedos dele se fecharam ao redor de sua mão. Eu era um garotinho e molhava a cama porque pensava que estava com um bando de crianças brincando no brejo e podia mijar em qualquer lugar. Tocar na srta. Frost dá uma sensação de segurança e tristeza. Porque tenho a impressão de que a puxo para meu próprio abismo. Pela companhia ou pelos ossos de sua mão. Unhas e juntas. Mas não posso dizer que ela está apertando a mão. Seus músculos repuxando meus ossos. Agora estou de joelhos. E com os cotovelos em sua cama. Sua cabeça tremendo. Cabelo espalhado cinza e escuro. Suspiros em sua boca. Sentindo suas mãos tristes ao redor de minhas costas. Me deixa passar para debaixo das cobertas. Sua língua tocando minha orelha. Suco. Abrir os botões, aquecer meu peito frio no dela. Srta. Frost. Oh, srta. Frost.
Ela ergueu as costas. E eu tiro seu pijama. Garganta de passarinho chorando. Enxugo as lágrimas com beijos. Desapareceram. A senhorita estava solitária na escuridão.

Deitam-se lado a lado. A srta. Frost segura a testa com a mão. Enfiando-se no pijama. Vai ao banheiro.

– Srta. Frost, poderia me trazer um copo d'água?

Ele estava bebendo aos goles quando ela começou a chorar. Ele tentou pegar sua mão mas ela levou-a à cabeça. Tapando os olhos com as mãos.

– Ora, ora, que é isso?

A srta. Frost virando-se para o lado.

– Eu não devia ter feito isso.

– Ora, ora, não há nada de errado.

– Há, sim. Oh, meu Deus, eu não devia ter deixado que você entrasse no quarto.

– Gesto de caridade.

– Não foi. Fiz mal. Oh, meu Deus, peço perdão.

– Não leve as coisas assim.

– É pecado mortal. E foi por sua causa, sr. Dangerfield.

– Foi por sua causa mesmo, srta. Frost.

– Oh, meu Deus, não foi. Não tive culpa. Não posso nunca confessar. Por que o senhor fez isso?

– Por que a senhorita fez? Quando um não quer, dois não brigam.

– Por favor, não piore a situação.

– Não estou piorando, srta. Frost. A senhorita está sendo muito infantil.

– Por favor.

– Estará tudo bem se a senhorita disser o ato de contrição.

– Tenho de me confessar.

– Deus está no quarto. Confesse a ele.

– Não fale assim, poderíamos ser fulminados.

– Calma, srta. Frost.

– Não quis fazer uma coisa dessas. Sei que não quis.

– Quis, sim.

– Não quis, por favor, não quis.

A srta. Frost virou de lado, seu corpo reprimido e soluçando.

– Srta. Frost, Deus é todo perdão.

– Mas é um pecado mortal que tenho de confessar ao padre e é também um adultério.

– Ora, deixe disso, srta. Frost. Controle-se. Isso não resolve nada.

– É adultério.

– Um pecado mortal é igual a qualquer outro.

– Estou condenada. Não é, não.

– Quer que eu vá embora?

– Não me deixe sozinha.

– Não chore. Deus não vai condená-la. Você é boa pessoa. Deus só condena quem é salafrário completo, pecadores contumazes. Seja razoável.

– Terei que dizer o seu nome.

– Terá o quê?

– Seu nome. Terei que dizê-lo ao padre.

– Por que isso? Bobagem.

– Ele vai me perguntar.

– De jeito nenhum.

– Vai. E depois vão mandar o padre conversar com minha mãe.

– Ridículo. O padre está lá somente para perdoar os pecados.

– Não.

– Srta. Frost, esta não foi a primeira vez.

– Não.

– Tenha a santa paciência. E mandaram o padre conversar com sua mãe?

– Mandaram

– E perguntaram o nome do homem?

– Perguntaram.

– Só sei dizer que é uma coisa fantástica. E quando foi que aconteceu?

– Quando eu tinha vinte anos.

– Como foi?

– Um homem que trabalhava para nós. Me mandaram para um convento em Dublin como penitência. O padre disse que não me daria a absolvição até que eu declarasse o nome do homem. E você é casado.

– Você tem medo do padre?

– Tenho.

– Há uma igreja especial no cais do porto onde a gente confessa essas coisas. Vou providenciar tudo para você.

– Pelo amor de Deus, não. Não quero que me vejam lá. Não é lugar de respeito.

– O pecado, srta. Frost, nunca é de respeito. Um pouco de calma agora e tudo dará certo.

– Não sei o que fazer.

– Nem todos os padres são iguais. Tente encontrar um que seja compreensivo.

– Conheço todos e não iria pedir coisa semelhante. O mundo viria abaixo.

– Melhor dormir agora, amanhã cedo as coisas não parecerão tão feias.

Sebastian estendeu a mão até ela. Algumas batidas amigas no ombro. Ela enxugou as lágrimas e assoou o nariz. Bebi um gole de água para matar a sede. A srta. Frost tinha fechado os olhos. Estava pegando no sono. Ela tinha um pequeno salário, o bastante para não se preocupar. Ela podia muito bem aproveitar o máximo e depois confessar tudo de uma vez. Oh Deus, a despeito de todos os teus defeitos eu te amo assim mesmo. E ele nos pergunta: você usou? Os seus órgãos. Deve haver muitos degraus para chegar ao céu. E a Irlanda é o mais próximo de todos. Mas estão destruindo Jesus com a propaganda.

# 18

Às seis horas da manhã de segunda-feira, Sebastian pulou por sobre o corpo da srta. Frost e se dirigiu às apalpadelas para o banheiro. Usando o sabonete perfumado da srta. Frost para lavar o rosto e ao redor das orelhas e atrás do pescoço. Depois atirou água gelada em profusão pela cabeça para ativá-la. Bom hábito pela manhã. E pasta de dente, escovar lá atrás ao redor dos molares.

Na ponta dos pés, de volta para o quarto e para a penteadeira da srta. Frost. Puxar a gaveta vagarosamente. A srta. Frost num sono profundo. Levar a gaveta para o corredor e tomar emprestado uma destas blusas. Opa. Puxei a gaveta demais. Escapou da mão no escuro. Barulho horroroso.

A srta. Frost acordou com uma voz cheia de medo.
– Quem é?
– Sou eu.
– Oh, Jesus, Maria, José. Que aconteceu?
– Um pequeno acidente.
– Oh.

Tenho a impressão de que esta é a primeira conversa matinal que já tive com a srta. Frost.

Conversando no escuro.

– Será que a senhorita podia me emprestar uma de suas blusas? Detesto pedir isso mas...

Silêncio. Dangerfield de pé, sem roupa no escuro. Esperou. Ela numa voz um tanto aguda, sinal de incerteza.

– Claro, por que não?
– Que Deus a abençoe e guarde.

Sebastian tateando o chão procurando a gaveta, arrastando-a com uma cadeira para fora do quarto. Se a luz estivesse acesa estaria envergonhado. Os nus são indefesos. Acho que a noite é a minha melhor amiga. E a morte, um obstáculo para se vencer até os dias grandiosos de lascívia, gula e preguiça. Tenho ficado deitado na minha toca com cobertores presos a janelas estratégicas. A srta. Frost tem sido boa para mim. Deixa o café da manhã pronto. Mas só tenho comido bolo de fubá. Minha última e desagradável especialidade. De volta ao velho hábito.

Ela está toda preocupada. E arrependida. Ir à comunhão já não é tão divertido como era. Consolei-a lendo páginas do amigo São Tomás de Aquino porque ele diz que isso faz bem. E eu disse, suavemente no ouvido, cabeças no travesseiro, que do esterco nascem os lírios. Para se conhecer o verdadeiro bem a gente precisa ser mau e pecador. De que adianta a Deus, querida srta. Frost, uma criança nascer pura, viver pura e morrer pura? Onde estaria a graça dessa esterilidade alva e sem profundidade? A senhorita não quer coisa semelhante. Não. Absolutamente. Não. A brancura mais alva tem traços pretos. Os justos formavam uma cambada também. E ela aceitou o consolo. Nua e ao meu lado, dizendo, se minha mãe viesse a saber disso, ela morreria. Mesmo que eu fosse me confessar no cais do porto, sr. Dangerfield, num instante o bispo apareceria aqui e me encerrariam num convento. Minha querida srta. Frost, se o bispo algum dia aparecer por aqui sou até capaz de me tornar padre.

Ele achou uma camisa amarela. Pela alegria que a cor encerra. E a srta. Frost nunca sentiria falta de nenhuma de suas roupas. Preciso me aquecer. Frio como o saco de um eunuco lá do cais.

Vestiu-se e entrou no escritório e enfiou uns pedaços de bolo de fubá no bolso da capa de chuva, pegou um pau de cortina e saiu para a fria e escura manhã. Passando pelo vacilante portão da frente, descendo a rua com passos incertos, enchendo o pulmão de ar.

Correndo o pau da cortina pelos ferros das grades. Tudo úmido e silencioso. Nuvens brancas e baixas. Tênues luzes tremeluzindo dentro das casas. Lá vem um leiteiro assobiando. E ouço o barulho do bonde. A manhã é uma coisa maravilhosa.

Descendo o cais da alfândega, a rua de paralelepípedos enchendo-se com o barulho das carroças e dos cavalos enormes e pesados. Afastar-se um pouco e vê-los passar. Táxis e leiteiros parados na entrada da estação de barcos.

Dangerfield encostando-se na parede do armazém do outro lado da rua, perto do guichê da terceira classe. Dando uma última olhada na roupa, um toque final no nó da gravata e no comprido colarinho última moda da blusa da srta. Frost. É uma satisfação encontrar O'Keefe novamente.

Os passageiros saindo. Sebastian batendo seu pau de cortina na parede do edifício. Tirou um pedaço de bolo de fubá do bolso da capa, mastigou e engoliu. Embolorado. Seco e duro.

Subitamente na porta o vulto do meio-homem, meio-animal, de barba vermelha, com a mesma camisa verde com que partira, as mesmas calças. A sacola atravessada no peito, o mesmo rosto triste e sério. Parou, olhou desconfiado para um menino que vendia jornais e comprou um. Abriu rapidamente, fechou rapidamente, enfiando-o debaixo do braço. Puxou a correia da sacola mais para cima do ombro com um gesto desajeitado e, inclinando-se ligeiramente para a frente, abaixando a cabeça, começou a subir em direção ao cais, mas parou. Voltando a cabeça devagar. Seus olhos encontraram os do silencioso e austero espectro de Sebastian Dangerfield, cujos lábios cadavéricos, entreabrindo-se, mostravam uns dentes escovados recentemente, ele encostado calmamente na parede.

Dangerfield atravessou a rua coberta de estrume. Tirou a mão do bolso e acenou para O'Keefe, que esperava.

– Kenneth, quer comer um pedaço de bolo de fubá?
– Logo imaginava.
– Imaginava o que, Kenneth?
– Bolo de fubá.
Um riso maldoso.
– Kenneth, você não está satisfeito de me ver? De eu estar aqui para lhe dar as boas-vindas no seu retorno a este jardim verde perdido no mar?
– Isso depende.
– Deixa disso, meu caro Kenneth, ponha de lado essa prevenção animalesca. Veja uma coisa. O comércio, barris e barris, suportes de aço e estes belos animais, prontos para serem transformados em postas. Um país maravilhoso e próspero.
– Quero só ver.

Caminharam por entre enormes caixões e pararam para que uma boiada passasse, iluminada pela luz vacilante da manhã. Os olhos furiosos e ao mesmo tempo temerosos desses animais. Uma longa fila de bicicletas deslizando ao longo da beira da calçada e os táxis e as liteiras subindo da estação das barcas. Eram figuras frias passando por esta antiga cidade dinamarquesa.

## 19

Eles chegaram ao Woolworth's Cafe para tomar o café da manhã. O sol brilhava. Sentados, olhando um para o outro através da mesa branca. Ovos e toucinho defumado, chá, pão com manteiga. Delícia.

– Kenneth, fale de suas viagens.
– Uma chatice.
– Procurou uma meretriz em Paris?

— Não. Perdi a coragem no último minuto.
— Quer dizer então que...
— Que não senti nem o cheiro.
— Que pena, Kenneth. Precisamos fazer alguma coisa por você. Por exemplo, levar você até o Congo ou adjacências. Que tal uma pigmeia?
— Onde estão as sete libras?
— Fique sossegado. Não se preocupe com coisa alguma. Já providenciei. Agora conte, o que mais aconteceu?
— Mais nada. Não consegui nada. Só isso. Lutando com o estudante no escuro e parei com aquilo porque não me estava trazendo nada de positivo e estava me deixando louco. A única coisa que me impediu de perder completamente as estribeiras foi essa fantástica correspondência com Lady Eclair.

O'Keefe rachando com rapidez a casca macia e branca do ovo. Limpando a gordura com um pedaço de pão. Da janela podiam contemplar lá embaixo Dublin agitando-se nos primeiros movimentos matinais.

— Foi uma coisa fantástica. Já lhe contei a respeito do anúncio para mestre-cuca. Escrevo e recebo a resposta escrita na terceira pessoa, Lady Eclair gostaria de saber se Kenneth O'Keefe é protestante ou católico. Respondo que Kenneth O'Keefe não é nem uma coisa nem outra e não exigirá que o levem à igreja nos domingos. Ela responde, Lady Eclair é de opinião que Kenneth O'Keefe deve professar alguma religião porque toda pessoa precisa da igreja para o desenvolvimento de sua alma imortal. Então respondi que a alma imortal de Kenneth O'Keefe já estava desenvolvida de modo que não via nenhuma utilidade nas igrejas. Na carta seguinte ela diz Lady Eclair gostaria de citar Os Provérbios: "A pobreza e a vergonha cobrirão aquele que recusar ser instruído mas aquele que aceita a censura será honorificado". Respondi que Kenneth O'Keefe já sofreu suficiente pobreza e vergonha no tempo em que frequentava a Igreja de Roma e que "os simples acreditam em toda palavra; mas os prudentes olham bem por onde andam".
— E você conseguiu o emprego?
— Por enquanto. Esse negócio da religião vai se tornar um problema. Desconfio das pessoas que se interessam em salvar as almas dos outros. Onde está o dinheiro?

– Peço uma coisa. Só uma. Paciência, Kenneth.
– Como é sua casa? Tem banheiro?
– Tem tudo. Lugar para o sabonete. Quatro aquecedores a gás. Assoalho de madeira. Umidade e solidão.
– Cozinha própria?
– Tudo, Kenneth.
– E você está sozinho?
– Não.
– Não está sozinho?
– Isso mesmo.
– Quem está morando com você?
– Não comigo, Kenneth. Na casa. A srta. Frost. Uma jovem encantadora de Wexford. Você vai conhecê-la um dia.
– E Marion? Para onde foi?
– Foi embora. Para a Escócia. Não estava se sentindo bem.
– O que houve? Está grávida?
– Espero que não. Agora você já está a par de tudo. Venha para a minha casa comigo.
– Marion não se importa que você fique sozinho na casa com a srta. Frost?
– Tenho a impressão de que não. A srta. Frost é ótima católica. Acima de qualquer censura. Nada de temores, nada de escândalos, Kenneth. Uma pessoa muito interessante.
– Você tem dinheiro em casa?
– Venha.
– Inferno. Está duro?
– Um pouco.
– Inferno. Sabia que ia acontecer. Está bem, pago a conta. Sou um infeliz sem conserto.

Dangerfield inclinando-se para trás. Limpando a boca. Garçonetes observando-os. O'Keefe desceu na frente escada abaixo. Sua barba vermelha e pontuda. Enfiou as mãos nos bolsos. Dangerfield atrás dele caminhando de um modo curioso.

– O que é que há?
– Isto, Kenneth, o passo da aranha. Estou tentando aperfeiçoá-lo há algum tempo. Assim, a cada dois passos você traz o pé direito para a frente e pula. Assim a gente pode virar sem parar e tomar a direção contrária.

– Para que isso?

– Ando um tanto preocupado em dar meia-volta ultimamente. Gosto de mobilidade, Kenneth.

Estavam se aproximando do inicio da Grafton Street.

– Estou com sede, Kenneth.

– Já sabia.

– Sede de água.

– Entra num bar. Eles lhe dão água.

– Processo muito complicado.

O'Keefe desconfiado. Mordendo as mandíbulas. Andando depressa.

– Que é isso, Kenneth, há alguma coisa de mal em querer beber um pouco de água?

O'Keefe parou. Gesticulou. Olhos abertos. Gritando.

– Seu bêbado inveterado. País amaldiçoado. Bebida é a perdição deste país. Maldição.

As pessoas afastavam-se para dar lugar à gritaria dele. Dangerfield deixando de lado seu passo da aranha atravessou rapidamente a rua em direção ao bar O'Donogue. Errou a porta. Choque violento de corpo contra a parede. Ficou ali atordoado. Raspando os tijolos.

O'Keefe de olho nele. Explodiu numa gargalhada. As pessoas afastaram-se o mais que puderam. Quando gritões riem, é briga na certa.

O'Keefe falando à multidão.

– Não veem que estou furioso? Bebida é a perdição deste maldito país.

Foi atrás de Dangerfield, que estava de pé um pouco atordoado dentro do bar.

– Tenha santa paciência, Kenneth, que há com você? Quer que eu fique marcado?

Seu ordinário, consegui me botar dentro de um bar afinal. Rapaz, que papel ridículo ir de encontro à parede.

– Bem, tenho a impressão de que você está ficando louco.

– Volto para cá depois de meio ano de solidão, sem ter o que comer, sem vida sexual, sem nada e é isso que encontro. Sem o dinheiro que pedi e não vou lhe pagar nenhuma bebida. Eu não aguento. Chega desse tipo de vida.

– Kenneth, você está transtornado. Tenha calma. Sei que você passou por dias difíceis e quero que você se sinta bem ao voltar.

– Chega de conversa. Peça o seu drinque. Aqui. Tome isto. Beba mas cale a boca. Beba, beba, vamos.

Cheio de amargura Dangerfield pegou a meia coroa. Sussurrou no ouvido do homem atrás do balcão. Chegou até O'Keefe com uma garrafa de aguardente de maçã e uma garrafa de cerveja para si. Nos olhos de O'Keefe um leve toque de névoa. Dangerfield pôs o troco no balcão. O'Keefe afastou-o com as costas da mão. Sebastian enfiou-o no bolso.

– Olha, Dangerfield. Quando alguém peidava em minha casa a gente sentia o cheiro em toda parte. A cada refeição sete pares de mãos avançavam para uma montanha de macarrão. Lutas e discussões. Blá-blá-blá. Estou aqui porque quero me ver livre daquilo para sempre e há uma coisa que pode conseguir isso para mim e é o dinheiro. Mas a mim tanto faz a vida que você leva, se bebe até morrer, se vai matar Marion, mas, para mim, chega. O que eu tenho depois de dois anos aqui? Neste saco está tudo que possuo neste mundo.

– Estou só tentando ajudá-lo, Kenneth.

– Bem, é o que você pensa. Você está me sugando. Não quero viver sustentando você.

– Não é a isso que me refiro, Kenneth.

– Estou falando sério. Não me importo se nunca mais o vir até o fim de meus dias. Você pode morrer à míngua na sarjeta que para mim tanto faz. Só quero é o meu dinheiro de volta e você pode continuar a se matar de tanto beber.

– Palavras amargas, Kenneth.

– O que me resta de todo o tempo que passei aqui? Nada. E tudo por causa de pessoas como você. Os irlandeses são sempre os mesmos, estejam onde estiverem. Rostos condensados em máscaras de sofrimento. Reclamações e desculpas. E toda essa irritação, altercação, rixas e petulância do irlandês. Está me ouvindo? Estou cheio disso. Detesto isso tudo. Pensei que ia encontrar escolas onde pudesse me tornar um bom engenheiro eletricista. Arrumar um emprego firme. Ganhar bom dinheiro. Ter filhos. Não, não quero ter filhos. Não quero ser sugado. E ouvir algum padreco irlandês dizer este é o segundo domingo depois de Pentecostes, haverá café com leite depois da comunhão e quero que todos vocês depositem um dólar na bandeja. E toda a vez que tenho a chance de me livrar disso tudo alguma coisa me impede.

— Você está aborrecido, Kenneth. Tenha calma. E lembre de que a pobreza é sagrada. Não se mate para se livrar. Todas essas outras coisas virão com o tempo. Vou cantar uma pequena canção para você.

> *Lá longe*
> *Nas regiões*
> *De Kerry*
> *Há um homem*
> *Dentre os mortos*
> *Que está feliz.*
>
> *Este homem*
> *Parou na calçada*
> *E bateu os pés no chão*
> *Mas ninguém lhe prestou atenção.*

## 20

Chegaram a Geary. O mar fica bem lá embaixo destas ruas num vaivém constante. É preciso se agachar para passar debaixo destas nuvens. Oh, senhora, se agache um pouco, preciso lhe dizer uma coisa. Aqui em cima é como pão macio e as mesquinharias se refugiam e se escondem. Costumava subir aqui. Pegar as minúsculas criaturas apanhadas nestes berços de cristal. Como eu. Até que levaram embora o sol e me deram um peito cheio de ais.

No correio. De Geary. Dangerfield aproximou-se do balcão abruptamente. Bateu os calcanhares.

— Por favor, meu amigo, poderia ver se há uma carta para Percivil Buttermere?

Funcionário voltando-se para uma fileira de caixas. Dangerfield rodando nos calcanhares. O'Keefe triste ao lado.

Um apóstata. Homem murmurando, procurando. Quem espera sempre alcança. Alguns sorrisos de culpa.

– Tenha fé, Kenneth. Dizem que muitas coisas se constroem com fé. Oh, gostaria que o mundo tivesse mais fé.

– Não tenho piedade nenhuma pela dor que você está passando.

Funcionário ainda procurando. Tira uma carta para fora para poder conferir melhor. Põe de volta. Chega ao fim. Resmungando e resmungando.

– Sinto muito, cavalheiro, nada para Buttermere.

– Que é isso? Deve haver algum engano. Um engano, sem dúvida. Ou com dúvida.

O'Keefe ergueu os ombros até a altura da cabeça. E deixou-os cair devagar. Mudou a posição da sacola e dirigiu-se para a porta. Levou seu cansado eu para a rua.

– Vou procurar de novo para o senhor.
– Por favor. É um assunto muito importante.
Funcionário, míope e murmurando.
– Há Butcher, Buttimer, há Buttermede.
– Pode ser essa.
– Está borrada.
– Deixe-me dar uma olhadela.
Som de papel rasgando.
– É esta mesmo. Ding dong. Saiam daí, sua cambada de salafrários, e tratem de fazer alguma coisa.
– O que foi que o senhor disse?
– Um pensamento.
– Ah.

Um gato, os olhos em brasa. Havia três notas de cinco libras e outras de menor valor. E uma carta. E um momento de hesitação e um instante de animal. Lendo estas doces palavras celtas.

TA GUIG PUINT STERLING INIOCTHA AS AN NOTA SO LE N-A SHEALBHOIR AR N-A EILEAMH SAN SO I LUNDAIN.

Na rua. Sozinho. Por acaso disse que esta fé era desmedida? Ou apenas disse que era como "tamale quente"?

Confiram, por favor. Ah, sim, colocar essa coisa marrom no meu bolso. Vou ver se consigo subir esta rua. O'Keefe desapareceu.

Sebastian dirigiu-se apressadamente para um edifício que tinha uma águia sobre a porta no qual estavam servindo bebida alcoólica.

– Bom dia.

– Bom dia. Ponha uma garrafa de brandy no balcão.

– Cheia?

– Cheia.

Surgiu uma figura. Ao lado de Dangerfield. E uma mão estendida. Palma da mão ávida.

– Muito bem.

– Kenneth, não quer me acompanhar?

– Dê meu dinheiro. Só isso. Você seria capaz de me deixar sem um centavo.

– Precisava trocar o dinheiro.

– Você é um vigarista refinado e de onde está vindo esse dinheiro?

– Ó vós, os de pouca fé. Vamos passar uma noite maravilhosa. Você ainda tem seu torrador de café?

– O dinheiro.

– Pois bem, Kenneth, se é assim que você quer. Mas só posso dar quatro.

– Inferno. Quatro então.

– Você é meu convidado. Vamos jantar com a srta. Frost. Seja camarada. Acho que ela dá, Kenneth. Talvez valha a pena investigar. Não gostaria de provar um pouco daquilo que se faz no escuro?

– Você é um vigarista refinado. Seria capaz de me deixar voltar para Dublin sem um centavo. Vou ver Lady Eclair amanhã e não quero que nada atrapalhe o negócio. Preciso pegar o ônibus das onze e meia para Roundwood. Vou indo.

– Não vá, pelo amor de Deus, Kenneth.

Eu conheço você. Não quero ver minha vida envolta em constante névoa. Você vai passar a noite inteira conversando com algum mendigo.

– Ora, Kenneth, você é um homem que fala fluentemente grego e latim, um homem de tanto conhecimento inútil, versado em humanidades, que sabe o que Platão disse aos seus alunos, atraindo-os para trás das moitas. Você pensa que toda essa rispidez vai adiantar alguma coisa? Vou dar parte de você à Congregação Mariana.

– Até logo.

– Por Deus, fique. Atenda ao meu pedido, Kenneth. Não me abandone neste momento de amargura. Ou de dinheiro. Beba. Lema. Beba. Vamos, Kenneth. Desembuche. O mundo é maravilhoso.

– Como você conseguiu o dinheiro?

– De além-mar.

– Verdade?

– Absoluta.

– Deve haver sujeira aí.

– O nome de Dangerfield nunca se envolveu nem se envolverá com tal coisa.

– Você está tramando alguma coisa.

– Passamos por tempos estranhos, Kenneth. Muito estranhos. Há um mundo aí fora cheio de pessoas com olhos e bocas. Os olhos veem coisas e as bocas querem as coisas que os olhos veem. Oh, mas não conseguem. É assim que está tudo estabelecido. As coisas precisam ser desiguais senão nada acontece. Homens como você, que querem ter um conhecimento carnal das partes secretas femininas e coisas do tipo e principalmente daquela coisa que elas têm no meio das pernas, que não conseguimos atingir tão facilmente sem primeiro arrancar as ligas e as barbatanas. Está a sua disposição mas você não alcança.

– Eu alcançarei.

– Espero que sim. Mas se não conseguir alcançar, não fique amargo, Kenneth. Essas coisas existem por alguma razão. Santas e não santas. Você é um homem preparado para enfrentar a velhice. Não perca seu tempo com esse apetite sexual. Nós somos os aristocratas naturais da raça. Aparecemos antes do tempo. Nascemos para sermos maltratados pelos outros com os olhos e as bocas. Mas pessoas como eu, Kenneth, aceitam tudo da mesma maneira de toda espécie de pessoa. As classes de profissão liberal são exceção e é entre essas classes que gostaria de me colocar mas eles querem zombar de mim e me escorraçar, expulsar meus auxiliares e amarrá-los no pelourinho com uma placa, Dangerfield morreu. É isso que querem ouvir. Mas não sou amargo. Sou todo amor. Quero mostrar o caminho certo mas só recebo insultos e chacotas. Mas há os que dão atenção. Compensam tudo. Aceite meu conselho, Kenneth. Volte. Volte para a sua igreja. Esqueça esse negócio de ganhar dinheiro e morar numa bela residência com poltronas macias e confortáveis e com uma criada irlandesa pondo toras de lenha na lareira e servindo o chá. Tire essas roupas novas da cabeça e calças forradas com cetim e sufoque os desejos da carne, a tara dos seios, a necessidade da vagina. Você não quer um Impala e um criado, superficialidade e orgulho, ou relvados à beira do lago e jardins floridos onde a gente se senta pensando em ganhar mais dinheiro. Tudo que almejo da vida, Kenneth, é o direito ao meu próprio lugar e que os outros conservem os seus. As pessoas comuns que voltem para onde pertencem. E se não for perguntar muito, Kenneth, o que devo fazer para passar nos exames?

– Estudar.

– Minha cabeça está vazia.

– Que diabo. O que está acontecendo com você?

– Kenneth, sou um fracassado. Não vou passar. Preciso jantar com meu instrutor mas não posso aparecer envergando estes trapos horrorosos e com a palavra fome escrita em volta dos olhos.

– Inferno. A despeito de tudo, adoro este país.

– O que é isso, Kenneth, perdeu o juízo completamente?

– Adoro.

O rosto de Dangerfield da cor do ouro, os olhos faiscantes como chamas. O'Keefe empoleirou-se numa banqueta, sua sacola balançando entre as pernas. Sebastian despejando o brandy.

– Como é bom ter com quem conversar, Kenneth. Tenho estado um pouco solitário ultimamente.

– Este país pode se tornar tão exasperador mas só o fato de estar em Dublin me deixa todo eufórico. Vibro da cabeça aos pés. E sem nada no bolso a não ser o suficiente para uma xícara de café no Bewley. Costumava ficar acordado à noite decorando novas palavras em francês e sonhando com o dia de voltar. Se eu puder abrir um restaurante com o dinheiro que economizar com este emprego, estarei contente.

— Tudo de que você precisa são algumas cadeiras, mesas, garfos e muita gordura rançosa.

— É.

— Precisa ser bem moderno.

Dangerfield mostrando o leste com um dedo nervoso.

— Vou para lá, Kenneth. Atravessar o mar da Irlanda e gozar a vida. Fiz meus planos. Se a gente permanece demais na terra dos beberrões nossas diversas glândulas vão se atrofiando. Sol e dança. E, quem sabe, algumas canções.

— Divirta-se com suas canções e sua dança. Preciso ir andando. Até mais.

— Não vá ainda.

— Até mais.

O'Keefe deu as costas e atravessou a porta. Dangerfield contando os vaivéns da porta.

Sou amigo de todas as espécies. E dos animais também, desde que não apelem. Alguns precisam ser colocados em jaulas mas, oh, bem que o merecem. Tudo é sempre certo e justo, de certa maneira. Regras do jogo. Mary dos seios grandes com o pai perverso. Correndo atrás de você pela casa, você na sua camisola, ele com uma vassoura. Nunca se sabe o que está acontecendo nessas casas dos subúrbios. Precisamos tomar cuidado com esses incestuosos. Tenho srta. Frost como amiga, e Mary tem fé. Preciso ler este pequeno recado.

> *Querido Sebastian,*
> *Espero que esta o encontre bem de saúde. Por favor, me escreva dando notícias. Por favor, tente dar um jeito de me ver porque estou muito só e preocupada porque meu pai está desconfiando de alguma coisa e ameaçou escrever ao banco. Diga-me que dia devo partir para Londres e onde encontrá-lo. Meus irmãos foram para Cavan para ficar na fazenda de meu tio.*

*Por favor pense em mim e escreva. Quero tanto vê-lo novamente e dormir com você. Escreva, por favor.*

*Com todo o amor da*
*MARY*

Saiu com a garrafa. Sob a águia. Respirando o ar puro. Noite e Irlanda. O mesmo que lamber o orvalho das folhas. Devorando o verde. Em direção à Geary Road. Não confio nesta alegria aguda. Infelicidade é o meu forte. O'Keefe será apanhado por Lady Eclair. Ele se engraçará com uma criada. E Eclair baterá nos seus fundilhos com uma Bíblia. Pobre mestre-cuca. Sou de opinião que não passarão mais do que uns poucos dias para que eu veja o fim.

Empurrou o portão da frente. Um pouco encarangado. Raio de luz passando pela janela da garagem, vindo da cozinha. Preciso dar uma olhada. Farei de conta que sou Egbert e vou investigar. Poucas janelas para olhar. A porta dos fundos trancada. Ótimo, srta. Frost. É assim que gosto de ver as coisas, cada um cumprindo sua obrigação.

Sebastian bateu à porta. A sombra da srta. Frost girando a chave. Sorriu. Um pouco tímida ao redor dos olhos, um pouco embaraçada ao redor dos dentes, seu rosto cintilando.

– Boa noite, srta. Frost.
– Boa noite, sr. Dangerfield, apanhou muita chuva?
– Não. Está tudo ótimo.
– Uma amiga me arrumou um pouco de salsichas de Bray.
– Ótima notícia. Como vai, srta. Frost, vamos, diga-me, como vai?
– Ah, vou bem. Um pouco cansada. Estive trabalhando na loja hoje.
– De pé o tempo todo?
– Sim.
– Srta. Frost, me dê um beijo.
– Oh, sr. Dangerfield.

Sebastian aproximando-se sob a luz forte da cozinha. Colocou a garrafa de brandy sobre a mesa e pegou a mão dela. Apertando os dedos com força e ela largou a frigideira que caiu no chão. Srta. Frost com seu suéter cinza e sua boca um pouco descontrolada. Este homem perverso de Marte passando a mão em suas costas. Apertando com dignidade. E aconteça o que acontecer, se acontecer, estará tudo certo. Sussurrando no ouvido da srta. Frost.

– Srta. Frost, seu pescoço é encantador. Lamber suas orelhas. Já lambeu orelha alguma vez? Oh, srta. Frost, não sabe o que é bom, de cima até o lóbulo. Principalmente o lóbulo. Tocar nesses pedaços de carne macia.

– Oh, sr. Dangerfield, o senhor vai acabar arrancando.

– Macios.

– É assim que o senhor gosta?

– Misturado com os olhos.

– Hi, hi.

– Olhos.

– Continue.

– Srta. Frost, vamos pôr as salsichas naquela bela frigideira? Passe um pouquinho de manteiga. Chiar. Oh, acho que vai ficar uma delícia com um pouco de bebida. Como é, srta. Frost, temos um pouco de alguma bebida para acompanhar?

– Hi, hi. Por favor. Calma.

– Agora vou beijar um pouco os seus ombros também. Molhá-los com meus beijos. Depois a senhorita tira a roupa, não tira, srta. Frost? Depois? Tira? Cheira só. O chiado. O estúpido chiado das salsichas, srta. Frost. E sabe, srta. Frost, que a senhorita é uma ótima pessoa?

– Você andou bebendo bastante.

– Uns tragos pela rua. Que ninguém nunca diga que andei pelas ruas e avenidas sem abastecer de combustível o meu pobre coração. Ouça suas batidas. Vamos, ponha a mão. Aqui. Um pouco fraquinho agora mas vai melhorar depois que enfiar meus dentes nesta carne. Carne.

– Santo Deus.

Sebastian soltou a srta. Frost. Este seu suéter e suas formas salientes. E suas ancas têm um suave molejo. Quero apertar a ponta do meu nariz quente na sua orelha branca e fria. E cheirando este pão fresco. Espalhar os sucos por entre os dentes. Eu acho, meu Deus, que somos apenas dois pequenos partidores de pão. Quero um grande pedaço. Grande o suficiente para entrar. Segurança. Srta. Frost, tire a minha roupa e me ponha dentro de uma grande fôrma de pão. Com a crosta ligeiramente dourada. Meus ouvidos e meus olhos flutuam. Faça isso para mim, me ponha lá e me salve. Pequeno corpo nu, encolhido de medo do mundo, me enrole inteirinho como esses nômades silenciosos e me ponha dentro do pão. Não queime meus ovos, apenas tostados e macios, gordurosos com uma crosta dourada. E me tire para fora de manhã, assado no ponto certo e coloque sobre a mesa. E eu estarei dentro do pão. Meu pequenino eu com meus olhos maravilhosos e estranhos enxergando melhor do que nunca. Então, srta. Frost. Me coma.

Dangerfield cortando o pão. Uma pilha pequena e uniforme. Me sinto como um barco louco perdido nas águas inglesas gritando ei, vocês aí, seus miseráveis no porto, a estibordo ou em qualquer lugar. Estão loucos? Querem nos afundar? Ou me jogar ao mar? Ou me enforcar com o cordame? Atirem com todos os canhões. Estamos em alto-mar, seu bando de porcos ordinários, e quando eu digo para atirar, atirem. Devorem todos os ovos e por Deus, qualquer ereção levará à guilhotina.

– Srta. Frost, tenho uma declaração a fazer. Eu a amo.
– Tome cuidado, sr. Dangerfield, o senhor vai se cortar.
– Amo.
– Cuidado com o que está fazendo.
– Me deixe repetir. Eu a amo.
– Não acredito.
– É verdade, srta. Frost, e são poucas as pessoas ou ninguém a quem posso dizer isso. Para mim é melhor viver neste mundo com algumas coisas agradáveis do que sem nenhuma. Ponha aquela carne aqui. Está vendo, há um modo certo de fazer, assim diz O'Keefe, dê uma sacudidela na frigideira e ela desgruda completamente. Sou fanático por azeite de oliva. Agora tomar um trago. Já viu alguma vez cor tão bonita? Quer dar uma cheirada? A senhorita diria que há um certo toque de suavidade agora, srta. Frost? Diria?

– Está tudo muito bom.

A srta. Frost encostando-se na pia, olhando para Sebastian cuidadosamente com olhos brilhantes. Ele sentado numa cadeira branca de cozinha, esperando pela fritada. E mete os dedos nas salsichas e as salsichas descem garganta abaixo.

— Está ótimo, srta. Frost. Mas há outra casa na Pembroke Road que vende certa carne que somaria dez anos a sua vida. Precisa de um pouco de alho.

— Não, sr. Dangerfield. Alho?

— Por que não, srta. Frost, alho, isso mesmo, alho.

— Alho tem cheiro forte.

— É isso que queremos, srta. Frost. Queremos aquele cheiro. Oh, vou conhecer ainda dias maravilhosos. Estou pensando seriamente em comprar uma nova xícara grande para o café da manhã. Adoro o café da manhã. Vamos mudar as coisas. Muitas coisas. Algumas grandes. Outras pequenas. Srta. Frost, posso confiar em que a senhorita não revelará o segredo, que não dirá uma palavra? Posso? Mesmo que eles lancem o anzol ou outros instrumentos irlandeses, posso?

— Pode.

— Srta. Frost, é alto segredo, uma questão de Estado que acabaria com a Irlanda e comigo também se alguém descobrisse. Vou para Londres na sexta-feira.

— Não acredito.

— Pois vou.

— E o que vai fazer?

— Umas tantas coisas. Liquidação geral. Preciso descansar um pouco da tensão. Há uma porção de coisas a esclarecer, minúsculos grãos de areia na vaselina. Srta. Frost, lhe quero muito bem. Sabia disso?

— Oh, sr. Dangerfield. Não sei de nada do que lhe aconteceu. Gosto do senhor também.

— Não sabe o que, srta. Frost?

— Entre nós e as coisas.

— Me diga.

— Não sei. Às vezes sinto que estou certa e depois não sei o que é que vou fazer. Na minha igreja é pecado mortal. Deus me perdoe mas quem dera não fosse verdade e que não passasse de um monte de mentiras. E na loja ficam de olho em mim. Se alguém algum dia descobrir, penso que vou morrer e com este pecado vou ser condenada ao fogo eterno.

– Beba um pouco mais, srta. Frost.
Enchendo seu copo com brandy.
– Um pouquinho só, por favor.
– Continue a história.
– Num país como este uma moça como eu não tem vez. Não me casarei senão quando for já bem velha, e eles exigem tanto dinheiro e um sítio e tudo que possam aproveitar. A única coisa que estão realmente procurando é dinheiro. O senhor é a primeira pessoa que conheço que não dá importância alguma ao dinheiro.

– Bom, não sei, pode ser, mas não afirmo que isso seja bem assim, srta. Frost.

– Neste país mulher não tem vez.
– Concordo plenamente
– E tenho tido sonhos horríveis. Fico apavorada. Acho que não deveríamos nunca mais fazer isso. Quem me dera pudesse fugir. Sei que falam de mim no emprego.

– Ora, srta. Frost, não deixe que essas ninharias a aflijam. Esqueça.

– Mas não é só isso.
– O que é mais, então?
– Se alguém descobrir que vivo sozinha com o senhor nesta casa, sem a sra. Dangerfield por aqui, seria o meu fim, e pode crer que eles descobrem, eles não perdem nada. Iriam então ao padre e ele estaria aqui num instante.

– Enquanto tivermos bebida estamos prontos para recebê-lo, srta. Frost. Confie em mim.

– Vi gente espiando.
– Quando?
– Durante muito tempo do outro lado da rua.
– Transeuntes.
– Espiões, sr. Dangerfield. Tenho certeza.

– Ora, deixe disso, um pouco de salsicha. Tudo acabará bem, srta. Frost. Não há nada para se preocupar, melhores dias virão. Bip bip. Dias de fartura.

Sebastian reclinou-se na cadeira e olhou a srta. Frost nos olhos. Fios curtos de cabelo crescendo perto das orelhas. E ao redor de seu nariz a carne sobe um pouco. Coisa que nunca notei antes. Para mim você é apenas uma garota, srta. Frost. É isso que a senhorita é. A senhorita precisa de alguém que tome conta de você, essa é que é a verdade. Vamos, deixe-me protegê-la em minha pequena floresta onde as gralhas gritam em todas as árvores. E penetram pelas portas de minha casa. Elas são muitas para todas. Porque a senhorita não gosta das pessoas, não confia em ninguém. A minha, quero de bronze por causa do peso e da aparência, com dobradiças de boa qualidade. Olha. Dangerfield. S.D. escrito bem grande sobre ela. Afastam pessoas como Skully. Direi, Skully, poderia sair do caminho para meu criado fechar essa enorme porta? Fechada. Que alívio. Ninguém pode avaliar o grande alívio que é fechar a porta para pessoas assim. Ou então um jardim cercado de muros. Muros com cinco metros de altura e meio metro de largura. Bem sólidos. Cem acres de jardim. Labirintos de trepadeiras para me perder neles. Carvalhos. Magnólias e chorões. Meu coração se conforta e fica radiante sob os chorões. E então se ouvirão milhares de sinos. E sinos são bolas. Todos os sinos todas as bolas. Grandes e pequenos, dependurados por toda parte. Toque-os. Toque-os feito louco. Eu o doido místico. Encher meu pequeno e saudável jardim de sons e a criança que existe dentro de mim andará de gatinhas pelo jardim inteiro enquanto meus sinos tocam e os pássaros cantam e toda a minha vibração dança comigo, cheio de todos os silêncios, e eu me sentarei e ficarei pensando sob a luz pura e esta parte do meu corpo eu posso dependurar nas árvores.

– Sr. Dangerfield, por que o senhor não acredita no inferno e coisas assim?

– O inferno foi feito para os pobres.

– Ih.

– Srta. Frost, acho que sou um homem de futuro. O que a senhorita acha? Acha que eu tenho futuro?

– Claro, acho que o senhor tem um belo futuro. Será advogado.

– E todos os cabedais e a cadeia e o incógnito. Tudo isso.

– Acho que o senhor seria um sucesso em qualquer coisa, sr. Dangerfield. Acho que seria um sucesso principalmente no comércio.

– Acho que seríamos um sucesso se jantássemos agora, srta. Frost. Estou com tanta fome que meu estômago está subindo na garganta.

– Oh, sr. Dangerfield.

– Vamos dar graças ao Senhor, srta. Frost. Ajoelhe-se e agradeça por estas salsichas. Nós dois de joelhos. Mas nunca bata num homem quando ele estiver ajoelhado. Espere até que ele tente se levantar e então, por Deus do céu, pau nele. Bem no meio dos olhos. Acho que minha fé ilimitada está acabando comigo, srta. Frost. Estou com vontade de arrasar esta casa.

– Não acredito em nada do que o senhor está falando.

– Um pouco mal passado. Todos os tipos crus me atraem.

A srta. Frost mexendo a frigideira, fazendo círculos em cima do fogo. Som de gás escapando. Nas horas extremas. O desespero da pressão que desaparece. Esses malditos sujeitos da companhia de gás. Ninguém mais realiza um trabalho decente hoje em dia.

– O senhor é uma pessoa bem estranha para se conviver, sr. Dangerfield.

– A senhorita não pode estar falando sério.

– O senhor é diferente das outras pessoas.

– Bem, pode ser, pode ser. Talvez haja alguma verdade no que a senhorita diz.

– Sr. Dangerfield, poderia me passar seu prato? Por que o senhor rega aquela plantinha da frente com um conta-gotas?

– Srta. Frost, a senhorita tem me espiado. De olho em mim nos meus momentos de segredo.

– Não é verdade. Mas por que o senhor faz essa coisa tão engraçada?

– Estou envenenando a planta.

– Deus tenha compaixão de nós.

– Dê uma olhadela naquela planta lá fora, srta. Frost. A senhorita não acha que ela já viveu demais neste mundo?

– Oh, sr. Dangerfield, não sei o que dizer. Pobre plantinha.

– Há alguma coisa dentro de mim, srta. Frost. Comecei a pensar comigo mesmo: por que não incuto qualquer coisa nessa planta que a mate?

– O senhor não está falando sério.
– Sou um assassino.

No ar o cheiro de carne cortada e de brandy. Um silvo suave e vagaroso do vento passando por debaixo das portas. E no meu coração uma mágoa. Primeira mágoa do fim. Oh, que semana estranha de estranhas coisas. De planos e movimentos. De encontrar O'Keefe, a besta selvagem. Desses tumultos esquisitos nas ruas. Tudo florescendo numa semana fria de inverno. Meses de cama com as cobertas todas retorcidas pela minha angústia. As coisas incríveis que passavam pela minha mente como tempestades que me faziam acordar com as pernas girando no ar gelado. Preciso de outro corpo. Já tentei colocar toalhas quentes nos olhos e preparei um bálsamo para meu alívio mas com esses produtos falsificados a gente precisa tomar cuidado. Já tentei emplastros de mostarda, cobri meu corpo com eles e nunca me esquecerei da besteira que fiz. Mas estou em melhores condições agora. Não posso reclamar. Mas não ficaria triste com uma mudança completa.

A srta. Frost e Sebastian Dangerfield sentados na fria sala de jantar comendo salsichas de Bray e bebendo um bule de chá. Um de frente para o outro, baixando os olhos para a comida e erguendo-os novamente um para o outro. Sorrisos.

Este já não é mais um lar? Tenho a sensação de que todos os meus lares ficaram para trás. Esta só é uma casa porque tenho a impressão de que já penhorei quase tudo que havia nela exceto a srta. Frost. Rock ficou para trás. Balscaddoon. Rock. Doon e Trinity. E o primeiro dia em que lá estive quando desci do bonde de assentos verdes em frente do portão principal. E lá estava a universidade vista através dos meus olhos apreensivos. Um vento gelado cortante. De terno novo, camisa branca e gravata preta. Me sentia muito bem vestido para o fracasso mas muito importante porque olhavam para mim. Ali estava a guarita do porteiro e um pátio de estacionamento e num edifício vejo contorções de vidro, chaminés e fios de eletricidade lá no alto do telhado, projetando-se contra o céu. Tenho tanta vontade de aprender. Saber o que se pode fazer com ácidos e ésteres e fazer com que minhas experiências reajam na mesma hora que as de todos vocês. Desde a primeira palavra que me disserem vou me lembrar de tudo. A caminho do escritório do meu instrutor. Através dos campos, verde-escuro e veludo. Que coisa agradável estes bancos onde posso sentar olhando, lendo ou outra coisa qualquer debaixo dessas árvores. Sinto que os últimos dias do verão ainda estão presentes no ar. E ao longo destes canteiros de flores ainda perfumados entrando nesta bela pracinha onde os ricos membros da universidade moram atrás do granito e de amplas janelas. Como gosto disso. Encontro um homem enchendo um balde de água em uma bomba verde. Faz um gesto com a mão me saudando. Como posso causar uma boa impressão – apertar o nó da gravata, talvez sorrir? Espero que todos notem que estou ávido, ansioso por prestar atenção, pronto a tomar nota de tudo durante todos os quatro anos. Aquele edifício ali deve ser a biblioteca porque vejo prateleiras e mais prateleiras de livros. Vou levar um emprestado e ler. Prometo. Que bons fados me trouxeram aqui porque é tudo tão bonito. Me contaram que os bolsistas podem jogar bolinhas de gude nas escadas do refeitório e jogar pedras nos passarinhos do parque da universidade. Ótimas regras. Talvez algum dia me encontre entre os melhores jogadores. Há pequenos agrupamentos de estudantes e ouço suas bonitas vozes à medida que passo por eles. E não posso deixar de olhar para todos os rostos procurando encontrar aqueles que também vão fracassar. O resto de minha existência sem um diploma. Quase chego a desejar que alguns anjinhos brancos desçam batendo as asas e me levem embora ou então levem meu medo. Atravessando a praça coberta de pedras redondas, um sino tocando, caminhando para o edifício número oito. Subindo as escadas gastas de tanto uso encontro uma porta aberta. Vou bater de mansinho para não parecer mal-educado. Mãos fora dos bolsos. Fazer tudo direito. Sempre esperar até ser perguntado. Entrar. Por detrás da porta ele está me dizendo que entre. Como vou andar para não fazer barulho com o salto do sapato? Disse da melhor maneira possível que meu nome era Dangerfield e ele disse ah, encantado, por favor, entre. Montes de papel por todo canto e livros. Deve ter estado sempre assim desde a criação. Belas mechas de cabelo branco na cabeça simpática do homem, um sábio em grego e latim, sem dúvida. Ah, Dangerfield, muita satisfação em vê-lo aqui e espero que sua travessia pelo Atlântico tenha sido agradável. Meu Deus, o homem está me dizendo que está satisfeito em me ver aqui e o que vou dizer. Não consigo dizer nada, não consigo abrir a boca porque estou tremendo. Espero que não seja indício de que alguma coisa horrível vá acontecer. Ele está apenas sendo cortês e dizendo, muito bem Dangerfield, quero apresentar-lhe Hartington, é Hartington, não é? E uma pessoa alta em pé na sombra da sala deu uns passos à frente, disse sim e me estendeu a mão. Vocês vão assistir às mesmas aulas juntos. Tentei dizer ótimo, não consegui e disse finalmente como vai. Nosso instrutor remexeu em um monte de papéis, achou uns panfletos e disse espero que o senhor se sinta muito bem aqui conosco sr. Dangerfield. E agora o que posso dizer, apanhado por esta casual mostra de amizade. Quis tanto que eles ficassem sabendo que eu certamente me sentiria bem, mas já era tarde, não houve mais tempo para dizer e louco de alegria emudeci. Naquela fria manhã de outubro saí daquela sala cheio de livros e papéis acompanhado daquela pessoa alta e estranha que me perguntou suave e vagarosamente que tal tomarmos uma xícara de café. Quase fui capaz de dizer obrigado, gostaria muito mas comecei a sorrir tão amavelmente querendo agradar.

Se houvesse música o tempo todo. Ouço a torneira pingando no banheiro. A srta. Frost lavando a cabeça. Tomando meu último gole de brandy, balançando na beirada desta cadeira. Londres é uma grande cidade. Dou um jeito. O que interessa é chegar lá. Só isso. Levar pasta de dente. Colocá-la com cuidado num saquinho. Na esquina da Newton Avenue com Temple Road está erigida uma cruz para indicar o fim do Pale\*. E estou fora dele agora em mais de uma maneira. Inclino minha cabeça para a frente, lambo os lábios porque estão secos e percebo que a beirada do tapete foi destruída pelos pas-

---

\* Pale: região ao redor de Dublin sobre a qual somente os conquistadores ingleses da Irlanda mantiveram domínio antes que Cromwell subjugasse a ilha. Seus limites variavam de acordo com as variações do domínio inglês. (N.T.)

sos das pessoas. Minha mão na testa e sobre os olhos. Esqueci tanta coisa. Muita coisa aconteceu, muita confusão. Me sinto entorpecido depois de ter fertilizado. O momento da paternidade chega no nascimento. Malarkey me explicou tudo. Acho que ele gostaria de me ver fertilizar mais frequentemente, me disse que é uma alegria ter filhos. Agora sei. Que alegria.

Pia do banheiro esvaziando, água descendo pelo ralo. Deve estar passando por baixo da Geary Street e vai desaguar na Scotsman's Bay. A srta. Frost estará torcendo a água do cabelo. Sei que ela usa vinagre para enxaguar. Do banheiro, o som abafado de seus passos pelo corredor. Sua porta batendo de encontro à cadeira verde. Móveis escuros em seu quarto escuro e úmido. Costumava ir lá só para dar uma espiada. Tão distante e escondido. Quarto sem relações. Passo a mão nos tecidos. Esta casa do fim da rua. Pouco sabem vocês aí fora, transeuntes e talvez espiões, quanto desespero e urros em busca do amor circulam nesta casa amortalhada.

A srta. Frost de pé junto à porta com seu roupão grosso de lã, seu pijama verde, seus chinelos vermelhos. Sebastian ergueu os olhos vagarosamente.

— O senhor está tão cansado, sr. Dangerfield. O senhor parece estar tão cansado.

Sebastian sorriu.

— É. Estou.

— Vou fazer um pouco de chocolate para o senhor antes de o senhor ir dormir.

— Srta. Frost.

— Sim?

— A senhorita é muito bondosa.

— Deixe disso.

— Srta. Frost, estou exausto. O que a senhorita vai fazer quando eu for embora? Estou preocupado.

— Não sei.
  Mudar para outro lugar?

— Acho que sim.

— Sair da Irlanda?

— Não sei.

— Saia.

– É um passo e tanto.
– Venha comigo, srta. Frost.
– O senhor não quer que eu vá.
– Não diga isso.

Sebastian caiu para a frente. A srta. Frost o apanhou por baixo dos braços e ergueu pela metade este corpo leve pondo-o em pé. Levou-o vagarosa e cuidadosamente para o seu quarto. Abaixando-o na beirada da cama. Ele sentou aí com os cotovelos nas coxas, mãos dependuradas do lado.

Sonhando com o pôr do sol. Pregado numa cruz e olhando para baixo. Nicho de tristeza resignada e mística. Banhado em lágrimas. Nunca sábio demais para chorar. Ou para não aceitar estas coisas. Aceite-as. Guarde-as com cuidado. Delas nasce o amor.

A srta. Frost caminhou da porta timidamente, sua cabeça um pouco inclinada e um vermelhão espalhando-se por debaixo da pele de suas têmporas. Havia uma mancha a meio caminho do nariz. Seus cílios escuros e cintilantes, a pele fugidia ao redor dos olhos. Alguns fios de seu cabelo e da idade de 34 anos. A vulnerável base de seu crânio. Nunca voltar e olhar para trás quando estivermos andando. Mas os pés dela caminhando com dedos vermelhos. Aquela parte de seu corpo que eram seus arcos cadentes, seus tornozelos bem torneados que punham um terno toque em seus olhos. Pois as mulheres são criaturas solitárias, mais solitárias na companhia de outras mulheres e de outros homens, cercadas por filhos sem sol e pelas pequenas coisas que desaparecem durante os anos de expectativa. E corações. E como o amor era tão redondo.

> *Se*
> *Houver um sino*
> *Em Dingle*
> *E você quiser dizer*
> *O quanto você está sentindo*
> *Minha partida*
> *Toque*
> *E ouça seu badalar*
> *Dim-dom.*

# 21

Quarta-feira. Naquela manhã Dangerfield pegou do chão da área da frente, forrada de contas, um cartão-postal dos lagos de Killarney com uma inscrição ao lado, um poema.

> *Meu coração anseia*
> *Por essa paisagem amiga*
> *Com seus lagos límpidos e azuis*
> *Naquelas paragens longínquas e verdes.*

Virando o cartão.

> *Estou em maus lençóis. Encontre-me no bar do Jury's, quarta-feira, sete.*
> *DUQUE DE SERUTAN (aposentado)*

Dangerfield pegou o bonde barulhento e foi a Dublin. No começo da Dawson Street, ele saltou cuidadosamente daquele veículo estridente. Andando rápido, rosto desviado para a esquerda para olhar as vitrines e evitar os olhos. Na casa Brown e Nolans, noto que há belos livros, que satisfação nunca ter de consultá-los. É assim que sempre deveria ser, economiza tempo. Recebi cartas desta excelente firma. Corteses. Diferente dos outros. Dizem talvez prezado senhor, o senhor esqueceu-se de pagar uma pequena importância, ou então, ficaria bem ao senhor que enviássemos a conta todo ano. Sim, todo ano, lhes respondi. Deus do céu, como o tempo voa.

Há um cheiro agradável na porta do restaurante. Lá dentro todas essas pessoas, ricas e contentes. Algumas saindo. Entrando naquele carro luxuoso. Essa elegância faz bem ao meu coração. Sei de mais uma coisa de que preciso. Com uma rápida manobra dos pés entro no estabelecimento pela entrada lateral. Garota atraente me dá um copo de malte porque não consigo enfrentar os derrotados na batalha sem alguma coisinha que acalme meu próprio desespero.

Atravessou College Green. Uma olhada no relógio de Trinity. Sete e cinco. Menino vendendo jornais. Homem dá um *penny*. Aqui tem o meu coração, filhinho. Sua mãe é irlandesa também? E filhinho, um *Evening Mail,* por favor. E aqui está meio *penny* para você. Que o senhor tenha melhores dias pela frente.

Sebastian entrou no Jury's pela porta do lado. Sentado num canto distante, semiencoberto por uma folha de palmeira, encontrava-se o duque aposentado. Em sua frente, sobre a mesa, um copo com brandy.

— Pelo amor de Deus, Kenneth.
— É você.
— Ah, Kenneth, sou eu.
— Você está vendo um homem completamente arrasado. Vou beber até cair no chão.
— As palavras mais sábias que você já pronunciou.
— Estou liquidado.
— Me conte o que aconteceu.

Dangerfield ajeitando-se confortavelmente numa cadeira de palhinha, cruzando as mãos para ouvir como um padre confessor a história deste homem de barba vermelha.

— Abandonei tudo.
— O quê?
— Fui ao consulado e pedi para me repatriar.
— Você deve estar brincando, Kenneth.
— O navio parte amanhã à noite. Já está na Alexander Basin. Um homem ficou doente e eu vou no lugar dele. Lady Eclair foi um desastre. Logo que cheguei lá vi que não ia dar certo. Sentia nos meus próprios ossos. Bom demais para ser verdade. Ela me deu uma olhadela e quase teve um ataque de nervos. E eu quase perdi a linha completamente. Mas apenas lhe pedi trinta *shillings* para ir embora porque ela estava me deixando doido.

— Por favor se acalme, Kenneth. Me conte como tudo aconteceu.

— Ela pensava que eu era francês. Não me deu nenhuma chance de explicar e meu sotaque estrangeiro sumiu, minha pronúncia soou como se eu tivesse descido do navio vindo dos Estados Unidos naquele mesmo instante. O que eu podia fazer? Numa situação assim não há razão nenhuma para prolongar a tragédia. Nem eu nem ela estávamos satisfeitos, então pedi que me desse trinta *shillings* para pagar minhas despesas em Dublin e eu iria embora. Então parti, e foi isso.

– Ânimo, rapaz. Um sorriso, vamos.

– Estou enjoado das pessoas. Quanto menos tiver que lidar com elas o resto de minha vida, melhor. Não me importo se morrer.

– Ora, deixe de bobagens. Onde você está hospedado?

– Aí está outra tragédia. Estou hospedado na casa de Malarkey e, por Deus do céu, que tortura. Sabe o que aconteceu?

– O quê?

– Clocklan se suicidou.

– Santo Deus.

– Quando deixei você na segunda-feira fui até a casa do Tony para ficar lá. Não consegui dormir porque ouvia batidas na janela a todo instante, depois ouvi barulho de briga na escada. Não sabia que confusão era aquela. Queria dormir para estar em forma para a entrevista. Agora sei que podia ter batido a cabeça contra a parede a noite inteira que tudo ia dar na mesma. Deus é misterioso. Então lá pelas dez horas vejo alguém de uniforme descer a escada. Abro a porta e é um policial e ele pergunta: "Tony Malarkey mora aqui?". Todos nós íamos dizer não por princípio quando Tony berra do fundo do seu quarto pedindo por chá e o policial diz é o sr. Malarkey? Tony vem até a porta e o policial lhe pergunta se ele conhecia um homem de nome Percy Clocklan e Tony disse que vagamente. Então o policial disse que tinha um recado dirigido a ele para este endereço, para um certo sr. Tony Malarkey, recado que tinha sido encontrado por algumas pessoas na Portmarnock Strand. Ele disse que o recado tinha sido encontrado dentro de uma garrafa de uísque que tinha sido encontrada na praia. Então o policial enfia a mão no bolso de cima – nós estávamos observando a cena toda por detrás da porta – e tira um pedaço de papel todo amassado e o entrega para Tony. Tenho a impressão de que Tony ficou um pouco pálido. Então o policial pergunta se ele sabia alguma coisa a respeito e Tony respondeu que não sabia absolutamente nada a não ser que Clocklan havia partido para a Inglaterra há uma semana e desde então não tivera mais notícia. O policial perguntou se ele estava deprimido antes de partir e Tony disse que não dava para perceber porque ele estava bêbado o tempo todo, e o policial disse que ele estava apenas investigando e se viesse a saber de qualquer coisa informaria a Tony. Tony entrou, fechou a porta, ficou parado e disse que aquele infeliz do Clocklan havia pulado do navio e se ele pensava que ele ia reclamar seu corpo podia perder as esperanças.

– Beato Oliver, rogai por nós.

– Parecia que Tony não estava dando a mínima mas eu me senti aniquilado. Apenas continuou dizendo que se Clocklan quis se suicidar por que tivera de ficar sentimental de uma hora para outra e lhe mandar recados? A nota dizia que ele estava cansado da vida e já não aguentava mais e se sentia arrasado, essa era a única saída e ele queria que dessem notícias dele a Terry e às crianças. Meu Deus, como fiquei aborrecido. Tony parado ali em pé com uma xícara de chá na mão dizendo que, se é que ele conhecia Clocklan, bem, ele de jeito nenhum pularia do navio antes de chegar a Liverpool porque ele deveria querer aproveitar o que havia pago pela passagem. Juro por Deus que fiquei arrasado. Foi por isso que o negócio todo com Lady Eclair foi por água abaixo. Comecei a pensar que, se um sujeito brincalhão como Clocklan punha fim à vida, que esperança havia para mim?

– E esse negócio de ser repatriado?

– Peguei o ônibus para Roundwood. Esperei perto do restaurante do lugar e vieram me pegar. Depois, a entrevista. Não sei o que me aconteceu. Poucos dias atrás estava todo entusiasmado com o negócio. Sonhando de olhos abertos com mesas de tampa de zinco, panelas, pratos, ajudantes de cozinha. Então zás, quando chega a hora de concretizar o meu sonho, pronto, entra areia. Estava tão nervoso como um gatinho. Diante de meus olhos só via Clocklan flutuando no mar da Irlanda. Então percebi que estava tudo perdido. Logo que saí do ônibus no cais fui direto ao consulado. Entrei e disse me deportem. O vice-cônsul foi um ótimo sujeito. Telefonou, descobriu esse navio e pronto. Estou, então, de volta aos

Estados Unidos. Derrotado e liquidado. Malarkey achou a decisão maravilhosa. Para mim é pior do que morrer.

– Pobre Percy. Deus, tende compaixão. Gostava dele.

– Eu também.

– Acho bom, Kenneth, com todas essas más notícias, que tomemos alguma coisinha.

– É.

Dangerfield estalando os dedos. O'Keefe girando o copo na mesa.

– Não fique desanimado, Kenneth.

– Nunca me senti tão arrasado em toda a minha vida. Estou no início de minhas últimas 24 horas no velho torrão. Quando voltei às Catacumbas todos eles vieram me dar os parabéns. Acredita?

– Faço ideia.

– Tony parece não compreender.

– É possível que ele esteja preocupado com a comida que você está comendo lá.

– Há uma coisa em favor dele. É generoso. Eis aí um ponto a favor de Malarkey. Não há nada que seja bom demais para um visitante. Entre naquele porão, eles não têm um *penny* mas tudo está absolutamente limpo, e quando convidam a gente para comer alguma coisa, mesmo que seja torta de batatas, pesada como chumbo, tem-se a sensação de que se está num banquete. Embora este país seja como é, odeio deixá-lo, mas se não o fizer acabo no cemitério.

– É uma pena o que aconteceu com Percy. Ele podia arrumar um lugar para você na Iveagh House.

– Bem, de qualquer modo, está tudo terminado, e o que você vai fazer?

– Kenneth, estou de partida, sexta-feira à noite.

– Não entendo você. Seus negócios estão tão complicados que tenho a impressão de que você não sabe o que está fazendo. O que você quer em Londres?

– Escapar dos olhos. Já prestou atenção nos olhos quando você passa pelas ruas? Já prestou? Sempre procurando alguma coisa. E nesta bela e culta cidade sou eu. Marion está na Escócia com o nenê. Distraindo-se; grande garota, a Marion.

É claro que terei oportunidade de estudar um pouco e quem sabe algum espetáculo de balé à noite.

– Com que dinheiro?

– Kenneth, às vezes penso que você não tem imaginação.

– Não tenho? Sabe, há qualquer coisa cheirando mal nesse negócio. Estive conversando sobre você com Malarkey e ele acha que você está fugindo, que há rumores de que Marion o abandonou e que há certa irregularidade e atividade carnal em certa casa de Geary. E também que você está gamado por uma mulher de Rathmines que trabalha numa lavanderia em Blackrock e por outra que mora em Cabra. Como Tony diz, tudo isso é fofoca mas onde há fumaça há fogo.

– Estou vendo que você acredita tão piamente no que Malarkey diz que não adianta nada desdizer. Só gostaria de acrescentar que minha vida é um livro aberto. Isso mesmo, um livro aberto.

– Dangerfield, você não me engana. Saio de cena amanhã, por isso pouco me importa se você vive dando cabeçadas mas quero que você saiba de uma coisa. Mulheres, bebida e o caos geral de sua vida acabarão levando você à ruína. E esse negócio de dançar como um doido na rua. Você vai acabar no hospício.

– Você tem direito a ter sua opinião, Kenneth.

Dois copos foram postos sobre a mesa por uma garçonete sorridente.

– Seu brandy, cavalheiro.

Dangerfield com uma contração.

– Ah.

O'Keefe com um suspiro.

– Quanto, quanto?

Garçonete com compenetrada reverência.

– São sete *shilling*, cavalheiro.

O'Keefe com tristeza.

– E aqui está um *shillings* como presente de um pobre que vai partir da Irlanda e por isso não precisará mais dele.

Sorrindo embaraçada.

– Muito obrigada, cavalheiro, muito obrigada. Sinto muito que o senhor esteja nos deixando.

O'Keefe olhando para ela.

– Por que a senhora diz que sente? A senhora nem me conhece.

Garçonete atentamente.

– Ah, conheço sim. O senhor vinha sempre aqui o ano passado. Todos nós nos lembramos do senhor. Naquele tempo o senhor não usava barba. Mas lhe cai bem.

O'Keefe, espantado, reclinou-se na cadeira de palhinha, que rangeu. Sorriu.

– Sabe de uma coisa? Fico muito grato por isso. Obrigado.

A garçonete enrubescendo, afastando-se.

– Pois é, Dangerfield. Sou um salafrário incorrigível mas seria capaz de cair de quatro e puxar o saco de um jesuíta se isso me ajudasse a ficar aqui.

– Recolherei as esmolas se você fizer isso.

– Meu Deus, como as pessoas se interessam pela gente aqui.

– Estrangeiros.

– Que seja, nos Estados Unidos cagam em cima dos estrangeiros. Hoje acordei cedo e desci a Fitzwilliam Street. Ainda estava meio escuro. Ouvi um clip-clop se aproximando e o leiteiro cantando. Que coisa bonita. Por Deus, não quero voltar.

– Para a terra dos ricaços. Os monstruosamente ricos. Lá está o dinheiro.

– Para mim, todo minuto passado nos Estados Unidos é um desperdício.

– Ora, deixa disso, um lugar de ótimas oportunidades para jovens de espírito como você, Kenneth. Talvez um ligeiro sentido de infelicidade e pessoas voando pelas janelas. Mas há os inolvidáveis momentos de alegria. Você pode até resolver os seus problemas.

– Se não posso resolvê-los aqui também não vou resolvê-los lá.

– O que você vai fazer quando o negócio aparecer assim como caído do céu? Não acho que estou exagerando quando digo que as garotas lá têm corpos maravilhosos.

– Saberei esperar.

– E Tony, como vai?

— Fica fazendo brinquedos para as crianças o dia todo. Levanta de manhã e berra pedindo chá. Depois sai e vai ao escritório do seu contador e aposta um *shilling* nos cavalos. Daí fica todo agitado até que seu cavalo perde. Então, como ele mesmo diz, quando meu cavalo perde vou para casa e discuto com Clocklan por qualquer coisa. Quando estava lá tentei fazer com que Tony se interessasse em aderir ao Norte a força. E Tony me contou a história da vez em que eles chegaram até à fronteira. Cada um ia matar um policial, já que não podiam detê-los, iam colocar o Norte sob a bandeira tricolor. Chegam na fronteira, os bolsos cheios de bombas feitas em casa, granadas de mão e gelignite. Aí encontram um policial. Eles são quarenta e o policial só um e ele se aproxima e diz, que é que há, isto aqui pertence ao rei, então tratem de se comportar ou ponho todo mundo no xadrez. Todos ficam de queixo caído, enrolam a bandeira tricolor, jogam fora as bombas e entram no primeiro bar que encontram e enchem a cara, acompanhados pelo policial, é claro. Uma piada. Sabe de uma coisa, nunca acreditei que eles realmente queiram tomar o Norte. Barney acha que aquele povo é o melhor povo da terra. Sabe, talvez o Norte devesse tomar o Sul.

— Pelo menos poderíamos então comprar pílulas anticoncepcionais, Kenneth.

— E o que você me conta das mulheres que pega quando vai a Londres?

— Você pensa que sou dono de um harém, Kenneth? Levo uma vida de espartano. A srta. Frost é uma das melhores criaturas que já conheci, ótima católica e em muitos aspectos leva uma vida bastante respeitável.

— Malarkey disse que a vizinhança está envergonhada com o que está acontecendo.

— Eu e a srta. Frost não iríamos nunca condescender. Nem nos lançarmos um ao outro lascivamente. Dentro dos limites do bom gosto e da dignidade. Além do mais, gostaria de esclarecer que a srta. Frost está para entrar em um convento.

— Velhaco mentiroso.

— Você já me viu envolvido em qualquer coisa que não seja decente? Tira isso da cabeça, O'Keefe. Você está obcecado por sexo, Kenneth, então começa a inventar coisas. Você pensa que eu sou pecador mas eu não sou.

– Você está tão envolvido no negócio como uma banana na casca. Tony disse que você a procura tanto que ela quase não consegue se levantar de manhã para ir trabalhar.

– Infâmia absoluta. A srta. Frost caminha sobre tulipas.

– Você pensa que está conseguindo muita coisa. É a bebida.

– E sem dúvida é a sociedade que me faz beber.

– Você sabe qual é a minha maior ambição quando tiver dinheiro? Me mudar para o Hotel Shelbourne. Passar todo empertigado pela porta e dizer ao porteiro: você poderia colocar o meu Daimler na garagem, por favor?

– Não, Kenneth. Pode colocar meu carro na garagem.

– Você tem razão. Isso mesmo. Meu carro. Pode colocar meu carro na garagem? E me hospedar nos belos quartos do Shelbourne. Dizem que o bar do hotel é o que há de mais bonito no mundo. Convidar o Malarkey para ir me visitar. Como vai, Tony, como vão as coisas nas Catacumbas?

– É, Kenneth, você até que não é muito burro.

– Sabe de uma coisa, se não fossem os ingleses este país ainda seria um paraíso de selvagens.

– Que bom que você chegou a essa conclusão.

– Os irlandeses acham que os filhos lhes são impostos pela ira de Deus como castigo por terem fornicado. A gente ouve o tempo todo dizerem por aí que se não fosse por vocês, crianças, a vida seria um mar de rosas e nós poderíamos viver em paz e felizes. Mas nós nos matamos de tanto trabalhar para proporcionar a vocês um pouco mais do que nos foi dado e veja o resultado, vocês não colaboram nem com um *penny* para as despesas da casa. Levam a vida na flauta desperdiçando o tempo com esses livros quando há bons empregos na estrada de ferro.

– Ic.

No meio do barulho e do odor do Jury's às oito horas, eles ficaram sentados com as pernas esticadas e mexendo os dedos dentro dos sapatos, ossos úmidos se descongelando no ar aquecido. Padres espalhados pela sala, de rostos vermelhos, olhos líquidos e ardentes. Colarinhos imaculados sufocando seus pescoços escarlates, clérigos em sofrimento. Com a garçonete, jovem, morena e roliça. Palmeiras plantadas em vasos. Não era o que estava dentro mas o que estava fora que tornava o que estava dentro tão bom e apetecível. Porque lá fora tudo estava coberto com a umidade cinzenta. E ela penetrava pelos sapatos, encharcava as meias e enrijecia os dedos. Aqui perto está o Banco da Irlanda. Tão grande e redondo e monolítico. Do lado de fora uma prostituta e um mendigo.

– Bem, Kenneth, ainda bem que temos o conforto desta bela sala no nosso último dia juntos.

– Você notou os dentes dessa garçonete? Brancos como a neve.

– E os olhos, então.

– Por que não sinto disposição para me casar com uma dessas garotas?

– Está na última moda hoje em dia casar com pessoas de posição inferior, Kenneth.

– Querer casar com alguém de minha posição, este é o meu problema.

– O seu sangue é de primeira linha, coração.

– É. Minha vida sexual inteira depende das nuances da riqueza.

O'Keefe inclinando-se na cadeira envolto em pensamentos de glória, continuando com condescendente firmeza.

– Pego o cavalo e vou fiscalizar os prados da mansão para ver se não há algum caçador furtivo. Volto, passo pela cozinha e grito, ei, Tessie, o que vamos ter para o jantar e Tessie fica toda agitada. Lady O'Keefe já me havia dito o que teríamos para o jantar, mas de um modo muito democrático gosto de provocar um pouco as cozinheiras. Lady O'Keefe sentada numa ponta da mesa e eu na outra e conversamos sobre a propriedade e os cavalos. Pergunto como se tinha saído na exposição de flores e se alguma de nossas amostras havia conseguido algum prêmio. Após o jantar, tomar café na biblioteca com algumas gotas de limão e uma garrafa de Hennessy. Ela lê para mim uma peça de teatro até as dez horas. Sobe para seu quarto. Fico esperando na biblioteca cerca de uns dez minutos e subo para o meu. Observo que a porta entre nossos quartos está ligeiramente entreaberta. Espero uns discretos dez minutos e, pé ante pé até à porta, dou umas batidinhas delicadas, posso entrar, querida? Sim, querido, por favor. Rá.

– Iiiiiiii, Kenneth, se você ficar rico algum dia vai ser um anticlímax.

– Por Deus.

Na cabeça de O'Keefe um boné de tweed marrom e sujo. As mulheres que estavam no bar olhando para os dois com suas pernas esticadas pela sala toda. E aprumavam os ouvidos para não perder nada das coisas fantásticas que o homem de barba dizia com aquele seu sotaque infame e quem é aquele cavalheiro de modos altivos e voz varonil, estalando os dedos com muita classe e pendendo a cabeça para trás quando ri. Tão seguros de si.

E entre padres e senhoras havia homens de negócios de Manchester que fabricavam móveis para vender aos funcionários públicos para a sala de estar e seus rostos estavam um pouco avermelhados, com as vozes em um tom ligeiramente alto. Usavam camisas de listras azuis com colarinhos brancos duros e seus ternos impecáveis com listrinhas brancas, paletós curtos debaixo dos quais só havia suspensórios, vermelhos, azuis, verdes e aqui atrás e em toda parte pedaços de lã e botões. E homens de Bradford e Leeds olhando furtivamente com o canto dos olhos. Sei que vocês são ricos, usam cuecas de seda e terminaram de comer um belo filet-mignon coberto de uma pequena montanha de cogumelos, cenouras, ervilhas e coisas semelhantes.

Kenneth O'Keefe disse à garçonete que queria café. Passou os olhos pela sala para ver quem estava olhando ou prestando atenção. Abaixou a cabeça, tirou o boné e coçou atrás da cabeça de cabelos castanhos claros. Dangerfield semirreclinado, o queixo descansando no peito contemplando O'Keefe meditativamente.

– Este é o nosso último encontro, Kenneth.

– É.

– Depois disso a cortina se fecha.

Os homens de negócio de Bradford e Leeds que moram entre os edifícios de pedras marrons em ruas enfumaçadas e sem sol, examinando e avaliando tecidos com olhos penetrantes, passando longas tardes ocupados com chá e aviamentos para ternos, com névoas de inverno do lado de fora de suas mansões de pedra escura. Esses homens reclinam-se em suas cadeiras, tirando do bolso lenços de seda e, tirando os óculos, passam o tecido macio sensualmente para frente e para trás, em círculos, primeiro com força e depois suavemente sobre as lentes de primeira qualidade, erguendo os óculos de encontro à luz e com dedos compridos e bem-cuidados os recolocam sobre os olhos. Nos espasmos dos preços e cotações do mercado eles sorriem, debilmente mas sorriem, os homens mais ricos do mundo.

– Kenneth, acompanho você até o cais.

– Está bem.

Kenneth O'Keefe sorriu pela última vez para sua encantadora garçonete. Terminam o café e se levantaram. As luzes da sala ficaram mais brilhantes. Todos pararam de falar. No silêncio feito os dois atravessaram a sala. As garçonetes com seus aventais pretos enfileiraram-se ao longo do balcão. Uma delas enfiou a cabeça na abertura por onde são entregues os pedidos e disse que eles estavam indo embora. Três outros rostos apareceram com os olhos brilhando. Quando eles se aproximaram da porta todos os olhares estavam sobre eles. Todos de pé batendo palmas. Gritando com força bravos. As luzes mais brilhantes e os aplausos cada vez mais intensos. Os cavalheiros de Bradford e Leeds limpando as lágrimas dos cantos dos olhos com seus lenços de seda, piscando e tornando a olhar. Os padres de pé também. Sei que eles nos consideram gloriosos. E barulhentos. Nossas costas passam pela porta giratória, saem para a rua, becos de armazéns e depósitos, de dia cheios do azáfama pelo dinheiro e à noite alamedas solitárias.

– Quando você voltar, Kenneth, vou sair nu usando só um chapéu-coco verde para ir recebê-lo no navio. Com uma liteira ornada de fitas verdes e trevos importados da Tchecoslováquia e uma banda de garotas tocando flautas como doidas. Você sabia que os Estados Unidos importaram pardais da Inglaterra para comer o estrume dos cavalos das ruas?

– Não.

– Lute bastante, Kenneth. Não se entregue. Deve resistir ou pisarão em você. E quem sabe logo provaremos dias de fartura. E quando você estiver naquele alto-mar quero que você se lembre de rezar. Porque eu estarei naquela cidade de Londres e Londres está regurgitando de luxúria. O que você acha disso?

– Não acho nada. Detesto aquela cidade. Só uma olhadela para fora da Victoria Station já me basta. Que inferno, talvez você vença.

– Tenho que lutar. Os livros, Kenneth, dizem que devemos lutar. E também a respeito dos animais que morreram. Sem luta. Colocam uma pequena nota no fim da página como informação. Extintos. Devemos evitar.

– É aqui que me despeço.

– Bem, Kenneth, que ironia. Me despedir de você no norte de Dublin. Nunca imaginei que isso nos fosse acontecer.

– Lembranças minhas ao Tony e aos outros. Embora não ache nada provável, espero encontrar você algum dia no Old Batley.

– Não tenha dúvida, Kenneth.

– Felicidades.

– Tome cuidado.

O'Keefe afastou-se tristemente e desapareceu por esta escura rua chamada Seville Place. Dangerfield voltou pela Butt Bridge, uma chuva fininha caindo. Meu corpo tem juntas azuis. A Irlanda fica perto do céu com essas nuvens baixas. Esfregar as mãos porque este clima só faz bem para o cérebro. Guindastes e mastros rio abaixo. No Aston Quay os últimos ônibus partindo para o interior. E grupos de homens curvados em seus capotes pretos chupando cigarros, cuspindo e miseráveis. Com as línguas dos sapatos dependuradas como que saindo das bocas de cachorros esfomeados. Daria qualquer coisa por um gole neste momento. Usando os trapos do desespero e da tristeza. Sujos e cheios de buracos. Frios e úmidos em volta dos meus ombros. Dizem que nada dura. Tudo cinzento. Por que cinzento? Por causa da chuva. E cor-de-rosa por causa das poças d'água. Cores por causa de tudo.

Dizem que verde significa trabalho. E agora? Que cor para a ociosidade? Acho que preto. Você aí debaixo do convés, ice meu estandarte preto. Bem. E para a lascívia? O que vão responder? Vermelho? Não, vermelho não. Acho que marrom fica melhor. Marrom para a lascívia. Vermelho é para o dinheiro e azul, para os mortos.

> *Levem os mortos*
> *Embora.*
> *Toquem música*
> *Por favor.*

## 22

A srta. Frost estava deitada de costas, a cabeça apoiada em dois travesseiros brancos e macios. Toques cinzentos debaixo dos olhos. Lágrimas iminentes. A mão estendida sobre a capa de um livro, a capa voltada para as cobertas. O sr. Dangerfield, árbitro da sabedoria, de pé ao lado da cama, atento e carinhoso. Olhando nos olhos dela, olhos onde morava a tristeza e que lhe pediam que ficasse com ela agora. E ali estavam eles, juntos no quartinho dela, separados do resto da casa e o mundo lá fora pronto para afastá-los. Como sair disso. E Dangerfield. E a srta. Frost.

– Vou chamar você de Lilly.

Um sorriso acanhado fixou-se em seus lábios, seus olhos desviando-se e voltando e seus lábios firmes e a ponta de seus dentes tocando sua boca e erguendo o rosto para contemplar o dele.

– Oh.

– Acho que já é tempo de chamá-la de Lilly. Lilly.

– Ah, bem.

– Lilly.

– Meu bem.

– Há alguma coisa para se comer, Lilly?

– Um pouco de toucinho defumado e chá mas pode pegar aquela nota de dez *shillings*, sr. Dangerfield, e comprar ovos.

– Não. Não é justo.

— Por favor. Eu insisto.

Dangerfield em direção à penteadeira. Enfiando a nota no bolso.

— Não levo mais do que um minuto.

E ainda condescendendo com coisas servis. Mas acontece que não tem havido dinheiro suficiente. Porém, com a maré alta. Abrir bem os olhos porque nunca se sabe quando ou o que pode acontecer. Viva de acordo com o que o cerca. Apanhe as frutas da minha árvore. Compre belas camisas e ponha na conta. Toneladas de carvão do fornecedor de combustível e mande a conta depois. Escolha um enorme peru, queijo especial cheio de buracos de rato, uma libra do melhor café e um pouco de salame, oh e rápido um quarto de *sauerkraut* e o senhor se incomodaria muito de pôr na minha conta. Ar cheio de pois não, cavalheiro. Oh, que coisa boa. Manteiga? Quantas libras, cavalheiro? Acho que três. Toucinho defumado? Um bom pedaço, por favor. Uma tonelada, se achar melhor. Me vejo subindo a Grafton Street. Passando pelo Mitchell's Cafe e pela porta para onde sempre olho atentamente para ver os rostos aristocráticos pousados em pescoços cercados de vestidos floridos e perfumados e eu olhava para seus narizes muito bem modelados, de cavalos de corrida sem dúvida, e seus olhos brilhantes de vitaminas sempre esperando que alguém sorrisse para mim. E alguém fala. Ei Sebastian, onde você tem estado? O quê? Não diga. Anda com fome? Que horror. Oh, você está brincando. Chocante. Mas vamos, entre e tome chá comigo. Claro que pago. Que roupa é essa que você esta usando? Uma coisa. Sim, esta coisa. Meu Deus, é um cobertor. Uma vergonha. É o que tenho. Medonho I.A.F\*. É uma espécie de R.A.F., mais ou menos. Força Aérea Irlandesa, é claro, seu burro. Vamos entre e tome uma xícara de chá. Oh, não, continue com ele. Eu gosto. Fica bem em você. O máximo. Você faz coisas um tanto estranhas, todo mundo diz. E ali estou eu com a garota, perto da janela do andar de cima. É ela que paga. Eu debaixo de meu cobertor marrom. Marrom de lascívia. Comendo o bolo que ela pagou para mim. Comer um. Roubar dois. Comer um. Roubar outro.

\* Irish Air Force. (N.T.)

Depois do chá. Vou ao banheiro e jogo o cobertor na bacia da privada. Puxo a descarga. Pego um cartaz de propaganda e o transformo num colarinho duro. Uso os cordões pretos do meu sapato. Pretos por motivos particulares. Volto usando isso e nada mais. Se poderia dizer que praticando um ato óbvio de indecência. Mas alimentado.

E esta noite lá vou eu comprar ovos. E srta. Frost, meu lírio e minha Lilly, para onde você vai? Nunca quis magoá-la mas sim entendê-la, estar com você e lhe dar amor. E nossos corpos ficaram entrelaçados na cama e uma noite usei seus pijamas. Verde me cai bem, acho.

– Uma dúzia dos melhores, por favor.

Tenho a impressão de que estão prosperando nesta loja. Balcão novo e espelhos e observo unhas limpas aqui e ali.

Sebastian subiu a Geary Road a toda pressa e com duas guinadas agudas para dentro de seu *cul-de-sac.* Caminhando em direção a uma parede. Procurando o trinco no portão verde. O que fizeram estes vizinhos? Luz naquela casa. O que estavam eles fazendo com seus corpos? Aquecendo-se em frente às últimas brasas. Amanhã vou partir. O'Keefe em alto-mar. E srta. Frost, vejo uma réstia de luz através de sua cortina. Não é bom para nossa segurança mas não tem importância nesta última noite. Somente algumas horas de sobra. Estou chegando para segurar sua mão e passar esta última noite com você. Quero levá-la comigo mas não posso. Você estaria disposta a encostar seu ombro na grande roda? Empurre. Vou mostrar-lhe como. Você tem sido bondosa para mim como nenhuma outra foi até agora e me fez companhia nesta última solidão, teria ficado completamente doido se não fosse por seu corpo e doce sorriso e seu seio. Me salvaram. Até mesmo o odor secreto de suas axilas. Como ursos nos seus covis de inverno. Lambendo os pelos curtos.

Andou pelo lado da casa. Olhando os loureiros. Escuro por aqui. Acender a luz. A srta. Frost mantém a cozinha sempre limpa. Para dentro de seu quarto.

– Por favor não se levante, Lilly, deixe isso pra mim.

– Não é nada. Você está cansado. Faço com prazer, sr. Dangerfield.

– Nesta última noite, Lilly, por favor, me chame de Sebastian.

– Não consigo. Não me force, venha sentar. Eu preparo. Você vai fazer uma longa viagem amanhã.

– É verdade. É muita bondade sua. Posso dar uma olhada nesse seu livro, Lilly?

– Não é nada de interessante.

– Lilly, estou congelando, essa caminhada lá fora não foi brincadeira, estou com o nariz trancado. Será que eu poderia me enfiar na sua cama quente e macia?

– Mas, na verdade, nós não deveríamos mais.

– Só até que os ovos e o toucinho estejam prontos.

– O senhor sempre acha uma solução para tudo, sr. Dangerfield.

– É por causa de sua garrafa de água quente, não consigo abandoná-la.

Ela se afastou e ele ficou sentado na cadeira. E ele tirou a roupa. Os sapatos emparelhados ao lado da cama. O vento soprando lá fora. Dizendo para mim mesmo que evento temperado, úmido e quente. Passei a vida debruçado sobre mapas meteorológicos. Hóspede da acolhedora cama de Lilly. Bonito nome. Por que fiz isso? Chamá-la branca e pura. Virgem. Floco de neve. E aqui estou eu enrolado nestes lençóis, enterrado procurando a garrafa de água, achando-a, agarrando-a e trazendo-a para perto de meu saco e esperando por ela. Quando estiver em Londres acho que vou entrar como sócio do Trinity College Dining Club. Li as palavras reconfortantes segundo as quais o Dining Club existe para promover relações mútuas e boa camaradagem entre os membros do T.C.D., para promover oportunidades de renovação de velhas amizades e manter os formados em Trinity a par da vida da universidade. Sempre digo que sou um de vocês porque não quero nunca perder a fé. Alguma coisa a que me agarrar. E virei à noite e me sentarei no meio de vocês. Ficarei calado e prestarei atenção. As coisas que me são caras. Espero que esteja chovendo. E desço de minha carruagem, respirando profundamente a névoa espessa. Usando a gravata de Trinity. Que gravata simpática. De tudo, a coisa mais significativa. Que digo, Trinity? Sim, por quê? Você? Sim. Quarenta e oito. Quarenta e seis. Ou qualquer outro ano que lhe aprouver. Como vai, meu nome é Dangerfield. Que beleza de lugar. Perfeitamente. De fato, silêncio, mete medo. Haverá candelabros? Frango? Brotos de trigo? Lareira? E será mesmo isso o que eu quero? Por favor.

Lilly entrou com o chá. Os pedaços de toucinho compridos e vermelhos através do prato e as duas gemas de ovo brilhando. E pão com manteiga. Um guardanapo verde claro. Ela se inclina e deposita o prato.

– Lilly.
– Você vai me fazer derramar.
– Só um pequenininho. Nos lábios. Isso.
– Você vai se queimar se eu derramar.

Minha xícara de chá. E você.

– Lilly, você é um amor em fazer tudo isso para mim. É disso que preciso, deste calor e desta comida. Às vezes fico pensando se haverá uma ilha menor do que esta para onde possamos ir.
– Seria uma beleza.
– Lilly, você fez as malas.
– Sim.
– Esta vida é muito dolorosa. Quero assentar pé em algum lugar. Ficar lá para sempre. Estou enjoado de mudar. Precisamos arrumar um lugar que possamos chamar de nosso, Lilly. Acho que é isso que todos nós precisamos e parar com essas andanças.
– Minha tia disse que eu poderia ficar com ela até arrumar outra acomodação.
– O que faz sua tia?
– Ela tem um estúdio no fundo da casa onde pinta modelos nus. Posei para ela uma vez e tive uma sensação horrível.
– Por quê?
– O modo como me encarava.
– Lascívia?
– Sim.
– Está em toda parte, Lilly. Em toda parte. Não sei como se poderá pôr fim a isso. Nunca levarei você a lugar nenhum a não ser para a cama.
– Oh, sr. Dangerfield, não se preocupe.

– Não quero de jeito nenhum deixá-la. Sinto que não é justo.

– Não se preocupe comigo, sr. Dangerfield. Eu darei um jeito.

– Mas quero ficar sabendo se tudo deu certo para você.

– E quanto à sra. Dangerfield? Sei que não é da minha conta mas sempre tive a impressão de que vocês tinham nascido um para o outro.

– Pequena confusão. Acho que não havia dinheiro suficiente. A sra. Dangerfield pensava que eu era podre de rico. Acho que há uma fortuna considerável em alguma parte mas está um tanto complicada. Mas tenho meus planos.

– Gostaria de me casar.

– Cuidado. Precisa tomar cuidado com esses irlandeses.

– Nada de irlandeses. Gostaria de me casar com um índio.

– Índio americano? Como eu? Você sabia que sou parte mohawk? Uuu uuu.

– Foi uma experiência maravilhosa ter conhecido o senhor, sr. Dangerfield, embora não concorde com todas as coisas que o senhor diz. Mas no fundo acho que o senhor é um infeliz.

– Lilly.

– Falo sério.

– Venha aqui.

– Mas eu fiz um juramento de nunca mais. Por favor. Não.

– Não há mal nenhum.

– No rosto, porque não consigo fazer o senhor parar depois que começa.

– Não há mal nenhum, Lilly.

– Cuidado, o senhor vai derrubar tudo. Por favor.

– Venha deitar ao meu lado, então. Este beijinho na sua orelha não vai machucar. Só um. Lilly, você está usando perfume.

– Por favor, sr. Dangerfield, não me faça ficar constrangida.

– Quero que você vá a Londres e me procure. Você vai?

– Não devemos nunca mais nos ver. E a casa, como vai ficar, sr. Dangerfield?

– Já tomei providências. Chegue mais perto agora. Esta é a última noite que passamos juntos. Este chá está ótimo.

– Há um monte de cartas para o senhor.

– Darei um jeito nisso também. Não vamos nos preocupar com essas coisas agora, fique à vontade aqui e não se preocupe com o resto. Em tudo se dará um jeito.

– Sr. Dangerfield, o senhor gosta de mim nem que seja só um pouquinho?

– Gosto de você, Lilly. Você tem me tratado muito bem. Tem me confortado. Pegue a minha mão. Isso. Calma. Tudo vai dar certo. Faz tempo que não me sinto tão bem.

A srta. Frost no seu pijama verde. Pus a gema amarela do ovo em cima do pão e comi. Acho que agora está próximo. O mais próximo possível. Paz. Silêncio sagrado. Mudança ou fuga, como quiser, amanhã. Talvez Skully tente algo esperto demais para ele e se emaranhe nos fios da teia que estou tecendo. Não quero ser apanhado por ninguém. Nem preso ou encarcerado. Na Inglaterra eles põem uma corda em volta do seu pescoço e lá vai você, zás. Erguem aquele negócio do lado de lá do canal, brilhante e afiado, e lhe dizem coloque seu pescocinho aqui. Não sei porque me sinto tão horrorizado com a pena capital mas é que me considero um perfeito cavalheiro e vivo de acordo com as leis e regulamentos que qualquer um de vocês estabeleceu e mesmo de acordo com alguns que eu mesmo fiz. Olhem só o laço e o nó e as facas. E os médicos também. Toda vez que eles se metem nesses aventais brancos e nos seguram pelo pulso querem logo dar umas batidas no nosso peito. Depois querem olhar dentro da boca. Em seguida nos colocam sobre uma mesa e se dirigem para o armário para pegar a faca. Dizem que só querem dar uma espiada dentro de nós.

Lilly, nunca me cansarei dos seus brancos 34 anos de idade. Dos seus brancos bububus ou bobobós. Nem vou me curar tão cedo do quanto gosto de imaginá-los sob esse pijama verde. Muito raramente faço declarações desse tipo tão dogmático mas não posso deixar de me sentir assim quando outras coisas se findaram mas a carne está aqui presente. Acho que o meu caso é o caso puro e simples de um pequeno homem amedrontado olhando para fora e vendo todos os animais espreitando. Já tive outras mulheres. Lilly. Beijei-as na cama comigo. E uma garota que mora perto de Bleeding Horse, outro corpo rico de músculos macios, e acariciei seus cabelos crespos e brilhantes. Recebeu o suco e o conforto de minhas coxas. E caminhei e conversei com ela ao longo do canal onde, ouvi dizer certa vez, anos atrás, a diligência vinha vindo do sul cheia de pessoas e caiu da ponte para dentro do canal e eles pensaram como bons irlandeses e bons engenheiros que deviam fazê-los flutuar e abriram as comportas e todos morreram afogados. O canal é meu lugar predileto por essa e outras razões. E também essa garota foi boazinha para mim. De outro modo não adianta. Bondade. E você entrou na minha vida para esta conspiração, pensionista e senhorio dormindo na mesma cama. Coisa corriqueira nos dias de hoje mas extraordinária para nós porque nós dois estávamos desamparados. E as conversas que tivemos. Falei a respeito da viagem do pênis exposto. Você riu. Essas coisas parecem engraçadas agora mas por pouco não fui parar na cadeia naquela terça-feira. Foram seu desprendimento e interesse que me cativaram, Lilly, seu corpo e os deliciosos chás que tomamos. Sou capaz de formar sentenças maravilhosas com o que há de melhor. Mas acho melhor guardar segredo. Como as complicadas leis da sua igreja. Porém conheço um pouco de leis e aquelas que chamam de cânones. Cheguei a entrar no Brown e Nolans e pedi o livro e fiquei horas encostado no balcão lendo sob o olhar atento dos caixeiros porque estou certo de que eles devem ter notado que eu estava usando os restos de uma casula debaixo da capa e as leis eram tão interessantes. Tinha a impressão de estar flutuando entre o pecado e o limbo. Lilly, tenho ouvido você murmurar quando chega o espasmo, santa mãe de Deus, nunca serei perdoada. Mas com certeza serei perdoado por vós, criaturas maravilhosas, galinhas suculentas e macias.

Com a luz apagada e a B.B.C. com atividades encerradas por hoje. Sons quase imperceptíveis do lado de fora. E ameaças de temporal em Malin, Rockall, Shannon, Fastnet e no mar da Irlanda. Chuva batendo de encontro à vidraça. As folhas do loureiro balançando loucamente. E nossa cortina verde estufando e um raio de luz cortando o quarto. Lá na água. Acho que é meu túmulo. A ilha de Man, Dalkey Sound e os portos de Bullock e Colimore, a 120 milhas de Liverpool. Segure firme, Lilly. E esqueça esse negócio de certo e errado. E me diga uma coisa, sr. Dangerfield, se eles por ventura vierem a saber não é assim tão fácil ser perdoada porque eles fazem a gente se confessar e logo que a gente deixa escapar uma pequena coisinha já começam logo a fazer perguntas: foi sozinha e o casamento e ele chegou a fazer? Entre as pernas, minha filha. E que outras coisas aconteceram e ele fez isso também? Sim, fez. Lilly, vou compensar todo esse seu sofrimento. Não sou nenhum covarde ordinário. Leis de associações comerciais e tratados entre nações deviam pesar muito neste negócio. Eu lhe direi, amigo Jesus, conheci Lilly e se o senhor conhecesse Lilly como eu conheço Lilly. Bem. O senhor não se importaria de ter aproveitado um pouquinho também, não é? De jeito nenhum. Eu e Jesus passamos juntos por muitos maus bocados. E lhe digo uma coisa, Lilly, ele morreria de rir e diria, então minha filha você se deitou com homem-gengibre? Ótimo. Não fique preocupada. Que mal há nessa interação entre amigos desde que os dois aproveitem bem a transação. Existem pessoas egocêntricas aí embaixo, eficientes mas tolas que não aproveitam muito e tentam controlar seus impulsos, como Dangerfield. Conheço Dangerfield. Durante toda sua vida. Oceanos de integridade e poças d'água de confiança. Por Deus – eu mesmo – um grande homem, eu nunca fiz, quer de uma costela ou mesmo de peixes, seja qual for o dia em que os tenha criado. Igual a ele aqui em cima comigo. Quando você morrer, Danger. Ouvi dizer que você nunca foi derrotado em xadrez ou em dominó ou em *croquet* ou por estar certo quando os outros dizem que você está errado. E para usar uma das expressões um tanto engraçadas de Dangerfield, não sou nenhum covarde ordinário.

    Pois é, Lilly. Aí está você. Chegue até a mim agora. Pois não esqueça, sexta-feira estaremos separados. Quando tentarei alcançar sua mão branca que fica. No navio já anunciando a partida para o alto-mar. Você estará no cais e me acenará com a mão? Quando eu esfrego meu peito no seu. Estou triste. Separando corpo do corpo. Rogo pelo prazer hoje. E qualquer outro pecado mortal que você esteja disposta a cometer. E você se lembra da bacia branca pequena na garagem que você pegou uma noite quando cheguei tarde em casa depois de uma noitada nos bares e eu disse srta. Frost será que a senhorita poderia me fazer o favor de ir buscá-la. Enchê-la de água e trazer. E eu enfiei meus pés nela e você me deixou usar seu talco. E você me ajudou a enxugá-los. Eu com a cabeça balançando entre as pernas. Do modo como me encontraram diversas manhãs estirado nos bancos de Trinity com o cabelo tocando as pontas do capim. Lilly como o seu couro cabeludo é branco e limpo, nem o mais leve sinal de caspa. Quando você segurou os meus pés. Nas suas mãos. Srta. Frost, você é a criatura mais bondosa que já conheci. Eu segurei você pelos ombros. É por isso que faço o que estou fazendo. Porque gosto de você. E tire o seu pijama. Logo depois que goza você chora. Me deixe segurar seu seio. Não sou desmiolado como Kenneth mas assim mesmo também preciso. Este cordão em volta de sua cintura. Ponha-o abaixo do umbigo o qual é bem fundo. Posso abotoar sua barriga, Lilly? Você sabia que sou diplomado? Em umbigos. Fiz curso de especialização. Publiquei trabalhos. Fiz uma porção de coisas. Há maré de carne alta? O que é isso, srta. Frost, você está rindo. De quê? Você pensa que é engraçado? Acabou acabou. Ou porque eu disse que Deus estava do meu lado ou morrendo de rir ao ver esta cena tão terna. Ou está observando como se fosse um olho no forro? O que está acontecendo nas cobertas. Luta livre. Não se vire enquanto eu não disser chega. Quero beijar sua boca uma vez mais. Pecados estão saltando de toda parte. Tente-me, Lilly. Quem é, é você? Sua voz no meu ouvido. Fazendo um juramento e você não pode esperar até que terminemos. Lilly, você não pode me deixar. Não, eu não posso deixá-la. Não nesta última noite. Quero mas não posso. Ora, ora. Vou sentir muitas saudades de você e do que você fazia para mim na cama. Não há nada a fazer se não semear minha velha semente Lilly. Vender minha semente Lilly. Na loja. Fecundaram a mãe do Senhor e dizem não teve nada que ver com a carne. Mas Lilly você me vira as costas. Nesta nossa última noite você me dizendo que é isso que você vai me deixar fazer, pois já fiz uma vez e repeti algumas vezes desde então. Aprende-se toda espécie de coisa na fazenda observando os animais. Mas não acha que vai doer ou machucar? Posso fingir mas estou chocado, mas por outro lado não posso deixar de rir de todo esse arranjo ridículo. Me ofereceu seu rabo. E estou comovido também. De certo modo. Como aconteceu no dia 4 de julho na festa do Phoenix Park. Dia de verão ensolarado e ameno com pessoas dirigindo seus carros brilhantes cobertos de belas roupas e joias. Cheguei de mansinho até à porta, entreabrindo-a para me esgueirar por ela e aí pegaram meu cartãozinho e leram alto Sebastian Balfe Dangerfield e eu quase pedi ao homem não leia tão alto, por favor. Enfrentei sorriso após sorriso. Não sou fácil de fazer amizades mas apertei com calor toda mão que me cumprimentava. Um bife de contrafilé. Nas mesas, iguarias como as quais, tenho certeza, nunca houve nesta ilha. Fui para uma das mesas. Champanhe, cavalheiro? Como são amáveis. De onde vem tanta bebida? Bolinhos com recheio de cogumelo. Não disse uma palavra a ninguém. Marion conversando com o conde de Kilcool. Parecia um tanto rude eu ir me intrometendo. Depois de uma hora mais ou menos, entretanto. Acho que tinha algo para dizer. Chamaram os fuzileiros e ouvi alguém murmurar veja levaram aquele homem imediatamente. Estava a ponto de gritar por Deus do céu não me afastem de toda essa bebida. Um senhor todo respeitável disse algo quando se aproximaram de mim. E me deixaram. Mais tarde quando alguém cantava uma ária deslizei para baixo das mesas desfazendo cordões de sapatos e, é bem possível, olhando as pernas das senhoras. No dia seguinte tenho a impressão de ter lido no *Evening Mail* alguma coisa sobre o ministro tendo sido elevado ao posto de embaixador. Uma coisa gera outra. De um lado primeiro. Depois do outro. Nestes lençóis brancos corpos brancos se entrelaçam. Lilly me dando as costas e eu me choco com estes montes. E a pressão fria. E como dizem, anel apertado com nada além. E meus braços ao redor de seu pescoço. Cavalgando. Marrom para luxúria ou branco. Estou atirando meu coração pela sua garganta minha amável Lilly. E a dor sobe e desce em minhas pernas. E embora você esteja apenas passando o tempo, deitada aqui ao meu lado, torcendo o ombro para puxar o cobertor para cima e se aquecer, pense em mim. Se você contemplar o rio Liffey, quando as nuvens estiverem baixas e o sol se pondo, é como se você estivesse no céu. Meus sonhos de catar moedas na ponte de metal. Srta. Frost. Pura como um floco de neve. Branca como a estrela polar. E nádegas um pouco moles. E por que, Lilly, você quis que eu fizesse deste modo? Tentei me tornar sócio da Sociedade Cristã, pois que no fundo sou calvinista, com uma ou outra restrição, é claro. Tenho sido um pouco puritano ao criticar pessoas por não estarem apropriadamente vestidas e por seu sotaque rude porque afinal de contas qual vai ser o fim de tudo se cada um não se colocar no seu devido lugar? E todos nós estamos bem perto do céu. Ó jardim das delícias. Lembro do dia em que visitei o Museu de Arte Moderna e dizia para mim mesmo santo Deus que coisa fantástica. Sim, quadros sugestivos. Com as coisas ali bem claras pintadas em cor natural. É para frustrar a concepção, Lilly? É assim que fazem todas as pessoas da fazenda. Os animais do zoológico também. Adoro os jardins zoológicos. Aprendi tudo sobre o alce irlandês com ele ali, bem no portão de entrada com os cornos que iam de uma parede a outra. E peixes e pássaros irlandeses empalhados. E um lobo irlandês empalhado também. E no andar de cima uma baleia dependurada no meio da sala cercada de um balcão a sua volta onde estava exposta uma amostra desse negócio da evolução das espécies com os insetos ficando cada vez maiores. Eu prefiro acreditar que o Grande Chefe lá em cima começou tudo com Adão e Eva.

O cabelo da srta. Frost é macio e agradável e tem um cheiro verde-claro. Uma reentrância embaixo do seu pescoço. Pescoço fino. Poderia facilmente estrangulá-la. Ela parece mais larga de costas. De frente há aquelas duas distrações. A distância diminui com a familiaridade. Conheço bem os fatos. Ombros fortes feitos para o trabalho. Seria um navio dos sonhos para mim se Marion morresse afogada no navio, a srta. Frost vivesse comigo e fosse trabalhar no jardim lá do fundo da casa. Arrancar tudo e adubar generosamente com óxido de cálcio e fosfatos com montes de alga marinha misturada com ossos velhos e tripas adubadas com folhas mortas tudo apodrecendo graciosamente e transformando-se num belo composto químico. Vejo a srta. Frost lançando a semente. Principalmente de batata. Muita gente acha que se trata de um legume ordinário. Eu não. É como leão, rei dos animais.

Gostaria de ter ajudado Lilly a semear as batatas embora não goste muito de usar minhas mãos. Descarregar o adubo agora. E um pouco de sujeira de galinha não faz mal nenhum também. Por que será que a comida desempenha papel tão importante nos meus sonhos?

– Lilly, por que você quis que eu fizesse deste modo?
– Ah, sr. Dangerfield, é tão menos pecaminoso.

*E*
*Menos*
*Divertido*
*Também.*

## 23

Ele estava sonhando.
Escolhendo meias azuis e também um par de vermelhas. Eram feitas de *nylon*. Nunca acabam. E ficam em pé sozinhas e como dizem, andam. Estou numa dessas ruas estreitas e saio de uma loja e entro em outra. Aqui está uma mulher de meia-idade e gorducha. Gorducha, ameixa madura. De pé atrás do balcão me dizendo que adora estrangeiros. E eu enchendo minha sacola com milhões de meias. E não posso sair da loja com elas. E chamam um caminhão de lixo para levá-las embora. Ouço um barulho que me dá um calafrio. Penso em um rato.

Com as costas enrijecidas. Levantou. Os olhos duros de sono. Nunca deixam a gente dormir à vontade. E meu corpo está tão frio.

A srta. Frost virou-se na cama. Ele se inclinou sobre ela e deu um beijo no rosto. Seus olhos se entreabriram.

– Não me toque.
– O quê?
– Não me beije.
– Santo Deus, que é que há com você? Está bêbada? Tenha paciência.
– Não fale mais nada. Você vai embora e deixa o açoite de sua língua sobre mim.

– Que é isso, Lilly? Lilly, que é que há?
– Você vai todo feliz embora.
– Por Deus do céu, que é que você está falando?
– Você não se preocupa com coisa alguma. Daqui a pouco está no navio. Não posso evitar. Eles sabem.
– Quem sabe?
– Começarão a falar.
– Você precisa comer alguma coisa. Não se preocupe com o falatório.
– É fácil dizer.
– Ora, ora, vou buscar alguma coisa para você comer. Quer que eu frite uma salsicha para você? Carne, minha Lilly, não se preocupe com a língua dos outros.
– A sra. Dangerfield poderá me processar.
– Não vai fazer coisa nenhuma. Quer uma salsicha?
– Ela vai. E eles irão me mandar embora.
– Acalme-se, Lilly meu amor...
– Pare com isso.
– Vou escovar os dentes.
– Jesus, Maria e José.
– Chega de Jesus, de Maria e de José. Faça suas preces ao beato Oliver Plunket. Meu padroeiro. Tenho um cartaz com ele.
– Você não quer mais nada comigo. Vai me deixar para trás.
– De jeito nenhum. Venha comigo para Londres.
– Ideia de louco.
– Preciso escovar os dentes. Meus dentes vão despencar se...
– Não vá.

Sebastian às pressas para o banheiro gelado com sua roupa de baixo aos farrapos. Tentou meter a mão no sabão derretido. Escapou por entre os dedos.

– Inferno.

Escova de pelos de seda é melhor. Fios de nylon duram tanto que no fim só restam os tocos. Sebastian abriu a torneira e pôs as duas mãos debaixo da água fria e espumante. Colocou um pouquinho do creme Mum da srta. Frost nas axilas. Com uma destas lâminas enferrujadas vou cortar os pelos do meu rosto enregelado. E vou vestir minha calça de veludo marrom porque a viagem pode ser dura e cuidado com a braguilha imprevisível. Pela santa misericórdia de Jesus preciso impedir que aconteça. Nunca mais porque não suportaria. O que deu na srta. Frost? Eu. Sim, claro. Está ficando desleal. Sem dúvida. Capaz de tirar o navio da rota certa. Não posso confiar nela se ela está se sentindo assim. Vai queimar o feijão. Feijão de Boston. Tenho que cozinhar o feijão eu mesmo.

Sebastian voltou para o quarto da srta. Frost. Dirigiu-se para a penteadeira e pegou seu relojinho de pulso, vendo as horas. Talvez eu conseguisse três libras com ele na minha casa de penhor. Não devo. Não vou fazer essa sujeira. Se bem que é difícil de saber quem está do lado de quem.

– Lilly, vou fritar algumas salsichas. Quer? Vou fazer um belo bule de chá para nós dois. Que você acha? Bom? Vai animá-la. Quer?

– Detesto estar viva. Detesto este país.

– Não se desespere.

– Você não precisa ficar aqui e sofrer com essa gente batendo a língua nos dentes. E em casa vão ficar sabendo.

Sebastian saiu do quarto. Colocou a panela preta sobre o gás. Cortou um canto de gordura e derreteu no lado da panela. Escorregando e desaparecendo. Passou a faca através da pele que a envolvia e a salsicha caiu certinha, frigindo na gordura. Não sei o que dizer para Lilly. Podia dizer que tudo na vida é uma questão de resistência. Já falei isso muitas vezes a muitas pessoas. Sigo uma norma estética. Dizer para a srta. Frost arrumar uma também. Julgar essas pequenas dificuldades de acordo com a norma. Puxa, olha só como a salsicha estufa. Um jato de riqueza saindo dali que vai nos afogar a todos, com normas estéticas e tudo o mais.

Sebastian deixou a panela e foi para o quarto. A srta. Frost nua de pé em frente ao espelho e disse oh quando ele entrou. Cruzando os braços em frente dos seios.

– Lilly, nós já nos conhecemos muito bem.

– Oh.

– Pegue sua escova de dentes que eu vou levar você para Londres.

– Não posso ir. Todo mundo ficaria sabendo.

Sebastian voltou à cozinha. Balançou a panela. Salsicha encolhendo e partindo-se, caldinho saindo dos lados. Daqui para diante vou comer. Preciso tomar mais chá para acalmar os nervos.

A srta. Frost entrou no escritório quando ele estava dando a última dentada na salsicha. Ela usava a blusa preta e o suéter cinza e coraçõezinhos dependurados das orelhas. Coração de Jesus.

– Pão, Lilly?
– Por favor.
– Manteiga?
– Obrigada.
– Chá?
– Por favor.
– Quanto de açúcar, Lilly?
– Você pensa que tudo dá certo.
– Mais ou menos.
– Você não conhece a Irlanda.
– Conheço a Irlanda muito bem, Lilly.
– Oh, meu Deus, que vou fazer?

– Lilly, lá na área da frente está a mais fantástica coleção de correio do fã do mundo. Pessoas gastam os tubos para poder escrever para mim. Contratam detetives para me seguir através da cidade de Dublin e arredores. Colocam crianças nas esquinas para me espionar. Como você vê, Lilly, falatório é o que menos importa.

– Mas o senhor não estuda. A sra. Dangerfield me contou que o senhor faltava a todas as aulas.

– Isso não vem ao caso. Você sabia, Lilly, que eu cheguei a este país com o maior guarda-roupa que já existiu por aqui? Está agora nas mãos do sr. Gleason, casa de penhor. Ótimo sujeito mas no momento de posse de praticamente toda coisa material que já possuí em minha vida e também de umas tantas que não eram minhas. Ter coisas para mim não significa nada. Tudo que almejo no momento é paz. Só paz. Não quero ser nem espionado nem seguido. Pouco me importa o que digam. Devo essa confusão toda a duas coisas. Em primeiro lugar a meu sogro. Um velhinho encantador, almirante na armada de Sua Majestade. E eu mesmo sou homem do mar. Muito bem, ele me encarregou de tomar conta do tipo mais fantástico de navio. Duzentas e cinquenta libras. Libras, Lilly. Libras. Tenha sempre cuidado com as libras, Lilly. Não digo que sejam tudo na vida, mas cuidado com elas. E em segundo lugar os médicos. Me pegaram. Um após outro. Chegam a você de avental branco com aquele negócio de auscultar o coração e o colocam bem em cima da carteira. Vou tomar mais um pouco de chá.

A srta. Frost passou o chá. Círculos vermelhos em volta de seus olhos. A caminho. Como tornamos pequenos os nossos mundos. Cercamos, apertamos e encerramos em pequenos castelos de medo. Preciso sair para as campinas. A srta. Frost deveria ir para Gold Coast. Teria tudo o que deseja naquela costa, sem dúvida.

– Escreva para mim, Lilly, ao cuidado do American Express, Haymarket. Certo?

– Não acho que devemos escrever um para o outro.

– Ânimo!

A srta. Frost mastigando a salsicha pensativamente. Sebastian levantou-se e puxou a pequena cortina de flores. Aí está o jardim que desempenhou papel tão importante em meu sonho. Tudo molhado. Quartinho de ferramentas desmoronando. Não acredito que tenha sequer dado uma olhada lá dentro. O gerente da casa de penhor teria um ataque se eu chegasse lá com enxadas e pás. Explicar que estava achando a jardinagem uma coisa muito enfadonha. Lá fora. Tocar a terra fria com a mão numa manhã como esta seria dureza. Tarde demais para sementes ou semeadura. Vento derreando os arbustos. Loureiros formam belas cercas. Através do jardim vejo os topos das janelas e a luz elétrica. Que frio. Gostaria de saber se alguém já tentou penhorar uma planta.

– Lilly, tem um cigarro para me dar?

Lilly tirou um de seu pequeno maço de Woodbine e lhe entregou.

– Ora, ora, Lilly, ânimo.

Lágrimas rolando por suas faces.

– Oh, Lilly, por favor.

Soluço. Sebastian acendeu o cigarro. A srta. Frost tremendo, respiração entrecortada. Levantou-se. Sebastian também. Esgueirou-se dele.

– O que é que há com você, Lilly?

A srta. Frost correu para fora da sala. A porta do seu quarto fechando com estrondo. Ele esperou contemplando a lareira. Mapas e uma estátua de madeira com uma cruz sobre a barriga. Indo até a escrivaninha puxou a tampa. Dependurada pelas dobradiças. Danifiquei isto com um atiçador de fogo num momento de raiva. Tudo estragado. A porta da frente fechou-se ruidosamente. Deus tende piedade de nós. Sebastian caminhou rapidamente para o corredor e dali para a porta. O portão da frente rangendo na chuva. Abrindo a porta. A srta. Frost correndo. Querida Lilly. Vou descer estes degraus e observar do portão. Este é um momento histórico. A perna bem torneada da srta. Frost. O que os vizinhos irão dizer. Posso ouvir o barulho das cortinas farfalhando. Correndo rua abaixo com as lágrimas saltando dos olhos e a chuva fina molhando seu cabelo. Lá vai ela virando a esquina. Anda depressa, não há dúvida. E aqui estou eu de pé usando sua blusa.

Sebastian voltou devagar para dentro da casa vazia. Parando à entrada da porta para olhar as cartas espalhadas pelo chão. Apanhá-las. Vinte e três. Difícil de acreditar. Caligrafia desprezível de usurário. Todas elas uma droga. Não podiam evitar, podiam? De jeito nenhum. Tinham que ganhar a vida. Lugares comuns são as únicas coisas sensatas nos dias de hoje. Não quero herdar o mundo. Tudo que quero é o meu pequeno estábulo cheio de feno. Talvez Lilly tenha ficado aborrecida porque comi a salsicha maior. Não posso evitar. Não me importo com o chá, sempre se pode fazer mais. E em sua maior parte é água de modo que tenho a impressão de ser barato. Mas carne. Oh Deus. Sangue desperta o que há de pior em mim. Cerca de cinco *shillings* gastos em selos para estas cartas. As companhias que venham a mim. E a cada uma de vocês darei uma carimbada no traseiro. Sempre tive a sensação, mesmo nos espasmos de indiscrição, loucura, luxúria ou ócio, de que os negócios eram para mim e eu para eles. Cheguei mesmo a treinar estalar os dedos e arreganhar os dentes em frente do espelho para ter com que me divertir no escritório quando estivesse sozinho. E mais alguns hábitos impróprios também. Diria que estou devidamente preparado. Me promovam, por favor.

De pé na área, as cartas ao seu lado. Sebastian todo atento. Fez uma careta. Depois outra. Estou de guarda. Os quadros na parede tremeram e ele marchou para dentro do escritório. Chegou até à escrivaninha e arrancou a tampa quebrada. Este será o último grito destas dobradiças. Ajuntando seus cartões de visita. Sebastian Balfe Dangerfield. Muitas foram as portas que se abriram com estes cartões. Talvez para depois sair discretamente pelos fundos. E nesta comprida folha de papel tenho uma relação. De dívidas. Devo a todo o mundo. Até para os esquimós. Porém. Eis aí a coisa mais importante. Sempre conservei a dignidade. Dignidade na dívida. Um caderninho para as que estão no começo. Na dívida na morte.

Sebastian pegou um saco de papel na garagem. Moveu-se pela cozinha enchendo-o. Louça de Delft. Vou dizer ao sr. Gleason, estes talheres são de herança. E um bule e uma tigela. Os lados do saco rompendo. Avidez me traindo. Devia contar para mim a história daqueles homens que encheram tanto o barco com o produto do roubo que todos morreram afogados. Pobres irlandeses.

No banheiro. Embrulhou o sabonete da srta. Frost naquele papel meio oleoso que os americanos sabem fazer tão bem. Ninguém pode com eles quando se trata de embrulhar alguma coisa. Amarrar isto com uma bela fita. Dependuradas aqui estão as meias de nylon da srta. Frost. Meu Deus, estou me comportando como se fosse um ladrão. Pobre Lilly, tente compreender que é a tremenda conjuntura que me fez levá-las. Trinta *shillings* numa boa casa de penhor de Londres. Não quero me carregar demais, pode ser que tenha que andar depressa. Velocidade é uma coisa essencial se a gente é descoberto na rua. Recompensarei você com amor e interesse, Lilly. E a seguir para dentro de seu quarto. Ligeira desordem. Se tivesse um pouco mais de tempo. Poderia aproveitar estas cortinas para fazer um guarda-pó. É bom olhar debaixo de tudo. Erguer tudo. E esta toalha que cobre a penteadeira não será nada má para futuros cachecóis.

Sebastian de volta ao escritório. Remexendo as cartas. Uma das donas da casa.

*Prezado sr. Dangerfield,*
*Esperamos que tudo esteja correndo bem; no entanto, gostaríamos de lembrar-lhe que o senhor está bastante atrasado...*

Dou um jeito nisso com uma pequena nota.

*Prezadas sras. Burton,*
*Fui encarregado de fazer uma viagem a Tangier para tratar de negócios. Tomei todo o cuidado possível em fechar bem a casa e inclusive contratei um profissional de Cavandish para polir e cobrir todos os móveis exceto a mesinha do corredor como também chamei um ferrageiro de renome para examinar todas as fechaduras das portas e janelas.*
*Sei que as senhoras devem estar preocupadas com o jardim e tenho a certeza de que ficarão satisfeitas em saber que entrei em contato com a Secretaria da Agricultura para virem examinar o solo para que possa estar bem preparado para a semeadura da primavera. Logo que o relatório deles chegar às minhas mãos tomarei todas as providências para que o jardim fique em ótima forma.*
*Reconheço que as senhoras devem sentir-se um tanto preocupadas com o aluguel atrasado, no entanto, logo que voltar do Marrocos mandarei imediatamente uma ordem de pagamento através do meu banco e deixarei tudo em dia.*
*O tempo ultimamente tem estado um tanto desagradável mas talvez fará com que a primavera seja um prazer ainda maior. Tanto eu como a sra. Dangerfield, que no momento está passando férias na Escócia, estendemos às senhoras nossas melhores recomendações e esperamos contar com sua agradável companhia para um chá assim que voltarmos.*

*Atenciosamente*
*Sebastian Balfe DANGERFIELD*

Lambeu a cola do envelope e fechou. Dou satisfação nem que seja ilusória. Acho que se pode dizer que fui polido. Como os móveis.

Pegando o resto das cartas e juntando-as todas direitinho, Sebastian rasgou-as pelo meio e colocou-as com toda a reverência em cima de um jornal amassado na lareira. Fósforos são uma das coisas que ainda tenho, além da minha vida. Adeus cartas.

Deu uma última revista na casa. No quarto de Marion. Inspecionar as cortinas, puxar as pontas, tapar toda luz. Há três livros da biblioteca. Atrasados para todo o sempre. Credo, que solidão está aqui. E este é o quarto do nenê. Da-da, mamãe diz que o senhor é um tratante. Cuidado, nenê, não fale assim com seu paizinho. Papai é um bom papai. Homem grande, homem bom. Mamãe disse que o senhor penhorou toda a louça e o meu carrinho. Tolice, nenê, papai é homem grande, homem bom. Oh, podia ser pior. Muito pior.

Fechou as portas atrás de si. Parou no corredor para contemplar o retrato de um homem de barba. Homem simpático sem dúvida mas não posso levar. Bem, acho que está tudo em ordem, é só fechar esta porta da frente.

Afastando-se um pouco ouviu o portão da frente ranger. Deslizou sorrateiramente para dentro do quarto da srta. Frost. Pelo buraco da fechadura usando sobretudo preto, colarinho branco engomado, camisa de listrinhas azuis e gravata marrom, Egbert Skully. Parece que seu chapéu está um pouco molhado. Chuva caindo indiscriminadamente. Homem de chapéu preto e sapatos pretos. Preto é para fins particulares e eu não tenho nenhum. Muito bem. Todos a postos. Abandonar o navio.

Do buraco Sebastian viu quando Skully afastou-se com desconfiança descendo os degraus, voltou, olhou para o telhado de telhas verdes e subiu novamente os degraus com cuidado. Inclinando-se, o sr. Skully passou o punho do capote no vidro embaciado da janela para espiar para dentro, mas o embaciamento continuou. Desceu a escada novamente, parando para tentar olhar para dentro do quarto de Marion e seu. Graças a Deus as janelas estão fechadas. Skully dará a volta até a porta do fundo para espiar para dentro da cozinha. Que calamidade. Skully, apesar de sua predileção por ouro tenho a impressão de que você nasceu no fundo do mais fétido lamaçal. Se eu tentar escapar pela porta da frente ele me verá antes que eu alcance o começo da rua. Mandará a polícia atrás de mim. Sem dúvida. Preciso pensar rápido e rasteiro. Pegar essa capa de chuva e um cachecol para o pescoço. Me aprontar para estar pronto. Este é um plano não preparado. Não esquecer a carta e preciso carregar este pacote a qualquer custo. Iii, Skully batendo na janela do escritório. Deve ter notado gordura recente nos pratos, esse patife. Tentando me pegar na cama. Santo Deus. Fumaça das cartas queimadas. Ele está olhando para o telhado. Usurário esperto sentiu o cheiro de seu próprio envelope barato queimando. Há ainda uma esperança. Uma última saída.

Sebastian examinou os cordões dos sapatos. Inspecionou pela última vez o envelope endereçado a si mesmo dentro do qual estavam as libras. Esperou. Mais batidas na janela do escritório. Esperou mais um pouco. Skully forçando a porta do fundo. Medidas de segurança estavam recompensando. Chegou a hora. Todos a postos. Descer os barcos.

Sebastian abriu a porta da frente, esperou um momento e então fechou-a com toda a força. A casa inteira tremeu. Ficou absolutamente imóvel de pé no vestíbulo. Ouviu os passos apressados de Skully vindos do lado da casa. Pararam. Depois o portão rangendo. Era isso o que queria.

Sebastian girou nos calcanhares e entrou no escritório pegando o saco e fechando as cortinas. Skully voltará logo depois de andar um quarteirão e pensará que está com Sebastian, o mais esperto dos mortais, Dangerfield, em suas mãos. Ainda não, Egbert, ainda não. Abrindo a porta da cozinha com toda a cautela, fechando-a. Aguenta firme coração, economiza tuas batidas para mais tarde e para de pular dentro do peito. Atravessando o jardim e subindo no telhado da cozinha. Lá em cima, equilibrando-se, um som de quebrar. A madeira podre cedeu sob os seus pés. Agarrou-se na parede com as duas mãos. O saco de papel despencou. Deus de misericórdia, o produto do meu roubo perdido. Me controlar. Para frente a todo vapor. Pular esta parede. Som agudo de vidro partido quando seus pés passaram por cima de uma estrutura fria. Santo Deus, Jesus de bondade. Olhando para o fundo desta casa para ver se há alguém espiando. Nossa, uma mulher olhando para mim de uma janela. Que fazer? Dar um sorriso, por Deus, dar um sorriso a qualquer preço. Conseguiu. Mulher petrificada de medo. Pelo menos assim ela não tentará furar meu barco salva-vidas nem pegará em vassoura nem atirará pedras em mim. Dar uns gritos para ela.

– Sinto muito, lua cheia hoje. Isto é, estou doido, minha mulher sofreu um acidente.

Correu entre as casas e através dos miseráveis jardins fronteiriços com seus canteiros de flores e com um salto ligeiramente mal calculado transpôs a grade de ferro. Fiquei dominado pelo temor divino, grades de ferro e saco não se misturam. Aterrissou caindo para a frente de joelhos e saiu em disparada rua abaixo. Por favor Skully, não vá estar esperando atrás de um destes arbustos ou paredes porque meu coração não vai aguentar e o pulmão amigo já está saindo pela boca. Foi uma pena perder meu roubo tão bem ganho. Egbert nunca desconfiará do que aconteceu. Ficará semanas a fio esperando do lado de fora que eu espiche a bandeira branca por entre as cortinas.

*E*
*Eu*
*Não o*
*Farei.*

## 24

Diz-se que homens de letras e belo vocabulário frequentam este lugar e o chamam de Palace. Estou tentando passar despercebido. No meu bolso uma passagem comprada da Companhia de Vapores Britânicos e Irlandeses S.A. Compromete-se a levar este meu esqueleto a plagas civilizadas. Às oito horas. Assinado e selado para pronta-entrega.

Sebastian bebeu uma cerveja. Saiu do bar e caminhou rapidamente passando debaixo da fachada do Banco da Irlanda. Se este telhado caísse, rapaz, nem mesmo o Skully seria capaz de me achar. Atravessando a rua correndo e entrando pelo portão principal de Trinity. Parando em frente ao quadro de informações. A gente nunca sabe. Pode haver uma mensagem de Deus. Dar uma olhada dentro da guarita do porteiro. Todos estão ali dentro sorrindo e esfregando as mãos ao redor de uma pequena lareira acolhedora. Usando bonitos uniformes pretos. Prontos a prestar qualquer auxílio ou a dar esperança.

– Bom dia, sr. Dangerfield.

Senhores, ofereço meu sorriso culposo e podem grudá-lo no quadro de informações porque não vou precisar mais dele. E bom dia cheio de toucinho defumado e ovos frescos saídos dos orifícios quentes das galinhas com café fervendo na lareira acompanhado pelo som das salsichas frigindo na velha frigideira. Bom dia, como vão vocês? Manhã de estudante. Venham comigo, estudantes. Levantem o nariz das folhas de papel e respirem este ar puro. Vocês não querem esta segurança, faz mal para a digestão. Vocês querem coisa melhor. Lá fora debaixo das árvores. Eu toco a corneta. Bip bip. Vocês aí em cima no sótão com as bundas brancas de tanto ficarem sentados. Basta. Salve e basta. Leme pequeno e correto. Fora de moda, porém. Vejo vocês todos aí em cima de suas janelas antes do sol nascer quando pensam que ninguém está vendo, fazendo aumentar as manchas de mijo parede abaixo. Dizem que a pedra ficou salgada. Dizem que o reitor foi atingido na cabeça por um saco cheio de folhas do *Irish Standard*. E não pensem que vou esquecer o dia em que me convidaram para tomar chá e nós nos sentamos ao redor da lareira porque era inverno com muita amizade e bolos.

Dangerfield pulando, usando o passo giratório. Andando ao longo da parte de cimento ao lado da biblioteca. Minha paixão vermelha, minha flâmula cor-de-rosa. Trinity coberta por uma chuva fina e agradável e todos os seus macios tapetes de grama. Nas soleiras das portas lá adiante há garrafas de leite que eu bebi. Ótimo para curar ressaca. E aqui embaixo está a gráfica, atrás da rua escura e prateada onde imprimem os exames. Meus pequenos sonhos torturados de entrar para ver. E ao longo desta grade de ferro com uma corrente de poste a poste encimados por esferas pequeninas. E as árvores da praça. Galhos atirados como fios de cabelo desgrenhado. E os postes de luz e dentro o vidro brilhante. Raspadores de sapatos ao pé das escadas de granito. Gaivotas voando em círculos vindas dos edifícios de pedra e pousando no meio da rua aos gritos. O mundo parado lá fora. Corações banhados em dor. Ou conspirando, olhos cruéis moribundos. Nenhuma pá cavoucando o solo às pressas, à procura de ouro. Irlandeses. Só isso.

Um professor seguido por um gato cinza passou na sua frente vestido de roupão. Pernas de pijama verde e branco tocando ligeiramente o chão úmido e pés azuis aparecendo fora dos chinelos. O professor inclinou a cabeça, cedo demais para sorrir. Inclinei a minha também. Vejo-o subir as escadas e seguir pelo corredor de pedra com suas pernas solitárias e acadêmicas com o gato miando atrás.

Daqui de cima das janelas vejo coisas que me fazem sentir como um turista. Vejo um homem de barba atrás de vidros engordurados e embaciados. Está despejando chá em bules ou coisa parecida. Me dê um pouco. Tenho a impressão de que o encontrei no Movimento Cristão Estudantil. Sujeito vigoroso e alegre. Oh, me lembro de ler algo sobre isso no calendário. Dizia que o Movimento Cristão Estudantil é uma congregação de estudantes que desejam entender a fé cristã e viver uma vida cristã. Esse desejo é a única condição exigida para ser sócio. Aqui está meu pedido, me deixe ser sócio. Encontrei esse homem lá. Estou esquecendo uma porção de coisas. Cheguei ao Movimento Cristão Estudantil de coração aberto. E boca. E fiquei em pé à porta da sala número três acanhadamente ciente da salvação. Um jovem de cabelos loiros encaracolados adiantou-se oferecendo-me a mão numa saudação afetuosa e varonil. Bem-vindo a nossa pequena organização, entre, me deixe apresentá-lo. Estudando Direito? Tenho visto você pela universidade. Nosso grupo é muito pequeno. Estas são as senhoritas Feen, Otto, Fitzdare, Windsor e os senhores Hindes, Tuffy e Byrne. Não quer um pouco de chá? Fraco ou forte? Fraco, por favor. No canto uma chaleira fervendo, o vapor penetrando no ar da noite. Um piano. A srta. Fitzdare usava uma saia de lã macia de cor cinza-claro e quando ela passou debaixo de meu nariz tiritando, um perfume de inverno. Me ofereceu um bolo de creme e perguntou: é a primeira vez que o senhor vem aqui? Sim, a primeira vez. Achei-a encantadora. Enquanto ela dizia que bem poucos alunos se mostravam interessados, eu me inclinei e lhe disse ternamente, este grupo é muito amável. Tentamos ser. E acho que vocês conseguem ser admiravelmente. Estou principalmente ansioso por assistir às suas reuniões de oração. Me envolvi de auréola e ela disse que estava muito satisfeita e o senhor gosta de cantar? O canto é minha especialidade. Por favor fale mais, srta. Fitzdare. Temos vozes ótimas no grupo. E você, srta. Fitzdare, quer? Comigo. Algum dia. Talvez. Passe perto de meu nariz novamente. Saí aquela noite para os frios odores de Dublin e os últimos raios de luz. Descendo a Dame Street com esperança e coração cheio. Naquele pequeno grupo catando minhas notas altas e desafinadas. Não estando de acordo em todos os aspectos mas pelo menos encorajado por suas expressões bondosas e atenciosas, seus olhos brilhantes. Gostei tanto deles.

    Caminhou entre os cantos dos dois prédios nos fundos do Queen's Theater. Com a sensação de que tudo está fechado no inverno. Este beco sem saída que jamais alguém notou. Uma noite subi a rampa gramada de um campo de esportes e chorei entre os joelhos. E nas tardes de sábado ia até ali vê-los quebrar a cabeça um do outro correndo atrás de uma bola. Somente algumas pessoas postadas ao longo da margem do campo com protetores de orelha e colarinhos do paletó erguidos. Aqui atrás estão os prédios para ciências onde misturam as coisas para explodir. E o Departamento de Botânica e as bonitas flores. Deve ser uma beleza somente cuidar de flores e tirar um diploma. E o salão de exames. Pedindo permissão para viver. Melhor do que muitos. O edifício da Física onde gastei um *shilling* para entrar para o Clube do Disco. Gelado mas agradável. E além das quadras de tênis o edifício da Zoologia. Lá dentro há uma coleção espantosa de insetos e um elefante de pé no meio da sala. Subi aquelas escadas e apertei a campainha brilhante para os visitantes e vieram para me guiar na visita ao prédio. E depois das aulas de direito vim a este pequeno museu ver os morcegos. Pode-se dizer que eu tinha um mundo de atividades fantasiosas. Animais empalhados são minha especialidade. E o pavilhão de esportes. Joguei tênis aqui com Jim Walsh. Não sabia disso também. E a banheira de água gelada. Esses durões que jogam *rugby* chegavam do campo e mergulhavam nela aos berros. Eu ficava satisfeito em ficar debaixo do chuveiro até que me torrasse de tão quente.

Sebastian passou por baixo do arco do portão dos fundos de Trinity College. Atravessou a Fenian Street entre as doidas manobras das carroças e automóveis. Andando de cabeça baixa, levantando os olhos de vez em quando para estudar o território à frente. Subiu a Merrion Street e o sol apareceu brilhando sobre os edifícios do governo. Secretárias meneando as cinturas matinais entrando pelas portas. Todas com os lábios vermelho-escuros. Capotes vermelhos cobrindo suas costas largas. Homens de capotes escuros passando com o nariz vermelho, mãos vermelhas e ásperas. Garotas de tornozelos carmins. Prossigo. Mais depressa. Ao longo de Lower Baggot. Virar rápido à direita, vencer Pembroke e circundar a praça com suas belas portas georgianas. Atravessei Fitzwilliam Place e passei as mãos nas grades de ferro enquanto caminhava. Até que abri um portão estreito e desci uns degraus íngremes. Batendo. Nenhuma resposta. Bato o sinal de S.O.S. na janela. Tem que responder. Conheço Tone. Entende esses negócios de mar. A luz se acende. A porta se abre e Tony Malarkey espia para fora.

– Santo Deus, Sebastian, tinha que me certificar.
– Você tem toda razão. Como vai, Tony?
– Faz semanas que não abro a porta para ninguém.
– Problemas com o senhorio?
– Estou liquidado. E você como vai? Entre para eu poder trancar.

Sebastian esperou atrás de Tony olhando-o fechar a porta e passar uma pesada tranca, firmando-a com diversas cunhas.

– Iiiiii assim está ótimo, Tone. Ótimo.
– Santo Deus, envelheci dez anos nos últimos meses. Já não batem mais, tentam logo arrombar. Trabalhei nessa tranca uma noite inteira e de manhã estava pronta. Chegaram com dois policiais, homens fortes, mas não conseguiram movê-la. Ficam lá fora com seus malditos papéis na mão resmungando e eu bem atrás da porta pronto a mandar para o inferno a primeira cabeça que se intrometa. Era ruim para as crianças, não podiam ir lá fora de jeito nenhum.

— Mas Tone, o que foi que aconteceu?

— Mandei tudo embora. Terry e as crianças foram para o interior. Eu aqui encerrado neste túmulo aguentando no caso de eles desistirem da ação de despejo. Ótimo, não é mesmo?

Sebastian sentou na soleira da porta. Tony encostado no fogão, de braços cruzados sorrindo, um par de alpargatas nos seus pés cruzados. Quarto nu com uma única panela dependurada em cima do fogão e suas vozes ecoando nas paredes grossas e úmidas. Olhando um para o outro. Dangerfield curvou-se até o chão. Berrou. Tony inclinou a cabeça para trás e riu. As janelas tremeram.

— Você acha, Tony, que isso não tem fim? Você pensa assim no momento?

— Santo Deus, acho que sim e o pior é que não tenho sequer uma bala para o revólver.

— Você acha que está pronto para uma soneca no além? Aqui jaz o corpo de Tone que deixou somente um gemido. Que me diz?

— Sebastian, estamos todos liquidados. Este mês que passou foi sem dúvida o pior. Quando as coisas estão ruins a gente fica sempre dizendo que pelo menos não podem piorar. Então elas pioram. E ficam assim até que a gente se sinta tão exausto e liquidado que já não se preocupa mais. Chega-se a esse ponto. Tudo tão ruim que a gente tem que se animar ou morrer. Clocklan é que agiu certo, o infeliz. Lá em cima vendendo nuvens para Deus.

— Kenneth me contou.

— Fez a coisa como devia ser feita. Uma garrafa de uísque e zás fora do navio. Tenho acompanhado pelos jornais para ver se o corpo do infeliz vem dar em alguma praia. Ele seria bem capaz de aparecer em alguma praia no próximo verão e matar de medo algumas pobres crianças.

— Você acredita mesmo que ele tenha pulado do navio, Tone?

— Não sei o que pensar. O fato é que ninguém soube mais nada do infeliz desde então. Não ficaria nada surpreso se ele estivesse jogado em algum lugar como Cardiff explorando alguma megera. Então O'Keefe se foi. Que pena.

— No meio da viagem neste momento.

– Pena.
– Bem, Tone, o que você vai fazer?
– Não tenho a mínima ideia.
– Onde você dorme?
– Venha aqui que eu mostro. Você vai gostar do negócio.

Sebastian seguiu-o através de uma longa passagem, suas vozes ecoando pelas salas escuras e profundas. Sebastian parou na entrada da porta. Malarkey foi até a parede e riscando um fósforo na parede escamosa acendeu um lampião de gás.

– Santo Deus, Tone, mas isso já é fantástico demais.
– Sabia que você ia gostar.

Sala comprida e cor-de-rosa. Nas duas paredes havia enormes cravos usados em estradas de ferro, aos quais estavam amarradas fortes cordas que suspendiam uma rede forrada com um sobretudo preto.

– Tone, que o beato Oliver rogue por todos nós.

Tone dando um salto rápido e perfeito aterrissou no centro deste berço negro de mamute. Esticou o braço.

– Me dê aquela cordinha na parede, Sebastian.

Com um riso maroto nos lábios Malarkey puxou a cordinha levando a si mesmo em direção à parede, soltando-a a seguir por entre os dedos. A rede balançando docemente para frente e para trás. Da porta provinham débeis gritos animalescos por parte de Dangerfield.

– Tone, se isto aqui não fosse as Catacumbas, se eu não estivesse enterrado nestas profundezas com um homem honesto como você eu diria que tudo isto que eu vi é mentira, mas depois de ver, de observar, tenho que acreditar.

– Digo uma coisa para você, Sebastian. Teria ficado doido se não fosse isto aqui. Tem sido minha salvação. Não tinha onde dormir, só este velho sobretudo e outras coisas sem valor. Não conseguia pegar no sono dormindo no chão devido à companhia suburbana dos ratos. De modo que com o rico sobretudo que um americano abastado me deu e esta corda que achei quando procurava alguma coisa que pudesse penhorar me lancei ao trabalho.

Tony ergueu o paletó.

– Trancei isto com um pouco de barbante e roupa velha. Não ficou bom?

– Tony, você tem tantos recursos que nunca vai ser coisa nenhuma.

– Mas não é sempre assim, Sebastian? E quais são as novidades?

– Estou de partida para Londres.

– Não me diga.

– O navio parte hoje à noite.

– Que foi que aconteceu?

– Há tantas coisas no meio que nem sei.

– Isso já basta.

– Tone, estamos todos à beira do precipício.

– Estão tentando me arrancar daqui há mais de um ano e ainda não conseguiram. É a única alegria que tenho na vida. Torrando a paciência do senhorio. Mas digo uma coisa a você, Sebastian, enquanto houver uma batata na Irlanda não me entrego. Muita água vai correr rio abaixo antes de eu entregar os pontos.

– Gostei de ouvir, Tone.

– O problema são as crianças. Não sei o que fazer. Elas precisam ter onde morar. Tenho que encontrar alguma coisa. Arrumar algum dinheiro. Com algum carvão poderia comprar um pedaço de terra em Wicklows.

– Dá uma de gangster.

– Sebastian, não está em mim.

– Tone, o orgulho é que o impede.

– Me prende pelos colhões.

– Tony, acho que um bom trago faria bem para nós dois.

– É a primeira coisa sensata que você diz.

– Espere um pouco que preciso ir ao banheiro.

– Não pode.

– O que, Tone, não posso?

– Santo Deus, eu arranquei o negócio todo e vendi lá no cais por trinta xelins.

– Minha Nossa Senhora.

– Tinha muito chumbo também, rendeu oito libras e seis.

– A que ponto fomos chegar.

– Estou desesperado.

– Mas me diga uma coisa, Tone. Estou profissionalmente interessado. Como você conseguiu descer com um negócio daqueles até o cais?

– No carrinho do nenê. Amarrei uma fita em volta. Com travesseiro e cobertor.

– Tenho a leve impressão, Tone, de que tanto eu como você empurramos outras coisas além de bebês no carrinho.

– Terry teve uma crise nervosa.

– Como está ela agora?

– Está bem.

– E as crianças?

– Não pensam em nada. Está tudo ótimo para elas. Belezas de crianças. Só sentem falta de carinho e de comida.

– E enquanto houver batatas, não é Tone?

– Isso mesmo.

– Está na hora da bebida. Vamos embora.

Pararam na porta da frente. Tony remexendo suas complicadas fortificações.

– Veja só isto, Sebastian.

Tony ajeitou a forte tranca ajustando-a perpendicularmente ao lado da porta. Sebastian passou para fora, observando com interesse, Tony bateu a porta. Lá dentro o barulho da tranca escorregando para o lugar certo.

– Pelo amor do B.O.P.

– Não é uma beleza?

– Não gostaria de tê-lo como inimigo, Tone. E agora, como você entra de novo?

– Preste atenção.

Tony abriu a porta que dava para o depósito de carvão. Tateando a parede, sorrindo maliciosamente. Puxou uma cordinha para fora.

– Esta cordinha sobe pela parede e é só puxá-la para trás que a tranca salta para fora do lugar. Simples. Mas exigiu muito tutano.

– Me disseram, Tone, que você é capaz de fazer sessenta mil volts entrarem por um ouvido e saírem por outro enquanto canta a canção *O Oeste está de pé*.

– Quem foi o linguarudo que disse isso? Não quero que espalhe.

– Iiiii, você ainda vai vencer. Vencer vencer vencer. Está me ouvindo? Vencer.

Foram em direção à Lower Baggot Street. Para dentro da casa da esquina. Malarkey usando um cachecol vermelho com listrinhas amarelas e verdes ajeitado meticulosamente a fim de esconder a roupa que já tinha visto dias de glória nas costas de um americano rico. Dangerfield mantendo fechada sua capa de mulher por meio de um enorme alfinete de segurança.

– Sebastian, ouvi de fontes fidedignas que você anda se virando com sua pensionista.

– Não sei do que você está falando, Tone.

– Seu sem-vergonha.

– A srta. Frost vai entrar para as Carmelitas.

– Para o prostíbulo, você quer dizer.

– Posso garantir, Tone, para seu sossego de espírito que nenhuma relação, carnal ou de qualquer outro tipo, se efetuou entre nós. Até pelo contrário, eu e a srta. Frost fomos muitas vezes receber a bênção juntos. Aspergidos com água benta. Na face. No rosto. Você sabia que ela tem uma bela voz? Leve toque de barítono mas com sentimento. Sim, sentimento. Canta com o coração. O fundo.

– Se você não estiver se esfregando com a srta. Frost noite e dia, principalmente à noite, sou capaz de deixar de beber e de apostar.

– Iiiiiii.

Pegando os *pennies* do balcão foram para um outro bar da Baggot Street. Sebastian que disse estar pressentindo a chegada de uma gripe tomou diversos *brandies* duplos.

– Sabe de uma coisa, Sebastian, tenho que comprar um pedaço de terra assim que arranjar algum dinheiro. É a única maneira de se viver. Dá montes de dinheiro.

– Tone, acho que colocamos demasiada fé no campo. Compre essa terra e depois terá que se levantar cedinho para dar comida aos porcos e a algum boi que não merece outra coisa senão um bom pontapé no traseiro.

– Você tem razão.

– Vou sentir ter que ir embora, Tone.

– Não acredito.

– Me sinto triste. Navio fúnebre. Mas preciso mudar. Para lá das águas muito distante. Não verei mais este verde. É estranho, Tone, que você, descendente direto dos primeiros reis, passe tantas vicissitudes em seu próprio país. Sem terras e sem batatas.

— Se não fosse por meu sangue ser azul já o teria vendido ao hospital há muito tempo.

— Mas não o misture, Tone. Nunca faça isso. Nosso dia chegará. Dê um jeito de não morrer de fome e de umas outras coisas que nosso dia chegará.

A hora sagrada das duas e meia quando os bares cerram as grandes portas de ferro e impedem a sede de entrar. Foram para o Green Cinema onde se sentaram a uma mesa branca e mandaram baixar pratos e mais pratos de toucinhos defumados, ovos e batatas fritas. Quando saíram o tráfego estava congestionado. Cabeças para fora dos carros e buzinas estridentes. No fim da rua um homem enorme havia se deitado no meio-fio e dormido. Houve quem dissesse que ele havia tomado um pouco de bebida. Outros disseram que ele estava vendo se conseguia ouvir o pulsar da cidade. Sebastian dançava e berrava. Jornaleiros no meio da multidão perguntaram que dança era aquela. Dança do cachorro, filhinho.

Desceram pelo meio da multidão de sexta-feira da Grafton Street e passaram pelos frequentadores habituais do cinema. Nuvens negras aproximando-se da cidade. Escuro escuro. Brilho de luzes no Grafton Cinema Café. Meu porto. Bicicletas aos turbilhões em direção ao tráfego congestionado que já estava se tornando geral pela cidade toda. Os bares enchendo-se de homens encapuçados limpando o nariz nas mangas dos paletós ou nos dedos rachados pelo frio. Garçons dando duro no trabalho. Atendendo ao chamado de vozes insolentes por ter sido o dia do pagamento. E agora vamos descer a Wicklow Street porque nessa rua há um bar que sempre considerei muito especial. Nada o supera no emprego do mogno ou nos barris. Quando vou lá o camarada me trata muito bem e chegou até a me perguntar se eu tinha ido ao teatro. Pela primeira vez não lancei uma mentira de imediato e respondi não. O que digo quanto minto? Bem, eis o que digo. Digo que meu nome é Gooseky e que sou do Oestiky todo Bissexto.

Dangerfield esticou o braço e pegou duas garrafas espumantes da comum. Retiraram-se para um canto. Colocaram as garrafas numa prateleira. Tony abriu uma caixa cheia de tocos de cigarros.

— Deus do céu, Tone.

— Catei estes tocos numa lareira de um americano em Trinity. Eles os jogam fora ainda grandes.

— Joga isso fora, Tony, e me deixe presenteá-lo numa ocasião de prodigalidade com um maço novo.

Amontoado de cigarros e copos. Há um momento na cidade de Dublin em que os copos vibram. Frutos da agonia resignada do desespero das manhãs e das tardes, numa geleia de alegria. E esparrama-se por toda parte quando mais tarde se derrete. Olho para o rosto de Tone, que é a Irlanda.

— O que você faria, Tone, se algum dia tivesse bastante dinheiro? Bastante mesmo.

— Quer saber a verdade?

— Sim, a pura verdade.

— Em primeiro lugar, mandaria fazer um terno. Aí iria até o Seven Ts e colocaria uma nota de cem libras sobre o balcão. Beberia até cair duro. Mandaria cem libras para O'Keefe e pediria que ele voltasse. Poderia até, se ficasse bêbado o suficiente, colocar uma placa na esquina das ruas Harry e Grafton. Percy Clocklan, gerente de um prostíbulo, peidou neste local. Daí, Sebastian, eu começava desde College Green até Kerry parando a cada metro do caminho para entrar em todo bar e encher a cara. Levaria um ano. Depois iria até Dingle Peninsula e caminharia até o fim de Slea Head, humilhado, molhado e sem um tostão. Sentaria ali e choraria para dentro do mar.

— Tone, pegue.

Dangerfield depositou uma nota dobrada de uma libra na mão de Malarkey.

— Meu Deus, obrigado, Sebastian.

— Até breve, Tone.

— Boa sorte.

Apertaram-se as mãos. Sebastian virou o copo. Mão à frente abrindo caminho entre os paletós até chegar à rua. Ficou parado na esquina. Olhar o céu escuro e furioso. Abotoar a capa ao redor do pescoço. Afastar o vento penetrante. E as mãos nos bolsos molhados e frios. Ao mesmo tempo tentar aquecê-las esfregando as moedas. Já tenho o passaporte. Ainda me restam duas horas. Já vi prostitutas caminhando por esta rua. Ali vendem pratos. E essa grande janela preta do ferreiro. Pensar no monte de bacias ali dentro, quilômetros de canos de cobre, banheiras e segadeiras. Adoro tudo isto aqui. Quero morrer numa cidadezinha do interior com o cemitério não muito longe. O interior é a minha especialidade. Última viagem pelo campo. Caixão sem alças. Tudo que peço é que não preguem muito apertado.

Sebastian entrou pela porta lateral do Bleeding Horse. Mandou baixar um litro de Gold Label. Um homem vestido em estilo britânico e falando francês aproximou-se. Disse a ele que minha bile é verde. Ele disse você fala francês. Gu gu miau miau.

Porta afora. Rua acima. Degraus abaixo. Espiada pela janela. Batida na porta. Som dos chinelos dela arrastando. Ponta de hesitação. Ali dentro está carne que comprimi contra a minha. Lambi, apertei, empurrei, belisquei. Oh, seus seios. E desde que senti um rabo como o dela não vai ser fácil esquecer se é que vou esquecer. Coração, por favor, pare de bater como se fosse os martelos do inferno. Aí está seu cabelo ao redor da porta.

– Sou eu.

– Oh.

– Posso entrar? Por favor. Sei que sou um velhaco. Um verdadeiro canalha. Tudo isso e mais alguma coisa. Reconheço. Mas.

– Você está caindo de bêbado,

– Chris, juro por Deus que não, como bom católico apostólico romano.

– Está bem, entre. Sente. Não precisa ficar em pé. Sente. Não quero ser usada. Como um par de sapatos em que a gente enfia o pé. Por que você não veio me visitar antes?

– Estou de partida para Londres dentro de uma hora. Vou de navio. Ânimo. Vamos.

– Me deixe em paz. Você não tem coração.

– Ic. Espere um momento. Não quero que você se sinta assim. Por favor. Não tenho coração. Pode ser de pedra mas tenho.

– Por que você não veio me contar tudo antes? Sua vida estava uma confusão e houve alguns mal-entendidos.

– Sim, houve. Agora, por favor. Venha comigo e vamos tomar alguns drinques.

– Não.

– Vamos, por favor.

– O que você pensa que eu sou? Aqui neste quarto dia após dia. Sozinha. Esperando que você viesse. Nem uma palavra. Como você pensa que é? O que você sabe sobre os sentimentos de uma mulher? Você não conhece nada da vida.

– Conheço a vida muito bem. Estou nela também.

Ela se afastou e alisou uma calcinha. Passou o ferro sobre a renda. Dobrou e colocou numa pilha de roupas passadas. Sebastian sentado, rosto concentrado prestando atenção. Com os cotovelos descansando nos joelhos. Pernas separadas para descansar com pequeno toque de desespero e o queixo apoiado nas palmas das mãos.

– Não podia ter escrito?

– Eu quis.

– E de repente lá vem você para me dizer que está de partida. Assim sem mais nem menos. Você nunca sofreu? Nunca se sentiu infeliz?

– Cometi meus erros. Nunca sei quando os cometo. Mas não sou sem coração. Se eu pudesse voltar atrás corrigiria tudo o que lhe fiz sofrer. Não sou ingrato com pessoas que foram bondosas para mim. Mas quando arrisco, me meto em apuros, sou perseguido e quase espancado, tenho que me virar. Vou começar tudo de novo em Londres. Há algum dinheiro à minha espera além do oceano. Não sou má pessoa.

– Não se faça de tolo.

– Chega de Irlanda para mim. Chega de servilismo e insultos. Venha para Londres comigo.

– Escreva para mim. Quem sabe?

– Você virá então? Por Deus, venha.

– Escreva. Sua capa está ridícula.

– Minha capa mágica. Um beijinho.

Beijando no quarto solitário do porão. Passadas no corredor. Segurando uma de suas mãos macias. Fiz as pazes. Levantar e sair. Um último olhar. Adeus.

Uma rajada de vento e de chuva batendo nas minhas costas. Atravessar a rua para pegar aquele ônibus quente e iluminado e pular para dentro. Vejo Chris fechando a porta. Campainha do ônibus e ar quente e úmido. Limpar um pouco esta vidraça embaçada porque lá fora há fachadas de lojas de brinquedos, postas de carne e janelas secretas e manchadas de bares.

No cais com figuras carregando malas às pressas pelas pedras de açúcar da rua passando pelos passadiços iluminados dos navios ancorados. Gaivotas batendo asas brancas na escuridão. Sob a luz da entrada, passageiros espalhando adeus entre os táxis e jornaleiros. Compro meu último *Evening Mail.* Vou para o leste. Para as civilizações melhor estabelecidas.

– Bagagem, cavalheiro.
– Nenhuma.
– Alguma coisa a declarar?
– Nada.

Entre os corredores estreitos e íngremes. A luz do navio amarela e triste. Ao longo do convés janelas nos protegendo do mar. Quase oito horas. Quase na hora da partida. Vou dar uma volta para ficar do lado do rio Liffey. Lá embaixo estão as águas de Blessington. Homem levando o cabo para o outro lado. Quero ver um pouco de marinheiraria, rapazes. Classe. Fazendo muito barulho com aqueles remos. Lá adiante ao sul está Trinity College, Ballsbridge, Donnybrook. Milltown, Windy Harbour e mais além. Conheço tudo. Vento frio penetrante entre meus joelhos. Espirais inclinadas e negras das pequenas montanhas. Dentro daquele tapete de luz. Todos os meus desesperos pequenos e tristes. O mesmo que olhar para fora de minha torre. Reunir meus navios dos confins dos mares. Chamados do lugar onde estavam morrendo. Não quero ir. Mas e se não for? Já não tenho mais onde morar. Que posso dizer? Me digam. Que posso dizer? Tanta coisa que gostaria de conservar para sempre. Gotas d'água escorregando das folhas lustrosas do loureiro ou meus passos durante os silêncios da manhã e da noite. E os apelos aos burros. Ou quando eu deitava de costas na Irlanda olhando para cima e para o resto do mundo. Um dia de verão subi uma montanha e cheguei até Kilmurry. Desde o fundo dos íngremes campos verdes até Moulditch Bank, a orla azul do mar movendo-se sem cessar, ligeiramente branca. Naquele dia vi um trem subindo da cidade de Wicklow em direção a Dublin. Deslizando pela minha mão. Espalhou no fundo da campina. O sol brilhava sobre aquele trem. Levando meu coração com ele. Soltou um apito agudo e eu quase dei um pulo. E ele volta das casas desmoronadas ao longo do cais John Rogerson. Ouço o guincho. Rugindo e desligando. Rastro de espuma branca sobre a água. Mansamente para o meio da corrente. Entre outros barcos e a semi-ilha de Ringsend. Há um ninho feito de calor e compreensão atrás daquelas janelas? O navio deslizando entre os faróis de Bailey e Muglins. Um homem de bicicleta na Pigeon House Road. Howth e Dalkey. Sinto o mar debaixo de mim.

> *Lancei-me ao mar*
> *Na Sexta-feira da Paixão*
> *Com nuvens ameaçadoras*
> *Esmagando o céu*
> *E o meu coração*
> *Partido*
> *Com a dor da morte.*

## 25

Abrir este alfinete de segurança. Da blusa da srta. Frost. Este pulôver desbotado. Pôr estas coisas sobre a cadeira. E acho que vou cobrir minha nudez com a capa de chuva manchada mas protetora. Caminhar pelo tapete com os pés descalços, afundar os dedos em alguma coisa horrível.

Abrindo a porta, saindo para o amplo corredor. Uma camareira vindo do fundo do corredor. Com um sorriso jovem e bondoso olhando firmemente para meu pé.

– Quer uma toalha de banho, cavalheiro?

– Bem...

Confuso, parado no corredor numa condição embaraçosa para decidir sobre uma toalha devido à possibilidade de mau cheiro nos pés e os vales do meu corpo sujos com os depósitos da pobreza.

– Num instante, cavalheiro. Elas estão quentes e macias.
– Bem. Quentes. Sim. Onde fica o...
– Aquela porta à sua direita, cavalheiro.
– Muito obrigado.
– Não há de que, cavalheiro.

Os caprichos da espécie. Seu chapeuzinho. Com babados. Abrindo esta porta impessoal e ligando a luz. No canto do fundo da sala uma banheira para lavar o mundo. Tão gorda e longínqua e cheia. Cadeira coberta de cortiça. Torneiras. Coisas gigantescas. Tirar logo esta vestimenta à prova d'água e ficar com as partes secretas à vontade. Um instante em frente ao espelho para um pouco de autoadmiração. Ora, até que não tenho uma silhueta de se desprezar. Ligeira protuberância na barriga. Laterais sobrando um pouco. Flexionar os músculos. Santo Deus. Preciso fazer um pouco de ginástica.

Ele estava fechando a janelinha, olhando para a corrente de ar frio lá fora na tentativa de ver todas as janelas. Desta cidade enorme. Sei que há homens de negócio aqui. Bem que sei.

Uma batida na porta. Num estilo bem articulado com os metacarpos.

– Cavalheiro?
– Um momento.

Abrindo a porta. Ombro nu. Por favor não me julgue destituído de modéstia. Cara jovem, você sabia que está se arriscando? O que quero dizer é, você sabe, nós dois, um homem e uma mulher. Para dizer a verdade acho que talvez não seria mau negócio possuir você. Ato de bondade, se por mais não fosse.

– Aqui está a toalha. Macia e grande. Essas toalhas pequenas não servem nem para enxugar uma formiga.
– Rá, rá.
– De antes da guerra, cavalheiro.
– Fico muito agradecido. Obrigado.
– Não seja por isso, cavalheiro.

Fechando a porta e pegando a toalha que em todos os aspectos não era nada mais nada menos do que um razoável tapete. E abrindo as torneiras e a água jorrando. Abaixando até ela. Sentando novamente neste tépido conforto. Tenho passado por muitos anos de cansaço e por muitos dias frios caminhando por ruas mal calçadas, transportando minha alma sensível, deslizando por trás de barris, paredes e fortificações, tentando passar despercebido e fazendo saques sem fundos em bancos e outros lugares.

Flutuando. Não há nada igual. Suspensão do corpo. Última noite no navio. Perguntaram onde eu ia me hospedar. Debaixo de uma árvore em Hyde Park. E descendo do trem vi as árvores retorcidas. Que prazer ver tantas ruas. Amanhã vou ler os jornais. Coluna de assuntos pessoais.

> *Cavalheiro viajando ao exterior por um ano deseja entrar em contato com pessoa adequada, que goste de caçar e da vida do campo, para cuidar de uma grande propriedade completamente aparelhada. Precisa gostar muito de animais. Remuneração adequada.*

Mais. Mais iguais. Há fartura, sem dúvida. E outras figuras delgadas e dedos delicados como os meus. E mulheres altas e esguias. De sapatos baixos. E cor-de-rosa, para pureza. Ferrugem para honestidade. Sou um pedaço de ferro velho.

Banheiro enorme aquecido. Sentado na beirada e enxugando cuidadosamente os vãos dos dedos. De pé para dar a última olhada no meu corpo em frente ao espelho. Tenho a impressão que o vapor o aumentou um pouco.

Envolvido na capa de chuva, tomando contato com coisas confortáveis. Cama grande de casal, pia e espelho refletindo na noite. Cobertor grosso bordado com flores. E talvez um tapete Axminster, marca como o sr. Skully nunca viu. Os irlandeses sem dúvida reivindicam coisas assim. Prezado Egbert, você pensa que eu ainda estou atrás das cortinas?

Canto da cama puxado e nu. Permita-me deitar agora. Tenho a impressão de que nunca estive tão nu em minha vida. Dá o que pensar. Em outras pessoas. Lilly, tenho pensado em você ultimamente. Não entre para o convento.

Esticou a mão e pegou o telefone. Buzz buzz. Clique dique.

– O sr. MacDoon está, por favor?

– Vou ver.

Com essas máquinas falantes a gente ouve uma porção de coisas estranhas. Pés de duende se aproximando.

– Alô?
– Aqui é Dangerfield.
– Quer repetir, por favor?
– Dangerfield.
– Mais uma vez.
– Dangerfield.
– Pela misericórdia de Deus que desperdiçou seu fator RH negativo em pobres como nós, não me diga que você está em Londres?
– Mac, estou. E me diga uma coisa, há violência por aqui? Detesto violência e todos aqueles que andam pelas ruas dando pontapés nos traseiros desses infelizes.
– Logo que você desligar vou dizer a Parnell, aquele careca de peito peludo, rei dos assassinos, para avisar o submundo que deixe você passar sossegado.
– Pode me hospedar?
– Hospedar. Sem dúvida. Isso se você estiver disposto a dormir dependurado no forro. Fornecemos um gancho a todo hóspede. Mandei instalar algumas argolas no forro. O quarto mede quatro por cinco e muitas noites abrigo mais de quarenta pessoas. Nem Sua Majestade poderia hospedar melhor. É claro que eu durmo em uma cama. Não é uma sensação muito agradável acordar com todos aqueles pés retorcidos apontando para a gente. Dão a impressão de que vão me esmagar.
– Você não acha, Mac, que esse negócio cheira a matadouro?
– Tenho a impressão que sim. Quando é que você vem para cá?
– Imediatamente. Vou só pôr a roupa para não me apresentar num estado de nudez em público.
– Você sabe como chegar aqui?
– Acho que sim, Mac. Mas guarde segredo. Não diga nada a ninguém. Chego dentro de uma hora.
– O tapete vermelho, branco e azul estará estendido. Há dois enormes animais lá fora, na frente. Enfie a mão na boca daquele que está à esquerda, não há nada político nisso, e puxe a língua.
– Se ele morder minha mão, Mac, nunca lhe perdoarei.

– Venha logo.

– Bip bip.

Ah, ó céus, ó vida, está tudo resolvido. Sou apenas um garanhão maluco. Com olhos cor-de-rosa. Você não gostaria de me ver agora? Marion, você não gostaria? Não estou sendo cruel. Oh, não. Estou bem calmo. Completamente repousado. Mas quando você vier me ver no Mayfair, quando as coisas estiverem como devem, não tente entrar e pensar que as coisas vão ser rosas novamente. Não se preocupe. Chegará o dia para os traidores e o que você ganhará será um pontapé no traseiro. Céus, estou com uma ótima aparência hoje. Com as faces rosadas. Minhas narinas fremem com a sensibilidade que realmente existe dentro de mim. A água quente jorra da torneira. O sabonete é perfumado. Mary, vou lavar você com ele.

Sorrisos pelo saguão. Paredes de mármore sem dúvida. Para a vida noturna. Um parque tranquilo do outro lado da rua. Me agrada. Dar um passeio. Descer para o metrô. Todo mundo coberto de joias. Aquela garota está com um atraente vestido cinza. As mãos um tanto grosseiras ao redor das juntas. Mas um par de pernas que devem ser uma beleza. Espero que ela não ache que eu a estou encarando. Porque na verdade estou desinteressado. Só estou olhando para as suas pernas e imaginando como deve ser mais para cima. Ou quem sabe você poderia até me orientar como chegar à casa de MacDoon. Estes bancos são confortáveis. Fico com as pernas deste modo porque tenho a impressão de que a qualquer momento as solas dos pés vão se despregar. Preciso andar de mansinho daqui para a frente. Não estou em condições de ser perseguido.

Tantos rostos para olhar. Subir estas escadas. As suas pernas são extraordinárias. Preciso perguntar-lhe o caminho. Tenho que perguntar.

– Desculpe, mas a senhorita poderia me dizer como chegar a Minsk House?

– Pois não. Terceira esquina à direita.

– Obrigado. Espero que a senhorita não se importe se eu disser que suas pernas são maravilhosas.

– Bem, não. Acho que não.

– Trate bem delas. E muito, muito obrigado.

— Obrigada.

Não tive coragem de enredá-la. Uma garota como essa merece ter uma bela oportunidade. Seus dentes um tanto pequenos mas parelhos e claros e eu sempre digo me deem em qualquer circunstância os parelhos e claros em vez dos sujos e grandes. Bairro nada mau. Devo reconhecer que MacDoon mantém a linha a todo custo e agora que já vi um pouco desta cidade estou de pleno acordo com ele. Santo Deus. Deve ser aquela a casa. E aqueles leões ou coisa parecida. Não tenho coragem de enfiar a mão lá dentro, pode não sair mais. Mas tenho que fazer. Beato Oliver, proteja-me em minhas dificuldades. Ele disse que puxasse. Tenho a impressão de tocar determinada coisa que prefiro não dizer. Não vejo nada em parte alguma. Mac está muito misterioso. Sei que ele gosta de inventar as coisas mais fantásticas. Ouço alguma coisa.

Uma porta abrindo e fechando. Uma sombra passando na parede. Uma silhueta inclinando-se sobre um barril. Enfiando alguma coisa dentro, tirando alguma coisa para fora. Alguém diz alguma coisa.

— Ei, você. Ei, Mac? É você, Mac?

MacDoon. Figura pequena e oscilante. Dizem que seus olhos são como as joias da coroa. Uma barba vermelha e pontuda no queixo. Um autêntico duende. Não posso falar muito alto com ele se não voa pelos ares.

— Calma, calma, calma. Calma, Dangerfield, calma.

— Mac, todo mundo que conheço atualmente vive por baixo. Que negócio é esse?

— Sinal dos tempos, sinal dos tempos. E como vai o seu martelo? Passa para cá, Danger. Para dentro da arena.

Uma porta com uma boca ao redor. Os lábios vermelhos e os dentes brancos.

— Mac, que coisa horrorosa. Vou ter uma indigestão.

— Não se preocupe.

— Mac, me sinto aliviado por estar em Londres.

— Sente-se. Tenho a impressão de que vejo sinais de angústia ao redor dos seus olhos.

— Mais ou menos.

— Me conte tudo. Ouvi dizer que há sinos novos no inferno.

Havia duas cadeiras macias e confortáveis. Um lampião a gás emitindo uma chama azulada em cima do qual estava um vidro de cola. Nas paredes havia forcados particulares. Grandes, médios e curvos e, como Mac disse, feitos à imagem e semelhança um do outro. De uma caixa pequena e colorida veio um lamúrio.

– Mac, pelo amor de Deus, o que há aí dentro?
– Minha prole.
– Nossa Senhora.
– Danger, quero saber as novidades.
– Bem, acho que posso dizer que acabo de chegar de uma longa, muito longa caminhada. Agora posso avaliá-la. Foi dura, perversa e mesmo injusta algumas vezes. Posso considerá-la assim.
– Danger, quero sangue.
– Ora é claro que houve um pouco do valioso sangue. Só um pouco. E muita confusão. Marion está em Withwait com Felicity.
– Vou interrompê-lo por um momento, Danger. Sabe, eu sempre achei que você acabaria por fazer a coisa certa e assumiria o seu devido papel em Withwait Hall. Todo mundo em Dublin achava que esse seria o curso natural das coisas. Era só uma questão de tempo para que o remorso levasse o almirante Wilful Wilton ao suicídio e então a velha sra. Wilton seria imediatamente internada em Harrogate para se recuperar do golpe sofrido e nesse meio-tempo você venderia os direitos de caça e se tornaria o senhor de Withwait. Veja se não está certo.
– Mac estou de acordo. A morte pode me trazer muitos benefícios.
– E ouvimos dizer que o velho Dangerfield não está muito bem de saúde.
– É verdade, Mac, e devo confessar que isso me faz ficar muito angustiado. Estou liquidado. Me chamam de apóstata, Mc acusam de ter tentado salvar minha própria e manchada pele. E aqui estou eu a zero. Sem lar, sem casa. Mas só o fato de estar aqui me faz sentir que ainda há esperança. E digo uma coisa a você. Maltratado como tenho sido nunca esquecerei daqueles que me estenderam a mão caridosa. Nos dias

de hoje, Tone Malarkey está no fundo de sua fortaleza. Acho que se Deus o levasse para dentro do céu nunca mais o tiraria de lá. E tenho a impressão de que ele está planejando secretamente arranjar algum dinheiro e comprar blocos de cimento e fazer uma prisão para si mesmo com um túnel subterrâneo ligando ao Daids para matar a sede. Disse que seu coração pulsa puro carborundo. Ora, nós dois sabemos que esse elemento é uma coisa muito dura mesmo à luz dos bombásticos progressos científicos atuais. Tone disse que chegou ao ponto de comer salmão vivo tirado das águas do Shannon. E Tone é para mim o único homem que nunca contou uma mentira.

– Danger, sou obrigado a admitir que o que você disse é verdade.

– Pelo amor de Deus, Mac, o que é aquilo?

– Ele, ele.

Mac ergueu, de um monte de entulho ao pé de sua cama, a cabeça de um canguru. Colocou-a em cima de sua cabeça e a balançou. Cobriu o resto do corpo também com a pele e começou a dançar pelo quarto.

– Mac, isso é uma maravilha.

– Meu traje para beber. E aqui está um pequeno presente que com certeza você vai gostar.

Mac lhe entrega uma pequena reprodução em marrom da cabeça do beato Oliver.

– Mac, tenho certeza de que você nunca vai avaliar quanto eu preciso e quanto vou estimar este presente. Os dentes são perfeitos. É a parte mais magnífica de Oliver. Iiiiiii e I para irra. Me ajude a espalhar o bom nome de Oliver entre aqueles que não possuem nem uma partícula de fé dentro de si.

– Fiz os dentes de uma tecla de piano.

– Verdadeiro milagre.

– Ande sempre com ele.

– Não tenha dúvida. E agora, Mac, é bom lembrar que nascemos com um estômago.

Subindo e saindo pelas mandíbulas para as árvores cinzentas e para a noite. Ao longo das ruas vazias e úmidas. Ali adiante enormes janelas e um criado vem e puxa as cortinas. Um grande carro preto passa assobiando, pneus rangendo nas pedras.

— Mac, isso vale a pena ver.
— Concordo, Danger.
— Faz tempo que não vejo tanta demonstração de riqueza. Faz séculos que não vejo. E se há uma coisa de que preciso é disso. E muito.
— E aqui em cima, Danger, está o Buraco do Urso, mas primeiro preciso lhe mostrar algo do lado de lá da rua que vai fazer você vibrar.

MacDoon conduziu Dangerfield ao outro lado. Pararam em frente a um chafariz e a uma cavidade na parede. Havia um poema.

> *Deus*
> *Abençoe*
> *Os*
> *Pobres.*

— Mac, espero que você não fique constrangido se eu me ajoelhar aqui na calçada e elevar uma pequena prece aos céus. É uma coisa maravilhosa. Se mais pessoas se sentissem assim haveria conflitos? Haveria? É uma pergunta que eu faço, haveria conflitos?

— Só posso dizer, Danger, que fui levado a modelar um bronze cuja exaltação espiritual colocará novo alento no coração das pessoas.

Luz débil passando amarelecenta pelas janelas embaciadas. Entrando no salão do bar com suas flores e montes de sanduíches. As cadeiras e mesas brilhando de limpas. Pessoas de certa classe com cachorros. MacDoon trouxe duas garrafas e colocou-as na mesa cintilante. A sede era geral.

Dangerfield reclinou-se na cadeira, cruzando as pernas esticadas debaixo da mesa. Sorriu.

Sentados, falando de Dublin quando fora a Roma do mundo. Suas ciladas e desesperos. De Clocklan que abandonou o navio. MacDoon contou as exageradas exigências feitas pela mulher, de como ele estava começando a desejar preferivelmente não ter o instrumento ou então que ele fosse tão grande a ponto de precisar ser carregado pelo Corpo de Bombeiros de Londres, para uso em casos extremos.

E esses cachorros. Animais famintos e felizes. Se eu tivesse pelo menos um. Sei que eles emporcalham as ruas e que às vezes se comportam de maneira nojenta com outros cachorros nos parques das cidades. A despeito disso tudo, desejo ter um. De preferência de boa raça e com pedigree para combinar com o meu. E MacDoon sou obrigado a concordar que você é extraordinariamente simpático, tem belas mãos e está se perdendo nesta cidade sem fim. Talvez Mary possa posar para você quando você for moldar modelos grandes. E traga para casa toucinho defumado para uma sala bem arejada com gás e tapetes dependurados nas paredes onde eu possa me sentar como um detetive fumando um cachimbo e descansando os pés. E ler livros. Limpar as unhas. Não dou importância às outras exigências. Acho que vou tomar mais um banho antes de me dirigir para minha cama ama.

Despediram-se na estação. Onde os trens vermelhos chegavam e partiam. Como o gabinete de um prefeito. E aqui estou num destes confortáveis vagões olhando para todos.

De volta ao hotel estendendo os membros cansados nesta cama pesada. Rosto contra o travesseiro, cobertas sobre mim. E automóveis rangendo ao virar a esquina lá fora.

Fiz a grande viagem, sem dúvida. Vi as luzes de Holyhead. A escura Liverpool. E os pássaros imóveis no topo daquele edifício. Algodão, carne e cereais. Olho convés abaixo encarando as pessoas, com medo de ser reconhecido. Segurança só no mar. Tomei café, comprei jornal e olhei para todas essas garotas de lábios vermelhos e *bobies*. Sozinho. E peguei o trem. A terra era cinzenta. E quando cheguei aqui todos os outros começaram a pegar carros enormes e táxis em toda parte, mas eu não tinha ninguém e fui descendo a plataforma pensando no que fazer. Vejo todos eles sendo recebidos com beijos.

*Mas*
*Nenhum*
*Para mim.*

# 26

Em um domingo londrino Sebastian Dangerfield foi, a conselho de MacDoon, a certo local na Bovir Street onde alugou um quarto no último andar de uma casa amarela estilo vitoriano. Quarto pequeno e asseado. Uma cama macia coberta com um grosso tecido verde. No canto, perto de uma grande janela, uma mesa de carvalho, uma cadeira e uma outra de palha. Fios de eletricidade retorcidos na parede. Uma bacia e um banheiro do outro lado do corredor onde, subindo numa cadeira, podem-se ver lá em baixo os trilhos e a estação da estrada de ferro.

Toda manhã uma indiana bate na porta. Café da manhã. Pegar o ferro de passar e alisar um pouco as roupas. Para dentro delas. Para baixo destas escadas escuras. Entrar onde todos sorriem e dizem como vai e outros dizem bom dia. Ornamentação muito agradável e vasos com flores artificiais. Sempre fui parcial a respeito deles. Sei que essas pessoas são do Commonwealth. Aquela mulher está dizendo que seu filho arrumou um novo emprego. Sim, vocês sabem, eles decidiram promovê-lo. Minha senhora, que ótima notícia.

Toda manhã é a mesma coisa. Mingau de aveia com um pouquinho de leite e açúcar. Depois toucinho defumado e ovos. Pode trazer. E a indiana trazendo o bule de chá. E toda manhã subo as escadas novamente e olho para fora da janela enquanto as pessoas passam na rua com pequenos guarda-chuvas. E aquela mulher lá adiante que se compraz com aquilo. Tenho certeza. De pé nua e imperturbável perto da janela olhando para mim com certo desdém por entre a toalha enxugando o rosto. Não pense que não a estou vendo, belezinha. Seu corpo não é nada mau. Mas se eu a visse na rua vestida acho que talvez você fosse diferente, com a renda branca enfeitando diversas partes do seu vestido.

Descer as escadas e procurar meu nome escrito em todas as cartas. Rua acima e parar para dar uma olhada nos escombros de um edifício bombardeado onde um gato se espreguiça. Comprar um jornal de uma mulher. Voltar e sentar com as pernas erguidas sobre o peitoril da janela. Acho que vai surgir um letreiro luminoso. Enorme. Com os dizeres *Dangerfield vive*.

Na última segunda-feira mandei uma carta para Mary. Oh, minha querida, minha sofredora e único amor, venha a Londres e traga quinze libras que eu vou me encontrar com você na estação e levá-la de volta ao meu pequeno ninho.

Noite de quarta-feira. Acabando de chegar assustado pela escuridão das escadas. Um telegrama sobre a cama.

*Chego Euston sexta-feira cinco da tarde. Amor Mary.*

Quinta-feira. Dangerfield subindo a rua parando em frente a uma bela figura enfiando a mão na boca do animal e dando um puxão na língua. No ar esfumaçado MacDoon torcendo um arame para fazer um rabo de canguru. Esse cara chamado Parnell segurando uma das pontas com um alicate. MacDoon vai até um espelho e pega um envelope amarelo que estava atrás dele. Entrega a Dangerfield.

– Para você, Danger, chegou hoje de tarde.

Sentado, Dangerfield abre o envelope com dedos nervosos. Silêncio. Expectativa. Uma carranca, lábios cerrados.

– Mac, você me faria a fineza de preparar um chá com umas gotas de limão?

– Más notícias, Danger?

– Ainda não posso dizer. Meu pai morreu.

– Sinto muito.

MacDoon pegando o bule, despejando o chá. Cortou uma rodelinha de limão com o cinzel rombudo e jogou na xícara. No fundo do chá com cor de iodo. Sebastian reclinado na cadeira. Parnell torcendo o arame com o alicate. MacDoon subindo a escada do outro lado da sala. Escuro lá fora. Olhando para a chama azul do gás que tingia de vermelho as pequenas cabeças feitas de amianto. Talvez sem tempo de enfrentar o futuro. Dizem que sempre há um pouco de bondade em todas as pessoas. É só dar a elas a oportunidade de mostrar. E um bom pontapé no traseiro.

– Muito bem. Para fora, fora, fora. Todo mundo. Rápido. Para o Bear Pit. Mac, uísque. Uísque.

MacDoon deixa cair um sapato que estava tentando enfiar no pé do canguru. Parnell colocando os óculos com certa dignidade acadêmica, limpando a garganta diversas vezes. E um choramingo do bebezinho na caixa.

– Mac, você me deixa algum dia levar seu filho comigo numa pequena viagem que estou planejando fazer à Ilha de Man para descansar? Estou com a ideia de mandar construir uma capela no topo de Snaeffell. E quem sabe você poderá rezar uma missa para mim lá.

– Com todo prazer, Danger.

– Parnell, poderia me indicar um alfaiate de renome da Row?

– Claro, Danger.

– Um Humber de antes da guerra com um porta-bagagem me faria feliz. Haverá algum igual em Malfair, Mac? Que você acha?

– Com certeza.

– Ótimo. Sim. Sim. Isso é ótimo. Providenciar uma porção de coisas. Pratos de metal com brasão. Lá estão. Lá atrás daquela placa. E acho que vou morar na Old Queen Street.

– Danger, estou sentindo um cheiro de dinheiro entrando em sua vida?

– Parece que está, Mac. Sim, tenho a impressão de que você está certo. Você seria capaz de dizer que esta sala tem um toque universal? Seria?

– Poderia dizer que sim.

– Já tenho visto segundas-feiras caírem na sexta. Quintas na terça. Mas domingo é um dia que não aguento. Entende o que quero dizer? Acho que todos nós precisamos de um trago.

– Danger, eu e Parnell somos obrigados a concordar. E agora se vocês todos se ajoelharem darei minha bênção negra e aspergirei água benta sobre suas inocentes cabecinhas, pois afinal de contas vocês não passam de um bando de pagãos.

– Mac, você acha que fui concebido em idolatria. O nosso Parnell aqui, por engano, e você nem sequer o foi.

– Sim.

Ouviram-se alguns risos. Dangerfield enfiando-se na pele do canguru. Parnell grudando o rabo de arame. Danger foi levado no ar até a rua. Um grupo estranho. A cabeça do canguru remexendo os pequenos globos imitando olhos em suas cavidades de celofane. MacDoon com sua barba vermelha apoiando-se em um bordão. Parnell batendo em uma lata vazia com uma colher. Procissão de santos e bestas. Quatorze estações doidas da Via Sacra. Pagãos.

O bar foi invadido. Garrafas sem controle. Disseram no bar que ainda não tinha havido uma noite igual. Londres transformada em Dublin. Há quem afirme que os romanos eram homens de Kerry disfarçados. Conversas a respeito de descanso e de se ver tudo um pouco mais claramente e de se providenciar diversas coisas. Chegou-se a determinadas conclusões. Melhor ter do que não ter. E é melhor não ter aqui do que lá. Sede.

Dangerfield sentado com a cabeça do canguru fora do lugar era uma ótima visão com a barriga volumosa que Mac tinha posto no animal e com a cabeça do nenezinho dependurada para fora da bolsa. Disseram que MacDoon devia levar o pirralho para casa e Dangerfield carregá-lo na bolsa para tornar a viagem até Soho mais barata. Ficou decidido nessa noite que eles deveriam visitar o Soho.

As pessoas fora do bar para vê-los descer a rua. Parnell batendo com força o ritmo da morte. MacDoon dançando a dança de Bali para abrir caminho para seu canguru.

Movendo-se vagarosamente pelo meio da rua. Janelas abrindo para ver esse estranho espetáculo. MacDoon estimulando o canguru com seu longo bastão. Parnell bem na frente andando pela Kensington Church Street, onde uma garota lhe atirou uma flor do alto de uma janela. Para Notting Hill onde tentaram fechar o portão mas Parnell os impediu com o pé. Bayswater Street. Oh, que coisa maluca. Dança da trindade idiota. Um guarda disse ei ei vocês, não façam tanto barulho e eles disseram que tinham entrevista com sua Majestade o rei e esse enorme guarda parou o trânsito para eles passarem sem problemas. MacDoon dando o tombo do ano. Graça para a Inglaterra cansada. E passando um chapéu que se foi enchendo de *pennies*. No Marble Arch, gemendo sob o peso do dinheiro e despejando-o na bolsa do canguru de modo que pudessem ficar prontos para serem arrastados pelo ouro e pelo sucesso. O circo de rua mais maluco que o mundo já viu.

No Arch subiram em um ônibus. Uma mulher, tocada

por uma orelha comprida peluda e pegajosa, virou-se para trás e viu o animal sentado atrás de si e deu um berro e todas as cabeças dos que estavam sentados no andar de cima inclinando-se para ver a fera. Na Tottenham Court Street com a bolsa deixando cair *pennies* tiveram que arrastar o animal para fora com a ajuda do condutor. MacDoon disse que nunca tinha havido coisa igual desde a noite em que soltaram todo o gado dos mercados antes da madrugada e Dublin foi invadida pelos mugidos dos animais e a cidade ficou em pânico e há mesmo quem afirme que Dublin desde então nunca mais foi a mesma que era.

Caminharam pela Soho Square e depois pela Greek Street, onde entraram em um bar.

O canguru estava falando com o homem do balcão. Ergueu sua voz numa canção.

> *Digam-me bretões*
> *Como é que vocês sabem*
> *Que vocês gostam da vida*
> *No Soho-ho.*

> *Sem alegria nem bebida*
> *De que adianta a vida*
> *Quero saber*
> *O que vocês acham da vida*
> *No Soho-ho.*

Ouviram-se murmúrios e protestos e MacDoon disse olha aqui, Danger, essas pessoas são gente honesta que está tomando sua cerveja em paz.

> *Murmurem e protestem*
> *Cuspam e fiquem zangados*
> *Seus porcos de uma figa*
> *Vocês não servem para nada.*

Levantaram-se. Quatorze ao todo dirigindo-se para o canguru que estava cantando o Adeste Fidelis. O escuro e enorme Parnell de encontro a eles. Em frente.

Parnell pegando o primeiro homem da frente e erguendo-o um instante acima da cabeça atirou-o contra a turba que avançava. MacDoon girando o bastão em volta da cabeça e eles disseram peguem aquele maldito helicóptero e Mac sem mais delongas quebrou o nariz do sujeito. O canguru chegou até o bar e estava secando um garrafa de gim quando uma cadeira baixou sobre sua cabeça vinda de trás. O canguru caiu de quatro no chão. Parnell atacava por todos os lados com MacDoon afastando-os com o gancho do bastão e depois batendo até fazê-los cair. O edifício tremia. Restavam oito dos quatorze, seis sem consciência sob os pés demolidores. MacDoon agachou-se e eles começaram a dar pontapés quando ele tentou pegá-los pelos calcanhares com o gancho. Empurraram Parnell para fora da porta enquanto gritavam estes malditos intelectuais de Oxford pensam que podem nos xingar de porcos. Puseram Parnell para fora e trancaram a porta. Estavam arrastando a figura inconsciente de MacDoon para jogá-lo na rua, dizendo já liquidamos com o grandalhão, esse não incomoda mais. Lá fora gritos de guerra. Foram até a porta. Outro grito de guerra e uma voz berrando vou entrar. A porta cor de vômito rachou ao meio soltando dobradiças e pedaços de madeira. A porta estendeu-se pelo meio da sala. Parnell, o rosto coberto de sangue, a roupa em farrapos, lançou seu feroz contra-ataque e três dos oito restantes fugiram pela escada gritando o homem está louco, chamem a polícia. Defendiam-se dele com cadeiras. Uma multidão reunida na rua. Som da polícia chegando. Um MacDoon semirrevivido e Parnell arrastando o canguru abatido para fora da porta chegando à rua aos tropeções. Jogando o animal num táxi e berrando no ouvido do homem atemorizado, rápido como um raio, seu preguiçoso, antes que lancemos a ira dos celtas sobre sua cabeça inglesa.

O canguru gemendo e dizendo que tomava um gole ou morria. Que a vida não valia a pena ser vivida sem um gole de vez em quando. O chofer do táxi dizendo que chamaria a polícia se não parassem de brigar no banco de trás e que era melhor irem para um hospital pois estavam cobertos de sangue.

Pararam e penetraram no odor branco de um hospital. Trindade aleijada. Descendo os corredores aquecidos. As enfermeiras saindo de toda parte para ver o espetáculo de um canguru mancando.

Na cabeça quente ele podia ver através dos buracos para os olhos as enfermeiras joviais e a bondosa freira que foi buscar o médico chinês. E a freira disse que é isso, afinal de contas? Você entrou em um bar com isso? Sim. Nunca tivemos pacientes assim e vocês estão um tanto quebrados mas o médico dará um jeito especial nessa cara machucada. Parnell é um homem tremendo. Oh, um bruto, e Mac, santo Deus, podia inutilizar um batalhão de ingleses com toda sua força se não fosse pela sede fabulosa das raparigas inglesas e de outras também por um gole de seu suco irlandês.

O hospital chamou outro táxi e todos, o médico chinês, a freira compadecida e mais treze enfermeiras tiradas da cama ficaram olhando a trindade trágica marchar para fora do portão. Mas o canguru tomado por uma pequena crise de loucura causada talvez pelo veneno de seu hálito acumulado na cabeça do animal e por outras coisas também, como essa chuva de atraentes dólares de prata, atirou-se para fora de uma porta e entrou por outra até que os três começaram a correr um atrás do outro em volta do carro entrando por uma porta e saindo por outra. Os quartos das enfermeiras vibrando, as enfermeiras pondo a cabeça para fora espiando até que os três rufiões exaustos caíram um sobre o outro ofegantes e desmaiaram e foram levados embora. O pessoal do hospital acenando adeus.

## 27

Dangerfield ergueu o lampião de gás e esfregou as mãos às três horas da tarde desta triste sexta-feira. Tirou uma garrafa de gim da bolsa de seu canguru amarrotado. Da cama vinha a voz cansada de MacDoon.

– Pela santa misericórdia de Deus, Danger, o que você está fazendo?

– Não se assuste. É água benta. Uma bênção rápida para todos nós. Parnell, acorde. Acorde, estou dizendo. MacDoon, pelo amor de Deus, veja se ele está morto ou não. Não quero que o quarto fique com cheiro de cadáver.

Parnell enrolado em ataduras tira a cabeça de debaixo das cobertas, dá uma espiada e se enterra de novo.

– Danger, traz esse negócio aqui.

– Ah, na confusão dei um jeito de carregar isso. Pilhagem faz parte das batalhas. Você é de opinião, MacDoon, que vamos conhecer dias de riqueza. Como é, acha? Ou que de além-mar os pássaros motorizados estão me trazendo um ovo. Grande. Grande. Não há nada igual àquele país dos ricaços.

– Danger. Preste atenção. Quero que você saiba que seus amigos estarão ao seu lado quando a galinha botar o ovo. Que ninguém algum dia possa dizer que eu fugi no momento de fartura.

– Mac, tenho pensado um pouco na Algéria para recuperar o fôlego. Nós destruímos a cidade de Londres com um poderoso sopro.

– Acrescentaria, entretanto, que houve um certo contra-ataque em algum lugar.

– Está certo. Houve. Mac, qualquer dia vou lhe contar como foi que me uni à Congregação Mariana. Coisas da luta íntima. Intestinal e coisas parecidas. Mas preciso entrar em forma. Em primeiro lugar um pouco da manteiga de amendoim de Parnell. Não há nada melhor do que manteiga de amendoim. Fiz uma vez uma rápida viagem à casa de penhor com o carrinho do bebê sem engraxar. Tive a coragem. Você é capaz de não acreditar, Mac, mas houve um tempo em que eu não recorria ao carrinho, engraxado ou sem engraxar. Ou vivia às expensas de uma mulher. Mas no decorrer de tudo, dos ataques, dos bombardeios, dos desvios e mesmo das quase quedas nas frágeis armadilhas de Egbert Skully, surgiu um homem com a substância interior ainda intacta. Para frente soldados de Cristo. Malucos. Me chamem de major Dangerfield.

– Major, me alcance aquela garrafa.

– E Mac, somente uma vez. Somente uma vez, veja você, passei pela ignomínia. Aceito tudo menos isso.

– Danger, nada mais seja dito que possa estragar ou destruir a beleza que você trouxe para esta sala. Passe a garrafa.

– Parnell. Fora dessa cama. Tenho um pedido a fazer. Será que você por acaso teria uma camisa limpa que eu pudesse usar no meu encontro marcado para as cinco horas o qual exige que eu me apresente sem manchas de sangue ou vestígios de batalha?

– Pode pegar uma que está no guarda-roupa.

– Muito obrigado.

– Atrás da porta. A única coisa digna que possuo atualmente.

– Que camisa elegante. O corte é tudo. Algum dia, Parnell, você vai me contar por onde andou com essa camisa. Berry afirma que três anos passados em Borstal valem quatro passados em Harrow. Como são as prisões inglesas?

– Depois de dez anos não se percebem mais suas grandezas.

– Devo dizer que é tempo demais mesmo para se tornar doutor. Oh, repito, que bela camisa. Que tal? Fica bem em mim? E agora um pouco de alguma coisa debaixo dos braços. Preciso alguma coisa para debaixo dos braços. Nada de cheiro de corpo.

– Danger, vá até o corredor e entre na segunda porta à esquerda. Quarto da dona da casa. Deve encontrar qualquer coisa para as axilas.

Dangerfield volta.

– Ótimo. Sempre preferi a fragrância ao mau cheiro.

MacDoon escorado e prostrado na cama.

– Danger, vejo no horizonte uma mulher de lábios vermelhos como cerejas, cabelos negros da cor da graúna e dentes fortes? Vejo?

– Cavalheiros, no momento certo. No momento certo vocês ficarão sabendo.

Saiu para o crepúsculo frio passando ao longo da rua com sua praça triangular. Ótimo quarto Parnell tem nesta rua agradável. Pois é, ficaria satisfeito com qualquer uma destas casas. Mary lavará as janelas e varrerá a entrada e me fará mingau para comer de manhã. Importarei salsichas de Pembroke Road no Dub. Ela está presa a mim. Confiou em mim. E se há uma coisa de valor é a fé. Seria até capaz de sofrer por isso em nome da fé. E o que mais, vou me encontrar com ela hoje à noite. Sei que me julgam duro porque não derramei lágrimas quando soube da morte. Mas não sou. Apenas não há nada que eu possa fazer. Bem, Marion. Agora você sabe mas foi precipitada. Eis aí o problema de muitas pessoas, querem as coisas depressa demais. Não esperam, verei você humilhada e não farei nada para animá-la, pode ser até que a humilhe ainda mais. Mas o que, santo Deus, como já disse não há lugar para crueldade em mim. Nada mais assim dentro do meu coração. Marion vai perceber seu erro por si mesma. E logo. Escrever uma nota ao advogado e talvez fazer pequenos investimentos aqui e ali. Pequenos e conservadores no início.

Descendo para o metrô. De pé na plataforma com poucas pessoas indo para seus destinos. O trem brilhante, sereno, para suavemente. Entrando e se afastando um pouco. Todo mundo avisa que a gente pode fazer o que quiser neste fantástico metrô desde que fique longe da Circle Line.

Caminhou pelos túneis ajanelados. De pé e para fora descendo nesta vasta estação. Multidões. Onde está ela? Estou atrasado. Portão sete. Procurar um rosto irlandês. Não posso ter me esquecido de sua aparência. Ficar parado em algum lugar porque é fácil reconhecer minha silhueta Vitoriana pelas costas. Preciso saudá-la com alegria.

De paletó escuro ela desceu a plataforma, acanhadamente curvada pelo peso de uma grande mala de couro, mordendo os lábios.

– Oi, Mary.

– Oi. Pensei que você não viesse.

– Que é isso. Santo Deus, como você está magrinha. Esteve doente?

– Estou bem. Não andei muito bem por uns tempos.

– Deixe que eu carrego a mala. Santo Deus, o que você pôs aí dentro? Chumbo?

– Trouxe algumas panelas para usar na cozinha e alguns pratos. E parte de uma máquina de costura. Espero que você não fique zangado.

– Ótimo. De jeito nenhum. Vamos despachá-la. Nos dias de hoje é de coisas assim que precisamos. Vamos até ali adiante para despachar.

Dangerfield guiou-a para fora da estação. E deu uma volta com ela ao redor da estação para que visse o edifício. Turismo? Procure Dangerfield. Olhar para cima e contemplar os grandes pilares. Isso é que é arquitetura.

– Que você acha disso tudo, Mary? Qual é sua opinião?
– Não sei o que dizer. Tenho a impressão de que é bonito.
– É o tamanho, Mary, o tamanho. E quem pagou por tudo isto? Mas vamos andar um pouco e procurar um bom restaurante.
– Trouxe vinte libras
– Oba.

Para dentro de uma sala quente com mesas simpáticas encostadas na parede. Dangerfield pediu que o menino trouxesse alguma coisa do *chateau* e um frango e charuto também.

– Não vai ficar muito caro, Sebastian?
– Ii iiiu.
– Por que você ri?
– Porque a palavra caro já não figura mais no meu vocabulário. Já está fora de uso. Acho que posso dizer isso com toda segurança.
– Por quê?
– Mais tarde, Mary. Mais tarde com isso.
– Bem, me conte o que você andou fazendo. Você está magro. E nenhuma roupa mais me serve e tive que modificar este velho vestido preto. Fiquei tão preocupada quando estive doente porque você não escrevia.
– Me dê sua mão, Mary.
– Gosto deste lugar aqui. Estou satisfeita por ter me livrado de Dublin.
– É o que todos dizem.
– Quando fiquei doente e disse a ele que já não ia mais pular para atender a suas exigências ele logo saltou da cama.
– O que ele disse a respeito de Londres?
– Disse que chamaria a polícia. Mas eu lhe disse para ir para o diabo e que se ele me tocasse com a ponta dos dedos eu é que chamaria a polícia.
– O que ele respondeu?
– Que ia chamar um padre para conversar comigo. Estava enjoada. Disse-lhe que a alma dele é que estava coberta de mentiras. E que era ótimo que as crianças estivessem bem longe porque assim não teriam de ouvir sua conversa mole. Ele sempre fez as coisas de acordo com a própria vontade. Falou que já estava velho e não iria viver muito mais e eu não

devia deixá-lo só. E respondi agora você quer que eu fique. Eu que tenho saído com homens. Então ele me disse que seu coração estava dando a última batida e que chamasse o padre antes de partir.

– Pobre homem. Talvez o único consolo que esteja procurando é tentar envenenar o Papa.

– Estou contente por ele ter sofrido. E por estar livre daquilo tudo. A Tolka era a única coisa de que ainda gostava. Atravessar o Phoenix Park, ir até Chapleizod e Lucan Road. E entrar em Sarsfield. É tão agradável lá, caminhar ao longo do rio sob a sombra das árvores. Costumava caminhar pensando em você. Não ria, é verdade.

O cheiro de vinho e carne doce de frango. O garçom trazendo brotos de trigo e batatas assadas. Hurra. Se não fosse pelas tantas vezes que andei de bonde enquanto dormia quando desci nas paradas chamadas desespero e tinha que sair da cama acolhedora para preparar um copo de leite para mim e sentar na cadeira cambaleante da cozinha. Oh, essa coisa chamada comida. Ou como Malarkey costumava dizer, santo Deus, Sebastian, se eu tiver dinheiro algum dia convidarei todos os meus amigos para minha casa de campo onde todos se sentarão a uma mesa de uma milha irlandesa de comprimento com as mãos engorduradas pelo toucinho da carne de vaca e do peru e nossas mulheres virão da cozinha gemendo sob o peso das cerejas silvestres e das carambolas arrancadas do céu, e matarei bois só por esporte e pegarei um campo inteiro e o virarei de costas para plantar e por Deus, o cobrirei com dez centímetros de esterco de galinha e algas marinhas podres e depois com uma camada de restos escuros de pêssegos. Você já ouviu falar de aveia? Ou de batatas tão maravilhosas que seriam capazes de inspirar desejos pagãos em vós para o resto de vossas vidas? Mary, deixe um pouco de frango para mim.

Ali adiante estão sentadas três secretárias. E dois carecas. Tenho a impressão de que gosto do lugar. Mais salutar do que um bar. Oh, pode ser que esqueça os bares. E conserve só o charuto, os chinelos e a máquina de costura.

– Mary, com licença, preciso dar um telefonema.
– Pois não.

Pois é, senhora dona da pensão, minha prezada sra.

Ritzincheck, mostre seu enorme coração. Deixe de lado cuidados indevidos e restrições.

– Alô, sra. Ritzincheck?

– Sim.

– Sra. Ritzincheck, quem está falando aqui é o sr. Dangerfield. Estou em uma situação um tanto delicada. Minha noiva acaba de chegar a Londres. Sei muito bem que o que vou pedir é um tanto intempestivo e talvez não muito comum mas tenho certeza de que a senhora compreenderá, será que a senhora se importaria muito se ela dormisse no meu quarto? Ela é uma moça muito decente.

– Bem, sr. Dangerfield, é contra as normas da casa. Se eu permitir, todo dia um ou outro cavalheiro estará pedindo para deixar uma senhora passar a noite em seu quarto. Sinto muito.

– Ora, ora, sei que estou pedindo talvez um pouco demais mas pensei que deveria ser honesto com a senhora, uma vez que a senhora tem sido tão franca comigo. Eu garanto à senhora que tudo será conduzido com o mais absoluto decoro e talvez a senhora pudesse explicar. Minha esposa, a senhora compreende. Bem, é só questão de semanas até o dia. Nós desejamos tanto estar juntos um do outro. Temos estado tão separados e ela acaba de chegar da longa viagem da Irlanda até aqui. E, sra. Ritzincheck, eu nunca ousaria fazer semelhante pedido se não soubesse que a senhora é uma pessoa de sensibilidade e experiência.

– Bem, sr. Dangerfield, sem dúvida o senhor sabe pintar a coisa com arte mas não quero saber de barulhos e principalmente se aparecer uma mulher diferente toda noite acabou o negócio.

– A senhora não pode avaliar quanto sou grato. A senhora não faz ideia.

– Faço ideia perfeitamente.

Ótimo. Obrigado mais uma vez. Estaremos aí num momento.

Dangerfield austero no caixa dizendo sem dúvida quando ele disse espero que o senhor venha sempre, cavalheiro. E girou com muita graça para fazer Mary passar na sua frente e sair. Táxi voando. Mary segurando sua mão quando se dirigiam para pegar a mala, olhando para as vitrines das ruas cheias de pessoas. Me enterrem em solo neutro. Talvez na Áustria com simplicidade e cores e rostos suaves. Com meus filhos ao meu redor. Quero que meus últimos momentos tenham alguma dignidade. Mary, sente bem perto de mim. Não fique com medo de mim porque estou bem.

A sra. Ritzincheck, à porta, deu um sorriso e enxugou as mãos no avental. Eu sempre digo seja honesto quando puder.

Escadas acima e finalmente no pequeno quarto. Mary sentou na cama. Sebastian pôs a mala no chão.

– Bem Mary, aqui estamos.

– Que quartinho agradável. E como é bonito olhar de uma altura tão grande. Gosto de Londres, tudo é tão excitante. Tantas pessoas tão interessantes.

– Sem dúvida.

– E tantos estrangeiros que a gente nunca veria em Dublin. Todos esses negros e esses egípcios. Alguns deles são muito atraentes e têm uns dentes tão brancos.

– Mary, mostre sua máquina de costura.

– Me dê um beijo.

– A máquina, Mary. A máquina.

– Me beije.

Mary em cima dele com braços e pernas. Para a cama. Calma. Por favor. Você sabe como me sinto com ataques diretos. Que língua. Tudo que eu queria era dar uma olhadela na máquina.

Lá fora a noite. E estão todos puxando as cortinas. E sentando em suas cadeiras. Mary, pelo menos me deixe levantar para poder tomar um rápido banho.

– Quero tomar banho junto, Sebastian.

– Mas não devemos dar um exemplo carnal para os outros pensionistas.

Na banheira ela disse que a água estava terrível e que não fazia espuma e que parecia toda cinzenta e suja e a gente ficava pensando que ela não tomava um banho há séculos. De dentro da banheira ela sorriu para ele. Puxando-o para dar outro beijo. Os pés de Dangerfield escorregando no chão ensopado de sabão. Cuidado pelo amor de Deus estou caindo. Água caindo pelos lados com estrondo. A sra. Ritzincheck vai pensar que estivemos aqui com martelo e alicate, dependurados no lustre e outros variados acessórios de banheiro. E isto causa inveja. Todo mundo também vai querer.

– Você é um espetáculo, Sebastian.

– Você precisa ir com calma, Mary.

– Tire a roupa, quero ver como você é.

– Mary, por favor.

– Você não tem tórax.

– Não tenho? Veja só. Olha. Que tal?

– É tão engraçado.

– O quê?

– Você é magricela.

– Pois bem, Mary, olhe minhas costas. Você terá uma ideia da envergadura dos meus ombros. Tenho recursos.

– Admito que são largos.

– Você sim é que tem uns seios e tanto, Mary.

– Mas você não deve olhar, sei que são grandes demais.

– Nada disso.

– Mas estão menores do que antes.

Dangerfield entrando na banheira. Preciso me controlar. Calma. Mary não para diante de nada. Alguém pode arrombar a porta e nos apanhar dentro da banheira.

– Sebastian, você tem uma aparência estranha quando olho para você assim na luz.

– Não me agarre, eu me afogo.

– Não é uma morte horrível?

– Ah, Mary, não sei. Lá longe sobre as ondas com os navios ao mar.

– Passe o sabão no meu corpo.

– Melões, Mary.

– Não fale assim. Me leve até o mar.

– Vamos embora viver em frente ao mar.

– E eu vou tomar banho de mar nua.

Que espetáculo, Mary. Vou dar um jeito.

– Li a respeito desses pintores franceses. Homens tremendos, ficavam pintando sem roupa e deve ser bom posar para eles.

– Mary, você está mudando.

– Eu sei.

– Gosto de você, Mary.

– Fala sério?
– Sim. Esfregue um pouco aqui, Mary.
– Suas costas são uma beleza.
– Precisam de uma boa esfregada com suas mãos macias. Faz anos que não sinto tanta paz.
– Estou contente, e contente em beijar suas costas e puxar seu cabelo. Costumava puxar o cabelo de meus irmãozinhos na banheira quando eles brigavam. Seus cabelos são macios e sedosos. Um homem é mais bonito do que uma mulher, não?
– Tenho certeza de que não posso responder a essa pergunta, Mary.
– Trouxe roupas de renda e babados para usar para você.

De pé no linóleo numa poça de água. Mary de cabelos ligeiramente escuros prendendo para trás um feixe de cachos escuros e teimosos e enrolando-se em uma toalha e o rosto todo enrubescido. Parou e limpou as poças. Para fora da janela e sobre os trilhos lá em baixo os trens do metrô correndo pra cá e pra lá. Plataformas cinzentas e compridas. E andando aos pulinhos pelo corredor lúgubre e aquecer-se um pouco no quarto. Os pés de Mary dançando.

– Está fazendo frio. Ninguém passa pelo corredor?
– Estamos em Londres, Mary. Não se preocupe com isso. Aqui se vê de tudo.
– Você deve ter razão.

Sebastian espalhado sobre a cama de acolchoado verde vendo Mary nua escovar seus longos cabelos.

– Você tem um corpo maravilhoso, Mary.
– Você gosta de mim?
– Os exércitos em massa de todos os santos não seriam capazes de me separar de você.
– Você é terrível. Conto uma coisa se você prometer não dar risada. Você promete?
– Pelo amor de Deus, Mary, conte logo. Logo. Não esconda de mim seja lá o que for. Quero saber.
– Você pode pensar que eu sou estranha.
– Nada disso. Vamos.
– Eu costumava ficar nua em frente ao espelho, em meu

quarto, de modo que não ficasse encabulada quando estivesse com você em Londres. E eu fazia de conta que você estava perto olhando e eu fazia umas poses assim. Você não acha que eu sou doida?

– Não.

– Você já viu muitas mulheres?

– Não diria muitas.

– E como eram?

– Nuas.

– Não. Diga. Como sou comparada a elas?

– Uma beleza.

– E elas costumavam ficar em pé na sua frente?

– Algumas vezes.

– Como é que elas ficavam na sua frente?

– Não me lembro.

– Elas desfilavam como modelos exibindo seus pontos altos ou coisa parecida?

– Jesus, Mary.

– Desfilavam?

– De certo modo.

– Você não me considera muito ousada? Achei você estranho quando me disse todas aquelas coisas engraçadas na festa mas quando comecei a rememorá-las e me acostumei a elas já não as achei tão estranhas. Costumava ficar pensando em você no Jardim Botânico. Naquela casa enorme com todas aquelas árvores e trepadeiras que até parecia uma floresta. E onde conservam os lírios nadando em um grande tanque. São tão estranhos. Era difícil me controlar para não pular lá dentro. Pensava então que com certeza havia coisas no fundo que iriam morder meus pés. Mas seria capaz de pular de qualquer modo se não fosse o guarda que ficava vigiando.

Mary senta-se na beirada da cama. Eu reclino para trás observando. Você tem uns bem grandes. Usá-los como travesseiros. Sou o passageiro ardente para a eternidade viajando em trilhos derretidos em todas as direções. Para Kerry e Caherciveen. Por um dólar sou capaz de dançar a dança do touro e vocês sabem como fico quando danço aquilo. Muito bem, vocês aí com o dólar, afastem-se e vejam só, os de Cincinatti, Ohio, podem chegar mais perto.

– Sebastian, é tão gostoso, tão agradável e aconchegante sentir seu corpo junto do meu e no entanto cheguei a pensar que você não ia estar me esperando na estação. Pensei que estava apenas sonhando que um dia tinha encontrado você. Pensar nos dias todos que tive de desperdiçar naquela maldita casa quando nós podíamos ter ficado juntos como agora. Você acha que tenho bastante curvas?

– Você é meu pequeno círculo.

– Aperte mais forte.

– Me chame de gorila.

– Gorila.

– Dê uns socos bem fortes no meu peito agora. Isso. Você está fora de forma.

– Deixe de brincadeira. Me ame. E quero ter filhos porque você vai amá-los. E eu posso arrumar um emprego. Certa vez ganhei um prêmio de representação. Quero esfregar meu peito no seu. Não é disso que os homens gostam?

– Adoram.

– E eu costumava pensar que podia alimentar você com eles. Você gostaria de tentar?

– Santo Deus, Mary.

– Oh, você não é capaz.

– Não é isso. Estava só brincando. Gostaria muito de me alimentar em você.

– Acho que é porque você é magro. É um desejo incontrolável. Tremendo. E naquela noite eu desejei tanto.

– Às vezes é difícil conseguir o que queremos.

– Mas você vai me dar tudo o que quero?

– Vou lhe dar tudo o que me for possível.

– Li que a gente pode sentar em cima.

– É possível sim. Perfeitamente.

– E por trás também.

– Também.

– Estou tão excitada.

Talvez haja alguém em algum lugar que esteja recebendo por todos os lados. Mary roliça. Pode ser que eu seja um pouco mais jovem do que Cristo quando o pregaram lá no alto mas já me esticaram umas tantas vezes também. E Mary, você me pregou aqui no meio da cama. Com sua lascívia. Estou preso a ela. E revirando os olhos cheios de fogo negro. MacDoon falsificando relíquias para a Santa Sé de Roma. E outros vestidos de padre no norte de Dublin, dando palmadinhas nas bochechas dos querubins e bênção para as crianças saindo das escolas e depois fazendo uma proposta indecente ao ouvido da freira que leva as crianças. O que é isso que mata meu coração? São todos os meus pequenos Dangerfields saindo das entranhas pelo mundo inteiro? Voltarei para a Irlanda com meus bolsos cheios de dinheiro. Bater nas janelas de Skully até quebrá-las com moedas de ouro. E Malarkey poderá instalar um trem em seu túnel que liga ao bar. Mary, como está? Está ótimo e a sensação é tão deliciosa e estaremos sempre juntos? Por favor. E você não sairá com ninguém mais nem fará isso com outras e eu cuidarei da casa e farei sua comida e sua roupa e consertarei suas meias e o farei feliz. Mas Mary, e quanto a outros homens? Não há outros homens porque meu coração saiu de mim e foi para você. E se você não rir eu conto uma coisa. Não vou rir. Acho que é um instrumento maravilhoso que Deus fez para pobres como nós se divertirem.

## 28

Domingo de manhã, segurando a mão de Mary, luvas pretas, entraram na estação Earl's Court. Namorados enternecidos aos sorrisos e pequenos gestos e pequenas palavras sussurradas ao ouvido. E eu estou com a barba feita e cheirando a loção porque Mary você diz que gosta tanto de passar seu rosto no meu.

Ajudando-a a entrar no trem. Quando você cruza as pernas como você fez agora eu fico doido. Estou vendo que você tirou um pouco as sobrancelhas o que eu não aprovo.

Saíram do metrô na estação Victoria. Onde algumas faces radiantes iam para cá e para lá. E depois pela rua do Buckingham Palace e pela Semley Place e para dentro desta igreja de tijolos vermelhos. Atravessando as cortinas verdes e sob o impacto da música e do ouro.

Pessoas espalhadas pelo chão tocando os ladrilhos com a cabeça. Sinto o cheiro de fumaça. E há hinos. Saem daquelas portas ao lado do altar com o incenso e a bênção e me tocam. Bênção para Mary também. E quando eu for para minha última cama quero que todos vocês usem esses paramentos dourados e ponham montes de incenso no meu caixão.

— Está gostando, Mary?

— Muito. É maravilhoso. A música. Me faz sentir tão estranha aqui dentro. Me faz ficar com vontade de voltar para o quarto. Vamos?

— Santo Deus, não há recato nenhum em você?

— Sei que é horrível mas não consigo evitar. Mas quanto tempo vai durar ou quando vai terminar?

— Dura a manhã toda. Está vendo, eles entram e saem.

— É estranho. Que são eles?

— Russos.

— Gostaria de ser russa. É tão misterioso.

— É.

— E os homens com todas aquelas barbas. Você deixaria sua barba crescer, Sebastian?

— Sou um pouco conservador.

— Sempre quis me casar com um homem de barba.

— Levante-se agora e vamos receber um pouco de incenso.

Reuniram-se ao grupo que esperava a bênção. Dangerfield depositou um monte de moedas como esmola. Os pássaros a motor estão a caminho com muitos mais vindos de além-mar. E quero ser amado pelo meu dinheiro.

Com os sininhos da igreja tocando eles saíram e entraram num restaurante de paredes brancas para tomar chá.

— Pois é, Sebastian, há todas essas coisas aqui. Igrejas de todas as espécies, e os trens correndo por baixo da cidade inteira e a gente fica pensando na maneira como temos sido tratados na Irlanda, como ninguém teve tempo para construir tudo isso para nós.

— Os ingleses acham tempo para fazer uma porção de coisas, Mary.

— Depois deste chá vamos voltar imediatamente para o quarto?

— Mary, calma. Primeiro um pequeno passeio pelo parque. Ar puro.

– Quero tentar aqueles outros modos que você disse que existem.

Sentados olhando um para o outro. Mary insinuante com os olhos brilhantes por cima dos pedaços de bolo. Mary você está com o diabo no corpo. Preciso dar um passeio no parque. Recuperar o fôlego. Oh, sei que você pensa que eu sou capaz de fazer noite e dia sem parar com luz acesa ou apagada mas pode crer que isso também esgota como qualquer outra coisa. Vamos apenas dar esse passeio sossegado, subir pela Bond Street de modo que possa ter uma ideia das coisas que vou precisar daqui para diante. E talvez tenha até que dar uma olhada no velho disfarce porque há amigos que se tornam muito íntimos quando há fartura.

Subiram no ônibus para ir ao parque. Portões enormes pelos quais automóveis passavam rangendo. E ali está Roten Row entre as árvores. Cavalos passam a galope. Precisam de éguas bem roliças e fortes. Tenho a impressão de que todo pecado começa no parque. Como o casamento, que começa no escuro. E acaba com as luzes acesas.

– Mary, vamos até o tanque redondo.
– Que é isso?
– Onde andam de barco.
– E quando vamos voltar?
– Por que você está com tanta vontade, Mary?
– Não sei dizer. Só sei que estou com vontade. Cheguei mesmo a me sentir assim antes da primeira vez. Algumas vezes quando estava de joelhos rezando entre as Filhas de Maria.

– Uma organização esplêndida.
– Não seja mentiroso. Você não a considera uma organização esplêndida. Aquele não é um caminho curto para se sair do parque?

– Nós dois somos membros da Congregação Mariana, Mary. É bom que você saiba que considero a Congregação como ótima influência. Sobre garotas como você que só pensam em homem sem um mínimo de sentimento religioso vivo.

– A Congregação que vá para o inferno.

– Muito bem, Mary, se é assim que você prefere, mas não se esqueça de uma coisa. Se não fosse pela Congregação, todo mundo na Irlanda morreria de tanto trepar. Até os arcebispos. E toda freira andaria grávida.

– Você não quer voltar para o quarto comigo.
– Não é isso. Apenas me doo um pouco pela Congregação, só isso. Sempre há alguma coisa boa em tudo. Tudo é bom. Tudo. Vejo pelos seus olhos que você não acredita. Muito bem. Táxi. De volta para o quarto. Imediatamente. Já.

Mary puxou as cortinas. Vejo-as estendidas. Ela diz que gosta de usar coisas apertadas. Cada vez que tiro minha calça você solta um suspiro.

E ficaram no quarto até segunda-feira. Mary ardente. E ainda lá dentro na terça-feira. Mary insatisfeita, porém. Mas na quarta-feira com uma tristeza cinzenta geral cobrindo a cidade e pingos finos de chuva fria ele foi chamado ao telefone para ouvir MacDoon dizer que havia uma carta que parecia ser coisa oficial. E beijando Mary na porta semiaberta e Mary acho que você é dura como pedra. E tenho a impressão de que estive batendo em você constantemente com meu martelo. Mas não vá chorar se eu demorar para voltar. Nem fique triste. Pegue sua máquina de costura e cantarole uma canção enquanto trabalha. Ponha linha branca e faça uma bandeira branca para eu levantar.

Descendo os quatro lances de escada coberta por um tapete verde. E a passos rápidos rua acima. Tenho um ninho acolhedor lá em cima com Mary. Ela nunca está satisfeita. E sou obrigado a reconhecer que não sou capaz de muito mais. Preciso pedir conselho a Doon. Dizem que se a gente não der o suficiente elas saem à procura de mais. Encomendar maçãs da Nova Inglaterra e algumas especiarias do oriente também. Reforçar meu estoque de suco. Muito bem MacDoon, o que você recebeu para mim? Mary me deixou exaurido depois de tanto. E lembro de muitas ocasiões em meus dias de juventude em que andei às voltas com botões, correias e alfinetes, torcendo, puxando e quebrando, tentando conseguir. E agora não seria capaz de fazer nem que quisesse. Chega, querida, tira. Assim é demais. Um homem que andou tanto na farra até que morreu aos 97 de tanta orgia. Mary às vezes se torna caprichosa. Não gostei da expressão de seus olhos quando lhe pedi que me desse as meias que estavam atrás da cadeira. Sinal de revolta. Pode bem se tornar uma mulher difícil depois de algum tempo. Tenho que tomar cuidado. E guarda suas coisas em uma gaveta separada e usa sua própria toalha. Um tanto estranho, afinal de contas. Me segurou pelos punhos quando estava por cima de mim com aquele olhar vê se consegue sair dessa. Já tenho muito em que pensar para poder me preocupar com essas bobagens. Ela não gostou nada quando escorreguei meu braço e o passei ao redor de sua perna e lhe apliquei o apertão egípcio a ponto de ela morder os lábios e quase chorar.

– Mac, pelo amor de Deus, onde está a carta?

– Está comigo, Danger. Agora acalme seu pobre coração sofredor e preste atenção um minuto na pequena história que vou contar. Certa vez na Irlanda um homem estava caminhando por uma estrada quando encontrou duas menininhas a quem convidou para brincar com ele. Disse que era apenas um joguinho interessante e que ele lhes daria um saquinho de bombons. Assim as meninas brincaram com ele e ele lhes deu o saquinho. Quando o homem foi embora elas abriram o saquinho e viram que estava cheio de pedras.

– Chega. Chega. Pelo amor de Deus, onde está a carta? A carta?

– Sente-se. Pode ser seu último dia de pobreza. E a melhor maneira de gozar a riqueza é lembrar os dias de miséria. Recebi informações, Danger, de que você não saiu da cama desde o dia em que ela chegou e quero dizer claramente que é uma vergonha, um bom cristão como você se deixar dominar pela lascívia a ponto de ficar na cama por três dias seguidos.

– Mac, não aguento mais. Meu coração não aguenta este tipo de tratamento.

– Só tenho um pedido a fazer. Entregar a você na minha salva de prata.

– Pode me entregar em qualquer merda de coisa. Em cima de sua bunda se quiser, mas me dê logo.

– Ah, eis aqui. Eis aqui, Danger, em minha salva de prata que data do tempo dos gregos que eram galos da Gália.

Um dedo rasgando o envelope. Desdobrando o papel grosso, oficial. No fim, olhos presos nestas linhas:

> *...uma soma mantida em custódia que deve render uma quantia que não poderá exceder seis mil dólares por*

> *ano, quantia essa que poderá usufruir quando atingir a idade de 47 anos quando então...*

Vocês me encontrarão liquidado e completamente louco.

Mac levando seu pequeno bule marrom de chá com água quente. Disse que recebera um tipo especial de chá de Shaba Gompa.

> *Só quero*
> *É um pouco de paz*
> *Mas que não seja*
> *A paz final.*

## 29

Natal. Deitado aqui de costas ouvindo os grupos de crianças cantando canções de Natal na rua. Duas semanas atrás acordei neste quarto e Mary havia sumido. Deixou um bilhete nesta mesinha e disse que apesar de tudo me amava e somente esperava que tudo que eu havia lhe dito não fosse de coração.

E Mac disse que a havia encontrado na rua e falado com ela e ela perguntou por mim como eu estava se estava comendo bem e por que eu tivera que fazer o que fiz quando ela estava querendo me ajudar. Mac disse que ela estava trabalhando num teatro. E posando também. Exibição de exageros em roupa de baixo.

Não tive prazer neste desespero. Mas nem uma vez sequer cheguei a dizer que desistia. A sra. Ritzincheck diz que precisa do dinheiro do aluguel. Ah, sei que ela está somente um pouco preocupada e não está falando sério.

Se eu molhar esta toalha aqui posso colocá-la em cima dos olhos e vou me sentir muito melhor. Não se preocupe, não se desespere, salve a pele. Erguer âncoras, cabeça ao vento, velas para trás e eu controlarei a situação embora quase todo o convés esteja inundado e a água tenha penetrado no porão do navio.

No meu prato hoje de manhã encontrei um pedaço de toucinho defumado a mais e até mesmo mais um ovo e a sra.

Ritzincheck disse que eu era uma pessoa muito interessante para conversar. Ela é uma mulher muito elegante de seus quarenta anos. Talvez menos, nunca mais. Mas por favor não queira tirar vantagens.

E na semana passada fui à National Gallery em Trafalgar Square onde estão esses quadros que dizem não ter preço. Sentei numa poltrona e cochilei. E passeei até que as solas de meus sapatos se gastaram. Mas Mac disse que tinha um par nos pés do canguru que eu podia trocar com o meu. E agora meus sapatos estão pulando ao redor do Abbey Theatre.

E esta é a tarde antes do nascimento de Cristo. Boa vontade para com os homens. E que tal um pouco de dinheiro também? Estou magro e cansado mas ainda não cheguei ao ponto de vender meu corpo para as faculdades de medicina ou para donas de pensão. Mac disse que vai haver uma festa esta noite com montes de comida e bebida. Toda vez que subtraio 27 de 47 restam 20. Bem, não é a primeira vez que espero. É o que todo mundo me diz. Foi isso que Mary disse, que esperando não ia conseguir coisa nenhuma. Pelo menos Mac teve o bom senso de me levar a ver museus, examinar todos os motores e máquinas e os modelos de barcos. E até mesmo esse enorme pêndulo que existe lá para mostrar a rotação do mundo. E depois me levou a Chelsea e comprou uma garrafa de vinho para tomar com o *roast beef* e a salada e eu lhe disse Mac, posso fazer um retrospecto de minha vida agora e ver determinadas coisas. E você diria, Mac, que foi meu casamento que me arrasou. Mas eu estava apaixonado, seus cabelos loiros e lisos como os de uma sueca e quem sabe seu corpo delgado e leve é que me levou ao altar com talvez um pequeno empurrão por parte dos pais.

Mac e eu ficamos sentados naquele bar culto e eu disse que estava ficando triste mas tinha que contar como era tudo na minha terra. Como as folhas estalavam e as luas brilhavam. Nova Inglaterra com seu ar rico e puro. Mulheres tão boas que dava vontade de comer. Peles queimadas com o sol do verão e traseiros que bamboleavam, oba. Mas Mac, somente para alegrar os olhos. Não pise na grama. E você não percebe como isso me faria ajoelhar no chão e chorar? E pensei que poderia voltar e me estabelecer no vale do Hudson ou ao longo do rio Housatonic em Connecticut. Mas não. Sou o mês de outubro. Enfrentando o inverno eternamente. E não posso retroceder.

Então Mac disse, calma Danger. Nada de lágrimas. Vamos embora, vamos pegar um táxi com rádio para nos alegrar.

E fomos para um estranho bairro e atravessamos uma porta e subimos uma escada e Mac disse quero lhe apresentar Alphonse, então eu disse muito prazer. Aí precisei dar uma mijada e ele disse use a pia e lembrei de como os ingleses mijam nas pias da França e nas suas também e achei que estava bem para os ingleses e sem dúvida foram eles que ensinaram essa prática aos irlandeses só que estes nunca iam à França por causa das despesas e da língua, de modo que respondi se você não se incomodar vou usar o banheiro. E discutimos o preço do pecado e concordamos que era bem alto. Depois dessa pequena reunião apanhei um vaso de flores e atirei contra a janela de um banco. Mac desapareceu como um raio e disse que eu estava perturbado.

No dia seguinte na Earl's Court Street eu havia bebido um pouco e me disseram, um tanto maldosamente, que eu fora visto correndo pelo meio da rua brandindo um guarda-chuva e que ataquei o pobre do MacDoon que somente dizia para eu deixar disso. Disseram que eu o espanquei sem dó nem piedade na altura do tornozelo e Mac falou que eu era incorrigível e desordeiro, o que, é claro, era a pura verdade. Me levaram embora numa perua e me colocaram num quarto com barras de ferro. Nunca fui tão bem tratado em minha vida. A esposa de um guarda assou um bolo para mim e derrotei todos eles no xadrez e disseram que eu era um cara muito divertido e se todos fossem como eu então a vida de um guarda seria um paraíso sem dúvida. Disseram que eu tinha que dar uma passada na embaixada americana.

E lá fui eu. Usando um chapéu de cossaco. Tenho a impressão de que causei sensação. Alguém me perguntou se eu era espião e me levaram a um homem que estava sentado atrás de uma escrivaninha limpando as unhas. Olhou para mim e não disse nada. Aí tirou um fichário abarrotado de papéis. Foi examinando um a um balançando a cabeça pra lá e prá cá. Perguntou se eu me lembrava de meu número na marinha.

Respondi que só sabia que era alto. Disse que era mau. Fiquei com medo e disse que era baixo. Disse que então era pior. Então inclinou-se para mim e disse como vou saber que o senhor não é um impostor. Meu amigo, quisera ser. Foi ao telefone. Examinou os papéis e disse obviamente o senhor passou uns tempos nas ilhas britânicas e eu respondi na Irlanda e na Grã-Bretanha porque Malarkey insiste em coisas desse tipo e ele disse para nós tanto faz, amigo. Fiquei olhando para ele quando falou srta. Beef examine o caso A48353 e então me disse que estava muito ocupado mas que examinando seus papéis, sr. Dangerfield, que são os mais numerosos e mais complicados que já vi, notei que há alguns galhos aqui e ali, dúvidas etc. e tal mas não há nenhum indício de que o senhor não tenha sido fiel aos Estados Unidos. Pensei que nós dois íamos rir juntos mas apenas tive oportunidade de mostrar um sorrisinho amarelo. E me veio a ideia que antes de sair daqui o mínimo que posso fazer é aproveitar a oportunidade e visitar o banheiro. E desci as escadas um tanto trêmulo por causa do interrogatório e passei por uma porta e o fato de que havia uma mulher de costas para mim penteando o cabelo não me perturbou nem um pouquinho. De modo que entrei em uma das repartições e fiz meu servicinho. Roubei o rolo de papel higiênico mas o assento infelizmente estava bem pregado. Tenho certeza de que faria sucesso na casa de penhor. Mas é um sinal dos tempos em que vivemos. Quando saí da repartição ouviram-se gritos agitados iguais aos quais só foram ouvidos ao redor da torre de Babel e uma mulher chegou até mim e berrou, suma daqui, na minha cara. Ao que dei-lhe um bofetão na cara pela sua vulgaridade. Alguém deve ter puxado o sinal de incêndio porque uma campainha começou a tocar. Só tive tempo de pensar beato Oliver, providenciarei sua canonização se me tirar desta enrascada e até irei pagar as velas que acendi em sua homenagem em Drogheda mas me salve. Dedos apontados em minha direção. Diziam ali está ele. Não havia nada a fazer senão abandonar o navio. E lá fui eu. Crio dez pés quando um jogador de futebol se aproxima tentando me agarrar e se não fosse pelos outros jogadores correndo em diversas direções eu conseguiria meu intento mas eles estão em cima de mim. Subi as escadas como um doido. Gritos virginais por todos os lados. Até que uma garota se agarrou à ponta de minha capa e cheguei à conclusão de que podia pelo menos deixar essa lembrança e lá foi a capa. Saí pela porta como um corisco com os guardas no meu encalço.

Sim, lá adiante estão cantando. Noite feliz noite feliz. E Mary deixou para mim trinta *shillings* e uma toalha. É o que dizem, jogue a toalha.

Preciso sair desta cama. Mac diz que a festa vai me animar. Primeiro um pequeno banho. Descer a calça. Santo Deus está ficando fina e gasta, velha antes do tempo. Pelos púbicos ficando brancos. Ouvi dizer que no Novo Mundo há tinturas e permanentes. Dizem até que chegam a enrolar mas não se pode dar atenção a tais rumores. Tudo pela sensação. Vejo alguns enfeites de Natal por aquela janela lá em cima. Estou com vontade de prender algum enfeite em minha cortina e ter um pequeno Natal todo meu.

Corredor frio e escuro. As luzes lá embaixo na estação me fazem sentir tão infeliz. Pessoas com brinquedos vermelhos. Sei que os bares estão regurgitando de gente. Não tenho dúvida. E se estivesse em Dublin neste momento poderia estar fazendo parte de uma rodada. Meio escondido bebendo de graça ignorado por causa das comemorações ao redor. Cerrar minha pequena cela e esconder cuidadosamente a chave e descer essas escadas e rua.

Vacilante em frente da casa. Erguendo os olhos para a janela. Os cantores subiram a rua e lá está aquela mulher saindo de casa com o guarda-chuva bem enrolado com o qual ela dá umas batidinhas na calçada. Tenho a impressão de que está querendo chamar minha atenção. Devia ir até ela e dizer, olha é Natal e vamos nos divertir juntos. Se você não se importa, me deixe em paz. Mas, senhora, tenho visto a senhora se despir toda noite, isso não significa nada? Nada, exceto que você é um bisbilhoteiro muito grande. Senhora, não gosto de insulto. Saia do meu caminho sua ordinária. Oh, sim. Os ônibus estão iluminados, alegres e abarrotados. Sei que os bares estão congestionados.

Dangerfield atravessou a Earl's Court Street e parou em frente de uma loja de antiguidades, esfregando os sapatos atrás das pernas da calça. Enfiou a mão no bolso, tirou-a para fora e ergueu a mão aberta para o céu. Virando para olhar o tráfego em turbilhão nesta véspera de Natal. Um táxi parando rangendo os freios.

A porta do táxi bate. Dangerfield afastando-se. E voltando de repente. Um homem. Com uma bengala enfiada debaixo do braço, pagando o táxi e afastando-se com um sorriso afetado. Devo estar louco. Completamente doido ou então estou andando por uma rua celeste ou estamos todos caminhando a passos largos numa avenida do inferno. Ou o que vejo é um impostor ou um sósia?

E com um amplo sorriso afetado. De luvas brancas. Conheço mais alguém que usa luvas brancas? Ou esta bengala preta. Mas a cara é a mesma cara redonda resplandecendo angelicamente ao redor de uma corrente de dentes de pérola e ouço uma sonora gargalhada. Suma daqui, Percy Clocklan. Suma daqui. Aquela maldita loucura em mim novamente. Suma daqui.

Dangerfield mudo de medo.

– Veja só, Dangerfield, ordinário de uma figa, por que você não me avisou que estava em Londres? Por Deus do céu, você está caminhando para a sepultura?

– Percy, é você, só posso dizer que é bem possível que esteja e preciso de um trago.

– Estava para lhe perguntar se você ainda tem boca.

– Tenho sim, Percy. Mas você me pregou um susto tremendo.

Percy Clocklan mostrou uma janela acesa em cima da calçada com sua bengala. Ouvia-se canto lá dentro. Vinde alegres senhores. E eles vieram. Para dentro do bar e foram envolvidos pelo canto. Dois brandies.

– Pode me dar um cigarro, Percy?

– Tudo. Tudo que você quiser. Guarde o troco, guarde o troco.

– Percy, para mim tudo isso parece um sonho. Embora pelo gosto deste brandy possa dizer que estive em um bar pelo Natal. Mas me deixe esclarecer que até um minuto atrás você estava morto.

– Oh, os cretinos acreditaram.

– Malarkey foi o único que teve suas dúvidas. Disse que

você não ia perder o dinheiro gasto com a passagem. Todos os outros acreditaram. Mas, por Deus, estou muito satisfeito de ver que você está vivo e com ares de rico.

— Ares de rico? Estou rico. Ah, eles acreditaram. Havia terminado de beber uma garrafa de uísque e achei que seria uma pena não aproveitá-la. De modo que pus o bilhete dentro. Sabia que o velho Malarkey negaria que me conhecia. Mas, santo Deus, o que foi que aconteceu a você?

— Percy, estou na lona. As coisas parecem piorar a cada dia que passa. Mas darei um jeito. Para onde você estava indo?

— Ia fazer uma visita de surpresa a Mac nessa festa quando vi você de pé ali na calçada como se não tivesse para onde ir. Não podia acreditar no que via. Quase fiz o chofer morrer de medo. Sua aparência é uma vergonha. Que é isso que você está usando como roupa? Papel de embrulho sujo de sangue e jornais velhos?

— Há séculos que não vou ao alfaiate, Percy.

— Muito bem, pois você vai vê-lo em minha companhia. Vamos mandar fazer os ternos mais elegantes da Inglaterra.

— Percy, me diga. De onde vem toda essa prosperidade?

— Não interessa de onde vem. Não se importe com isso. Apenas trabalhei como um doido, cavei com dedicação e achei ouro. Agora estou ganhando os tubos. Saí da Irlanda e disse para mim mesmo que ia ganhar dinheiro e ter montes para beber e trepar. Comprei até mesmo um Rolls-Royce.

— Você está brincando.

— Brincando uma ova. Vou levá-lo para dar uma volta nele.

— Isso também já é demais, Percy. Não aguento. Natal, o menino Jesus e a fria Belém tudo de uma vez. Não aguento.

Clocklan enfiando a mão no bolso, tirando uma carteira preta.

— Esta é a única coisa que ainda guardo de quando cheguei à Inglaterra e roubei-a do paletó do caro amigo Tony na cozinha quando ele gritava por uma xícara de chá.

— Espetacular.

— O próprio malandro a fez.

— Belo trabalho.

— Se ele conseguisse tirar o velho cadáver para fora dos bares iria longe.

Clocklan tirou cinco notas de cinco libras e entregou para a Dangerfield.

– Percy, você não imagina o que isto significa.

– Sei o que significa e muito bem. Você nunca esperneou para pagar uma bebida nem choramingou como os demais. Bando de porcos, todos eles com os traseiros pregados nas cadeiras e choramingando. Chorando e chamando a mãe. E meus parentes que nunca me deram um prato de sopa nem para cheirar ou uma enferrujada moeda agora querem me visitar só porque estou mijando ouro puro. E os outros todos com suas montanhas de conversa fiada.

– Percy, fico muito grato.

– Não me seja grato. Beba. Beba. Não perca tempo nos bares. E jogue fora esses cigarros imundos e vamos comprar alguns charutos de primeira. Afinal de contas, o que foi que lhe aconteceu, Sebastian? Onde estão suas maneiras refinadas e sua língua de prata?

– Viraram chumbo.

– Chumbo está com bom preço. E esses trapos. Credo, jogue tudo fora. Preferível nu do que coberto com esses trapos imundos que você está usando. Acabe de beber que você vai a um barbeiro decente fazer a barba e cortar o cabelo.

– É muita bondade de sua parte, Percy.

– Mande essa bebida para dentro e aproveite o máximo enquanto tudo é de graça e não me faça perguntas a respeito de dinheiro ou quanto custa. Clocklan é dono de Londres. Dono do dinheiro. Meu Rolls-Royce é tão comprido que congestiona o tráfego.

– Como ele é por dentro? Me conte, Percy. É só isso que quero saber, daí posso prosseguir em busca do meu prêmio.

– É preciso usar um salva-vidas porque a gente corre o perigo de se afogar na maciez do estofamento

– Mais. Conta mais. Iiiiii.

– E tem uma bússola para a gente não se perder.

Ótimo.

E atravessaram a rua e entraram num barbeiro que embrulhou Dangerfield em toalhas e cobriu seu rosto com um creme espumante e passou uma navalha pela face simpática. Depois a máquina vibrante. No canto, Clocklan empenhado numa conversa com um japonês. Alguns pequenos cortes na base do crânio e um pouco de loção perfumada espalhada em profusão. Um pouco de pó no rosto, cavalheiro? Sim, por favor. E acho que o corte ficou muito bom. Ah, sim, excelente. Estamos em ordem agora, não estamos, cavalheiro? Diria que no ponto de ser lançado ao mar.

*Levantar*
*Âncoras.*

# 30

Chegando na casa de MacDoon. Olá, olá, olá. Mac de pé com os braços abertos. Recebendo. No limbo. Para o repouso das almas penhoradas. Mas Clocklan, como foi que você ficou tão rico? Dinheiro de mulher? Ou andou roubando ou ganhando nas apostas. Entrem todos.

– Conte para nós, Percy.

– Pago meus impostos ao rei e vejam só, eu, um irlandês de sangue azul, conversando com tipos como vocês. Antes de terminar, minha própria milícia estará aqui para tirar vocês, seus irlandeses miseráveis, do meu caminho. E você, Dangerfield, jogue fora essa roupa imunda. Vamos. E veja se veste alguma coisa decente. Aqui está meu endereço. Pegue um táxi até a minha casa e não vá penhorar minhas coisas e vista um dos meus ternos assim você não fará com que todos nós pareçamos mendigos na noite sagrada antes do nascimento do maior irlandês de todos. Claro, ele não era judeu.

Dangerfield na Brompton Street, mão erguida consegue um táxi. Para Tooting Bec. Dizem que é um ótimo lugar para sanatórios. E atravessando o Tâmisa. Produtos franceses saindo para o mar. Devia leiloá-los em Dublin. Os nativos ficariam doidos por eles. Dizer que são meias à prova d'água e que podem dependurá-las para secar. Mary não gosta que elas fiquem atrapalhando o caminho. E agora ela está no palco exposta ao mais vulgar tipo de imoralidade.

Passando por todas estas estranhas ruas de bairro. Lá adiante ergue-se um relógio numa torre como uma lua maluca.

E tocando a campainha que brilha no escuro. O rosto de uma garota dizendo o sr. Clocklan telefonou para avisar que você estava a caminho e para levá-lo ao quarto dele. Dentro desta casa escura e lúgubre. Bengalas e chapéus em profusão. Garota, você é irlandesa. E o senhor é o sr. Dangerfield. Oh, o sr. Clocklan sempre fala no senhor. Mas não acredito em todas as coisas que ele diz a respeito da Irlanda, nunca vi acontecer as coisas de que fala. Pode ficar certa de que acontecem.

Seguindo-a pelas escadas escuras. Um quadro estranho de montanhas na parede. No quarto uma cama cor-de-rosa e escrivaninha coberta de jornais e um quadro com um rosto selvagem. E ela diz que Clocklan é um grande colecionador de arte mas para mim essas coisas não dizem nada. E ela diz gosto de entender o que estou vendo. E saberia o que era isto se eu o mostrasse a você?

Dangerfield tirou do guarda-roupa um terno de tweed preto mesclado. E fico tão bem com esta primeira camisa branca depois de tanto tempo. E pôr esta bela gravata verde. Meias e sapatos. Bengala no salão. E um pouco de papel dentro deste chapéu para ele assentar direito. Até logo então, você é um amor de garota. Foi um prazer conhecê-lo, senhor.

Descendo os degraus de pedra marrom e esta transformação deve deixar o chofer de táxi confuso. Desculpe me intrometer cavalheiro, mas o senhor não se parece com o homem que entrou. Não sou o mesmo, exceto pelas cuecas. Depressa para a cidade agora. E acho que seria melhor ir direto para Trafalgar Square para dar uma olhadela na árvore.

E olhe as luzes brilhantes. Oh, como é bonito. Já vivi em muitos quartos sem sol. E Piccadilly. Chofer. Está me ouvindo? Dê uma volta ao largo. Oh, sinto-me parte de tudo agora, os sorrisos e o canto. Veja todas aquelas pessoas lá fora. Não é suficiente para mim. Preciso mais. Sei que os bares estão superlotados.

O carro entrava e saía de ruas a toda velocidade. Perto de altos edifícios oficiais e eu escolhi uma avenida escura e disse chofer, desça por aqui depressa para ver se surpreendemos alguma loucura ou rasgos de imoralidade nas entradas das portas escuras. E veja aquela porta ali adiante. Pare e entre para tomar um trago. E eu vou até ali telefonar a eles daquela cabine simpática.

– É você, Mac?

– Não é nem Cromwell nem a mãe dele. Há uma carta para você.

– Jogue fora.

– É de O'Keefe.

– Santo Deus.

– Por que você está demorando, Danger? Pelo que me informaram você está nadando em dinheiro e como já lhe disse milhões de vezes não vou abandoná-lo agora. E entrando no assunto de dinheiro há um mundo de americanos conosco hoje e tenho certeza de que ficarão satisfeitos em encontrar um conterrâneo num país estranho.

– Ótimo. Isso me fará bem. Úberes de ouro irrompendo da terra. Foi Clocklan quem me ajeitou.

– Acabei de telegrafar ao Papa para canonizá-lo assim que seu coração der a última batida. E, Danger, comprei um pedaço de rim para você, um bife maravilhoso, e enchi-o de alho. E você faz então o favor de vir com sua boca até aqui para que eu não precise dá-lo para outras criaturas famintas. Estão atrás de mim olhando por cima de meu ombro para o bife. Estou fritando-o com meu melhor toucinho defumado e, como você pode imaginar, a gordura está demorando a derreter. Acho que já discutimos isso, não?

– Ah, sim, e chegamos à conclusão de que a gordura demora para derreter, principalmente gordura de porco. Mac, adoro esta vida. Minhas mãos estão lindas de branco, quase primorosas. Estou anotando bem o meu desempenho em frente desses ricos em comparação com os pobres todos que já conheci. Me sinto em casa. E tenho uma coisa para lhe contar em absoluta confiança, de modo que pode dizer a todo mundo. Sei que o salvador vive.

– Danger, estou mesmo comovido. Sabia que sob esse exterior frio e duro bate dentro de você um coração cristão. E tenho outra coisa a lhe dizer e talvez isso vá chocá-lo. Mary vem à festa hoje e ela assinou contrato para fazer um filme.

– Você está brincando.

– Deus é testemunha. Ela é uma garota bonita, Danger. Eu mesmo não ficaria nada triste se pudesse dormir com ela. Acho que ela gosta de você.

– Gosto dela também.

– Acho que você podia muito bem pensar numa reconciliação. Com você na retaguarda, Danger, os dois poderiam entrar para o cinema e a opinião geral aqui é de que você faria uma bela figura na tela.

– Isso eu resolvo depois. Agora meu rim. Foi mesmo muita gentileza sua, Mac. Será que você podia esperar até que ouvisse o sinal de minha chegada para então jogá-lo na frigideira e, um pouquinho antes que toque a frigideira, virá-lo e em seguida colocar no meu prato?

– Devo concluir que você, Danger, está disposto a comer sangue?

– Sim, sangue. Até mais.

– Até mais.

As paredes aqui são almofadadas. E as pessoas, ricas. A qualidade lírica do dinheiro é estranha. É melhor eu examinar a braguilha da minha calça porque há mulheres me encarando. Mary atriz. Horrível. Uma pena. Tenho que tomar providências. A culpa é minha, é bem possível até que tenha sido eu que tenha posto essa ideia em sua cabeça nebulosa. Se ela começar a engordar será despedida. Tenho a certeza de que ela fará qualquer coisa para alcançar o estrelato. Todos os extremos. Como outras fazem para alcançar o casamento. E algumas pela pobreza, poucas pela riqueza, menos pelo amor e naturalmente há as que o fazem só pela vulgar emoção. Ainda bem que, graças a Deus, ainda há as que abrem mão disso pela vida inteira. E agora, chofer, rápido para o Minsk House, cenário da reencarnação.

A sala estava repleta. Lugar apenas para pôr o pé na porta mas eu abri caminho em direção ao cheiro que vinha do rim que frigia. Quiseram me ver e eu me exibi, cheguei até a subir na mesa para um lento número da dança do mugido da vaca.

– Percy, a sua casa em Tooting Bec é bem estranha, e sua criada, um encanto.

– Não se meta com minhas criadas. E com minha prezada bengala. Vejam só que figura ele faz com minha querida bengala. Fique com ela. E me dê um pedaço do rim.

– Percy, terei prazer em repartir com você tudo o que possuo neste mundo.

– Chega de conversa mole e me dê um pedaço do rim.
Mac todo sorriso trouxe o raro órgão e ele foi admirado avidamente. Dangerfield retirou-se dessa selvageria com a sobrancelha erguida. Mac lhe entregou a carta por cima das cabeças. Quais são as notícias? Veja os meus punhos brancos. Veja. E este tweed é mesmo um tweed. Clocklan mencionou qualquer coisa como 84 *shillings* a jarda.

*E.U.A.*

*Caro vadio,*
*O navio não tinha lastro e jogava como se fosse uma casca de noz o percurso todo, desde as Bermudas que para mim serviriam de cortinas. Mas a tripulação do navio foi muito legal e me deu dinheiro suficiente para chegar a Nova York sujo e duro. Mas me deixe dizer apenas uma coisa; se você por acaso acalentou a ideia de voltar para cá, seja qual for a situação aí, tenho um conselho para dar. Não volte. Logo que cheguei a Boston fui depressa procurar as velhas fontes mas encontrei pouca receptividade por parte dos amigos. E outra coisa. Saí com uma garota de Radcliffe para ver se finalmente conseguia começar uma vida sexual normal. Meus esforços foram em vão com resultados de superfície e nada de profundidade, o que me faz crer que preciso consultar o médico novamente.*
*E você? Como vai aquela garota que trabalhava numa lavanderia e aquela outra, a pensionista? E me ensine como você faz para conseguir tanta mulher? Qual é o segredo e o que é que eu estou fazendo de errado? Estou ficando louco. Embora seja um recurso clássico apelar para a ignorância, não o considero um substitutivo para a coisa verdadeira, e para complicar as coisas nem sequer sei o que seja a coisa verdadeira. Todo dia desço pela Brattle Street esperando que alguma senhora quebre a perna ao entrar no automóvel e eu com meu aprumo europeu corra para ajudá-la e ela então dirá meu caro jovem, quanta gentileza, não quer vir até minha casa e me dar a satisfação de sua companhia para o chá quando sair do hospital? Mas*

*nem sequer uma senhora eu jamais vi naquela rua. Vi Constance Kelly, porém. Está com o rosto coberto de espinhas. Cheguei até ela e falei no velho sotaque e ela riu na minha cara. Meu Deus, como sinto saudades do velho torrão. Cheguei mesmo a entregar os pontos e chorei quando estava em Harward Square com Constance e você pensa que ela segurou a minha mão ou passou a dela pelo meu cabelo? Girou nos calcanhares e sumiu.*

*Me faça um favor. Veja se há ofertas de emprego para zelador de banheiro em Londres que eu volto. E para encerrar quero que você se lembre que isto é a América e nós sobrepujamos o resto do mundo em produção, venda, manufaturação, guerra e na cama, mas o último item é ilusório.*

*Deus o abençoe,*
*Kenneth O'Keefe*
*(Duque Ausente de Serutan)*

Calma, Kenneth. É assim que a gente faz. Chegue até ela e vá logo dando um beliscão no traseiro. Ah, que carne macia, rapaz. Mas se tudo mais falhar. Lembre, na França há a guilhotina. Corta fora. E Mac, tenho certeza, lhe mandaria um postiço no caso de você precisar dele de novo. Localizei ali adiante uma cabeça loira com lantejoulas douradas.

E ouço hinos. Distantes na manjedoura. Táxis chegando lá fora. Sigam o líder. Atravessar o hall e sair pela boca atrás dessa loira. Sinto seu cheiro. Estamos todos aqui juntos, coelhos ensopados com bolinhos de carne.

Na rua, Dangerfield abordado pela garota refulgente.

– Com licença, seu nome é Dangerfield, não é?

– Sou.

– O senhor MacDoon me disse que o senhor é americano. É verdade?

– É.

– Bem, eu também sou americana e gostaria de aproveitar seu táxi. Acho que os americanos devem estar sempre unidos. O que o senhor faz por aqui?

– Eu...

– Legal. Eu vim passar o Natal aqui. A Inglaterra é tão rústica. E este táxi é uma gracinha. Quero lhe apresentar meu amigo, Osgood.

– Muito prazer.

– O nome completo dele é Osgood Swinton Hundenrington. Não é formidável?

– Sem dúvida.

– Vamos todos no mesmo táxi. Meu nome é Dorothy Cabot. Meu nome de família é Spendergold. Significa gastadeira, não é mesmo?

– O meu é pimenta.

– Rá rá. Puxa, estou radiante por estarmos juntos.

Os três dentro do táxi. Passando pelo coro de meninos e mamães puxando brinquedos vermelhos. Mary com um contrato para filmar. Ninguém sabe mais a respeito de contratos do que eu. E Mary, preciso ter uma conversinha com você. Andando sem cuidado por Londres e talvez você já tenha posto seu retrato em um desses grandes cartazes de anúncio para que os homens tomem suas medidas. E tenho certeza de que gostam muito dos bem grandes. Abóboras. Como uma que eu vi quando Mac foi a uma mercearia comprar uma lata de bife australiano. E foi então que Mac me falou a respeito de modelos de sutiãs. A respeito da sustentação e de como fazer com que realcem um pouco o recheio. Preservar o toque sutil e um certo grau de elasticidade. Ficamos de acordo em que a elasticidade era de extrema importância para que se fizesse a separação entre verdadeiro e falso. E Mary, posso afirmar que os seus eram absolutamente verdadeiros. E essa Dorothy aqui ao meu lado tem duas pequenas pérolas dependuradas nas orelhas. O cabelo fazendo uma curva graciosa atrás da cabeça. E Mac, sou de opinião que a amiga Dorothy tem os seus em forma de pêra, os quais você disse são difíceis de encontrar e são muito procurados. Vou chegar um pouco para perto dela e dar uma espiada através do casaco semiaberto. Como eu pensava. E Dorothy, é uma verdadeira joia o que você tem no seu pálido seio hibernal. E mãos sem pelos. As minhas estão frias e juntas. Nunca fui um homem que preferisse cabelos loiros, sempre gostei dos escuros, profundos, o ocidente. Mas você é rica e essa é a minha preferência. Mas é da pobreza que nascem os lírios e as rosas também. Sou uma linda flor.

Osgood volta-se para Dangerfield.

– O senhor gosta de viver aqui, sr. Dangerfield?

– Muito. Seria capaz de dizer que adoro a Inglaterra.

– Bem, fico muito contente em ouvir isso. Espero que Dorothy venha a gostar da Inglaterra tanto quanto o senhor.

– Mas acho que ela já gosta bastante.

– Tenho tentado mostrar a Dorothy lugares de particular interesse. Talvez o senhor possa recomendar algum, sr. Dangerfield. Acho que comecei muito bem fazendo com que ela ficasse conhecendo uma celebridade como o sr. MacDoon. Ele é um espetáculo, não é?

– Sem dúvida.

– Mas é claro, o senhor compreende, que estou um pouco chocado com certas coisas. Deixam a gente um tanto assustado no início, o senhor compreende. Os irlandeses têm tanta vitalidade e espírito. E para mim o essencial é o espírito.

– Mas Osgood, ele é sem dúvida maravilhoso. Simplesmente adoro aquela sua barbinha vermelha. Tão engraçadinha. Ele faria um sucesso tremendo em Goucher. Ele é tão viril e maduro.

– De que lugar dos Estados Unidos é você, srta. Cabot?

– Me chame de Dot. De Nova York, mas cresci mais do que ela. Papai e mamãe vivem no norte do estado. Temos uma casa aqui em Cornwall mas nunca estive lá.

– Dot tem me contado muitas coisas sobre Nova York, sr. Dangerfield, parece ser mesmo uma cidade fascinante. Deve ser aterrador viver em edifícios tão altos.

– Que nada. O apartamento de papai e mamãe é no último andar de um desses edifícios e é simplesmente maravilhoso. Fica bem em cima do rio e eu adoro ficar jogando pétalas de rosa para baixo.

– Srta. Cabot, ou melhor, Dot, a senhorita não sabia que em Nova York é proibido atirar animais mortos em águas públicas, como também não é permitido peneirar, agitar ou deixar exposto qualquer tipo de cinza, carvão, areia seca, pelos, penas ou qualquer outra substância que o vento possa carregar pelo ar, nem é permitido transportar esterco ou qualquer coisa semelhante pelas ruas, a não ser bem coberto para impedir que fique caindo, nem é permitido jogar lixo, sobras de açougue, sangue sem valor ou animal em putrefação na rua, e nenhuma pessoa humana pode usar um mictório como lugar para dormir? Culpada por má conduta.

– Puxa, eu não sabia de nada disso. Nunca pensei nisso.
– O senhor está querendo ser engraçado, sr. Dangerfield?
– Estou cansado e temeroso do futuro e preciso rir.
– Não estou entendendo o senhor.
– Vigaristas e ladrões. Estou cansado de conversa fiada. Ingratos e benfeitores. E vigaristas. Estou cheio. Vou descer aqui.
– O que o senhor está insinuando, cavalheiro?
– Não aguento mais. Tenho a impressão de que vou desmaiar. Desmaiar e sumir. Chofer pare.
– Sim, chofer, pare por favor.

O táxi parou. Dangerfield aos trambolhões para a calçada. Dorothy disse que eu não devia descer. Mas o táxi entrou no tráfego novamente e desapareceu. E encostado na parede de um banco. Preciso de um banco para me apoiar. Iiiiii. A gente pode aguentar até certo ponto. Preciso ver bancos. Me entendo bem com os bancos e eles comigo e preciso chegar à parte financeira de Londres ou fico louco. Às vezes também chego a pensar que gostaria de trabalhar em um banco mas não agora. Esta noite preciso lidar com eles.

Dentro de outro táxi escuro descendo a toda velocidade pela Fleet Street e passando pela cúpula da catedral de São Paulo. Tudo escuro, fechado e vazio por estes lados. Ao longo de Cheapside para o Royal Exchange. Este é o lado pobre mas sei que há riqueza por aqui. Riqueza viva. E todas estas janelas altas. Lá dentro há balcões e livros e livros-razão cobrindo-se de poeira nestes dias de folga. Chofer, desça a rua. Vejo luz. Estrela de Belém. Nada aqui a não ser dinheiro. Vou descer logo ali e subir aquela alameda para tomar um trago.

Ao longo de um corredor coberto de telhas para dentro de um enorme salão. Só homens, nenhuma mulher. Rostos pálidos. Sei que essas pessoas devem trabalhar nos bancos e estão aqui rindo e batendo uns nas costas dos outros e contando piadas. E há um homem no fundo do bar com uma bengala que é a imagem perfeita de O'Keefe. Todas essas pessoas tão educadas e satisfeitas. Rapaz, que noite. O menino Jesus, tão terno. É uma garrafa da suave. Preciso telefonar para a festa. Vou dar um jeito em Mary.

Dangerfield caminha pela rua fechada com paredes grossas e escuras. Na esquina, cabine telefônica, vermelha, iluminada e quente. O vento sopra e assobia para fora da porta.

– Alô?

– Quero falar com o sr. MacDoon, o celta descendente de reis. E diga a ele para vir logo porque choro de saudades de casa, do bater dos dentes e das bocas verdes e ávidas. Diga isso a ele.

– Pois não, cavalheiro, faça o favor de esperar.

– Fico esperando. Tenho esperado por tudo até que me restou somente um fio de dignidade. E era apenas uma folha de parreira. Está me ouvindo? Folha de parreira. Fico esperando. Quem sabe o que é isso? Há alguém que saiba?

– Pelo amor do menino Jesus, o que é que você está falando, Danger? Está bêbado? O que aconteceu? Este casal disse que você ficou louco no táxi, disse que você estava a ponto de desmaiar.

– Eles foram cruéis comigo. Cruéis, Mac. Estou desapontado com os ricos. Perdi a fé.

– Onde você está?

– No centro do mundo financeiro.

– Pois bem, Danger, você pelo menos podia me dizer que noite é esta de hoje?

– Amanhã é o dia do meu salvador e do meu Cristo e ficarei muito contente em vê-lo.

– Muito bem, onde você está?

– Já não disse que estou no meio do mundo financeiro? Não disse isso há pouco? Quero que você venha até aqui e veja por si mesmo, Mac. As ruas estão vazias e, como dizem, não há viva alma. E quero que você saiba como é que a gente se sente aqui. Você compreende, Mac? E há uma rua chamada Cheapside. Ora, lado pobre.

– Escuta aqui Danger, você pode ficar calado pelo menos um segundo? Mary está aqui. E Danger, uma garota mais adorável nunca andou por onde prostitutas temem caminhar.

– Mac, chega de mentiras. Você é o maior contador de mentiras que existe para um pobre desgraçado como eu que bebeu um pouco e está confuso e amargurado pela riqueza há pouco chegada. Mas não vou acreditar porque estou vendo e percebendo que essa trama é para me agarrar e me levar para a festa.

– Pois bem, Danger, todo mundo aqui acha que você ficou louco. E eu acho que a tensão nervosa causada pelo dinheiro o transtornou. Mas a garota americana achou você fascinante. Ainda não conheceu ninguém como você e ficou preocupada que pudesse ter lhe acontecido alguma coisa na rua. O sr. Hunderington acha que você foi malcriado. O sr. Hunderington é Lord Guincho, herdeiro de diversos chiqueiros em Kent. De qualquer modo ele disse que você foi ofensivo. Percy ficou contra ele e disse que enfiaria a cara dele no caviar se ouvisse mais uma coisa dita contra você. Acho que estamos pondo os ingleses no devido lugar esta noite. Esta festa é em sua homenagem.

– Então quer dizer que as coisas estão se ajeitando, Mac?

– Ajeitando-se, Danger. Estão ótimas.

– Comece a cantar a canção da reconciliação no ouvido de Mary. De modo que assim eu possa lhe proporcionar o merecido castigo.

– Vou engraxar o chicote. E agora, de joelhos aí na cabina que eu vou lhe dar minha bênção especial de Natal. De joelhos já. Sei que você está de pé, seu trapaceiro de uma figa. Para baixo. Santo Deus, que é que você está fazendo, arrancando o fio do telefone? Repita comigo, o Senhor é meu pastor e eu sou uma de suas ovelhas tosquiadas.

– O Senhor é o meu pastor e eu sou uma de suas ovelhas tosquiadas.

– E agora trate de vir imediatamente para cá que eu vou preparar seu caminho direto ao seio de Mary. E acho que você não deve tirar de cogitação essa garota americana. Ela diz que você é empolgante.

– Mac, cheguei à conclusão de que sou mesmo estimulante. Vou já para aí. Conto com o tapete.

Espero ao lado da rua, molhada, brilhante e escura. Um táxi passando em disparada. Acenou. Para Red Lion Square. Depressa.

Dangerfield salta em frente da casa em estilo georgiano. Nenhum sinal de luzes ou pecado ou qualquer outra coisa. Subindo os degraus de pedra. E batendo a aldrava. Belo objeto de bronze.

A grande porta se abre e um grande vozerio. Pegue meu chapéu e minha bengala. Bela escada, ampla e em espiral. Me anunciando. Sebastian Balfe Dangerfield.

MacDoon chega apressado e ouve-se o som da risada de Percy Clocklan. Lustres alegres. Fantástico! Vejo velhos mestres nas paredes e mesas abarrotadas de comida.

— Por aqui, Danger, ela está esperando na biblioteca. Você está com boa aparência. Ela espera ver trapos e não seda. E vou mandar uma garrafa de champanhe para esfriar seus ardentes corações. Se as coisas não chegarem a bom termo mando servir a americana, ela está em brasa e não vê a hora de lhe dizer como você é maravilhoso.

— Mac, muito obrigado do fundo do... Os bancos me encheram de fervor.

Os tapetes eram espessos. Uma sala ampla e lúgubre. Os cabelos pretos de Mary aparecendo por cima de uma cadeira. Virando as páginas de uma revista.

— Tudo bem, Mary?

— Pensei que seu amigo Mac estava me enganando quando disse que você vinha.

— Corpo e alma. Ouvi dizer que você andou posando.

— E daí?

— Não gosto da ideia.

— Bem, não é da sua conta. Tenho a impressão de que você se esqueceu do que me disse aquela noite. Me chamou de ordinária. Disse para eu me f. e que fosse para o inferno.

— Olha aqui, Mary. Estou um pouco fraco. Não estou em boas condições. Esse tipo de conversa me fará recair. Você está linda hoje.

— Conversa fiada.

— Verdade.

— E tudo aquilo que você me disse é verdade também? Acha que vou esquecer tudo aquilo?

— Por um momento. Hoje é véspera de Natal.

— Tenho a impressão de que você virou santo agora.

– Não virei santo mas estou dando o devido valor ao dia.
– Por que você não deu um jeito de me ver ou coisa assim?
– Precisei de um pouco de tempo para pensar nas coisas. Me sinto muito melhor agora. Não estou com melhor aparência?
– Você pode estar com roupas melhores mas seus olhos estão inchados. E todo mundo aqui comentou o que você disse para a garota americana no táxi. Sou obrigada a concordar que você foi mal-educado. Da mesmíssima maneira como você foi comigo.
– Chega. Não vou tolerar esse tipo de conversa. Pare com isso, pelo amor do Menino Jesus.
– Não.
– Bem, você é que sabe, mais uma palavra e eu quebro a sua cara e também acerto esse negócio do contrato para filmar.
– Você é que devia ficar quieto e receber uma surra. Não quero nada com esse negócio de filmes mas achei que se eu pudesse ganhar um pouco de dinheiro não faria nada mal para nós. Sou capaz de fazer qualquer coisa que possa nos ajudar e você ainda fala assim comigo. Bem, vá para o inferno, seu ordinário. Posso viver muito bem sem você.

O braço de Sebastian vibrou no ar. A palma da mão estralou contra o lado da face dela e Mary sentou, atordoada. Ele bateu de novo.
– Vou acabar com você, está me ouvindo?

Os braços dela erguidos para se proteger dos golpes. Mary e a cadeira caíram para trás, Dangerfield virando uma mesa por cima dela.
– Você não pode me fazer nada. Pode me bater quanto quiser que não me importo. Não me importa o que você faz pois você é um ordinário e sempre será um ordinário, sempre, sempre, sempre.

Silêncio, recuperando o fôlego, e uma batida discreta na porta. A porta abrindo-se furtivamente.
– Com licença cavalheiro, mas devo deixar o champanhe aqui?
– Por favor.

A porta fechando-se silenciosamente. Som de peitos ofegantes. Sebastian agarrando-a com firmeza pelos punhos para manter para baixo as unhas ameaçadoras. Aguilhões vermelhos. Mary olhando com olhos penetrantes para ele. Seus dedos brancos. Ela é uma coisa delicada e está mais esbelta, nos lugares em que já fora tão gorda e tão forte. Ah, esbelta e delicada, sem dúvida.

– Levante.
– Não.
– Levante, estou dizendo.
– Não.
– Levante ou juro por Deus que esfrego seu rosto no chão. Quando digo para levantar, levante.
– Seu ordinário. Continuo a dizer vá para o inferno, eu faço o que quero.

Mary apoiando-se em seus braços esticados. Pernas e joelhos brancos. A ternura de suas pernas. Não posso continuar quando o que na verdade almejo são suas brancas pernas nuas enlaçadas ao redor de meu pescoço, triturando-me e arrancando palavras de amor. E aqui estou de pé num tapete macio com livros como cenário. Um assalto com as costas da mão como arma.

– De pé ou piso em cima de você.
– Eu o amo e veja como você me trata.
– De pé ou piso em cima.
– Por que você é assim?
– E agora sente. Você vai parar com esse negócio de posar e com esse negócio de filmes.
– Por que não posso experimentar? Queria ganhar um pouco de dinheiro porque você disse que de outro jeito você não me queria. Você disse que me atiraria para fora da janela, deu nós na minha toalha e ensopou minha roupa de baixo na pia e agora que tenho a oportunidade de conseguir alguma coisa você também não aprova.
– Não gosto de poses de forma nenhuma. Não presta. Não gosto. Você vem comigo hoje.
– Isso quem resolve sou eu.
– Mary, vem comigo quietinha. E amanhã saímos juntos. Vamos guardar esse champanhe para amanhã. Para depois do café. Largue esse negócio de posar e esqueça os filmes. Vamos morar num lugar bem sossegado.

— Não é que goste da ideia de todo mundo querendo ir para a cama comigo, homens e também mulheres. Mas como posso ter a certeza de que você não vai me abandonar novamente? Não vou com você hoje. Mas dou meu endereço e você pode me visitar. Você já pensou, eu morando sozinha e homens estranhos me telefonando e me seguindo nas ruas? Já pensou nisso?

— Há um lugar especial para você nos meus pensamentos, Mary. Um lugar muito especial. Levei certo tempo para me recuperar do choque e me sinto um pouco melhor agora. Pronto para sair para o mundo novamente. Mas há sempre o lugar especial para você. Estou perdoado?

— Não sei. Me leve embora desta festa, me leve para casa.

— Violação. Culpado de violação. Nunca vi você tão bonita como hoje. E preciso dizer uma coisa para Clocklan antes de irmos embora. Embrulhe este champanhe.

Na sala de jantar estavam as jarras de ponche e as mesas cobertas de lagostas. Loirinha bonita preocupada comigo. Vejo seus seios direitinhos através daquele vestido. MacDoon no meio de um grupo de virgens, a vara mágica pronta para abençoar, perdoar ou fertilizar. E Clocklan com uma enfermeira, sem dúvida, novamente. Sempre com enfermeiras. Sempre de cabelos loiros. Sua criada os tem pretos e imagino que a variedade lhe faz bem. E ali adiante há algumas velhuscas com diamantes no peito em lugar de outras coisas. Às vezes tenho vontade de levar uma delas para a cama. Idade avançada não é problema. Achas de lenha no fogo. Não acredito em Natal. Uma fraude. Ninguém me notando. Tomar cuidado com isso. Providências.

Sebastian encheu o pulmão de ar e berrou.

— O Natal é uma fraude.

O som ecoando na distância e sorrisos cobrindo os rostos de MacDoon e Clocklan porque sabiam que sem dúvida esta era a noite da sinceridade. Mary esperando na porta da biblioteca pelo pior.

— O Natal é uma fraude. Esta sala está cheia de patifes e ladrões. Jesus era celta e Judas, inglês.

Ouviram-se murmúrios vamos fazê-lo calar, vamos atirá-lo porta afora. Clocklan gritou, se algum homem daqui tiver a coragem de tocar num fio de cabelo de Dangerfield eu quebro o seu queixo.

– Obrigado, Percy. Muito bem, mas como vocês sabem, o Natal é uma fraude. Jesus era irlandês e Judas, inglês. Sou o rei dos animais. Um americano cheio de músculos. Estão ouvindo? Sei que todos vocês gostariam de me bater. Oh, bem sei que muitos de vocês gostariam de fazer isso. Mas hoje eu estive na Lombard Street para me inspirar a fazer investimentos. Muito bem, ouvi de fontes seguras que alguns de vocês são donos de chiqueiros e devo confessar que a criação de porcos para mim é profundamente desagradável e torna-se agradável somente à mesa das refeições. E sei que vocês têm toucinho defumado escondido no sótão e carne de vaca e couros no porão como também *clarets* e *brandies* da melhor qualidade. Mas sou homem de confusão. Que tal um pouco de confusão? Vocês algumas vezes já sentiram o prazer de pratos quebrados e lustres torcidos? Estou levando comigo uma garrafa de champanhe para amanhã e vocês não vão tomá-la, seus maníacos por cavalos. E até logo. Sei que vocês escondem toucinho defumado no sótão e carne de vaca e couros no porão.

Clocklan explodindo em gargalhadas e um homem alto, o anfitrião, radiante de felicidade. Ah, talvez a gente não consiga nunca vencer esses ingleses porque eles não somente concordam com o nosso ponto de vista mas com todos os pontos de vista. E assim não há quem consiga derrotá-los. E Percy, tenho uma coisa para dizer ao seu ouvido.

– Mais perto, Percy. Preste atenção. Certa noite estava seguindo uma garota encantadora com longos cabelos dourados e meu coração estava pulsando de desejo. Então ela virou e eu vi seu rosto. Era uma bruxa sem dentes.

– Credo, Sebastian, tome mais cinco.

– Percy, vou usá-lo para comprar umas cuecas de seda para mim.

E quando Dangerfield estava deixando friamente a festa o mordomo chegou correndo atrás dele trazendo brandy e toucinho defumado. Uma garrafa e uma bandeja. Como é que a gente vai vencê-los?

– Mary, não é bastante gentileza dele?

– Você é um homem terrível.

– Eles me deixaram de cara no chão. Muito obrigado.

– Absolutamente, cavalheiro. O dono da casa ficou encantado com o seu pequeno discurso.

– Iiii.

– Mandei chamar um táxi para o senhor. Gostei muito daquele negócio de que Judas é inglês. Rá, essa foi boa, muito boa. Feliz fraude, cavalheiro.

– Oh. Sim.

– Você é um homem terrível, Sebastian.

– Feliz fraude.

Entrando no táxi. E de pé perto da porta, MacDoon perto de Clocklan. MacDoon comendo um bolinho. A mão de Clocklan ocupada com a coxa de uma enfermeira. A outra com um charuto. E nas janelas vejo os rostos de algumas das coroas e a loira americana. Tenho a impressão de que ela esteve chorando. Estão todos chorando lá dentro? Chofer, vamos embora, vamos, depressa como um demônio disparado entre as estrelas. E também não pare por causa de nenhum sinal de tráfego.

Mary, agora você está ao meu lado. E quero pegar o trem para Dublin, passar ao lado dos penhascos e pelos túneis em direção a Bray. Quando estiver chovendo. Suas orelhas são tão pequenininhas. E levarei você para morar numa casa de Tooting Bec, com as libras de Clocklan nas redondezas para casos de emergência. Comprarei um cortador de grama pequeno para levar para o gramado lá fora e cortar rapidamente a grama toda sexta-feira, não muita coisa porque não quero fazer esse exercício de forma exagerada. Dez por dez. Teremos uma pequena sala de estar com vasos de plantas, sendo que uma delas terá de ser uma seringueira. E nas horas do chá nas tardes sombrias quero que você leia histórias de aventura para mim.

– Por que você não é sempre assim, carinhoso e aconchegante e tudo o mais?

– Estava só pensando em uma casinha para nós.

– E filhos?

– Ah, sim.

– Você me dará um filho? Gostaria muito de ter um.

– A paternidade não é o meu forte mas está aí uma coisa que tenho certeza de que sei fazer, Mary. Sou seu homem.

– E vamos fazer um amanhã que é dia de Natal?

– Já é Natal, Mary.

– Não. Quero que você venha para meu quarto. Tenho um grill. E quatro ovos também. E podemos tomar o champanhe e o brandy depois.

– Sou uma droga, Mary.

– Não é, não.

– Tenho perversidade dentro de mim.

– Tenho um presente para você.

– Não tenho nada para você.

– Você tem o que eu quero.

– Mary, que é isso.

– E teremos um filho.

– Sim.

– E você não vai dar mais nós na minha toalha?

– Sem nós daqui para frente.

– Você está um amor com esse terno e o chapéu e a bengala. Aquela garota americana estava atrás de você também, não estava?

– Estava apenas procurando um irmão numa terra estranha. Quando se é americano, Mary, somente outros americanos são amigos.

– Tudo o que ela disse era conversa fiada. O que ela queria mesmo era o seu brinquedo. Mas ele é meu.

– Sem dúvida, Mary.

Atravessando Earl's Court e descendo a West Cromwell Street. Subindo em direção à ponte e por sobre os terrenos baldios da estrada de ferro. Lá adiante nos edifícios vejo débeis luzes acesas. Cérebros cansados dormindo. Nos telhados as chaminés parecem coisas medonhas. Um deles com um ventilador chia na Bovir Street. Oh, pelo amor de Deus me deixe sentir seu lindo peitinho, Mary. Me deixe senti-lo. Me deixe tocá-lo. Que Santo Antônio guie. Minha mão. Você é um homem terrível, Sebastian, mas desta vez não vai me deixar excitada. Conheço suas manhas.

– Me conte o que é o meu presente, Mary.

– Comprei para você um par de chinelos de lá.

– Que bom, de que cor?

– Marrom, assim não aparece a sujeira.
– Vou usar já amanhã.
– E comprei roupas de baixo novas e um perfume chamado Jungle Desire, de modo que você vai pensar que eu sou um animal ou coisa parecida.
– Trarei meus tambores, Mary.

Um beijo de despedida. E de volta à Bovir Street e escada acima. Onde sempre tenho a impressão de que vou levar uma porretada na cabeça por parte de algum assaltante. A violência estará sempre nos meus pensamentos. Enfiar a chave neste maldito buraco sempre fugidio. Vou abrir a torneira de água quente para ter alguma sensação de calor e alegrar o quarto com um pouco de vapor. Pequenos confortos, pequenas alegrias. Puxar o acolchoado, lençóis à mostra. Erguer um pouco o travesseiro e me deitar ali sem barulho, pronto para o céu branco.

## 31

A noite desperta. Ouço o vento soprando forte. Minha cama estava tão quente. Fechar minha janela, cortinas tremendo. Meu sonho foi só lamento. Mas as cascas brancas e finas das batatas novas arrastadas na lama e nos pântanos grandes como zepelins escondendo dentro de si folhas e galhos de salgueiros. Eu estava de botas num tanque cheio de sapos. No fim surgiu uma horda atravessando os campos armada de foices e então eu nadei para o mar.

Esfregar as mãos para afastar o frio, bater uma na outra para aquecer. Acho que ligar um pouco o ferro elétrico não seria nada mau. Isso mesmo, já, agora, pronto, rápido. Abrir logo a água quente. Lavar o rosto é uma grande satisfação, e os dentes também. Não vou vestir estas cuecas vou vestir o terno sem mais nada. Quando eu morrer quero me decompor num barril de vinho do Porto e fazer com que depois seja servido em todos os bares de Dublin. Gostaria de saber se descobririam que era eu.

É ótimo estar acordado logo de manhã, vestido e pronto para dar um passeio a pé. Você disse que eu dei nós em sua toalha, Mary? Disse? É verdade? Me diga. É? Que nossos filhos são sinais da ira de Deus. Por termos copulado.

Descendo as escadas segurando o liso corrimão, parando no saguão de entrada para sentir o cheiro de café. Abrindo a porta e saindo para o vento penetrante, onde há um sol débil no céu. Virando a esquina, um comprido e vazio cinza. Sinto frio no pescoço. Acho que estou cansado do meu coração amedrontado. Mas preciso impedir que o frio chegue até ele porque deve ficar quente por mais algumas horas ainda. Agora a ponte. Em cima dos trens e dos trilhos. A grama lá em baixo é preta. Daqui vejo aquele telhado compacto. E Mary, estou a caminho. Pensei que nunca mais veria a elegância de novo, como o toque compassado de minha bengala nesta ponte. Sem dúvida Percy foi muito gentil por me equipar. Como vai, Mary? Ainda na cama? Ou preparando meu café? Torradas também. Grandes xícaras de chá quente. Este armazém está precisando urgentemente de consertos. Preciso parar e dar uma olhada nessas janelas quebradas e sujas e ver o que é que guardam lá dentro. O sol está fraco, Mary. A cidade sofrendo de vazio. Será que todos eles estão realmente dentro de suas casas? Lá dentro há Natal e lareira e crianças se divertindo com seus brinquedos. Esta é a parte mais estranha de Londres, que não é nem uma coisa e nem outra.

Ele foi descendo pela rampa da ponte e passando por um edifício em ruínas, uma figura reta e escura e estranha. Venha aqui que vou lhe contar. Onde o mar é alto e os ventos são amenos úmidos e tépidos, algumas vezes manchados de sol, com paz tão completa para o desejo, onde tudo se conhece e se fica conhecendo. Numa noite de inverno ouvi o barulho de cavalos numa estrada rústica, tirando fagulhas das pedras. Sabia que estavam fugindo e que iriam atravessar os campos onde o pisotear viria ferir meus ouvidos. E eu disse: estão correndo para a morte a qual envolve alguma alma e seus olhos são desvairados e seus dentes estão à mostra.

*Que Deus tenha piedade*
*Do desvairado*
*Homem-gengibre.*

# UMA SÉRIE COM MUITA HISTÓRIA PRA CONTAR

**Alexandre, o Grande**, Pierre Briant | **Budismo**, Claude B. Levenson | **Cabala**, Roland Goetschel | **Capitalismo**, Claude Jessua | **Cérebro**, Michael O'Shea | **China moderna**, Rana Mitter | **Cleópatra**, Christian-Georges Schwentzel | **A crise de 1929**, Bernard Gazier | **Cruzadas**, Cécile Morrisson | **Dinossauros**, David Norman | **Economia: 100 palavras-chave**, Jean-Paul Betbèze | **Egito Antigo**, Sophie Desplancques | **Escrita chinesa**, Viviane Alleton | **Existencialismo**, Jacques Colette | **Geração Beat**, Claudio Willer | **Guerra da Secessão**, Farid Ameur | **História da medicina**, William Bynum | **Império Romano**, Patrick Roux | **Impressionismo**, Dominique Lobstein | **Islã**, Paul Balta | **Jesus**, Charles Perrot | **John M. Keynes**, Bernard Gazier | **Kant**, Roger Scruton | **Lincoln**, Allen C. Guelzo | **Maquiavel**, Quentin Skinner | **Marxismo**, Henri Lefebvre | **Mitologia grega**, Pierre Grimal | **Nietzsche**, Jean Granier | **Paris: uma história**, Yvan Combeau | **Primeira Guerra Mundial**, Michael Howard | **Revolução Francesa**, Frédéric Bluche, Stéphane Rials e Jean Tulard | **Santos Dumont**, Alcy Cheuiche | **Sigmund Freud**, Edson Sousa e Paulo Endo | **Sócrates**, Cristopher Taylor | **Tragédias gregas**, Pascal Thiercy | **Vinho**, Jean-François Gautier

## L&PM POCKET ENCYCLOPAEDIA
**Conhecimento na medida certa**